Jana Beek

Knotenbruch

Roman

Bibliographische Information der Deutschen Nationalbibliothek: Die Deutsche Nationalbibliothek verzeichnet diese Publikation in der Deutschen Nationalbibliographie, detaillierte bibliographische Daten sind im Internet über dnb.de abrufbar.

TWENTYSIX
Eine Marke der Books on Demand GmbH

© 2021 Beek, Jana

Herstellung und Verlag: BoD – Books on Demand, Norderstedt

ISBN: 9783740786656

Cover: Jana Beek

„Du warst nachlässig", erklärte Jorge in einem lapidaren Tonfall, „du musst mehr darauf achten, dass die Plastikelemente vollständig abgelöst werden", er kritzelte irgendwas auf seinem Klemmbrett herum. „Der Recyclingvorgang…"

„Ich weiß, er kann nicht abgeschlossen werden, solange nicht die Rohstoffe ordentlich voneinander getrennt sind", erwiderte De und knetete seine Hände.

Während Jorge weiter sprach, schweifte Des Blick durch die Halle, vorbei an den zischenden und ratternden Maschinen. Grau an Grau, stumpfe Geräusche, monotone Abläufe. Ein metallischer und gleichzeitig sumpfiger Geruch lag in der Luft, wie in einem alten Keller. Oder einer Gruft. Hoffentlich kam der Geruch nicht von ihm. De hob seine Schulter und hielt die Nase daran. Es war schwer zu sagen. Sein Arbeitsanzug roch auch nach altem Plastik aus der Wiederverwertung. Aber auch nach einem Gemisch aus Schweiß und Staub.

„Natürlich, ich werde stärker darauf schauen, dass das Plastik…", klinkte De sich wieder ein.

„Es wird wiederverwertet, deswegen muss es frei von Rückständen sein", erklärte Jorge und zupfte sich am Kragen.

„Das Prinzip habe ich schon verstanden."

„Alles klar."

Sie gingen auseinander und De nahm wieder seinen Platz bei der Bedienung der Recycling-Maschine ein. Mit einem Schalter nahm er sie in Betrieb und versuchte sich tatsächlich darauf zu konzentrieren, dass die verschiedenen Bestandteile, die früher mal zu Waggons, Computern, Heizungen, Schränken, Gartenwerkzeugen und vielem mehr gehört hatten, sorgfältig nach Rohstoffen getrennt zerlegt wurden. Es fiel ihm jedoch schwer die Vorgänge vor sich wahrzunehmen. Die Worte von Jorge hallten in seinem Kopf nach und bohrten sich ganz tief in sein Bewusstsein. Da, wo sie eigentlich nicht hin gehörten. Wo Erinnerungen an Enttäuschungen saßen. Mit aller Kraft versuchte er das zu verhindern und sich im Hier und Jetzt zu verankern. Er stoppte die Maschine und ließ die Greifarme nach oben gleiten, um in den Prozess einzugreifen und den Lampenschirm von einer Stange vollständig zu entfernen. Die Sinnlosigkeit dieser Tätigkeit war verblüffend.

„Hey", sagte Mira hinter ihm und er drehte sich um, „was wollte er von dir?"

Sie lehnte an einer der Säulen und kaute auf einem Stück Holz herum. Ihre kurzen dunklen Locken standen in alle Richtungen ab und der schmutziggraue Overall war für ihre zierliche Statur etwas zu groß.

„Ach, nichts", murmelte De und kroch vom Fließband wieder runter, griff nach der Fernbedienung, um weiter zu machen.

„Nimm dir das nicht zu Herzen, er meint es nicht so", sprach sie weiter.

„Ich nehme es mir nicht zu Herzen", grummelte De und drehte ihr den Rücken zu, „es ist doch richtig, mich auf meine Fehler hinzuweisen. Ich will die Arbeit gut machen."

„Was hast du später noch vor?", sie kam jetzt näher, stellte sich auf die Zehenspitzen und schaute ihm über die Schulter.

Er konnte ihren Atem in seinem Nacken spüren und das war definitiv zu nah. Er ging möglichst beiläufig ein paar Schritte zur Seite. Reichte sich die Fernbedienung von einer Hand in die andere.

„Nichts, ich bin müde", er schaute durch die Halle, ob Jorge zu sehen war. Er wollte nicht dabei beobachtet werden, wie er seine Arbeitszeit mit Gesprächen verbrachte.

„Super, wir treffen uns nach Dienstschluss bei Asger", rief Mira ihm zu und er hörte, wie sich ihre Schritte entfernten.

×××

Am frühen Abend, die Maschinen stellten eine nach der anderen ihren Dienst ein, steuerte er langsam den langen leeren Flur an, der nach draußen führte. Seine Schritte hallten durch das Gebäude, auch wenn er versuchte leise zu laufen. Die schweren Arbeitsschuhe verhinderten dies größtenteils. Der Flur war mit nacktem, grauem Beton ausgegossen und hatte eine raue Oberfläche, besonders an den Stellen, an denen die Masse nicht sehr gleichmäßig verteilt worden war. Das ganze Gebäude war etwas lieblos konstruiert worden, aber es war stabil. Die kleine Mitarbeitertür, welche in das große Tor integriert war, war noch einen Spalt geöffnet. Er war einer der letzten, die das Recycling-Werk verließen. Kurz vorher scannte er den implantierten Chip in seiner Hand, um die Arbeitszeit erfassen zu lassen.

Draußen begann es bereits dunkel zu werden. Es war nur ein kurzer Weg zu den Baracken. Er führte über eine Straße, die mit ausrangierten und miteinander verschmolzenen Plastikteilen gepflastert war. Sie waren erstaunlich stabil und hatten eine eigenwillige Formation an schmutzigen Farbtönen und schrägen Formen angenommen. Er konnte sich innerlich ganz gut damit identifizieren.

Von den vielen Straßen, auf denen er bisher unterwegs gewesen war, hatten die meisten aus Schotter und Sand bestanden. In der einzigen Stadt, in der er mal gewesen war, war natürlich Asphalt und Stein der bevorzugte Untergrund. Waldboden und Wiese hatte er bisher am seltensten betreten, es hatte sich noch nicht die Gelegenheit dafür ergeben.

„Das hat gedauert", rief Mira und sprintete zu ihm heran. Strich sich ein paar Fransen aus dem Gesicht.

„Wirklich? Ich muss die Zeit vergessen haben", erwiderte De, auch wenn es nicht ganz der Wahrheit entsprach. Er hatte gehofft, dass wirklich alle schon gegangen waren. „Hör mal, ich bin bestimmt keine gute Gesellschaft heute...", versuchte er es.

Er wollte weder jetzt noch später einen anderen Menschen so nah neben sich haben. Nicht Mira und auch nicht jemand anderen. Während der Arbeit war dies zum Glück nicht notwendig. Dort konnte er sich etwas ablenken und dieses Gefühl verdrängen, aber jetzt, wo es nichts gab außer der Straße und der Abenddämmerung waren die Gedanken wieder unerträglich laut geworden. Sie erinnerten ihn daran, dass er eine unangenehm aussehende und riechende Person war, vor der sich andere sicherlich ekelten.

Er beugte seinen Kopf nach vorne und ließ die kinnlangen Haare vor das Gesicht fallen, um wenigstens diesen Körperteil verbergen zu können. Dann imaginierte er eine dicke Glasscheibe, die ihn von der Außenwelt trennte. Sie gab ihm etwas Schutz und Halt.

„Ach was. Sag mal, hast du diesen Bericht gelesen, der heute Morgen veröffentlicht wurde?", sie wechselte geschickt das Thema. Mira ließ sich nichts anmerken, aber er war sich sicher, dass sie den fauligen Geruch, der ihn umgab, wahrnahm. „Es ging da um Todesfälle, die momentan gehäuft auftreten. Sie sind auf der ganzen Welt verteilt, auf allen Kontinenten und die Ursache ist völlig unklar…"

„Hm", gab De von sich und ließ Mira weiter reden. Er bemühte sich angestrengt, sich auf ihre Worte zu konzentrieren, so wie er es bei Jorge versucht hatte. Um zu funktionieren, musste er immer wieder mal die Milchglaswand durchbrechen und Kontakt aufnehmen, aber heute schienen seine Kraftreserven dafür aufgebraucht zu sein. Stattdessen hob er den Kopf und visierte die Gebäude an, die langsam näher kamen. Graue Betonblöcke mit hunderten von Ein-Zimmer-Appartements. Die Fassade war abgenutzt und verwittert, die Fenster klein und stumm. Sie wurden nie geöffnet. Es gab keine Vorhänge. Keine Balkonpflanzen und keine Lichter von drinnen. Manches Glas war gesprungen und notdürftig geklebt worden. Eine Schicht von schmutzigem Regenwasser durchzog alle Scheiben und setzte sich an der Fassade fort, die in der Trendfarbe Grau gehalten war.

De senkte den Kopf wieder. An seinen Füßen schien Blei zu kleben, er konnte sich kaum nach vorne bewegen. Er schaute auf die klobigen Arbeitsschuhe, die sich verstaubt und abgenutzt über die Patchwork-Straße schoben.

„Also, was denkst du dazu?", bohrte Mira nach. „Ist das nicht mysteriös?"

„Das Weltgeschehen? Ich interessiere mich nicht dafür. Warum auch, es ist alles so weit weg von mir."

„Aber das ist ja das Abgefahrene, es gibt diese Fälle mittlerweile überall, es werden jeden Tag mehr und vielleicht sind wir auch bald betroffen. Das wäre furchtbar, oder? Ich muss unbedingt mehr darüber herausfinden."

„Sterben die Leute einen qualvollen Tod dabei?", fragte er.

„Nein, überhaupt nicht, es ist wohl so dass sie einfach stehen bleiben. Herzschlag, Atmung, Kreislauf, alles setzt aus und wenn man nicht sofort die Wiederbelebung startet sind sie weg."

Wunderbar, dachte De, sprach es aber nicht aus. Wenigstens eine Krankheit, die ganz nach seinem Geschmack war.

Sie kamen zu dem dritten Eingang des etwas heruntergekommenen, aber noch funktionalen Gebäudes und De machte einen Schlenker, um abzubiegen.

„Wir wollten noch zu Asger", sagte Mira im strengen Tonfall und fixierte ihn. Rührte sich nicht vom Fleck. Dabei hatte sie etwas leicht Kindliches an sich. Etwas Trotziges.

„Ich…", ihm fiel keine gute Ausrede ein, außer, dass er Blei an den Füßen kleben hatte und nach faulen Eiern roch. Er suchte nach Worten und drehte dabei seinen Kopf wie ein Vogel, der aus dem Nest gefallen war. „Okay", sagte er schließlich genervt und schloss sich ihr wieder an. Er würde sehr kurz bleiben und sofort verschwinden, sobald Mira ihm den Rücken zugewandt hatte. Er kannte diesen Asger nicht und er wollte weder ihn noch jemand anderes kennenlernen.

Am fünften Eingang stiegen sie die Treppen nach oben. Sechster Stock. Das letzte Mal, dass er in einem so hohen Gebäude unterwegs war, war in einem Verwaltungsgebäude der Hauptstadt des Stromversorgungskontinents. Die mit den Asphaltstraßen. Dort hatte aber ein anderer Wind geweht. Moderne Aufzüge, Teppichböden, breite Türen und Besprechungsräume. Das hier dagegen war eine unverhohlene Verwahranstalt. Steinstufen, Metallgeländer, nackte Betonwände. Von Aufenthaltsräumen keine Spur. Deswegen mussten sie sich auf dem Hausflur treffen, die Wohnungen waren einfach zu klein für mehr als zwei Personen.

Es waren schon ein paar Leute da, die an den Wänden lehnten oder auf dem Boden saßen und sich im gedämpften Tonfall unterhielten. In den Händen hielten sie aussortierte Reste von Alkohol oder anderen Getränken. Diejenigen von ihnen, die im Lebensmittelrecycling arbeiteten konnten diese Produkte semilegal abzweigen und selbst verbrauchen.

Alle Reste des Planeten landeten früher oder später hier. Auch die Menschen, die aussortiert wurden. So wie er, er hatte sich selbst aussortiert. Es schien ihm das einzig sinnvolle, was er noch mit seinem Leben anstellen konnte. Und ihre Treffen liefen immer gleich ab, sie unterhielten sich, doch dann wurde es stiller und düsterer und alle gingen in ihre Schlafräume. Zuhause konnte man das nicht nennen. Aber das hatte ihm auch keiner versprochen.

De wusste nicht, warum Mira ihn unbedingt mitnehmen wollte, sie schnappte sich gleich eine halbleere Flasche abgelaufenen Erdbeerwein und mischte sich unter die Leute.

„Du bist neu hier, stimmts?", fragte ihn ein wesentlich jünger aussehender Typ, der als einer der wenigen keinen Overall, sondern ein zerknittertes weißes T-Shirt und eine Jeans trug.

Wie immer stand sein Gegenüber zu nah an ihm. Tagsüber hatte er noch die Kraft immer wieder darüber hinwegzusehen, aber je später es wurde, desto mehr belasteten die Menschen ihn mit ihrer Präsenz. Zwei Schritte

Abstand waren für De okay, hier war es ein Schritt. Er hatte sich an die Spezies Mensch immer noch nicht gewöhnen können, auch wenn er sie schon seit dem ersten Tag seines Lebens kannte. Sie waren unberechenbar und für De schwer zu lesen. Besonders den Freundlichen misstraute er, denn sie zeigten nicht, wie er es erwarten würde, dass sie sich vor ihm ekelten. Das hier war auch so ein Exemplar. De musterte das Gesicht seines Gegenübers. Er hatte dunkle Haut, lange wellige Haare und ausgesprochen weiße Zähne. Zu weiße Zähne waren immer ein Grund für Skepsis.

„Ich heiße Ante", stellte der andere sich vor und reichte ihm die Hand.

„Ich bin Frederick, die meisten sagen De zu mir", sagte er und drückte Antes Hand. Noch schlimmer als zu wenig Abstand waren diese körperlichen Berührungen, zu denen De sich quälen musste, um andere nicht zu sehr zu enttäuschen. Er hielt dabei immer die Luft an, wie in der Hoffnung, dass er sich vorher vielleicht doch unsichtbar machen könnte. Hatte bisher noch nicht funktioniert. „Ich bin seit zwei Wochen hier. Und du?", schaffte De es noch zu sagen beim Ausatmen.

„Paar Jahre", Ante lachte unbestimmt. Seine Lachfalten an Augen und Mund sprachen Bände von einem unbeschwerten, lockeren Leben, auch wenn das sicherlich so auf niemanden in der Produktion zutraf.

Sie setzten sich auf den Boden. De lehnte an der Wand und Ante war links von ihm. Zwischendurch ging das Flurlicht aus und jemand schaltete es wieder an. Ein unangenehmes Flackern entstand. De hatte dabei einen Bruchteil einer Sekunde für die Frage, warum er immer noch hier war und ein Gespräch führte. Sicherlich musste dieser Ante ihn mit jemandem verwechselt haben. Mit jemandem, der nett und wohlriechend war. Es konnte nur noch wenige Minuten dauern, bis ihm sein Fehler auffiel.

„Welche Branche?", fragte De und begann an einem Faden, der sich von seiner Hose gelöst hatte, zu friemeln.

„Wir stellen Eisenbahnteile her, in der Halle hinter dem Hügel", erklärte Ante und platzierte die Flasche vor sich.

„De kommt vom Stromversorgungskontinent", Mira tauchte wieder auf, setzte sich ihm gegenüber und lächelte verklärt, sie hatte schon deutlich etwas intus.

„Nein!", rief Ante eine Spur theatralisch aus. Da war es wieder, diese Unbeschwertheit der anderen Menschen. Ein verrücktes Phänomen, zu dem er keinen Zugang hatte. Er hatte bloß seine Glaswand. „Wie kommts?", jetzt wurde Antes Gesicht wieder ernst und er beugte sich nach vorne, sodass De die Erdbeeren deutlich riechen konnte.

„Ich…", stotterte De und schaute hektisch umher. Es wäre gut gewesen, mit der Wand hinter ihm verschmelzen zu können. Stattdessen zog er sich den Faden seiner Hose noch enger um den Zeigefinger, ein wohliger Schmerz durchfuhr ihn.

„Er muss sich jetzt jeden Tag von Jorge anhören, was er alles falsch macht", Mira kicherte los und schlug sich mit der Hand auf den Oberschenkel. De war froh um den Themenwechsel, so musste er keine komplizierten Fragen beantworten.

Noch ein paar Leute kamen dazu, sodass De sich nicht unauffällig vom Acker machen konnte. Und sie waren alle weniger als zwei Schritte von ihm entfernt, leider.

„Du willst immer nur über die Arbeit reden, bei dir gibt es kein anderes Thema", warf eine Frau ein, die jetzt hinter Mira stand und deren Namen De entgangen war, aber er hatte sie schon mehrmals bei den Treffen gesehen.

„Das stimmt nicht", Mira schaute säuerlich hoch. Es stimmte vielleicht, aber De fand es nicht schlimm. Etwas anderes als Arbeit hatten sie hier ja nicht.

Jemand tippte De von rechts an die Schulter und er zuckte zusammen. Für einen kurzen Augenblick trafen sich seine und Miras Blicke. Er dachte erkennen zu können, dass sie mittlerweile wusste, wie störend das für ihn war. Mira tippte ihn nie an, das war angenehm. De löste den Faden von seinem Finger, um die Blutzufuhr wieder herzustellen und drehte den Kopf nach rechts. Dort sah er geblendet vom Flurlicht eine Person stehen, die ihn zu sich winkte. Mühsam rappelte De sich auf und verließ die illustre Runde. Er folgte dem Mann zu einem der schmutzigen Fenster des Treppenhauses.

„Kommst du zurecht?", fragte sein Gegenüber und De traute sich nicht, ihn anzusehen. Wenigstens der räumliche Abstand zwischen ihnen stimmte. „Ich glaube wir haben uns noch nicht einander vorgestellt. Ich bin Asger."

De zwang sich den Kopf zu heben, denn zu lange konnte er sich bei einem Gespräch nicht verstecken, es war sozial nicht angebracht. Er streifte Asgers Gesicht nur kurz, um zu registrieren, dass er einen halben Kopf größer war, blaue Augen und wie alle Männer überschulterlanges Haar hatte, das er als ordentlich zusammengebundenes Gesamtkunstwerk inklusive zweier Seitenzöpfe, die darin eingeflochten waren, trug.

„De", sagte De und nickte kaum wahrnehmbar, was so viel heißen sollte wie, danke, dass du mich von diesem immer größer werdenden Menschenpulk gerettet hast.

„Mira hat mir von dir erzählt", Asger schaute aus dem Fenster, bei dem es außer Schwärze nichts zu sehen gab. „Du bist neu im Recycling. Schön, dass du hierhergekommen bist. Ich bin in der Warenannahme, ist nicht so weit weg von euch."

De wollte irgendwas erwidern. Er wollte von dem Blei in seinen Füßen und dem Lampenschirm erzählen, aber sein Mund konnte nicht sprechen, seine Gedanken waren verknotet. Er betrachtete Asgers Profil und seine Hände, die auf der Fensterbank ruhten. Sie wirkten knochig, abgearbeitet und sanft zugleich. Im nächsten Moment rief jemand Asgers Namen.

„Bis später", lächelte Asger und lief an ihm vorbei.

De setzte sich auf die Fensterbank, um noch etwas Kraft für den Heimweg zu sammeln. Die Scheibe war an mehreren Stellen gesprungen, kühle Luft sickerte hindurch. In der Ferne waren kleine Lichter des Industriegebiets zu erkennen, der Rest versank in der Schwärze der Nacht. Er warf noch einen letzten Blick zurück auf die kleinen Grüppchen von Leuten, bei denen es immer stiller wurde. Hoffentlich war er den Leuten hier nicht zu unangenehm aufgefallen, mit was auch immer. Hoffentlich waren sie alle so betrunken, dass sie seinen ekligen Körpergeruch nicht wahrgenommen hatten. Hoffentlich hatte er sich nicht blamiert, mit was auch immer. Er seufzte und rappelte sich schließlich auf, um den Heimweg anzutreten.

Im Treppenhaus liefen vor ihm zwei Frauen, die sich unterhielten. Er hätte sie in der Enge nicht überholen können, ohne ihnen zu nahe zu kommen. Also musste er hinter ihnen her schleichen. Es war anstrengend.

„Meine Freundin ist daran gestorben", sagte die erste. Auch diese beiden hatte er in diesem wirren Armeisenhaufen des Recyclings schon einmal gesehen, konnte sie aber nicht zuordnen. „Letzte Woche, in meiner Heimatstadt. Sie lebte sehr ländlich, hatte keine Familie."

„Das tut mir leid", erwiderte die andere. „Das sind ja wohl die Risikofaktoren. Je einsamer, desto gefährdeter. Nur diese Sonderlinge auf dem Schreiberkontinent sind da ausgenommen, keiner weiß warum. Wer schreibt, der bleibt", sie zuckte mit den Schultern.

Noch zwei Stockwerke.

„Bei den Androiden werden wohl jetzt ein paar Leute ausgebildet, die sich speziell mit diesem Problem befassen werden. Dann kann die Ursache wohl schneller gefunden werden."

Ihre Schritte hallten durch die Leere.

„Hoffentlich bringt es etwas. Wer sagt uns, dass es nicht die Androiden selbst sind, die das verursachen? Sie sind ja schließlich nicht von der Krankheit betroffen."

Noch ein Stockwerk. Die Leute waren immer für Verschwörungstheorien zu haben, besonders wenn nicht Bio-Menschen daran beteiligt waren, dachte De.

„Du weißt ja, es gibt immer neue Katastrophen. Zuerst die Engpässe bei der Stromversorgung, dann die gekappte Verbindung zu den Schreibern und jetzt fallen die Leute einfach tot um. Ich bin mir sicher, das wird kein gutes Ende nehmen."

Die beiden Frauen verließen das Gebäude und ihre Stimmen entfernten sich in eine andere Richtung. De trat in die eiskalte Nacht und spurtete zu seinem Appartement. Dort angekommen zog er sich den Anzug aus und holte unter dem Bett eine Stofftasche hervor. Sie war noch gut gefüllt, also war die Versorgung für die nächsten Wochen sichergestellt. Leckere Kohlenhydrate, Eiweiß und Fett. Er nahm einen Beutel mitsamt Plastikschlauch, schraubte den Verschluss auf und verband ihn mit dem intravenösen Zugang, der in seinen Oberkörper implantiert war. Augenblicklich spürte er die kühle Flüssigkeit in seinen Venen. Er hängte den Beutel etwas höher an einen Haken in der Wand und legte sich hin.

Die Decke war klamm und ungemütlich, sodass er sich ewig herumwälzen musste. Er wollte nichts als schlafen, doch aus allen Ecken seines Bewusstseins krochen Eindrücke des Tages an ihn heran wie seltsame Lebewesen, die sonst das Licht scheuten. Sie türmten sich auf ihm auf als wäre er ein deklarierter Platz für Ablagerungen aller Art. Ausrangierte Möbel zogen an seinem inneren Auge vorbei, manchmal kam ein Schwall flüssiges Blei auf ihn nieder, dann Gesprächsfetzen und Gesichtsausdrücke, die wie Masken auf ihn geworfen wurden, dann kamen Gerüche, Farben und nicht funktionierende Körperteile. Ein amputierter Arm, ein kaputter und durchlöcherter Magen, eine abgehackte Nase.

De atmete schwer unter dieser ganzen Last. Und dann machte er damit das einzige, was er konnte. Niemand hatte es ihm gezeigt oder beigebracht, es kam einfach so zu ihm wie das Atmen und sein Herzschlag. Er schloss die Augen und nahm jedes einzelne Teil, welches auf ihn runtergeregnet war und verknotete es in einer langen Reihe zuerst mit einem Strang, der immer länger und länger wurde. Er meinte ihn in seinen Händen spüren zu können. Und dann waren es mehrere dicke und dünne Fäden, Seile. An manchen Stellen waren diese Gebilde faserig und rau, an anderen glatt poliert wie Stein oder Glas, manchmal so nachgiebig wie Plastik oder so stabil wie Eisen. Auch die Gespräche, Emotionen, Blicke und Berührungen verflocht er mit den Fäden, sodass sie einen Platz bekamen und zugeordnet werden konnten. Nur das Blei, welches sich als Masse durch alles zog konnte er nicht verwerten, es blieb überall kleben. Über dieser Tätigkeit schlief er schließlich ein.

×××

Am nächsten Tag, auf dem Weg zu seiner Arbeitsstelle, musste er an die Fragmente der gestrigen Gespräche denken und an die merkwürdigen Erzählungen über die Todesfälle. Das alles klang besorgniserregend und mysteriös. Aber vielleicht war ja auch nichts dran an den Vermutungen und die vermeintliche Krankheit, die dafür verantwortlich war, würde sich beim näheren Hinsehen sehr schnell in Luft auflösen. Menschen starben die ganze Zeit und es gab niemanden, den er schmerzlich vermissen würde, niemanden, zu dem er eine ausgesprochen enge Bindung hätte. Das war schade, aber es hatte sich bisher nicht ergeben. Wegen seiner ansteckenden Krankheit konnte er niemanden in seine Nähe lassen und so musste er mit der Distanz leben.

Trotzdem ging es ihm nicht aus dem Kopf, wissen zu wollen, was von dem, das er gehört hatte, stimmte und was dazu gedichtet worden war. Er dachte kurz darüber nach, eine Recherche zu starten, nachzulesen, welche Forschungsergebnisse wirklich publiziert und ob sie von anderen Wissenschaftlern überprüft worden waren. Doch augenblicklich spürte er den altbekannten grauen Schleier der Trägheit über sich und der Gedanke rückte in weite

Ferne. Er erinnerte sich daran, sich auf das zu konzentrieren, weswegen er hierhergekommen war. Und noch war er von seinem Ziel unendlich weit entfernt.

Als er vor der riesigen Halle stand packte ihn die Angst. Er musste an Jorge und seine eine Million verschiedener Ansprüche denken. Arbeite präziser, merke dir alles was ich sage, bring die Reihenfolge nicht durcheinander, behalte immer die Ruhe und den Überblick, trödele nicht, mach keine Fehler und wenn doch, dann korrigiere sie sofort, halte alles sauber und ordentlich, sei freundlich, ausgeschlafen, pflichtbewusst, vorausschauend, besonnen. De rieb sich die Schläfen und versuchte, sich nicht verrückt zu machen. Er atmete tief durch und trat durch den schmalen Seiteneingang.

„Wir haben heute Morgen eine neue Lieferung reinbekommen", rief Jorge ihm im Vorbeigehen hektisch zu und De fragte sich, was er mit der Information anfangen sollte.

Doch dann merkte er, dass alle anderen schneller als sonst durch die Gänge eilten und aus allen Richtungen die Maschinen quietschten und krachten. Schnell nahm er seinen Platz ein und legte los mit dem Recycling. Mira war nirgends zu sehen, aber sie wurde ja auch am anderen Ende der Halle eingesetzt. Schreibtische, Waschmaschinen, Türen, Schränke, Kinderwagen und alle möglichen Sachen kamen bei ihm vorbei und mussten sortenrein getrennt werden, sodass die Rohmaterialien wiederverwendet werden konnten. Aus dem Holz wurden Spanplatten. Aus Spanplatten wurde Heizmaterial. Und so weiter.

Bei einem undefinierbaren Gegenstand, aus dem Kabel hingen, Metallplatten halb abfielen und Platinen befestigt waren wusste er nicht, wie er es angehen sollte. Immer wieder setzte er den Greifarm an, um das Gebilde auseinander zu nehmen. Schon spürte er Jorge in seinem Rücken, der die Qualität seiner Arbeit bemängelte. So wie in der Verwaltung auf dem Stromversorgungskontinent, wo er sein Glück versucht hatte. Nachdem er es in seinem Heimatort nicht mehr ausgehalten hatte, war er dorthin gereist und wollte dort einen Neuanfang wagen.

Doch der Druck war zu groß gewesen. In seiner Abteilung waren alle sehr fixiert darauf gewesen die Vorgänge maximal akkurat, durchdacht und der Verwaltungslogik entsprechend abzuarbeiten. Und De fehlte einfach die jahrelange Erfahrung in diesen Dingen, die er nicht einfach in ein paar Wochen nachholen konnte, egal wie sehr er sich anstrengte. Es gab auch nette Kollegen, besonders an Naj konnte er sich erinnern, zu ihr hatte er einen guten Draht gehabt. Er vermisste sie etwas, ihre wirre Art, ihre Überforderung mit der Welt. Aber die anderen waren kühl, distanziert, oberflächlich. Er konnte nicht zu ihnen durchdringen. Er hatte da nicht reingepasst. Also musste er gehen, weiterreisen.

Die Arbeit hier war etwas stupide, aber wenigstens musste er nicht vorgeben, eine konsolidierte Persönlichkeit zu sein, ein erfolgreicher junger Mann, der wusste, wo er in fünf Jahren stehen würde. Das war eine große Erleichterung. Nur mit dem Erwartungsdruck kam er nicht so klar, aber das musste er aushalten.

„Du musst heute noch schneller als sonst arbeiten", sagte Jorge und warf ihm ein halbherziges Lächeln zu. „Sonst kommen wir in Verzug, verstehst du? Wenn wir eine große Lieferung an Schrott bekommen, können wir die Sachen nur begrenzt lagern, morgen kommt schon der nächste Nachschub. Die Züge rollen, ich kann sie ja nicht aufhalten."

„Kapiert", sagte De knapp und wischte sich den Schweiß von der Stirn. Ja, die Züge rollten. Überall auf der Welt. Sie waren neben den Drohnen für die Warenlieferungen in alle Richtungen verantwortlich und fuhren autonom. Und wehe, jemand hielt sie auf, dann klappte das Wirtschaftssystem zusammen und das wollte nun wirklich niemand.

„Du machst das gut", setzte Jorge noch hinterher und lief schnellen Schrittes weiter.

De wandte sich wieder dem Fließband zu und packte noch beherzter an. Eine scharfe Metallkante schnitt ihm augenblicklich in die rechte Handinnenfläche und er zog sie reflexhaft zurück, hielt die Hand mit voller Kraft zu und schaltete schnell mit der anderen Hand die Maschine aus. Er ging in die Hocke und krümmte sich vor Schmerz. Versuchte nicht zu schreien, verzerrte sein Gesicht und geriet noch mehr ins Schwitzen. Alle Welt kam in diesem Moment auf ihn nieder und er versuchte verzweifelt das innere seines Körpers in diese gebrochene Membran zu quetschen, sie daran zu hindern, auszutreten und eine konsistente Haltung zu bewahren. Es kostete ihn alle Kraft.

Nach unendlich langer Zeit wurde der Schmerz etwas weniger. Blut tropfte auf den Boden und De starrte geistesabwesend auf die dunklen Spuren seiner Selbst, die irgendwie ganz gut zu dem Betonboden passten. Er war solch ein Trottel, dachte De unaufhörlich, wie konnte das nur passieren. Noch mehr Probleme. Umständlich holte er ein Stofftuch, welches er immer für andere Membranbrüche dabei hatte, aus der Seitentasche seines Anzugs und wickelte es um die Wunde. Es war schwer zu sagen, ob sie tief war oder nicht. Nachdem er einen festen Knoten gedreht hatte presste er die Hand wieder zu einer Faust und atmete paar Mal tief durch. Der erste Schock war erstmal überstanden. Natürlich konnte er jetzt das Tempo erst recht nicht aufrecht erhalten, es war zum Heulen. Er holte die Arbeitshandschuhe, die in einer Ablage ihr Dasein fristeten, weil sie einfach zu klobig waren und zog sie sich über. So fiel hoffentlich niemandem auf, was passiert war.

Als die Mittagspause näher rückte, strömten immer mehr Mitarbeiter in die winzige Küche, um sich einen Happen aussortierten Essens abzuholen und ihn an ihrem Arbeitsplatz zu verdrücken. De nahm nicht daran teil, weil er nichts aß, aber er überlegte in die Küche zu gehen und sich vielleicht irgendwo einen Ersatz für seinen Verband aufzutreiben, denn sein Stofftuch war schon längst durchgeweicht.

Immer wieder studierte er die Menschen, die allein oder zu zweit in die Küche liefen und beneidete sie um ihr Leben. Sie ertranken nicht tagtäglich in ihrem eigenen Saft, in ihren eigenen Gedärmen. Als der Ansturm abgeebbt hatte, traute er sich auch dorthin. Damit sein Herumschleichen nicht zu auffällig war, tat er einfach so, als würde er sich etwas zu essen aussuchen. An zwei Tischen standen Holzkisten mit Äpfeln, Kohlrabi, Gurken, Karotten, in einem Plastikcontainer befanden sich gekochte Kartoffeln, in einem anderen aufgeschnittenes Brot. So ging es weiter. De verspürte keinerlei Appetit. Es war schon Jahre her, dass er festes Essen zu sich genommen hatte. Interessiert nahm er die Gerüche war, die sich so deutlich von denen der Maschinenhalle unterschieden. Es roch fruchtig, säuerlich, würzig.

Tatsächlich lag an der Seite eines Tisches ein graues Geschirrtuch. De hatte ein schlechtes Gewissen, es verschwinden zu lassen, aber er musste es wohl tun. Als er sicher war, dass niemand ihn beobachtete, nahm er es und steckte es in eine Seitentasche seines Anzugs, der zum Glück sehr viele verschiedene solcher Stauräume aufwies.

Auf dem Weg nach draußen wollte er die Toilette ansteuern und war so in seine Gedanken vertieft, dass er fast mit jemandem zusammengestoßen wäre. Beherzt sprang er im letzten Moment zur Seite und wäre dabei fast über seine eigenen Füße gestolpert. Seine Körpervermeidungs-Performance musste schrecklich ausgesehen haben.

„Hi", sagte Asger, der auch etwas erschreckt schaute. Immerhin hatten sie wieder zwei Schritte Abstand voneinander. Seine verbundene Hand hatte De zum Glück sowieso schon die ganze Zeit in der Hosentasche.

De presste die Lippen aufeinander, als wäre er bei einem Verbrechen erwischt worden.

„Ich wollte das hier gerade bei Jorge abgeben und dann kurz rausgehen, willst du mitkommen?", fragte Asger schließlich, nachdem die Gesprächspause zu lang geworden war und De sich nicht dazu bringen konnte, mit seinem Gegenüber zu interagieren. Sein Kopf war einfach zu langsam, er steckte gedanklich immer noch im Handtuchdiebstahl fest.

Nein, wollte De eigentlich sagen. Er wollte so weit weg von Jorge sein wie möglich, er hatte seinen Arbeitsplatz sowieso schon zu lange verlassen und er wusste auch beim besten Willen nicht, was man hier vor der Tür machen sollte. Der Winter brach schon fast herein und es war permanent furchtbar kalt. Aber er wusste, dass er ein solches Angebot nicht ausschlagen konnte ohne wie ein Unmensch dazustehen.

„Ich hab keine Zeit", murmelte De schließlich und trat noch ein paar Schritte zurück. Sicher war sicher.

„Wir sehen uns am rechten Eingang", rief Asger und entfernte sich mit ein paar Zetteln in der Hand Richtung Jorges Büro.

De musste über so viel Dreistigkeit schmunzeln und vergaß sogar für einen Moment seine lädierte Hand.

Draußen waren überraschenderweise ein paar Leute unterwegs, die Zigaretten rauchten oder sich leise unterhielten. Manche hüpften dabei auf und ab, seit heute hatte es einen Temperatursturz gegeben, den sie deutlich spürten. In den Hallen wurde zwar nicht geheizt, aber es war dort wenigstens ein paar Grad wärmer.

„Jetzt ist gerade eine sehr stressige Phase, nicht?", sagte Asger und lehnte sich neben ihn an die Außenfassade, die aus gewelltem Metall bestand, welches mittlerweile Rost angesetzt hatte. Sein Blick ging nach oben, auch wenn da nur ein grauer Himmel zu sehen war. „Da sind wir alle gefordert. Die Weltwirtschaft brummt jetzt nach der langen Stagnation infolge der Energiekrise. Hattest du das mitbekommen?"

„Ja, ich war sogar noch vor Ort. Der Vogelwald, als er abgerissen wurde", erwiderte De und dachte an diese merkwürdige ferne Welt auf dem anderen Kontinent, die jetzt irgendwie keinen Sinn zu machen schien.

„Wie meinst du das?", Asger starrte ihn verblüfft an.

De war das alles etwas unangenehm. Er kam sich vor, als würde er sich aufspielen.

„Ach, das ist nicht der Rede wert", De winkte ab und lief dabei ein paar Schritte vor und zurück. „Ich wurde doch auf dem Stromversorgungskontinent geboren, an der Küste, bei den Windrädern bin ich aufgewachsen. Und als ich größer war, hab ich es da nicht mehr ausgehalten, bin in die Großstadt, hab da gearbeitet. Aber das war nicht das richtige. Bin dann hierher gekommen. Klingt nach mehr, als es ist."

„Ich würde sagen, du bist mehr herumgekommen, als die meisten von uns hier."

„Wo kommst du denn her?", fragte De und fixierte Asgers Anzug, der in einem viel besseren Zustand war als seiner. Weniger Flecken und Löcher, keine abgerissenen Knöpfe.

Asger schaute ihn mit einem unbestimmten Blick an und De hatte augenblicklich das Gefühl etwas Unpassendes gesagt zu haben. Panisch scannte er sein Gehirn danach ab, in welches Fettnäpfchen er getappt sein könnte. Es war nicht so einfach mit den Umgangsformen, Tabus und Gewohnheiten hier, die er noch gar nicht kannte. Die rechte Hand presste er reflexhaft noch stärker zusammen, sodass die Wunde schmerzte. Das war wenigstens eine angenehme Rückkopplung in der Überforderungssituation.

„Du…", stotterte De und sein Blick haschte herum, „du bist also…"

Langsam dämmerte es ihm. Die, die keine Herkunft hatten, beziehungsweise alle aus dem selben Ort stammten.

Asger nickte stumm und versuchte ein Lächeln aufzusetzen.

„Du bist ein Android", sagte De tonlos und wusste im selben Moment, dass er das Wort nicht aussprechen durfte. Auch wenn es ihm bisher niemand gesagt hatte. Es hing ganz schräg zwischen ihnen in der Luft. Sie kamen aus den Fabriken unweit von hier. Dort, wo De unbedingt hinwollte. Er wollte Asger sofort fragen, wie er da hin kam. Da rein kam. Aber er traute sich jetzt nicht, es war alles zu angespannt. Er drückte seine Hand noch ein paar Mal zusammen, warum auch immer. Sie fühlte sich feucht an, das war bestimmt nicht gut.

„Ich arbeite seit fünf Jahren hier", nahm Asger den Faden schließlich wieder auf und erlöste sie aus der unangenehmen Stille.

De sah, dass immer mehr Leute wieder rein gingen und auch er spürte das Pflichtbewusstsein in seinem Nacken.

„Am Anfang war ich in deinem Bereich", fuhr Asger fort, „jetzt bin ich froh nicht mehr anpacken zu müssen, das Verletzungsrisiko ist auch viel geringer."

De hielt die Luft an und senkte seinen Blick. War das eine Anspielung? Hatten Androiden etwa einen Röntgenblick? De fühlte sich plötzlich noch viel kleiner und bedeutungsloser als sonst. Mit einem Mal spürte er nicht nur den Schmerz des Schnittes überdeutlich, sondern auch ein Stechen an der Stelle seines Brustkorbs, an der wieder ein Geschwür wuchs. Er fuhr sich mit der linken Hand über die noch unscheinbare Wucherung unter seinem Anzug und dachte mit Schrecken daran, dass es nicht mehr lange dauern würde, bis er sich mit diesem Problem auseinandersetzen musste.

„Ich bin halt einfach ein Trottel", sagte De und lächelte schief, blickte vorsichtig wieder auf.

„Mach dir keinen Kopf", sagte Asger. „Du solltest deine Hand verarzten, sonst kann es ein schlechtes Ende nehmen. Ihr Biomenschen seid verletzlicher als ihr denkt. Soll ich dir dabei helfen?"

„Es ist wirklich okay", winkte De mit seiner gesunden Hand ab.

„Also sehen wir uns später bei mir", erklärte Asger. „Komm einfach nach Dienstschluss, auch wenn es spät wird", er schlenderte davon.

Für den Rest des Tages versteckte De seine Hand wieder im Arbeitshandschuh und versuchte sie minimal einzusetzen, auch wenn er sie nicht öffnen konnte. Das Ergebnis war sehr überschaubar. Er assistierte seiner Maschine beim Zerlegen eines alten Fernsehers, riss die Metallstreben eines Sonnenschirms ab, verfing sich in einem überlangen Kabel und verzweifelte an dem Stoffbezug eines Holzstuhls. Wenigstens kam Jorge kein einziges Mal vorbei, er hatte wohl besseres zu tun.

In einem unbeobachteten Moment entfernte er blitzschnell den rotgetränkten Stofffetzen und ersetzte ihn durch das gestohlene Handtuch, welches zwar viel zu groß war, aber sich trotzdem besser anfühlte. Dabei vermied er es die Wunde anzuschauen, den Anblick konnte er nicht ertragen.

Aus der Entfernung sah er, dass seine Kollegen sehr flott ihre Recyclingstraßen abwickelten und mit viel Leichtigkeit den Schrott zerlegten und er fragte sich, wie sie das nur hinbekamen. Er kam schon bei den kleinsten Problemen ins Schwitzen und dann noch das mit seiner Hand. Dabei hatte er immer gedacht, dass er motorisch sehr geschickt sei. In seiner Heimat hatte er mühelos Windkraftanlagen erklettert und repariert, Elektroleitungen verlegt und Stromverteilungsanlagen gewartet. Dafür war sowohl feinmotorisches Knowhow notwendig, als auch körperliche Kraft und Durchhaltevermögen. Er vermisste diese Tätigkeit etwas, denn er war verdammt gut darin gewesen und konnte beinahe jedes auftretende Problem lösen. Nur mit seiner Umgebung war er irgendwann nicht mehr zurecht gekommen. Oder seine Umgebung mit ihm. Auf jeden Fall musste er gehen, es gab keine andere Wahl. Und seitdem irrte er orientierungslos durch die Welt.

Es war schon lange dunkel geworden, als die Maschinen nach und nach endlich verstummten und er und seine Kollegen sich auf den Heimweg machten. De konnte Mira nirgendswo ausmachen, vielleicht war sie auch schon früher gegangen. Die Leute liefen vereinzelt und sehr stumm auf dem altbekannten Weg zu den Wohnunterkünften. Die Luft war heute besonders kalt und ein schneidender Wind zerrte an seinem Gesicht. Nur mit Mühe konnte er den Weg erkennen und schleifte seine müden Glieder über die Straßenoberfläche.

Zusammenkünfte gab es heute keine, das war nicht die richtige Zeit dafür. Alle verkrochen sich in ihren Zimmern und versuchten so viel Schlaf wie möglich abzubekommen. De bereute es noch einen Abstecher zu Asger zu machen, aber andererseits wollte er, dass seine Hand so schnell wie möglich heilte. Als er an seiner Tür angekommen war, klopfte er so leise wie möglich und war kurz davor wieder umzudrehen. Er wollte Asger nicht stören, der sicherlich schon in seinem wohlverdienten Schlaf versunken war. Schliefen Androiden überhaupt? Er wusste so wenig über diese Lebensform.

Tatsächlich gähnte Asger zwar nicht, aber sein Gesicht sah sehr müde aus und er rieb sich die Augen, als er De die Tür öffnete und ihn wortlos hereinließ. Die Appartements waren alle gleich aufgebaut, so auch seins. Ein Fenster, davor ein winziger Tisch mit einem Stuhl, rechts davon ein Bett und am Fußende eine Kommode für

Kleidung und Habseligkeiten, ein separates Bad mit Toilette und Dusche.

„Soll ich nicht lieber morgen früh wieder kommen?", fragte De mit ton- und kraftloser Stimme.

Asger schüttelte den Kopf. „Morgen wäre theoretisch Ruhetag, aber dieser fällt aus wie du bestimmt gehört hast, da müssen wir alle wieder ran. Die Maschine im zweiten Sektor ist auch noch defekt seit heute, so langsam wird der Verzug kaum zu stemmen sein, morgen müssen wir alles geben."

Er deutete De an, sich auf den einzigen Stuhl zu setzen und holte aus der Kommode eine beige Stofftasche, deren Reißverschluss er aufzog und den Inhalt auf dem Tisch ausbreitete. Tuben, Verbandsmaterial, Tropfen, Pflaster, Blisterstreifen, Döschen und Papierverpackungen kamen zum Vorschein. Asger wühlte darin herum, auf der Suche nach etwas.

„Woher hast du das alles? Ich meine, du brauchst es ja selbst nicht, oder?", fragte De und überlegte gleichzeitig fieberhaft, ob das wieder unangemessen war.

„Nach meiner Fertigstellung wurde ich auf dem medizinischen Sektor angelernt, dort habe ich viele Jahre gearbeitet", erklärte Asger und ging vor De mit einem Bein in die Hocke, es gab keine weitere Sitzmöglichkeit.

Dieser Moment war es, den er so gefürchtet hatte, die räumliche Nähe. De warf einen Blick zur Tür, er konnte noch fliehen. Weglaufen. Er kannte diesen Asger doch gar nicht, er kannte noch nicht einmal seine Spezies. In seiner Heimat hatte es keine Androiden gegeben. Er wusste von ihrer Existenz, aber mehr nicht. Sein Spezialgebiet war Wind- und Wasserkraft gewesen. Und auch wenn Asger ihm sicher nur helfen wollte, ihn in seiner Nähe zu haben fühlte sich an als wäre er nackt, schutz- und wehrlos, klein und minderwertig. Also so, wie er sich immer fühlte, aber noch zehnmal verstärkt.

De rutschte auf seinem Stuhl hin und her, versuchte nach hinten auszuweichen, auch wenn da nur noch die Wand war. Seine Atmung geriet durcheinander, das war schlecht. Asger schaute ihn an, als würde er ein fremdes Wesen studieren. De wollte ihm gerne erklären, was los war, aber er verstand es ja selbst nicht. Panikattacke.

Der Anblick von Asgers ordentlicher Frisur und dem gepflegten Anzug machten es noch schlimmer, waren wie ein Affront. De senkte den Kopf und ließ seine Haare vor sein Gesicht fallen, um kurz abzutauchen. Er dachte an seine Fäden und versuchte ein paar davon mit der gesunden Hand zu fassen zu bekommen. Irgendwas, was ihn in dieser Welt hielt. Eine dünne spinnwebenartige Faser streifte seine Finger und er hielt sie fest. Dachte an das letzte Mal, dass ihn jemand berührt hatte, ohne dass es unangenehm gewesen wäre. Das war, als er Naj geholfen hatte. Das war gar nicht mal so schwierig gewesen.

Er holte seine rechte Hand vorsichtig aus der Hosentasche. Mittlerweile spürte er einen pochenden dumpfen Schmerz, der irgendwie weit weg von ihm stattfand, wie in einem anderen Körper. Vorsichtig, als würde sie gar nicht zu ihm gehören, legte er seine Hand vor sich auf den Knien ab. Ein- und Ausatmen.

Asger begann das Handtuch, welches größtenteils rot und braun war, abzuwickeln. De schämte sich für diese Sauerei und für den Diebstahl, sagte aber nichts. Asgers Finger fühlten sich kühl an und De hatte Mühe diese Information zu verarbeiten, denn sein Gehirn verlangte, dass dieser Androiden-Körper genauso warm zu sein hatte wie der Biomenschen-Körper. Dass er das nicht war, war ein sensorisches Paradox. Andererseits waren Asgers Hände sehr weich, besonders an den Fingerspitzen, und verströmten so ein angenehmes Gefühl von Geborgenheit, das De nur zu gern aufnahm.

Asger gab sich viel Mühe, De nicht mehr als nötig zu berühren. Dabei beugte er seinen Kopf nach vorne über die Wunde und De lehnte sich zurück, schaute an die Decke, um von den Details verschont zu werden.

„Wo hast du als Arzt gearbeitet?", fragte De, um an das Gespräch anzuknüpfen.

„Ich…", Asger stotterte und hielt kurz inne. Seine Stimme hatte plötzlich ein paar Aussetzer, so als wäre die Übertragung schlecht. De hatte so etwas noch nie vorher gehört. „Ich… habe die Erinnerung an diese Zeit verloren, leider", er schüttelte den Kopf und seine mit einer Kordel zusammengebundenen Haare fielen vom Rücken nach vorne.

„Das tut mir leid", De wusste nicht, ob das eine angemessene Reaktion war oder nicht, er hoffte es.

„Es müssten zehn Jahre vor meinem Einsatz hier gewesen sein, die ich als Arzt gearbeitet habe. Aber mehr weiß ich nicht", murmelte Asger. „Ich müsste diesen Schnitt eigentlich nähen. Aber ohne Betäubung wird es schwierig. Du hättest die Verletzung lieber gleich verarzten lassen sollen. Im Büro gibt es einen Notfallkoffer."

De lachte kurz auf. Nein, das wäre nicht in Frage gekommen.

„Ich werde die Wunde kurz spülen, es könnte brennen, dann eine entzündungshemmenden Wirkstoff drauf machen und einen neuen Verband, okay?", fuhr Asger fort.

De sah aus den Augenwinkeln, wie Asger mit routinierten Handgriffen zunächst eine durchsichtige Flüssigkeit über den dunkelroten Schnitt goss. Dabei ging er so sachte und konzentriert vor, dass De wie hypnotisiert auf jede Bewegung starrte. War es, weil er ein Android war und sehr viel genauer als ein Biomensch arbeiten konnte? Innerlich hasste er sich dafür, dass ständig diese Unterscheidung in seinem Kopf auftauchte, es fiel ihm noch schwer, Asger einfach nur als koexistierenden Menschen zu betrachten.

„Jetzt still halten", forderte Asger und tröpfelte mit einer Pipette eine hellblaue Flüssigkeit auf den Schnitt, der sofort brannte. De kniff die Augen zusammen und zuckte. Er fragte sich ob Androiden auch Schmerz empfanden. Und wenn nicht, was für einen Sinn ihr Leben dann machte. Denn ohne Schmerz keine Freude.

Als er die Augen wieder aufmachte, war Asger schon dabei einen neuen Verband anzulegen. De schaute auf seine schmutzige und abgewetzte Hand und auf Asgers beinahe makellosen und schlanken Finger, die feinen Augenbrauen und die hellen Wimpern, den schmalen Mund. Für einen kurzen Moment geriet er ins Tagträumen.

„Alles okay?", Asger blickte auf und De registrierte zum ersten Mal seine ungewöhnliche Augenfarbe, die irgendwo zwischen einem blassen blau und grau angesiedelt war.

„Ich... ich muss etwas abgedriftet worden sein", De lächelte und zog seine Hand wieder zu sich. Sie fühlte sich gut an, viel besser als vorher. „Danke für deine Hilfe."

„Kein Problem. Das nächste Mal kommst du gleich zu mir", Asger erhob sich und räumte die Utensilien wieder zusammen.

Als De wieder in die kühle Luft trat, fühlte er sich leichter und entlasteter, gleichzeitig aber auch müder und erschöpfter als je zuvor. In seinem Bett wälzte er sich noch länger als sonst umher, immer darauf bedacht den Schlauch für seine Nahrungszufuhr nicht versehentlich herauszureißen und fiel in einen merkwürdigen oberflächlichen Schlaf, in dem er glaubte durch ein überschwemmtes Gebiet zu waten. Die Fluten wurden immer tiefer, das Wasser immer brauner und der Schlamm unter seinen Füßen immer zäher. Nirgendswo war ein Horizont zu sehen, ein Punkt, an dem die Katastrophe ein Ende haben könnte. Das Wasser stand ihm schon bis zum Hals als er wieder aufsprang und verwirrt um sich blickte. Nein, von Wasser keine Spur. Allerdings war er nassgeschwitzt und musste alle Kleidung wechseln.

Im Bad machte er das Licht an und fühlte sich so verstrahlt wie schon lange nicht mehr. Er hatte seine käseweißen Beine, seinen eingefallenen Brustkorb mit dem deutlich wachsenden Geschwür auf der einen Seite und dem Katheter auf der anderen Seite, den unförmigen Bauch, die schiefen Füße schon lange nicht mehr erblickt und fürchtete sich beinahe vor diesem Fleisch, das sein Dasein durch die Welt transportierte. Zum Glück gab es hier keine Spiegel, den Anblick hätte er unmöglich ertragen können. Absolut neben sich stehend zog er sich einen neuen Overall über, putzte die Zähne und fuhr sich mit den Händen durch die Haare. Ein weiterer Tag lag vor ihm.

×××

Seine rechte Hand war zwar noch nicht voll einsatzfähig, aber es klappte schon viel besser als am Tag vorher, an dem er sich noch wie ein halber Mensch gefühlt hatte. Überhaupt war dieser Arbeitstag nicht ganz so fürchterlich wie die anderen. Schon nach einer Stunde versank er in einer angenehmen Routine. Vielleicht war es der wenige Schlaf, der merkwürdige Traum oder gar eine Nebenwirkung des Medikaments, welches Asger in die Wunde getropft hatte, auf jeden Fall hörte De das Surren und Hämmern der Maschinen in der Halle verschmelzen zu einem Rauschen, das ihn nach kürzester Zeit einlullte und wegtrug.

Die Arbeit ging ihm in dieser Zeit mühelos von der Hand und schien wie ein Strom zu sein, in den er mit Leichtigkeit eintauchte. In seinem Kopf summte und rauschte es, er wurde fortgetragen zu dem Meer, an dem er seine Kindheit verbracht hatte. Die Wellen umspielten ihn, er hatte ein Tau in der Hand, welches von den Naturgewalten gezeichnet war. Mehrere Fäden hatten sich abgelöst und hingen herab, dennoch war es ein straff gedrehtes Seil mit einer markanten Struktur, das so perfekt in seinen Handflächen lag. Er zog ein Boot an den Strand und seine Füße betraten den weichen und warmen Sand, Wasser tropfte um ihn herum von seiner Kleidung. Im nächsten Moment zerlegte er Teile eines Bootes auf seinem Fließband, der Übergang zwischen beiden Szenen war allerdings mühelos. Und das war so eine Wohltat, dass irgendetwas auch mal mühelos ablief. Ohne dass er stolperte, sich verhakte, nichts verstand oder verloren war.

Und mit einem Mal standen die Maschinen still und De wunderte sich. Der Tag war zu Ende, sie mussten alle nach Hause gehen. Er zuckte mit den Schultern, zog die Arbeitshandschuhe ab. Asgers Verband war nicht mehr weiß, sondern grau, aber saß immer noch bombenfest. De war einer der letzten und an der Tür nickte Jorge ihm aus der Ferne zu. Was wohl so viel wie, gut gemacht, heißen sollte.

„Morgen ist Ruhetag", sagte Mira, die plötzlich neben ihm lief.

„Habe ich gar nicht mitbekommen", erwiderte De und schaute zu ihr rüber. Im Licht der Laterne sah er, dass sich in ihrem sonst so hellen Gesicht dunkle Augenringe gebildet hatten, die Lippen waren ganz blass. Die dunklen Locken hatten ihren Schwung verloren. Es würde ihn nicht wundern, wenn auch die Menschen hier mit der Zeit grau werden würden.

„Das Gröbste ist geschafft für heute, wir haben uns eine Pause verdient", seufzte sie.

„Was ist mit der defekten Maschine?", fragte er während sie von einer stummen Gestalt überholt wurden.

„Was für ein Glück, sie ist wieder im Einsatz", atmete Mira geräuschvoll aus und der Anflug von einem Lächeln war zu erkennen. „Sonst hätten wir noch bis zum Sankt-Nimmerleins-Tag durcharbeiten müssen."

„Ja, es war ein wahnsinniges Pensum."

„Was machst du morgen an deinem freien Tag?", fragte sie, als die Umrisse der Baracken schon in Sicht kamen.

De zuckte mit den Schultern. Er hatte von diesem Umstand ja gerade erst erfahren, er hatte keine Pläne. „Mich ausruhen, schätze ich mal."

„Was dagegen, wenn ich dich mittags abhole?", fragte sie.

„Warum nicht", erwiderte er.

×××

Freier Tag. De war etwas überfordert. Er lag in seinem Bett und starrte an die Decke. Er könnte sich die Gegend anschauen, er hatte seit seiner Ankunft noch gar nichts gesehen. Er könnte Asger aufsuchen und ihm nochmals für die Versorgung seiner Wunde danken. Die kaputte Stelle zwickte zwar noch gewaltig, schien aber ansonsten ganz gut abzuheilen. Stattdessen rührte er sich nicht und dachte, dass das genau der Grund gewesen war, wieso er umherzog und auf der Suche war. Dass er innerlich zerbrochen war und es auch nichts mehr zu reparieren gab. Sein Lebenswille war ihm abhanden gekommen. So sehr, dass er sein Leben noch nicht einmal beenden konnte. Stattdessen dazu verurteilt war, vor sich hin zu vegetieren und seine Umgebung mit seiner Existenz zu belasten.

Er wurde von einem Klopfen aus seinen Gedanken gerissen. Langsam wie ein Untoter aus seinem Sarg richtete er sich auf, brachte sich auf die Füße und öffnete die Tür.

„Es geht los", sagte Mira und ihr Gesicht hatte im Vergleich zu gestern gleich mehr Farbe, vielleicht sah es auch nur wegen des Tageslichts so aus.

De hob die Augenbrauen, weil es so klang, als würde gleich ein Hochzeitspaar vor den Altar geführt.

„Du musst dir was anderes anziehen, Arbeitskleidung ist nicht", Mira zeigte auf seinen Einteiler und erst jetzt fiel De auf, dass sie eine rostfarbene Hose und einen grünen Pullover trug.

„Einen Moment", De lehnte die Tür an und schaute sich hilflos im Raum um. Kommode. Er zog die Schubladen auf und beförderte eine schwarze Hose und ein graues Hemd hervor. Zog sich schnell um. Zum Glück wusste Mira nicht, dass das die Arbeitskleidung seines vorherigen Jobs war.

„Wohin gehen wir?", erkundigte er sich, als sie die Treppen nach unten nahmen. Seine rechte Hand versteckte er in der Hosentasche, damit niemand Fragen stellte.

„Es ist so Tradition an den Ruhetagen etwas zu unternehmen, was nichts mit Arbeit zu tun hat", erklärte Mira und sie traten nach draußen.

„Es ist Winter, was soll man denn hier draußen machen?", De schlang die Arme um sich, als die Kälte unter sein Hemd kroch.

„Siehst du das Feuer da unten?", sie zeigte auf einen Hügel, hinter dem Rauch aufstieg.

„Was ist da?"

„Du wirst schon sehen."

Sie liefen querfeldein durch eine gefrorene Ebene. Die ganze Gegend war ziemlich flach, höchstens mit leichten Erhebungen. Es gab keine Naturlandschaft im üblichen Sinne, keine Wälder, Wiesen, Berge oder Felsen, keine Flüsse und Seen. Soweit er blicken konnte bestand die Umgebung aus undefinierbaren Flächen, auf denen im Sommer den Überresten nach zu urteilen wohl höchstens Unkraut wuchs. Dazwischen Strommaste, Lagerhallen, Bahnschienen, Landeplätze für Drohnen und Hubschrauber, Ladekräne, rauchende Schornsteine, offen verlegte Kabel und Rohre. Das ganze hatte eine industrielle Poesie an sich, es war ein Gedicht des Anthropozäns, eine kalte und metallische und betonierte Lyrik, die sich über die Welt legte und sie nicht mehr losließ. De sog die eisige Luft in seine Nase und die Lungen, versuchte sich seine Umgebung anzueignen, in sie einzutauchen, mit ihr zu verschmelzen. Es fühlte sich vielleicht nicht unbedingt gut an, hier zu sein, aber es war auch stimmig mit seinem Innenleben, es resonierte mit ihm.

Hinter dem Hügel kam eine Stelle zum Vorschein, an der sich dutzende Arbeiter um ein Lagerfeuer herum versammelt hatten. Als sie näher kamen konnte De erkennen, dass in der Mitte alte und unbrauchbare Holzteile aus der Fabrik angezündet worden waren. Sie waren wohl aussortiert worden und konnten nicht mehr wieder verwertet werden. Es war geradezu kurios, dass die Menschen sich in dieser naturlosen Umgebung wie Urmenschen aufführten und um das Feuer standen, als wäre es das letzte, was ihnen noch geblieben war. Wenn die Arbeiter nicht mehr in ihrer natürlichen Umgebung der Maschinen sein können, dann wurden sie in die künstliche Umgebung der Natur, oder was sie sich darunter vorstellten, gedrängt.

Die Leute trugen durchgehend Freizeitkleidung, was es für ihn schwierig machte, sie den Namen zuzuordnen, sie waren jetzt so verändert. Die meisten fröstelten und hielten ihre Hände nah an das Feuer, welches in einer kubistischen Konstruktion vor sich hin zischte und knackte.

Mira und er stellten sich dazu und De konnte den Blick von den Flammen nicht abwenden. Sie hatten so etwas Lebendiges und Mystisches an sich. Es war auch komisch die Leute nicht in einem geschlossenen Raum zu sehen. Die meisten unterhielten sich, rauchten, tranken. Manchmal lachte jemand oder erhob die Stimme.

Aus einer anderen Richtung kam jemand auf die Gruppe zugelaufen, den er als Ante identifizieren konnte. Er hatte ein breites Grinsen auf dem Gesicht und wurde lautstark von ein paar Leuten begrüßt.

„Er scheint ganz schön beliebt zu sein", sagte De zu Mira.

„Du hast recht, das ist mir auch schon aufgefallen. Gefällt er dir denn auch?", sie zwinkerte ihm zu.

„Nein, gar nicht mein Typ", De schüttelte den Kopf. „Aber er ist nicht unsympathisch."

„Stimmt... Hier, du solltest etwas essen", sie hielt ihm etwas undefinierbares braun-bröckeliges hin.

„Ich..." er winkte ab, „mein Körper verweigert die Nahrungsaufnahme... ich kann fast nichts essen."

„Und wovon lebst du dann?"

„Es ist kompliziert...", stammelte er.

Zum Glück kam eine Frau zu ihnen und riss das Gespräch an sich.

„Endlich seid ihr da", rief sie aus und biss herzhaft in das Essen. „Ich bin Runa", sie streckte ihm die andere Hand entgegen, an der noch ein paar Krümel hingen.

„Ich bin Frederick, nenn mich De", sagte er und versuchte zu lächeln. Sie stand zu nah an ihm und schon wieder dieses Händeschütteln, das war anstrengend.

Runa hatte ein breites Gesicht und große, beinahe hervortretende Augen, kurze Haare wie die meisten Frauen hier.

„Was die uns heute geschickt haben schmeckt aber ganz gut oder?", fragte sie voller Wonne und De schaffte es, ein paar Schritte zurückzutreten, um Abstand zu gewinnen. Besser.

„Ist das vergorenes Brot? Das hatten wir schon einmal. Für Resteverwertung sind wir ja immer zu haben", entgegnete Mira und kaute nur halb überzeugt.

„Aber lass uns auf keinen Fall von der Arbeit reden", lachte Runa laut auf und ein paar Krümel fielen runter.

„Hast du schon gehört, die Neuigkeiten von den mysteriösen Todesfällen?"

„Ich weiß!", rief Mira überschwänglich aus und riss ihre Augen auf wie ein Gecko. „Es ist der pure Wahnsinn, oder? Die Realitätsebene – ich meine, ich kapier das einfach nicht, das geht nicht in meinen Kopf. Wie kann so etwas überhaupt passieren? Ich habe so viele Fragen."

De setzte auch einen fragenden Gesichtsausdruck auf, der Mira nicht entging.

„Die Ursache für die Todesfälle", erzählte sie atemlos, „liegt nicht in einem Krankheitserreger oder sowas begründet, sondern in der Art und Weise, wie die Realität an diesen Orten, an denen die Leute sterben, konstruiert ist. Ist sie schwach und porös, so sterben sie. Man weiß nur noch nicht, warum die Realität an diesen Stellen so brüchig wird."

„Von den Forschern wurden neue Geräte entwickelt, um das zu messen und jetzt liegen die Ergebnisse vor", ergänzte Runa. „Aber hast du das von den Spinnenmenschen gehört?"

„Sie haben im Laufe der letzten Wochen ihre Arbeit komplett eingestellt. Ich meine, sie verrichten keine essentiell wichtige Tätigkeit für den Planeten, nicht?", lamentierte Mira. „Niemand wusste bisher so genau, was sie da machen. Klar, sie archivieren größtenteils, sammeln die losen Blätter ein, die von der Bücherstadt auf der ganzen Welt verteilt werden. Aber ist es nicht total unheimlich, dass sie es auf einmal nicht mehr machen?"

„Oh Mann, das ist echt gruselig. Was hat das alles mit den Realitätsschichten zu tun", fragte Runa, „ich meine, das ergibt doch keinen Sinn."

„Ich habe die Spinnenmenschen getroffen", schaltete De sich ein, „auf dem Stromversorgungskontinent. In einem ihrer Archive. Sie sind wundersam komplexe Wesen, allein dass sie fast vier Meter hoch sind und aus Wolken zu bestehen scheinen, absolut beeindruckend. Und die Kommunikation mit ihnen ist so verrückt. Man kann es kaum als Sprache bezeichnen, sie benutzen Sprechblasen, in die sie ihre Worte hauchen. Meine Bekannte, Naj, sie konnte mit ihnen kommunizieren."

„Wahnsinn", Mira blieb der Mund offen stehen. „Kannst du das auch?"

De schüttelte den Kopf. „Ich habe keine besonderen Fähigkeiten."

„Dann bist du hier genau richtig", lachte Mira, „wir nämlich auch nicht. Keiner von uns."

Er lächelte und senkte seinen Blick.

„Ich hoffe nur", ein älterer Mann kam jetzt zu ihnen, „dass es nicht schon wieder zu Turbulenzen kommt. Das Ganze riecht nach Ärger. Immer wenn sich auf dem Planeten etwas ändert, kommt alles Mögliche in Bewegung und die funktionierenden Strukturen brechen zusammen. Wisst ihr noch, was passiert ist, als sie den Vogelwald abgeholzt haben?"

„Das war erst letztes Jahr, Bo!", rief Runa.

„Ihr jungen Leute habt eine Aufmerksamkeitsspanne eines Kolibris", Bo zog seine Mütze noch mehr über die Ohren und De wunderte sich über die sichtlich gealterten Hände des Mannes. Mit seinem Bart hatte er etwas von einem Seemann.

„Die Stromversorgung kam ins Stocken und die digitale Verbindung zum Schreiberkontinent brach ab, also keine Texte mehr für die Welt und größtenteils keine

Bestellungen", ratterte Mira runter. „Und dann kam der Engel Karl-Gustav und rettete uns alle mit seinem neuen Gründertext und dazu diese wahnsinnigen Textfragmente, die über die ganze Welt flatterten, das war schön."

„Ich hab das Gefühl, das ist noch nicht ausgestanden, das ist noch nicht fertig, da kommt noch was", unkte Bo und nahm einen Bissen von dem Brotgemisch.

„Na klar, es kommt immer etwas Neues", verdrehte Runa die Augen. „Während der letzten Krise konnten wir fast nichts produzieren, mussten aber irrsinnig viel recyceln, das war anstrengend. Vielleicht ist es ja das nächste Mal umgekehrt."

Etwas weiter entfernt sah De ein paar Leute auf das Lagerfeuer zukommen. Sie waren hier schon eine stattliche Gruppe und De wunderte sich, dass immer mehr dazu kamen, auch wenn es logisch war, dass in den Wohnhäusern hunderte von ihnen untergebracht sein mussten.

Eine Frau und zwei Männer kamen näher und De wusste nicht warum, aber einer der Männer wirkte wie nicht von dieser Welt. Irgendwie anders.

„Was ist mit denen da?", flüsterte er Mira ins Ohr, auch wenn er ihr näher als zwei Schritte kommen musste und zeigte auf die Neuankömmlinge. Er hoffte einfach, dass der Rauch alle unangenehmen Gerüche überdeckte.

Mira verengte die Augen und schien nachzudenken. „Der in der Mitte, der so jung aussieht, dass muss ein neuer Android sein", erklärte sie. „Wir bekommen die Neuen nicht so oft zu Gesicht, sie werden ja spezialisiert auf einen Arbeitsbereich hergestellt und in alle Teile der Welt verteilt, aber der hier ist anscheinend hier gelandet", sie zuckte mit den Schultern. „Er muss noch sozialisiert werden. Vielleicht ist er erst ein paar Wochen alt. Die beiden anderen kümmern sich um ihn."

De nickte bedächtig und ließ die Leute nicht aus den Augen.

„Können sie denn…", er gestikulierte mit den Händen, „…alles, was wir auch können. Fühlen, Denken, Wahrnehmen."

Mira verdrehte die Augen, so als hätte er gefragt ob Menschen sich auf Armen oder Beinen fortbewegten. „Natürlich, sie haben Sensoren und Rezeptoren überall dort wo wir sie auch haben. Schmerz, Freude, Berührungen, Temperaturunterschiede und so weiter nehmen sie wie wir wahr. Sie haben nur keine Flüssigkeiten im Körper, atmen nicht und die Energie speist sich aus einem internen Kraftwerk, welches durch das Laden von Strom unterstützt wird."

„Ahh, okay."

Mira hätte ihm noch stundenlang von diesen Dingen erzählen können, die er bisher nur bruchstückhaft gekannt hatte. Diese ganze Welt der Androiden war so eigen und verworren für ihn, er wollte unbedingt alles darüber wissen. Aber Mira wurde wieder abgelenkt und schaltete sich in ein anderes Gespräch ein. Darüber hinaus gab es zu dem Brot jetzt auch Himbeerwein, was ihre Stimmung etwas ins Alberne kippen ließ.

De lief um das Feuer herum und beobachtete, wie der Neue, wenn es stimmte, sehr sachte und konzentriert mit seinen beiden Begleitern sprach. Sein Gesichtsausdruck war freundlich, neugierig und leicht überfordert. Seine Hände bewegte er routiniert, aber auch etwas verzögert, die Gestik und Mimik war noch nicht so wie bei den

Biomenschen, auch wenn es schwer war zu benennen, was an ihm noch nicht so ganz stimmte.

De hatte gar nicht bemerkt, wie er ihm immer näher gekommen war und nun neben den drei Leuten stand.

„Guten Tag", sagte er und deutete eine leichte Verbeugung an, „ich bin De."

Der Neue schaute gleichzeitig amüsiert und erschrocken. Seine hellbraunen Haare waren makellos nach hinten geflochten, wie es hier üblich war.

„Mein Name ist Finn", erwiderte dieser und schnappte kurz nach Luft, als ob das schon zu viel wäre.

„Finn wird an der Drohnenstation eingesetzt", erklärte die Frau neben ihm und musterte De deutlich von oben bis unten.

„Das ist bestimmt sehr herausfordernd", bemerkte De.

„Die Technik dort ist veraltet, Finn wird viele neue Technologien einführen und die Leute dort einarbeiten", ergänzte der andere Begleiter. „Ich bin übrigens Lian und das ist Birte", er zeigte auf die Frau.

„Sehr angenehm", nickte De und versuchte ein Lächeln aufzusetzen.

Es war nicht zu übersehen, dass er von Finn permanent fixiert wurde. Seine braunen Augen huschten hin und her als ob er in seinem jungen Androidengehirn jede Interaktion abspeichern würde. Es musste sich gut anfühlen so viel Platz für neue Eindrücke zu haben und nicht so überladen zu sein mit einem größtenteils erfolglosen Leben, das an einem hing wie ein nasser Mehlsack.

„Wir sehen uns sicherlich später", sagte Lian und das Trio bewegte sich weiter.

De schaute ihnen nach wie sie sich mit einer gewissen Distanz, aber auch vorsichtigen Kontaktaufnahme durch die Menge bewegten. Es erfreute De jemandem beim Neuanfang zusehen zu dürfen. Nichts wünschte er sich sehnlicher als die alte Haut abzustreifen und nochmal von vorne beginnen zu dürfen. Diesmal alles richtig zu machen. Nicht mehr in Fallen und Fehler zu stolpern, Menschen enttäuschen, Beziehungen verlieren. Vielleicht würde er die Gelegenheit dafür bald bekommen.

Ihm war kalt geworden in seinem dünnen Hemd und er überlegte, zurückzugehen und sich unter der Bettdecke zu verkriechen. Er wollte zu seinem Wohnhaus laufen, schlug dann aber die entgegengesetzte Richtung ein und schlenderte über die leere Ebene. Das gefrorene Gras, unterbrochen von Sand und Schotter, knirschte unter seinen massiven Arbeitsschuhen.

Von seiner Heimat kannte er diese Kälte nicht. Sie hatten auch Winter, aber viel milder und nicht so dunkel. Er hatte diese Jahreszeit vor allem als sehr öde in Erinnerung. Noch mehr Zeit als sonst, um zu versuchen seinen sogenannten Eltern aus dem Weg zu gehen und sie nicht mit seiner Existenz zu belasten. Und an einem Winterabend, er war ein kleines Kind und hatte noch nicht verstanden, dass er keinen Platz in dieser Welt hatte, da hatte sein Ziehvater angekündigt, dass er sich jetzt erhängen würde.

Die Erinnerung daran schmerzte nicht mehr, aber es gab trotzdem einen Schnitt in seinem Inneren. Irgendwas rührte sich, was nicht in Ordnung zu sein schien. De hatte Angst von der Schlinge gehabt, die sein Vater herausgeholt hatte und an die Decke hängen wollte. Hätte er es doch einfach gemacht. Aber sein Vater war immer schon groß im Ankündigen gewesen, im Drohen, nur wusste er das als Kind nicht. Wenn er sich das Leben genommen hätte, würde er ihn vielleicht nicht mehr mit seiner dunklen Gestalt verfolgen. Mit seinem Schatten. Seiner deutlichen Aussage, dass er und seine Ziehmutter ihn nicht akzeptierten.

Die beiden waren keine schlechten Leute gewesen, er konnte ihnen kaum etwas vorwerfen. Sie hatten sich um ihn gekümmert so gut sie eben konnten. Sie hatten ihn nicht geschlagen oder missbraucht, sie hatten ihn nicht verstoßen oder irgendwo ausgesetzt. Wie konnte er ihnen vorhalten, dass sie ihn zu wenig geliebt hätten, wenn er nicht ihr leibliches Kind war und dazu noch so eine schwierige Person, von Anfang an. Er und seine Eltern hatten einfach nicht zusammengepasst. Er passte immer noch nirgends rein. Auch hier gehörte De nicht hin. Und um dieses Problem ein für alle Mal zu lösen, musste zu den Androidenfabriken, so schnell wie möglich.

×××

Dorthin zu kommen, war schwieriger als gedacht. Dieser ganze Produktionsabschnitt schien unter großer Geheimhaltung zu stehen und ließ wenige Informationen nach außen dringen. Oder man wollte ihn einfach nicht dorthin lotsen. Egal wen er gefragt hatte, alle gaben sich bedeckt oder zuckten einfach nur mit den Schultern. Selbst die geographische Lage des Ortes war nicht zu bestimmen und wurde mit ungenauen Wegbeschreibungen angegeben. De ärgerte sich, dass er seinem Ziel schon so nahe war, jetzt aber partout nicht vom Fleck kam.

„Du jagst einem Phantom hinterher", hatte Mira einmal auf dem Heimweg gesagt.

„Du meinst also die Produktionsstätten für Androiden existieren gar nicht?", hakte er nach.

„Natürlich existieren sie, aber dass es dir da besser gehen würde, das ist ein Phantom", erklärte sie.

Er dachte, dass sie das nicht wissen konnte, denn sie kannte ihn und seine Geschichte nicht. Sie wusste nicht, was er alles schon ausprobiert hatte, welchen Leidensweg er hinter sich hatte.

„Was ist mit dir, willst du immer hier bleiben?", fragte er.

„Oh, das darfst du die Leute hier nicht fragen", seufzte sie. „Die meisten wollen weg, wollen nicht weg, kommen nicht von der Stelle, drehen sich im Kreis, bleiben einfach da wo sie sind. Glaub mir, das ist kein gutes Thema."

Ja, das hatte er auch schon mitbekommen. Es war eine merkwürdige Blase hier, ein Nicht-Ort. Als ob die Realität hier aus einem anderen Stoff als sonst gemacht war. Einem durchsichtigen Material, welches einen nach kurzer Zeit unbemerkt einwickelte und in einem Kokon einschloss, in dem man konserviert wurde und nicht mehr rauskam. Und nur noch arbeiten konnte wie die Maschinen. Irgendwie auch eine Erleichterung, Entscheidungen mussten nicht mehr getroffen werden, das Leben lief in vorgegebenen Bahnen.

„Aber du wurdest doch nicht hier geboren? Niemand von den Biomenschen wird hier geboren", fragte De und kickte ein Steinchen in die Dunkelheit. Gerade gestern hatten sie die längste Nacht des Jahres gehabt. Es würde noch lange dunkel bleiben.

„Nein, natürlich nicht", murmelte Mira. Er konnte ihr Gesicht kaum sehen. „Meine Familie lebt auf dem anderen

Kontinent, bei den Forschern und Raumfahrern. Ich bin hierhergekommen, nachdem mein Bruder sich das Leben genommen hatte. Weißt du, dort ist vieles sehr gut organisiert und wir sind eine vorbildliche Gesellschaft, keine Frage. Aber der Druck ist groß, etwas Ordentliches auf die Beine zu stellen, die nationale Sicherheit zu gewährleisten, komplizierte Probleme zu lösen. So wie jetzt mit der bröckeligen Realität und den Todesfällen. Das alles müssen die Leute auf dem Kontinent stemmen. Sie sind etwas verrückt, ganz anders als hier, du kannst es dir nicht vorstellen wenn du nicht da gelebt hast. Und du ahnst auch nicht, welche Bedrohungen die ganze Zeit lauern, was es bedeutet, den Planeten gegen die vielen Welten da draußen und gegen interne Gefahren zu verteidigen... Ich verstehe nicht, wieso mein Bruder das getan hat, ich musste einfach weg. Die Regelmäßigkeit der stupiden Arbeit hier hält mich am Leben, das ist alles, was ich brauche."

„Das tut mir leid", sagte De und atmete tief ein und aus. Er dachte, dass er Mira bisher nicht so wahrgenommen hatte. Dass sie eigentlich einen relativ fröhlichen Eindruck machte. Kommunikativ und engagiert. Vielleicht hatte hier jeder ein dunkles oder zumindest graues Geheimnis.

„Es gibt viele Leute, die in solchen Fällen gute Erfahrungen mit Psychopharmaka gemacht haben", warf De ein. „Vielleicht wäre das etwas für dich?"

„In meiner Heimat wurde mir das natürlich verschrieben. Ich habe ja im Militär gearbeitet. Um meine Stelle zu behalten musste ich diese Mittel nehmen. Am Anfang haben sie geholfen, ich fühlte mich ausgeglichen und konnte wieder an mein altes Leben anknüpfen. Aber schon nach ein paar Monaten schlichen sich Zweifel,

Unsicherheiten, Schlafprobleme, Essstörungen ein, es war furchtbar. Ich verlor meinen Job und sofern es nicht etwas fundamental Neues gibt, werde ich diese Medikamente meiden. Vielleicht haben sie auch meinen Absturz befeuert, wer weiß das schon."

Sie waren an dem Punkt angekommen, an dem sich ihre Wege trennten. Sie standen sich drei Schritte gegenüber in der kalten Düsternis. Dadurch hatte De das Gefühl nicht nur mit Mira, sondern mit der Welt an sich zu sprechen.

„Ich hatte eher das Gefühl ich würde lauter Placebos nehmen, kein Effekt, nichts", atmete De geräuschvoll aus. Es war schwer, über solche Schwächen zu sprechen. „Ich glaube in meiner jetzigen Daseinsform kann mir die Welt nichts mehr geben und umgekehrt kann ich auch nichts geben, das ist mein Fazit."

„Das ist das, was du dir einredest, damit du mit einer schwierigen Situation fertig wirst, das weißt du, oder?"

De erwiderte nichts darauf. Er tastete nach dem Geschwür und stellte mit Grauen fest, dass es schon sehr groß geworden war. Auch das noch. Bald musste er sich dessen entledigen, er hatte nur noch ein paar Tage. Irgendwie war jeder von ihnen allein mit seinen Problemen. Sie konnten sich nicht gegenseitig helfen.

„Gute Nacht", sagte er in die Dunkelheit hinein und entfernte sich. „Wir sehen uns morgen."

×××

Am nächsten Tag dachte er an das Schlimmste, als vor der Mittagspause Jorge auf ihn zugeeilt kam und abrupt vor ihm stehen blieb. De war sich sicher, dass er etwas schrecklich falsch gemacht und einen Staubsauger oder ähnliches nicht richtig auseinander genommen hatte. Bestimmt würde er herausgeworfen werden. Er nahm sich vor, es mit Fassung zu tragen. Dennoch schlug sein Herz bis zum Hals, als Jorge zu sprechen anfing.

„Du kennst dich mit der Stromversorgung aus?", sprudelte Jorge aufgeregt los.

De nickte und hielt dabei die Luft an.

„Wir brauchen jemanden mit Fachkenntnissen, es ist ein Notfall", Jorge nahm ihn an der Schulter und schob ihn durch die Halle zu einem anderen Ausgang. De zuckte zusammen und dachte daran, dass er durch das Geschwür bestimmt noch unangenehmer roch als sonst.

Im Augenwinkel registrierte De, dass sich viele Augenpaare, unter anderem von Mira, auf sie gerichtet hatten.

„Kannst du Verteilerkästen neu programmieren und so weiter?", Jorge schob ihn weiter neben sich her und De wünschte sich nichts mehr, als dass er endlich auf Abstand ging.

„Natürlich, hab ich von klein auf gelernt", bestätigte De und konnte keinen klaren Gedanken fassen.

„Okay, du wirst für ein paar Tage auf einen anderen Posten versetzt, alles weitere erfährst du von Bo, er wird dich begleiten. Warte hier, bis er kommt", Jorge schickte ihn durch eine Tür nach draußen.

„Ich muss noch etwas aus der Wohnung holen", rief De, Jorge war schon auf dem Rückweg.

„Okay, beeil dich. Du hast zwanzig Minuten Zeit bis die Bahn kommt."

Verdammt, dachte De, das war knapp. Er spurtete los. Im Rennen war er noch nie gut gewesen. Schon nach ein paar Metern hatte er das Gefühl die schweren Arbeitsschuhe nicht mehr vom Boden wegzubekommen. Er brauchte seine Nahrung. Dringend. Eigentlich müsste er sich noch um das Geschwür kümmern, aber das würde er nicht mehr schaffen, das musste warten. Alles auf einmal. Abgehetzt kam er in dem Appartement an und holte die Stofftasche mit den Nahrungsbeuteln hervor. Warf noch alle seine Verbände und Pflaster rein, schaute sich ein letztes Mal in dem Raum um. Das wars, mehr brauchte er nicht.

Zügig war er an der Stelle, an der Jorge ihm aufgetragen hatte zu warten, zurück, lehnte sich an die Außenfassade und atmete erstmal ein paar Minuten unkoordiniert durch. Auf dieser Seite der Halle war er noch nie gewesen. Einige Meter entfernt hob ein fest installierter Ladekran gerade einen Container hoch, um ihn an den Halleneingang auf einer Art Fließband abzustellen. De war überwältigt von der schieren Größe der Gerätschaften und des dumpfen Geräusches, welches Metall auf Metall verursachte. Er verfolgte den Ursprung des Containers zurück und erkannte, dass dieser von einem Güterzug kam, welcher mitsamt der Schienen an dem Kran vorbeiführte. Es war wie eine neue Welt.

„Ich habe von deinem neuen Job gehört", Asger kam von seinem Posten der Warenannahme auf ihn zu.

De hatte ihn seit dem nächtlichen Verbandswechsel nur flüchtig gesehen. Auch hatte es anders als sonst zuletzt keine Treffen bei ihm gegeben. Kontakte waren hier weniger verbindlich.

„Ich weiß noch gar nichts", hechelte De, er war immer noch sehr aufgedreht von seinem Sprint.

„Ich denke, ich sehe dich dann nicht mehr wieder", Asger kam näher und blieb zwei Schritte vor ihm stehen.

Trotz des ganzen Stresses konnte De die Lässigkeit und Eleganz von Asger deutlich spüren. Seine Arbeitskleidung saß, im Gegensatz zu vielen anderen, nicht zu eng und nicht zu weit an seinem Körper, seine Hände waren makellos schlank und er gestikulierte mit Bedacht, nicht überspannt oder lahm wie De. Am meisten beeindruckte ihn Asgers Gesicht, welches schlau und tiefsinnig wirkte ohne überheblich oder verloren zu sein.

„Ich weiß nicht, was ich dazu sagen soll", De versuchte ein Lächeln aufzusetzen und schaute verlegen auf den Boden. Im Hintergrund gab es ein quietschenden Geräusch von der Container-Verladung. Irgendwas schepperte.

„Ich...", Asger kratzte sich am Haaransatz. Seine Stimme hatte ein unmerkliches Zittern an sich, welches De nicht sofort einordnen konnte. „Ich wollte dir unbedingt noch etwas sagen", er kniff die Augen zusammen als ob er den nächsten Satz erst aus seinem Gehirn extrahieren musste. De schaute ihn mit großen Augen an, während im Hintergrund weiter gepoltert wurde. Sag es endlich, dachte De und fixierte Asger, wie er anscheinend mit sich rang.

„Ich habe Angst, dass dein Vorhaben nicht funktionieren wird", trug Asger vor und einzelne Silben brachen immer wieder weg, „dass du nicht dein Ziel erreichst, sondern beschädigt, richtig beschädigt aus der Sache rausgehst. Glaub mir, es ist möglich, ich habe es gesehen. Du willst das nicht. Gehe besser nach deinem Auftrag direkt in die Lebensmittelherstellung. Es ist ein extrem abgeschotteter Ort, du kannst dir nicht vorstellen, wie es da ist.

Sie können da jemand mit deinen Fähigkeiten dringend gebrauchen, es wäre ein Versuch wert."

„Welche Fähigkeiten", De gab ein trockenes Lachen von sich und schüttelte energisch den Kopf, trat ein paar Schritte von Ager weg und fuhr sich mit der Hand durch die Haare. Er wusste nicht warum, aber er wurde wütend. Das passierte nicht so oft.

„Die Geschichte, die du dir selbst über dich erzählst ist nicht die einzige, die existiert", Asger kam ihm hinterher und streckte seine Hand aus, wie um ihn am Arm festzuhalten, zog sie aber wieder zurück, „es gibt da noch viele andere, die mindestens genauso relevant sind. Frederick, du weißt das."

Die Art und Weise, wie er seinen Vornamen aussprach bewegte etwas in De. Asger schaute ihn durchdringend an und De war tatsächlich für einen Moment versucht, ihm zu glauben. Sich auf seine Sichtweise einzulassen, dass es auch Alternativen zu seinem Plan gäbe. Dass er einen anderen Weg einschlagen könnte. Dass sie einfach zusammen nach Hause, wo das auch immer wäre, laufen könnten und ihre gepflegte Unterhaltung fortsetzen. Dass er sich geborgen und verstanden fühlen könnte. Doch im selben Moment spürte De dieses dringende Bedürfnis in seinem tiefsten Inneren, diesen ganzen Hoffnungen ein für alle Mal ein Ende zu setzen, weil es viel wahrer war. Er wollte sich nicht länger etwas vormachen.

„Ich weiß ziemlich genau, was du meinst", erwiderte De, „denn so habe ich auch mal gedacht. Dass ich meinem Schicksal entfliehen, mein Leben ändern und einen Neuanfang wagen kann. All diese Versuche sind gescheitert, und ich habe wirklich fest daran geglaubt, dass es klappt. Ich war in der Bücherstadt. Ein Ort von dem alle sagen, man wird verrückt, wenn man dort herauskommt. Ich bin da unverändert rausgegangen, was sagt das über mich aus? Ich war in der Hauptstadt der Stromversorgung, an der Küste, bin quer durch die Kontinente gereist. Habe mit hunderten von Menschen gesprochen und das Ergebnis ist immer dasselbe, ich lasse mich defragmentieren…"

„Nein", Asger legte ihm den Finger auf den Mund, um ihn am Weitersprechen zu hindern, schüttelte energisch den Kopf. De war perplex, konnte sich nicht rühren. Aber er wurde auch wieder wütend, denn niemand berührte ihn, vor allem nicht so. Statt ihn zu verstehen verbot Asger ihm den Mund.

„Es tut mir leid, das wollte ich nicht", Asger zog seine Hand zurück und schaute schuldbewusst auf den Boden. De trat einen Schritt nach hinten und die Wut verrauchte augenblicklich, stattdessen fragte er sich mal wieder, warum er so war.

„Ich wollte dir noch etwas mitgeben", Asger strengte wieder sein Gesicht an, seine Worte hatten immer noch diese merkwürdigen Lücken, die De nicht verstand.

„Wir können los", rief Bo vom Weitem und Asger riss die Augen auf.

„Hier, nimm das bitte", Asger griff sich hektisch an den Kragen und zog eine Art Kette mit Anhänger unter seinem Anzug hervor. Seine Hände waren auf einmal nicht mehr so präzise, sondern zitterten, schwankten, als würde er kurz die Kontrolle verlieren.

De konnte gar nicht sehen, was es für eine Kette war, Asger streifte sie ihm über den Kopf und versteckte den Anhänger in seinem Ausschnitt. Heute hatte er wirklich eine übergriffige Art.

„Bist du bereit?", fragte Bo, als er bei ihm angekommen war und lief gleich weiter zu den Güterzügen. De stolperte hinterher.

„Mach`s gut, Tagträumer", rief Asger ihm nach und sie gingen auseinander.

×××

Bo kletterte auf die leere Ladefläche des Güterzuges und reichte De die Hand, um ihn hochzuziehen.

„Er fährt gleich weiter", murmelte Bo und stapfte voraus.

Auf dem nächsten Waggon befand sich ein Container, Bo verschob einen Hebel, um die Türen zu öffnen. Der Zug setzte sich in Bewegung und De musste sich hinknien, um nicht das Gleichgewicht zu verlieren. Aber nicht nur wegen der ruppigen Anfahrt wackelte seine Welt, auch die Worte von Asger klangen noch in ihm nach. Warum musste das so ein Abschied sein. De hatte sich vorgestellt, dass Asger ihm alles Gute wünschen und sich freuen würde, wenn sie sich auf der anderen Seite wiedersahen, und nicht versuchen würde ihn aufzuhalten.

„Auf der offenen Ladefläche erfrieren wir", schrie Bo gegen den Fahrtlärm an, „lass uns hier rein gehen", er zeigte auf den Container.

De wackelte rüber und Bo deutete ihm an, mit einem Sprung in den Container zu gelangen. Das war gar nicht so einfach und De sah unter sich die Lücke zwischen den Waggons und die Schienen, wie sie davonrasten und immer schneller wurden.

„Mach schon", rief Bo und reichte ihm wieder die Hand, half ihm beim Überwinden des Zwischenraums.

Gleich darauf sprang auch Bo herein und schloss die Tür bis auf einen kleineren Spalt hinter ihnen.

„Geschafft", lachte Bo und wischte sich über die Stirn, sie setzten sich gegenüber voneinander.

Durch das hereinfallende Licht konnte De sehen, dass der riesige Container Metall- und Plastikteile, Kabel, Verschalungen, versiegelte Gefäße mit radioaktiven Stoffen und noch mehr Zeug transportierte. Es knirschte und rumpelte jedes Mal, wenn der Zug holperte oder eine Kurve nahm.

„Wie lange dauert die Fahrt?", fragte De und nahm einen Schlauch aus weichem Plastik in die Hand, welcher in seine Richtung gerollt war.

„Heute Abend sind wir da", sagte Bo und streckte sich aus, soweit es ging. „Es gibt komfortablere Transportmöglichkeiten, aber Personenbeförderung ist auf dieser Strecke nicht wirklich vorgesehen."

Das Gefühl, unterwegs zu sein, fühlte sich gut an. Es war schon immer mit Aufbruchstimmung, Optimismus und Enthusiasmus verbunden, auch wenn es diesmal wohl seine letzte Fahrt sein würde. Zweifel und Schuldgefühle versuchte er jetzt hinter sich lassen. Das Gespräch mit Asger hing ihm natürlich nach und er hatte sich nicht von Mira verabschiedet. Aber so hatte er es immer schon gehandhabt, wenn er eine Gegend verließ, es war einfacher für alle.

Er dachte an seine erste Zugfahrt, als er im Rahmen seiner Ausbildung zum größten Stromverteilungszentrum seiner Region gefahren war. Es gab dort eine kleine autonom fahrende Bahn mit zwei Waggons, in der nur wenige Leute saßen. Es war schön, die Landschaft vorbei ziehen zu lassen, jetzt ging das nicht. Dabei hätte er gerne mehr von dieser Gegend hier gesehen. Das deprimierendste damals war die Rückfahrt gewesen, als die Gewissheit immer näher rückte, dass er zurück in die Obhut seines Vaters musste. Mit jedem Kilometer wurde der Knoten in seinem Bauch größer und das gute Gefühl der Freiheit und Sorglosigkeit, das er mit dem Ausflug gewonnen hatte, kleiner. Er hätte auch schon damals abhauen können, sich sein eigenes Leben aufbauen, aber sein Vater hatte schon früh die scheinbare Tatsache in sein Gehirn gepflanzt, dass ihn sowieso niemand haben wollte, dass er keinen anderen Platz auf der Welt hatte als bei ihm. Dort, wo er ihn jeden Tag drangsalieren konnte mit seinen Launen und Entwertungen. Nur unterbrochen von dem Wunsch, sein Leben zu beenden, den er aber nie in die Tat umgesetzt hatte. Wenigstens das konnte De jetzt stellvertretend für ihn nachholen.

„Weißt du, wofür das gebraucht wird?", fragte Bo und zeigte auf den Haufen Rohstoffe im Container.

De schüttelte den Kopf. Bestimmt konnte man alles Mögliche daraus bauen. Drohnen, Elektrogeräte, Leitungen, Hausinstallationen, Fahrzeuge und so weiter.

„Das sind alles Bauteile für die Herstellung von Androiden", erklärte Bo triumphierend. „Natürlich müssen sie noch entsprechend angepasst, transformiert und verdrahtet werden, aber vom Grundsatz her ist es das, was wir in unseren Recycling-Fabriken aussortieren, um es weiterzuleiten. Das ist einer der aufregendsten Herstellungsprozesse überhaupt, wenn du mich fragst. Da, wo wir beide hingehen, das ist der technologisch versierteste Ort unseres Planeten. Komplexer, anspruchsvoller und verdichteter wird es nirgends mehr. Wo sonst treffen Technik,

Produktion, Design, Medizin, Philosophie und Psychologie so krass aufeinander? Du wirst dich sehr wundern."

De riss die Augen auf. Das war es, weswegen er überhaupt hierhergekommen war. Endlich kam er seinem Ziel näher, was für ein Wunder.

„Du warst da schon öfter?", fragte De.

„Weißt du, ich bin schon alt und kann nicht mehr diese körperliche Arbeit verrichten. Um etwas technisch anspruchsvolles zu machen braucht man Knowhow, das habe ich auch nie gelernt. Also erledige ich solche Botengänge. Vielleicht noch ein paar Jahre. Mein Körper macht nicht mehr so mit. Danach werde ich alles was verwertet werden kann spenden", er räusperte sich und kratzte sich am Bart.

De hatte verstanden.

„Hast du keine Bedenken?", fragte er und verbog den dünnen Schlauch zu einer Schleife.

„Ach was", Bo setzte sich jetzt in den Schneidersitz und beugte sich zu De rüber. „Das ist doch das Beste, was einem passieren kann. Meine Seele kann in einem Androiden weiterleben. Ich kann ein neues Leben führen, auch wenn ich das nicht mehr so mitbekommen werde, also nicht als Bo, ich werde jemand anderes sein. Aber das ist doch phantastisch, ich liebe es."

De lachte kurz auf und konnte nicht glauben, was er da hörte. Bisher hatten ihm alle erzählt, wie furchtbar das alles war und dass er bloß die Finger davon lassen sollte.

„Weißt du genaueres über die Extraktion? Ich meine, wie geht das vonstatten, ist es schmerzhaft oder so?", De fixierte den alten Mann, dessen graue Haare nach hinten gekämmt waren. Sein Bart war weniger ordentlich. Bärte trugen hier nicht viele Männer.

„Die technologischen Details sind schwer zu erklären wenn man nicht vom Fach ist. Wir haben das Verfahren von anderen Zivilisationen übernommen, es ist nichts, was hier gewachsen ist", sinnierte Bo und fuhr mit dem Zeigefinger Linien auf dem Boden nach. „Es ist nicht schmerzhaft, man ist dabei wie in einer Trance, aber natürlich klappt es nicht immer einwandfrei. Jedes Verfahren ist fehleranfällig, ein Restrisiko bleibt immer. Aber ich denke, dass das sehr selten passiert."

De nickte und versuchte das alles zu verarbeiten. Natürlich hatte er immer wieder Zweifel, aber im Großen und Ganzen war es eine überzeugende Angelegenheit.

„Aber du musst dir darüber noch keine Gedanken machen, es werden ja nur alte und sterbende Spender zugelassen", schob Bo hinterher.

De hielt die Luft an. Natürlich hatte er davon gehört. Das war eine Hürde.

„Man weiß nie, wann es auf einmal relevant wird", De legte den Schlauch weg und beugte sich zur Tür, um einen Blick hinauszuwerfen.

Die Landschaft zog an ihnen vorbei. Es waren keine Fabriken mehr zu sehen, einfach nur eine flache und ebene Fläche, auf der kein Baum, kein Strauch, kein Hügel, kein Haus zu erkennen war. Die Monotonie war natürlich nichts Neues, aber er konnte sich dennoch immer wieder über sie wundern. Ein ganzer Kontinent, der über tausende von Kilometern leblos war, das hatte er gewusst, aber es selbst zu erfahren und mit seinen Sinnen aufzunehmen, das war noch eine Herausforderung. Er dachte an den Tier- und Pflanzenreichtum, der hier einmal bestanden haben musste. Alles abgetragen. Und ohne Mutterboden kehrte das Leben nicht mehr zurück. Er könnte genauso gut auf einer Marskolonie arbeiten, wenn es eine gäbe, es wäre fast dasselbe. Nur noch wenig erinnerte ihn daran, dass er sich auf dem Planeten Erde befand.

„Wir fahren in den Süden, da ist es wenigstens ein paar Grad wärmer", stellte Bo fest und warf ebenfalls einen Blick nach draußen. „Furchtbar dieses tote Land, oder? Kein Wunder, dass sie hier die Fabriken errichtet haben, was auch sonst. Glaub mir, es wird im Süden besser. Wenn man immer weiter fährt kommt man sogar zu einer dschungelähnlichen Klimazone, schwer vorstellbar und ich war auch noch nicht dort. Aber für die Wirkstoffe vieler Medikamente wird ein feuchtes Klima benötigt, so wurden diese Produktionsbereiche dort angesiedelt. Und vom Süden des Kontinents ist es nicht weit zu den Weltraumfahrern, etwas Meer liegt dazwischen. Trotzdem eine wichtige Handelsroute", erzählte Bo und lehnte sich wieder zurück, versuchte eine bequeme Sitzposition zu finden.

„Du kennst dich aus", bemerkte De und nickte anerkennend.

„Ich bin nicht weit herumgekommen", winkte Bo ab. „Das ist alles aus zweiter Hand."

Es war zwar eiskalt, aber dennoch nickte Bo ziemlich schnell ein und auch De wurde von dem beständigem Ruckeln weggetragen und versank zunächst in wirren Gedanken und schließlich auch in einem oberflächlichen und psychedelischem Schlaf.

Er hatte das Gefühl erst drei Sekunden weg gewesen zu sein als er zusammenzuckte und sich erstmal orientieren musste. Draußen war es bereits stockdunkel und nur vereinzelte Lichter zu erkennen, die er nicht einordnen konnte. Sein ganzer Körper war starr geworden und er hatte Mühe sich zu bewegen.

„Jetzt ist es nicht mehr weit", murmelte Bo und De hörte, wie er sich streckte. Sehen konnte er ihn nicht mehr.

×××

Kurze Zeit später hielt der Zug endlich und sie stiegen aus. De hatte erwartet, dass die Welt sich hier völlig anders anfühlen würde und war enttäuscht, dass es dieselbe Kälte, derselbe harte Boden und die Schemen von ganz ähnlich aussehenden Fertigungshallen um sie herum waren.

„Guten Abend", eine wesentlich kleinere Frau mit Brille und schwarzen Overall stand vor ihnen und hielt sich an ihrem Klemmbrett fest. „Ich weiß, es ist schon spät, aber vielleicht könntest du schon mal einen Blick auf die Stromverteilung werfen, es hängt sehr viel davon ab."

„Natürlich", räusperte sich De und konnte ein Zittern schwer unterdrücken. Er musste ihm Zug ausgekühlt sein.

„Ich geh schlafen, bis morgen oder so", rief Bo und verabschiedete sich in die Dunkelheit.

„Ich bin übrigens Herdis", stellte sie sich vor und sie setzten sich mit schnellen Schritten in Bewegung.

„Ich bin De. Um was genau geht es? Was ist vorgefallen?", klapperte er mit seinen Zähnen.

„Seit gestern haben wir in einem Teilbereich einen Totalausfall", ratterte sie runter, „wir haben schon alle Diagnostik laufen lassen. Die Ergebnisse sind wenig aussagekräftig, hier sind ein paar der Nachweise dazu", sie reichte ihm das Klemmbrett rüber und blätterte zurück zu einer bestimmten Stelle. Schaltete ein kleines Licht an, welches dort befestigt war. „Wie du sehen kannst, ergeben die Messergebnisse gar keinen Sinn. Wir können letztendlich keine Ursache feststellen, egal wie wir es angehen. Unsere Techniker sind mit ihrem Latein am Ende. Natürlich haben wir Notstromgeneratoren und können auch andere Quellen anzapfen, aber das ist ja kein Dauerzustand. Hier werden Androiden zusammengesetzt, das ist ein extrem sensibler Bereich, wir brauchen hier die volle Funktionsfähigkeit, sonst können wir dicht machen."

„Ich sehe das hier sind zwei Softwares, die ihr verwendet habt", sagte De, während er in ihren Unterlagen blätterte, jetzt zitterten seine Hände vor Aufregung, er wollte bloß nichts falsch machen. „Was ist mit dem Programm Energielücke, habt ihr das mal probiert?"

„Ich habe davon gehört, aber wir haben es nie verwendet, ich denke, das kann niemand steuern. In welcher Sprache gibt es das?"

„Weltsprache natürlich. Ja, es ist kompliziert, es hat auch seine Macken. Hardware habt ihr schon gecheckt?"

„Was für eine Frage", rief Herdis. „Ja, wir haben auch den an/aus-Schalter überprüft, steht auf ‚an'. Wir haben hier ein etwas merkwürdiges System. Alles ist kreuz- und quergeschaltet. Es hat alles ganz einfach und übersichtlich angefangen, aber mittlerweile ist durch die vielen Anbauten ein wirrer Kabelsalat entstanden, also im übertragenen Sinne."

„Ich habe ein paar Ideen, die ich gerne ausprobieren möchte", nuschelte De beim Herumblättern und merkte gar nicht, dass sie bei einem Gebäude angekommen waren. Herdis öffnete eine Metalltür und schob ihn in das Innere.

Als erstes merkte er, dass es sehr viel wärmer war, das war schonmal angenehm. Ein grelles Licht strahlte von der Decke auf sie runter. De gab Herdis das Klemmbrett und folgte ihr durch einen kurzen Gang, der zu einem Kontrollraum führte. Er war schon länger nicht mehr in einem solchen Raum gewesen und fühlte sich an die Stromverwaltung an der Küste erinnert, wo er alles über diese Dinge gelernt hatte. Diese Räume waren alle ganz ähnlich aufgebaut: fensterlos, eng und vollgestellt. Ein viel zu helles oder zu schummriges Licht baumelte von der Decke und verlieh dem schmucklosen und verstaubten Inneren eine verwahrloste Atmosphäre.

„Guten Abend, ich bin Linda", stellte sich eine weitere Frau im gleichen schwarzen Arbeitsanzug vor. Sie war hochgewachsen und hatte kurze graue Haare.

De stellte sich vor und sie gingen zusammen zu einem der zahlreichen Bildschirme, auf dem merkwürdige Verlaufsdiagramme flimmerten. Er wurde bei dem Anblick sehr nervös, was, wenn er nichts von diesen Dingen verstand und alle schwer enttäuscht von ihm waren? Wenn diese Technik doch so ganz anders war und viel komplexer? Ja, er hatte Dutzende von Windparkanlagen an Land und off-shore verwaltet, aber das hier war ein ganz anderer Kontinent mit fremder, teils außerirdischer Technik.

Er setzte sich auf einen Stuhl neben Linda, Herdis stand hinter ihnen. Sein Herz klopfte wie wild als er versuchte mit einem Rundumblick alles zu begreifen und sich einen Reim auf das Gesehene zu machen.

„Ich verstehe nicht", überlegte De beim Studieren der Messungen. „Also ganz grundsätzlich, habt ihr denn kein übergreifendes Programm, welches die Stromzufuhr verwaltet? Das hier sind ja absolut willkürliche Parameter, das meiste davon ist völlig irrelevant für die Fehlerbehebung."

„Ach, bisher hat das auch so funktioniert", entgegnete Linda mit einer wegwischenden Handbewegung.

„Ja, aber so könnt ihr ja nie auf einen Blick sehen, welchen Bedarf an Energie ihr habt und wie viel geliefert werden soll und so weiter", De runzelte die Stirn.

„Es hat immer irgendwie gepasst und keinen hat es gestört", Linda lächelte ihn von der Seite aus an.

De hatte beim Anblick der Berechnungen das Gefühl als Lesender in einem Haufen Analphabeten angekommen zu sein. Das, was er da sah hätte von einem Kindergartenkind aufgestellt worden sein, so unterkomplex war das. Er schaute sich um. War das wirklich die Technikzentrale hier? Immerhin wurde nicht nebenan Kohle in einen Ofen geschaufelt, um eine Dampfmaschine anzutreiben.

„Ähm, könnte ich kurz einen Blick auf die Haustechnik werfen, also mir die Hardware anschauen?", De stand auf.

„Natürlich, gleich nebenan", sagte Herdis, die etwas blass um die Nase aussah.

Zu dritt gingen sie durch eine weitere Metalltür in einen großen Raum, der mit Kabeln, Severn, Rohren und Schläuchen gefüllt war. Das zumindest wirkte auf De, als würde es annähernd dem momentanen Stand der Technik entsprechen.

Linda und Herdis blieben stehen, während De die Schaltkästen begutachtete, mehrere Kabel ein- und ausstöpselte, mit einem Strommessgerät hantierte und in enge Zwischenräume kroch, um nichts zu übersehen.

„Hier ist eine Modernisierung sehr stark angeraten", schloss er schließlich, als er wieder rauskam. „Keine so große Anlage kann auf dieser Sparflamme laufen, sonst habt ihr hier bald wieder den nächsten Ausfall."

Er ging an den beiden Frauen vorbei in den Computerraum und setzte sich wieder an die Bildschirme. Installierte erstmal ein paar Programme. Obwohl das auch so gut wie sinnlos war. Niemand konnte die hier bedienen und anscheinend wollte es auch niemand wirklich lernen. Die Leute wollten einfach nur, dass die Maschinen liefen, das wars.

Danach versuchte er erneut eine Fehlerdiagnose. Aber es herrschte so ein heilloses Durcheinander, dass er einfach nicht weiter kam. Es war eigentlich eine Zumutung überhaupt vor so einen Scherbenhaufen gesetzt zu werden. Er merkte auch, wie er müde wurde, seine Augen und seine Hände waren nicht mehr so präzise, trotz aller Kräfte die er aufbrachte, um sich zu konzentrieren. Und er brauchte dringend seine Nahrungszufuhr.

„Ich denke, heute werde ich es nicht hinbekommen", De rieb sich die Augen und versank in dem Bürostuhl.

„Natürlich", sagte Herdis und versuchte wieder dieses schiefes Lächeln. Linda wirkte erleichtert.

Herdis brachte ihn in ein nahegelegenes Wohnhaus, so ähnlich wie er es schon kannte. Jetzt war er statt im fünften im achten Stockwerk untergebracht. Das Zimmer bestand aus Bett, Kommode, Tisch und Stuhl. Sofort zog er sich aus und stöpselte sich an die Infusion an.

Legte sich hin und konnte vor lauter Weltüberflutung zwei Stunden nicht einschlafen. Merkwürdige neue Geräusche drangen von draußen zu ihm. Ein Klappern, ein Rascheln, Stimmen. Immer wieder grübelte er über die Probleme und war doch auch froh, endlich an diesem Ort zu sein. Natürlich würde er nicht mehr zurückgehen.

Auch wenn er Mira und Asger jetzt schon vermisste. Ihre Gespräche. Ihre Anwesenheit. Er tastete nach Asgers Anhänger, der einer Metallfeder glich, die aber kunstvoll gebogen war. Sie hatte in der Mitte einen Hohlraum, der gewölbt war. In ihrer Gesamtheit war sie ungefähr so groß wie sein Zeigefinger. Er fuhr die Windungen von oben nach unten mit dem Finger nach. Irgendwas schmerzte in ihm. Er schloss die Augen und versuchte es wegzudrücken.

×××

Noch vor Sonnenaufgang stand er auf und klemmte den leeren Beutel ab, versenkte ihn im Müll. Als nächstes ging er ins Bad und lief dort ziellos auf und ab. Er musste Kräfte sammeln. Seine Existenz erforderte so viel Wartung, so viel verdammt komplizierte, schwierige Wartung und Betreuung. Aus der Schublade holte er eine Schere, legte das Verbandsmaterial bereit. Er blickte an sich runter und ertastete das Ekzem. Es war kleiner als die anderen, immerhin. Bevor es ihm Probleme machen würde, bevor es verhindern würde, dass er seinen Weg ging, wo er doch schon so weit gekommen war, musste er es loswerden.

Er hielt die Schere aufgeklappt wie ein Messer. Asgers Anhänger verschob er auf seinen Rücken. Es war albern ihn überhaupt zu tragen, aber gut. Mit einer schnellen Handbewegung zog er das Geschwür von seinem Körper weg und schnitt die Verbindungsstelle durch. Augenblicklich brach er vor Schmerzen zusammen und verlor die Kontrolle. Alles war voller Körperflüssigkeit und ein fauliger Geruch breitete sich aus. De schrie und wimmerte. Es wurde dunkel, dunkel, dunkel. Er hatte Angst zu ertrinken und zu ersticken, zu versinken und abzudriften.

Ein dünner Faden. Er griff danach und wickelte ihn um seinen Zeigefinger. Er würde reißen, er war zu fragil. Doch er hielt. De riss die Augen auf und tastete sofort nach dem Verbandszeug, presste es mit zitternden Händen auf die blutende Stelle. Rappelte sich auf. In der Dusche brauste er sich kurz ab, um Blut, Wundflüssigkeit und Eiter loszuwerden. Achtete penibel darauf, dass die Wunde nicht nass wurde. Legte dann einen Verband an.

In der Kommode fand er einen schwarzen Arbeitsoverall und zog ihn sich über. Der Stoff war viel kräftiger und weniger abgenutzt. Er fühlte sich gut an. Ein Neuanfang verlor nie seinen Reiz, wenigstens in den ersten Tagen nicht. Er fuhr sich ein paar Mal durch die Haare und trat aus der Wohnungstür heraus. Im Haus war alles sehr still. Wahrscheinlich waren schon alle zur Arbeit gegangen. Der Geruch im Treppenhaus war ein ähnlicher wie in seiner vorherigen Bleibe, irgendwie abgestanden und modrig.

Er schlich die Treppen runter und trat nach draußen. Kleinere Gruppen von Menschen bewegten sich in verschiedene Richtungen. In der Ferne waren die Umrisse diverser Gebäude zu erkennen, der Morgen brach langsam an. Er war schon immer schlecht darin gewesen, sich räumlich zu orientieren und wusste jetzt auch nicht, aus welcher Richtung er gestern hierher gebracht wurde.

Langsam trabte er nach rechts. Mehrere Leute überholten ihn und sprachen entweder gar nicht oder flüsterten sehr leise wenige Worte, die er nicht verstand. Der Weg führte zu einem Kuppelbau, sehr ungewöhnliche Bauweise für diesen Kontinent. Natürlich war dort nicht die Abteilung für Haustechnik, doch De wurde von dem

Gebäude angezogen und wollte es sich aus der Nähe anschauen.

Es war mindestens so groß wie eine der Recycling-Fabriken, also ungewöhnlich riesig, beim näheren Betrachten komplett fensterlos und strahlte etwas Unheimliches aus. Der Weg führte direkt zu dem Eingang, der aus einer winzigen Tür bestand, sonst war da nichts. Was mochte da drin vor sich gehen? Es musste irgendwas mit den Androiden zu tun haben. Als De sich der Tür näherte, öffnete sich diese und eine junge Frau trat heraus. Sie schloss die Tür hinter sich und schaute ihn fragen an. Der schwarze Arbeitsanzug saß sehr locker an ihr, ihre glatten Haare waren adrett zurückgekämmt. De konnte an ihrem Blick ablesen, dass er nicht hier sein sollte.

„Du kannst hier nicht rein", sagte sie schließlich und hob dabei eine Augenbraue.

„Ich suche die Stromzentrale", hauchte De, dem augenblicklich zu viel Blut in den Kopf gestiegen war.

„Andere Richtung", erwiderte sie und zeigte woanders hin. Dann ging sie wieder rein und schloss die Tür.

De drehte sich um und lief den Weg wieder zurück.

„Ich habe dich schon gesucht", kam Herdis ihm entgegen. Sie wirkte abgehetzt.

„Ich bin wohl falsch abgebogen…", setzte De an, doch sie schien ihm gar nicht zuzuhören, sondern zeigte in die Richtung, aus der sie gekommen war.

„Da müssen wir hin, wir dürfen keine Zeit verlieren", hechtete sie vor. „Über Nacht haben wir noch mehr verloren, immer mehr Abteilungen werden von der Stromversorgung abgeschnitten", sie gestikulierte und eilte mit schnellen Schritten voraus. De musste fast rennen, um mit ihr mitzuhalten.

Dabei betrachtete er all die unterschiedlich geformten Gebäude, die mal klobig und breit, mal klein und mit großen Fenstern, mal verwittert und heruntergekommen waren und mal metallisch neu glänzten. Es war eine kleine Symphonie von industrieller Baukunst, in der manche Bauten ein großes Statement setzten, andere unterzugehen drohten, viele sich stakkatoartig aneinanderreihten und manche so kurios herausfielen und das ganze technologische Musikstück durcheinanderwirbelten.

„Moment", rief De plötzlich und blieb stehen. Er hatte Seitenstechen und musste sich nach vorne beugen, um genug Luft zu bekommen.

„Was ist?", fragte Herdis und ging zu ihm zurück.

„Überlastung", hechelte er.

„Du bist nicht sehr sportlich", stellte Herdis fest und hob wieder ihre Augenbraue.

„Nein", jetzt bekam De wieder mehr Luft und richtete sich auf. „Das meine ich nicht. Eure Stromversorgung ist überlastet, natürlich. Ihr baut immer mehr Anlagen und was weiß ich was und die Frequenzen werden immer weiter angepasst, habe ich recht?"

„Na klar", Herdis zuckte beiläufig mit den Schultern.

De setzte sich wieder in Bewegung und erkannte gleich die Stromzentrale von gestern unweit des Weges. Beim Hereingehen traf er Linda und ein paar andere Leute an.

„Eure Stromversorgung ist strahlenförmig angelegt, stimmts?", fragte er Linda, die etwas überrumpelt aussah. „Ich habe mir eben einen Überblick über das Gelände verschafft und habe da diese Vermutung."

Sie nickte. Zusammen setzten sie sich an die Computer.

„Ich hatte diesen Fall nur in der Theorie durchgenommen, aber ich denke, davor wurden wir immer gewarnt... Hat sich denn kein Profi diese Anlagen hier angeschaut, es kann ja nicht immer noch ein weiterer Stromkreislauf an den nächsten angeschlossen werden", De schüttelte den Kopf und tippte mit zitternden Händen. „Wir müssen einen Teil der Verbraucher abkoppeln, es führt kein Weg daran vorbei", er suchte nach Herdis und sah sie hinter sich stehen.

„Wie soll das gehen?", sie verzog das Gesicht.

„Hier", er zeigte wieder auf den Bildschirm, „diese Teile sind bei der Überlastung zerstört worden und müssen ersetzt werden. Ihr könnt sie gleich bei meiner alten Arbeitsstelle bestellen."

„Wieso hat unsere Software das nicht angezeigt?", fragte Linda und runzelte die Stirn.

„Ich weiß es nicht", erwiderte De, „aber hier stimmt so einiges nicht. Es ist höchste Zeit für eine Neuaufstellung, sonst droht der totale Kollaps. Diese Software hier", De tippte hektisch auf der Tastatur, „kann die Auslastung der einzelnen Bereiche messen und steuern und diese hier...", er tippte weiter, „hilft euch bei der Fehlerdiagnose. Linda, soll ich dir die Benutzung zeigen?"

Es kamen immer mehr Leute und De diskutierte mit ihnen die verschiedenen Möglichkeiten, zeigte ihnen die Programme, die er aus seiner Ausbildung kannte. Es war nichts Weltbewegendes und er fühlte sich wie ein Möchtegern, denn in Wirklichkeit hatte er von diesen großen Anlagen keine Ahnung, hatte früher in einem ganz anderen Bereich gearbeitet. Viel von dem, was er von sich gab, waren nur Vermutungen oder Halbwissen und er hoffte, dass bald jemand durch die Tür spazieren würde, der wirklich

Ahnung von diesen Dingen hatte und ihn ablösen würde, aber das passierte leider nicht. Auf viele Fragen hatte er gar keine Antwort. Zwischendurch versuchte er immer wieder, sich mehr Wissen anzueignen und sich tiefer in die Materie einzulesen, Erfahrungsberichte von anderen Kontinenten und Stromversorgern einzuholen, doch es war ein weites Feld und die technischen Voraussetzungen in anderen Anlagen nicht vergleichbar.

xxx

„Wir haben fachliche Unterstützung vom Stromversorgerkontinent angefordert, allerdings wird dort jede Fachkraft dringend gebraucht", seufzte Herdis eines Abends, als sie mit dem Tag fertig waren und rieb sich müde die Augen.

Niemand kam gerne hierher, dachte De. Hier war es öde und arbeitsam, keine kulturellen Veranstaltungen, keine Kneipen, keine Volksfeste, nur Arbeit. Die Leute hatten die berechtigte Angst, hier stecken zu bleiben und mental abzubauen, depressiv zu werden, hier zu sterben.

„Andererseits, wenn unser Laden nicht läuft, dann haben die anderen Kontinente das Nachsehen", sinnierte Herdis und stand von dem Steuerpult auf, „dann gibt es keine Haushaltsgegenstände, Industrieprodukte, Baustoffe und vor allem keine neuen Androiden. Mal sehen, wie lange die anderen dann mit ihrer Haltung durchkommen."

„Ihr könntet euch eure eigenen Androiden bauen, die auf diesen Bereich spezialisiert sind", schlug De vor.

„Das stimmt, das geht auch, es würde nur etwas dauern. Aber prinzipiell ja", Herdis lächelte sachte und verabschiedete sich.

Wie jeden Abend lief er allein zu seiner Wohnung, es war schon sehr spät, alle anderen waren längst von den Straßen verschwunden. Er konnte gar nicht mehr sagen, wie viele Tage er jetzt an der Stromversorgung gearbeitet hatte. Seine Beine fühlten sich schon etwas wackelig an. Gab es hier auch Ruhetage? Er wusste nicht, ob er einen brauchte, es interessierte ihn einfach. Eine Rückkehr zum Recycling schien jetzt in weite Ferne gerückt. Zum Glück. Er vermisste natürlich die dortigen Routinen und die Gespräche mit den Leuten, mit denen er zumindest vage in Kontakt gekommen war. Es war schon schön, von Mira gefragt zu werden, wie die Dinge so liefen und von Asger verarztet zu werden. Den merkwürdigen Gesprächen der anderen lauschen. Die Zusammenkünfte in den Fluren.

„De!", hörte er plötzlich neben sich und zuckte zusammen.

Es war Linda.

„Du hast mich zu Tode erschreckt", hauchte er und hielt sich den Brustkorb, als könnte seine Seele dort jeden Moment entweichen.

„Tut mir leid, das wollte ich nicht", Linda wich zurück und schaute schuldbewusst, soweit er das in der Dunkelheit erkennen konnte.

„Ich muss dich unbedingt fragen, ob du mir bei einem anderen Problem helfen könntest", sagte sie mit dünner Stimme.

„Was könnte das sein?", stutzte De.

„Hast du schon einmal etwas gelötet?"

„Natürlich. Ständig. Aber für solche Arbeiten habt ihr doch hier die Profis. Ich meine, hier gibt es doch irgendwelche Profis, oder?"

„Ja, klar", Linda nickte heftig, „daran gibt es keinen Mangel. Es ist nur… kann ich es dir zeigen?"

De dachte daran dass es schon viel später war als sonst. Und er morgen wieder sehr früh aufstehen müsste. Nein, eigentlich hatte er keine Reserven für noch mehr Arbeit.

„Ich… ich schaue es mir an, aber ich weiß nicht ob ich in dem jetzigen Zustand feinmotorische Arbeiten hinbekomme", stotterte er.

„Es geht ganz schnell", sie führte ihn zu einem anderen Wohnblock in den zweiten Stock und öffnete die Wohnungstür, schaltete das Licht an.

De ließ sich erschöpft auf den einzigen Stuhl in der Parzelle fallen. Er dachte an seine Infusion und daran, dass er nicht weit kommen würde, wenn er sie nicht bald durchlaufen ließ.

Linda drehte ihm den Rücken zu und knöpfte das Oberteil des Arbeitsanzuges auf, schlüpfte aus den Ärmeln, ließ sie seitlich runterhängen. Unten drunter hatte sie ein schwarzes T-Shirt an, welches sie hochschob. De riss die Augen auf und richtete sich auf. Ihr Rücken war über und über mit verschiedenen Hautteilen übersäht, sie bildeten einen merkwürdigen Flickenteppich und rechts unten war eine offene Stelle, in der Kabel und Metallplatten zu sehen waren.

So etwas hatte De noch nie zu Gesicht bekommen, sein Gehirn weigerte sich zunächst diesen Anblick zu verarbeiten. Das… das war nicht möglich. Das war nicht menschlich. Das war nicht normal. War das real? Er war anderen Menschen noch nie so nahe gekommen, dass sie sich vor ihm entblößt hätten und er selbst hatte bisher alles getan, um seinen deformierten Körper anderen nicht zuzumuten und das hier schockte ihn erstmal total. Linda tat ihm leid, er hatte Angst vor ihr, er war überfordert.

„…hörst du mich?", fragte sie und drehte sich zu ihm um.

„Was?", fragte De mit trockenem Hals, er bekam fast keinen Ton heraus.

„Ich hab nur gefragt", sie setzte sich jetzt auf die Bettkante gegenüber von ihm und ihre Stimme rutschte in dieses Zittern, welches er schon bei Asger beobachtet hatte, „ob du diese Stelle verlöten könntest. Ich komme da nicht dran und sie reißt immer mehr auf. Wenn ich mich nicht bald darum kümmere kommt zu viel Feuchtigkeit rein und dann der Rost und dann bin ich verloren."

Er hörte ihre Worte, er schaute in ihr trauriges und müdes Gesicht. Aber er konnte es nicht verarbeiten. Er konnte sich nicht vorstellen an einem anderen Menschen, auch wenn sie kein Biomensch war, wie er jetzt erst realisierte, herumzulöten. Irgendwie löste der Gedanke einen Würgereiz in ihm aus.

„Warum…", krächzte er und hatte Mühe seine Stimme zu finden, „es gibt hier doch bestimmt Leute, die das machen können. Warum ich?"

„Ach", Linda stand sichtlich aufgebracht auf und lief unbestimmt hin und her, blieb am Fenster stehen und starrte heraus. Ihr Körper vibrierte leicht, die Stimme war brüchig, ganze Silben gingen verloren. „Ich falle immer mehr auseinander, ich möchte nicht, dass es jemand mitbekommt. Ich versuche mich selbst zu warten, solange es geht. Ich denke sie werden mich aussortieren, wenn sie es mitkriegen und du kommst aus einer anderen Abteilung…"

„Aussortieren?", De zog die Augenbrauen zusammen. „Niemand wird gegen seinen Willen aussortiert."

Vor seinem inneren Auge spielte sich das Bild einer Recycling-Fabrik für Androiden ab, in der statt Staubsaugern und Fernsehern alte Androiden-Körper entlangrollten, auseinander genommen und irgendwo wieder zu neuen, viel moderneren und glänzenden neuen Körpern zusammen gesetzt wurden. Dann nur noch beseelen und fertig waren die neuen Menschen. Gruselig.

„Natürlich werde ich nicht geschreddert oder so", sie lachte kühl. „Aber ich würde meine jetzige Stelle verlieren. Wäre nicht mehr leistungsfähig genug. Ich müsste in eine andere Abteilung, irgendwas schrecklich Langweiliges und Stupides machen."

Hier war doch alles schrecklich langweilig und stupide, dachte De.

„Du würdest mich doch nicht verraten, oder?", erschreckt sprang sie auf ihn zu.

Ihre kurzen grauen Haare waren wohl ein Marker, dass sie nicht zu der neusten Generation von Androiden gehörte. Ihre Haut im Gesicht war nicht gealtert, aber hatte einen sehr blassen Farbton, die Glasaugen huschten hin und her und studierten sein Gesicht. Warum war es ihm vorher nicht aufgefallen, dass sie nicht aus Fleisch und Blut war? Anscheinend lief er halbblind durch die Gegend. Was entging ihm noch so?

„Auf keinen Fall", murmelte De. „Ich spreche eh mit niemandem über nichts, also kann ich auch nichts weitergeben."

„So habe ich dich eingeschätzt", ein Lächeln huschte über ihr Gesicht. „Dann lass uns an die Arbeit gehen."

„Ich... ich bin nicht in der besten Verfassung, wirklich", stotterte De und knetete manisch seine Hände. Er wollte hinzufügen, dass er kein anderes Lebewesen anfassen wollte, aber das konnte man ja niemandem erzählen.

Sie schaute ihn kritisch an. „Ich habe gesehen, wie deine Hände nach langen Arbeitstagen gezittert haben", sagte sie mehr zu sich selbst. „Trotzdem, es muss sehr dringend erledigt werden, ich muss schon ein schiefes Laufen und Humpeln kaschieren, das kostet mich unendlich viel Kraft", sie setzte sich vor ihn auf den Boden und verschränkte die Arme um ihre Knie.

„Morgen früh", De erhob sich. Sein Herz klopfte wie wild. Konnte er heute, was von der Nacht auch immer noch übrig war, überhaupt schlafen?

Linda richtete sich ebenfalls auf, hielt sich dabei den Rücken.

„Kannst du hier bleiben?", sie versperrte ihm den Weg. „Ich weiß, das ist eine merkwürdige Frage. Dann weiß ich sicher, dass du mich morgen früh vor Arbeitsbeginn reparieren kannst."

De riss die Augen auf und schaute hin und her.

„Was?", brachte er hervor, er verstand nicht.

„Du schläfst in meinem Bett, ich auf dem Boden, morgen beim Aufstehen lötest du die Stelle und wir gehen arbeiten als wäre nichts gewesen", erklärte sie ihm etwas lauter und überdeutlich als wäre er schwerhörig.

„Ich kann nicht...", stotterte er.

„Warum nicht?", sie schaute ihn skeptisch an.

„Ich habe auch ein Geheimnis", er knöpfte zögerlich seinen Anzug auf und zeigte auf den Katheter, der sich unter seinem T-Shirt abzeichnete. „Meine Nahrungsversorgung muss über Nacht laufen, sonst funktioniert gar nichts mehr."

„Oh", Linda trat einen Schritt näher und streckte ihre Hand aus, als wollte sie sich das näher anschauen, doch De wich zurück. „Warum?", fragte sie und ließ ihre Hand sinken.

„Es ist kompliziert… Behalte das für dich, okay?"
Sie nickte.

„Auf jeden Fall, ich brauche meine Infusion", er knöpfte sich wieder zu.

„Ich hole sie dir."

„Das macht keinen Sinn, warum ist dir das so wichtig?", er fühlte sich in die Enge getrieben und verstand nicht, warum sie das machte.

Sie senkte die Augen, ihr Mund wurde ganz schmal. De hatte ein schlechtes Gewissen. Er wollte sie nicht so traurig sehen. Wahrscheinlich war alles zu viel. Eigentlich wusste er, wie das war, wenn man mit seinem Körper kämpfte. Es war anstrengend, kräftezehrend, einsam.

Es blieb ihm wohl nichts anderes übrig. Er zuckte überfordert mit den Schultern. Sie holte für ihn sein Essen, währenddessen legte er sich in ihr Bett. Dieses Bett oder seins. Sie waren eh alle gleich.

Als sie zurückkam, machte sie es sich auf den Boden mit einer dünnen Decke gemütlich und drehte ihm den Rücken zu. Auch wenn sie ihn nicht ansah, war es doch eine enorme Herausforderung, seine allabendliche Routine auszuführen. Er hatte das Gefühl, sich zu erkennen zu geben, so wie noch nie vorher. Es war aufregend, aber einfacher als er es sich vorher vorgestellt hatte. Sie waren sich vertraut, ein kleines bisschen. Für einen kurzen Moment.

Sobald die Flüssigkeit lief atmete er erleichtert aus. Es war gut zu wissen, dass sein Körper auch morgen für ihn da war. Sobald er fertig war stand Linda auf und steckte sich ein Aufladekabel an eine Stelle oberhalb des Hüftknochens an und löschte das Licht.

An Schlafen war kaum zu denken. Immer wieder hörte er ihren Körper knarzen oder dachte das zumindest. Er stellte sich ein Zahnradsystem in ihrem Inneren vor, welches vor sich hin arbeitete, nur dass manchmal Sand ins Getriebe geriet oder so. Mussten Androiden überhaupt schlafen und wovon träumten sie?

Es war natürlich noch dunkel, als Linda ihn weckte. Seine Kohlenhydrate, Eiweiße und Fette waren noch nicht ganz durchgelaufen, etwa ein Viertel war noch im Beutel. Er ließ ihn angehängt und zog ein T-Shirt drüber, musste nur aufpassen, dass er sich nicht aus Versehen seine Halsschlagader herausriss.

Irgendwie fühlte er sich noch angestrengter und entkräfteter als am Abend. Er überlegte, ihre Anfrage einfach abzulehnen und alles hinzuschmeißen. Die verzockten Stromstrukturen hier sich selbst zu überlassen. Sein Vorhaben endgültig aufzugeben. Einfach weiterzuziehen. Er hatte keine Motivation mehr die Augen aufzumachen und einen Finger krumm zu machen. Linda legte im Hintergrund die Gerätschaften bereit. Das Leben fühlte sich gerade so kalt und mechanisch an. Es bestand nur aus einem Weitermachen. Es bestand schon immer ausschließlich aus einem Weitermachen.

Damals, als er noch bei seinen Pflegeeltern gelebt hatte, hatte er wenigstens noch die Hoffnung, aus diesem Leben irgendwann auszubrechen und etwas anderes zu machen. Diese feindliche Umgebung ein für alle Mal zu verlassen. So lange durchzuhalten, bis er auf eigenen Füßen stehen konnte. Da war er noch so naiv zu glauben, dass sich alles ändern konnte. Was für ein Reinfall war es gewesen festzustellen, dass die Welt ein sich ständiges Wiederholen des Immergleichen war. Der immer selben Geschichte, die er bis zum Erbrechen satt hatte.

An seinem zehnten Geburtstag hatte sein Ziehvater ihm gesagt, dass De ein Fehler im System war und deswegen nirgends Anschluss finden würde. Es wäre eine traurige Wahrheit, aber eine, die er kennen müsste, um mit dem Leben klar zu kommen. Als Beweis für seine Theorie hatte er angeführt, dass seine Mutter schließlich bei der Geburt gestorben war und seitdem niemand etwas mit ihm zu tun haben wollte. Das stimmte. Immer hatte De sich isoliert und nicht angenommen gefühlt. War eine Belastung für diese Familie gewesen, die sich seiner gezwungenermaßen angenommen hatten. Seine Anwesenheit hatte sogar seinen Ziehvater immer wieder in Suizidversuche getrieben. Man konnte nicht anders als sein Leben beenden zu wollen, wenn man mit ihm zusammen war. War nicht sogar Mira am Anfang ihres Kennenlernens viel besser drauf gewesen als am Ende? Also stimmte die Theorie. Er war ein toxisches Lebewesen.

Ein weiteres, nicht zu ignorierendes Indiz dafür war seine Unfähigkeit, normales Essen zu verdauen. Es fing wohl damit an, dass er schon als Baby permanent Milch spuckte. Als Kleinkind wurde ihm von fast allen Nahrungsmitteln schlecht und er verweigerte oft die Mahlzeiten. Mit zehn Jahren, als er die Offenbarung von seinem Vater erfahren hatte, nahm er sowieso schon nur noch flüssige Nahrung zu sich und war dünn wie ein Herbstblatt. Mit vierzehn war er soweit und konnte nichts mehr bei sich behalten, einen Appetit auf Essen hatte er sowieso noch nie gehabt. Er verließ kurz darauf sein Elternhaus und die Odyssee begann. Ein Arzt setzte ihm den Katheter ein, erst als Unterstützung, dann als einzige Nahrungsquelle und jetzt war er hier.

„Bist du soweit?", fragte Linda und De drehte seinen Kopf zur Seite, hob langsam seinen Oberkörper in die Senkrechte. Weitermachen. Er hasste es.

„Du musst mir vorher noch etwas verraten", sagte er tonlos ohne sie anzuschauen. „Wo kann ich mich defragmentieren lassen. Es ist der einzige Grund, weshalb ich überhaupt hier bin."

„Aber wieso…", setzte Linda an und wich erschrocken zurück.

„Nein", unterbrach De sie mit einer scharfen Handbewegung. „Ich möchte nicht hören, dass ich jung bin, dass ich gesund bin, dass mein ganzes Leben noch vor mir liegt, dass es andere Wege gibt, dass es eine verrückte Idee ist, dass es nicht funktionieren wird. Glaub mir, ich hab das alles durch. Ich will nur wissen, wo ich es machen lassen kann, das ist alles."

Er drehte sich zu ihr um und nahm den Lötkolben. Er lag angenehm in seiner Hand, war ein qualitativ hochwertiges Modell. „Also?", fragte er.

Linda öffnete eine weiteres Stück Haut an ihrem Unterarm und De sah, dass sich ein winziges Display mit ein paar Tasten darunter verbarg. „Moment, ich muss noch die Schmerzrezeptoren an der Stelle ausschalten, an der du jetzt arbeitest." Als sie fertig war, wandte sie ihm den Rücken zu und schob ihr T-Shirt hoch. „Das Defragmentieren ist keine einfache Sache, ich habe mich natürlich nie sehr intensiv mit diesem Thema beschäftigt. Aber ich weiß, wer dafür zuständig ist. Sie heißt Anna, ich habe sie schon ein paar Mal getroffen. Am besten ist es an einem Ruhetag, da kommen alle zwanglos zusammen."

„Wann wird das sein?", fragte De und schaute sich die zu reparierende Stelle genauer an. Er hatte Scheu, ihre Haut zu berühren, aber es ging nicht anders.

Für einen Moment dachte er wieder an das Treffen mit Naj, bei dem sie ihn gebeten hatte, ihren Handgips zu zertrümmern, weil sie ihn loswerden wollte. Es war das erste Mal gewesen, dass er einen anderen Menschen berührt hatte, also bewusst und aktiv. Nicht wie dieses aufgezwungene Händeschütteln und Antippen. Auch nicht wie die Prozedur, als er sich den Katheter implantieren ließ. Das waren andere Arten von Berührungen.

Seine Eltern hatten ihn natürlich nie berührt, sie wussten ja von seiner ansteckenden Krankheit mit den Geschwüren und hatten zurecht auf Körperkontakt verzichtet. Hoffentlich hatte er Naj damals nicht damit angesteckt, aber normalerweise reichte eine flüchtige Berührung dafür nicht aus. Auch sie hatte ihm eindringlich davon abgeraten, hierher zu kommen, um seinen Dämonen zu begegnen. Sie hatte auch mit ihren gekämpft und er hätte gerne gewusst, was aus ihr und ihrem Kampf geworden war.

„Die Ruhetage sind nicht festgelegt wie in anderen Anlagen, sie werden willkürlich bekannt gegeben. Vielleicht haben wir Glück und es ist bald so weit. Man kann die Leute auch nicht unendlich schuften lassen, das wissen die Vorgesetzten", erzählte Linda.

De wurde aus seinen Gedanken gerissen und nahm den sehr feinen Lötkolben in die Hand. Die Müdigkeit lag schwer in seinen Händen und seinem Kopf und er hatte kaum Motivation, diese zu verscheuchen.

„Vielleicht kannst du dich noch weiter nach vorne beugen", formulierte er mit schwerer Zunge und drehte Linda gleichzeitig mehr zum Licht der Deckenlampe.

„Ist es gut so?", fragte sie und schaute sich über die Schulter.

„Ich denke schon. Du weißt, ich habe sowas noch nie gemacht, nicht bei einem Menschen. Diese Metallstreben sind sehr fein und was ist mit der Haut?", er setzte den Lötkolben an und startete sehr vorsichtig mit der Reparatur.

„Ich habe Patches, die kommen da drüber", erklärte Linda, „eigentlich haben wir Haut aus einem selbstreparierendem Material, aber bei mir funktioniert das nicht mehr so richtig. In die Haut wird eigentlich fast die meiste Arbeit gesteckt bei der Herstellung der Androiden. Haut und Gehirn. Sie soll empfindlich sein für Berührungen, Temperaturunterschiede und sowas, aber auch widerstandsfähig und robust."

„Wie alt bist du?", fragte De und war froh mit dem Löten besser zurecht zu kommen als er dachte.

„Hundertsieben Jahre. Und du?"

De musste kurz inne halten und die Information verarbeiten. Das klang so surreal. Sie sah vielleicht aus wie fünfundfünfzig oder um den Dreh. Er konnte sich beim besten Willen nicht vorstellen, dass sie über hundert war.

„Also du bist als Erwachsene auf die Welt gekommen und hast in über hundert Jahren Wissen und Erfahrungen angesammelt und dann noch das Wissen, welches in deinem Gehirn vorher gespeichert war. Das… das ist der

Wahnsinn", hauchte De und fühlte sich plötzlich so klein wie eine Ameise.

„Das klingt nach viel, natürlich", gab Linda zu. „Du bist nicht lange hier, oder?"

„Oh Mann, was hab ich jetzt schon wieder falsches gesagt?", De stoppte kurz, machte aber gleich weiter. Es gab sehr viele hauchdünne Metallstreben, die gebrochen waren, er verlötete sie einzeln, das war mühselig.

Linda schmunzelte kaum hörbar. „Nichts, es ist wirklich nichts."

„Rück raus mit der Sprache."

„Du solltest Androiden niemals das Gefühl geben, dass sie anders sind. Unsere ganze Existenz ist darauf ausgerichtet, den Bio-Körper zu imitieren und das Leben hier auf dem Planeten zu unterstützen, für den Fall dass die Biomenschen nicht zurechtkommen und unsere Hilfe brauchen. Unser größter Wunsch ist es als Gleichgesinnte wahrgenommen zu werden, auch in den kleinen Dingen. Ich weiß nicht mehr als du, ich bin nicht widerstandsfähiger, klüger, langlebiger, emotionsloser, beherrschter, besser."

„Alles klar", De schluckte. Er würde den Umgang mit den Androiden nie auf die Reihe bekommen, es gab so viele Stolperfallen. „Aber eins kann ich mir nicht erklären, was hat es mit diesem Zittern in der Stimme, mit diesen Aussetzern beim Sprechen auf sich, ist das ein Übertragungsfehler?"

„Hmm", Linda schien zu überlegen. „Es ist kein technisches Problem oder so. Die früheren Modelle hatten das nicht und dann wurde immer mehr klar, dass…", sie suchte nach den richtigen Worten, „…Biomenschen durch die Atmung, Herzschlag, Tränen Emotionen auf eine Art transportieren, die uns verwehrt bleibt. Dann wurde herumexperimentiert, wie dies in unsere Körper übersetzt werden könnte. Es geht dabei um den Ausdruck von Wut, Aufregung, Trauer, Erregung, Angst, Hass, Unsicherheit und so weiter. Es ist vielleicht nicht die beste Lösung, aber unsere Stimme bricht weg, wenn wir extreme Gefühle empfinden, manchmal schwankt auch unser Körper, wir verlieren ein Stück weit die Kontrolle über ihn. Es kann auch manchmal sehr angenehm sein, je nach Situation", sie grinste.

De dachte an die verschiedenen Gespräche mit Androiden und versuchte diese neu einzuordnen. Es war immer noch ein merkwürdiges Phänomen für ihn, aber endlich hatte er Klarheit, was es damit auf sich hatte.

„Danke, dass du mir das erklärst. Ich fühle mich in der Hinsicht manchmal wie ein Volltrottel", murmelte er.

„Natürlich. Willst du noch etwas wissen?"

Er hatte noch tausend Fragen. Die meistens davon traute er sich nicht zu stellen. Doch es gab noch eine, die vielleicht ging: „Was hast du heute Nacht geträumt?"

Er sah, dass sie lächelte. Das erste Mal seit Langem.

„Ich weiß nicht, ob mich das schon mal jemand gefragt hat", sinnierte sie und ihre Augen hatten auf einmal dieses Leuchten, das es eigentlich nicht geben sollte. „In der Nacht werden alle neuen Informationen und Erfahrungen sortiert und getaggt, es ist ein komplizierter Prozess. Manchmal gibt es Software-Updates oder das Einspielen von neuem Wissen. Mein Bewusstsein ist dabei in einem merkwürdigen Zustand, ich bekomme Fragmente davon mit. Heute Nacht war alles sehr verschwommen, meine Ruhezeit war auch zu kurz. Es gab eine Sache, die mir im Gedächtnis geblieben ist", sie schloss die Augen und senkte den Kopf. „Ich war in einem Raum nur aus blauer Energie, konnte meinen Körper kaum spüren, immer wieder gab es winzige Lichtblitze von oben nach unten, so wie Regen. Ich hasse Regen, Feuchtigkeit ist nicht gut für meinen Körper. Aber ich liebe Strom, natürlich. Im nächsten Moment bin ich gerannt, aber wie in Lichtgeschwindigkeit, immer noch dieses entfremdete Gefühl in meinen Armen und Beinen. Dann kamen Stimmen, monotone Erzählungen, Nachrichten, Berichte, Gebrauchsanweisungen, Messungen, es war ein Wirbel aus Zahlen und Buchstaben, Blau und Rot vermischt. Ich versuchte nach etwas zu greifen, mich an etwas festzuhalten, aber meine Hand fiel einfach ab, löste sich in den herumflirrenden Buchstaben auf, ich löste mich auf, es war schrecklich."

De setzte den Lötkolben ab und hielt inne. Er traute sich kaum zu atmen. In seinem Kopf schwirrte es, er hatte das Gefühl irgendwohin abzutauchen, in eine andere Welt, mitgerissen zu werden. Mit einem Mal hatte er den Hauch eines Gefühls davon wie es war nicht mehr vollständig allein zu sein. So etwas hatte er bisher nur für Bruchteile von Sekunden erfahren. Für einen Moment konnte er erahnen, dass Linda in einer sehr wirren Welt leben musste. Und er vielleicht nicht der einzige war, der jeden Tag mit seiner Existenz zu kämpfen hatte. Vielleicht. Vielleicht bildete er sich das auch nur ein.

„Das ist wunderschön", sagte er schließlich.

„Findest du?", sie schmunzelte, als sie immer wieder zu ihm schaute.

„Das ist eins der berührendsten Dinge, die mir jemals jemand erzählt hat", murmelte er und versuchte jedes Detail ihres Traums in seinem Kopf abzuspeichern. Er wollte noch mehr hören. Irgendein wunder Punkt in ihm rührte sich. Eine Stelle, mit der er nicht oft in Kontakt kam.

„Wir müssen uns beeilen", Linda lächelte immer noch und De schaute gerne in ihr Gesicht.

„Natürlich", erwiderte er und machte sich daran, seine Arbeit zu beenden. Stöpselte sich danach ab und sie zogen sich beide an. Stolperten zusammen zu ihrer Arbeitsstelle.

×××

Am übernächsten Tag war es endlich so weit: Herdis teilte ihm mit, dass am Tag drauf nicht gearbeitet wurde. Die Stimmung in der ganzen Produktionsanlage schien sich damit schlagartig zu ändern. Die Arbeiter liefen schneller, man hörte Gespräche und Lachen, die meisten verließen schon früher als sonst ihren Arbeitsplatz. Was sie vorhatten wusste De nicht. Linda war nicht auffindbar, auch wenn sie sonst sehr eng zusammenarbeiteten und De traute sich nicht die anderen zu fragen, was jetzt passieren würde. Auf jeden Fall lag irgendwas in der Luft und De hatte sich fest vorgenommen diese Anna zu finden und sein Vorhaben weiter voranzutreiben.

Als der freie Tag anbrach, wusste De nicht, was er anziehen sollte. Er warf einen Blick aus seinem Fenster und sah aus der Entfernung, dass die Leute nicht ihre schwarzen Arbeitsanzüge trugen. Natürlich hatte er keine eigene Kleidung dabei. Für die Reise, die er geplant hatte, brauchte er nicht viel mehr als das was an ihm dran war.

Er zog die dritte Schublade seiner Kommode auf und wühlte darin herum. Zum Vorschein kam eine unansehnliche braune Hose und ein zerknittertes beiges Hemd.

Beides hatte so einen modrigen Geruch an sich und De machte sich Sorgen, dass er noch unangenehmer riechen würde als sonst. Aber er hatte keine andere Wahl. Eigentlich konnte es ihm nur wenige Tage oder Wochen vor seiner Defragmentierung egal sein, wie er aussah oder roch. Aber er konnte dieses Überdenken noch nie steuern oder beeinflussen, es war immer im Vordergrund.

Hinter der Wohnungstür hing eine schwarze Jacke aus Segeltuch, die er sich angesichts der kalten Temperaturen überwarf. Die Kleidung war wie alles, was er sich anzog viel zu groß. Er krempelte die Ärmel und Hosenbeine hoch, schnallte den Stoffgürtel der Hose so eng wie möglich und trotzdem schlabberte alles an ihm als wäre er ein Kind in Erwachsenenklamotten. Das war noch nie anders gewesen.

Es war schon hell und die Sonne schien wolkenlos am Himmel, als er die Straße betrat. Immerhin konnten sie alle ausschlafen. Ziemlich schnell bemerkte er, dass alle in dieselbe Richtung unterwegs waren. Er schloss sich den anderen an und konnte seinen Blick nicht von den unterschiedlich gekleideten Arbeitern abwenden, die in gedeckten Farben schlenderten. Dass sie nicht ihre schwarzen Anzüge trugen ging einfach nicht in seinen Kopf hinein.

Schließlich erkannte er, dass sie alle zu dem Kuppelbau unterwegs waren. Sein Dach leuchtete aus der Ferne, das Metall glänzte in der Sonne, es strahlte sie alle an wie eine merkwürdige religiöse Stätte. De war ergriffen von dem Schauspiel und der Tatsache, dass aus allen Richtungen scheinbar sämtliche Angestellte zu diesem einen Ort unterwegs waren. Auch De versuchte sich auf die gelöste und feierliche Stimmung einzulassen und nicht zu sehr über das Blei in seinen Füßen zu grübeln. Vielleicht würde sich heute ja endlich etwas ergeben, Bewegung in die Sache geraten. Auch wenn das sehr untypisch für sein Leben wäre.

„Hallo altes Haus", hörte er plötzlich neben sich und drehte sich abrupt um. Bo hatte sich zu ihm gesellt.

„Hi", konnte De vor lauter Verblüffung bloß sagen.

Bo grinste in an, seines Überraschungsangriffs wohl sehr bewusst.

„Was machst du hier, ich dachte du bist postwendend zurückgefahren", fand De seine Sprache wieder und war doch so froh, ein vertrautes Gesicht zu sehen.

„Ach, ich wollte mir das hier nicht entgehen lassen, also hab ich mir allerhand Ausreden einfallen lassen, um noch so lange zu bleiben, bis endlich der Ruhetag verhängt wird", erzählte er und ließ seinen Blick mit einem Lächeln durch die Menge schweifen.

„Was passiert hier?", fragte De und senkte die Stimme.

Aber Bo schien ihn gar nicht gehört zu haben. „Oh, schau mal, jetzt kommt das Gedränge, geh vor mich, dann verlieren wir uns nicht aus den Augen", bemerkte er und ehe De sich versah wurden sie in Reihen in das Gebäude gelotst, rechts und links lange Schlangen von anderen Arbeitern, die aufgeregt durcheinandersprachen.

De musste sich einreden, dass es nicht schlimm war, dass hunderte von Menschen um ihn herum waren und eventuell seinen Geruch einatmeten, ihn ansahen, ihn sogar berührten, aber zum Glück war es kein Hautkontakt. Er brütete momentan kein neues Geschwür aus und das hieß, dass nur der übliche Geruch nach Müll von ihm ausging, noch nicht der nach faulen Eiern. Außerdem waren alle so sehr abgelenkt, dass niemand ihn wahrnahm.

Unsicherheiten blieben trotzdem. Das Wissen, dass Bo hinter ihm war und ihn jederzeit, ohne dass er es antizipierte, an die Schulter tippen würde, ließ ihm keine Ruhe. Es war wie eine unsichtbare Fliege, die um seinen Kopf schwirrte und die er nie erwischte, so sehr er sich auch bemühte.

Langsam flossen sie alle in den Kuppelbau herein. De riss die Augen auf, um den Innenraum in sich aufzunehmen. Die Decke war absurd hoch und wölbte sich mit einem metallischen Glanz über ihnen. Da sich keine riesigen Maschinen hier drin befanden, war diese Verschwendung von Raum irgendwie… ungewöhnlich für diesen Kontinent. Ein paar Bereiche weiter hinten waren abgeschirmt, aber der Großteil der Halle war komplett leer und nur von den Menschen gefüllt, die hereingeströmt waren. Das fühlte sich sehr merkwürdig an, denn alles in der Produktion war funktional. Es gab keine Elemente, die einfach nur dazu dienten schön zu sein oder Menschen Freude zu bereiten. Und damit hatte dieses unausgenutzte Gebäude etwas von einer Kathedrale, einer Moschee, einem Gotteshaus, auch wenn es auf dem Planeten schon seit Jahrhunderten keine praktizierten Religionen mehr gab.

De bewegte seine Finger und meinte Fäden spüren zu können, die eine ganz tiefe Verbindung zur Vergangenheit hatten. Die aus rauer Baumwolle, derben Leinen, unbehandelter Schafswolle bestanden. Er zog sie zu sich heran und wickelte sie um seine Hände, um sie festzuhalten. So etwas erlebte er nicht oft, das musste er in seinem Inneren konservieren. Es waren Eindrücke, die durch Jahrhunderte und Generationen hindurchgingen. So musste sich Ehrfurcht anfühlen.

„…bist du noch dabei?", hörte er Bos Stimme und verließ augenblicklich seine Innenperspektive.

„Sorry, ich muss weggedriftet sein", De lächelte verlegen und schüttelte den Kopf, fuhr sich erratisch durch die Haare. „Was hast du gesagt?"

„Ich meinte nur, das ist ein tolles Ding hier, oder? So schlicht, aber trotzdem beeindruckend", nickte Bo und blickte nach oben. „Man fühlt sich klein und unbedeutend in der meterhohen Leere, aber auch im Fokus."

De nickte stumm.

„Normalerweise haben sie hier alles voller Teststationen, Schreibtische, Laufbändern und solch einem Zeug, aber das wurde jetzt zur Seite geräumt", fuhr Bo fort, als sie immer weiter in die Mitte getrieben wurden. „Ich war hier einmal drin, hab mich reingeschmuggelt, ansonsten ist das hier top secret."

Die Leute stellten sich in einem Halbkreis auf, De stand mit Bo in der zweiten Reihe und hatte einen ganz guten Blick auf das Geschehen. Versuchte sich trotz aller Unsicherheiten voll und ganz auf das Geschehen zu konzentrieren. Auf dem Platz vor ihnen war noch alles frei und niemand zu sehen. In so einer großen Gruppe hatte De… tatsächlich noch nie gestanden. Nicht dass er wüsste. Große Menschenansammlungen hatte er immer gemieden. Es hatte etwas überwältigendes, so als würde man verschluckt werden.

„Es freut mich, dass so viele von euch gekommen sind", sagte eine zierliche Frau, die auf einmal vorne stand. Sie trug eine kupferfarbene Kordhose und eine sandfarbene Bluse. Ihre Haare waren kurz und schwarz.

Mit einem Mal wurde es sehr ruhig in dem Saal. Alle Gespräche verstummten, jeder stand still und richtete seinen Blick auf sie. De sah, dass die anderen eine gerade Körperhaltung einnahmen, nicht verkrampft oder so, aber doch irgendwie ritualisiert. Er machte es ihnen nach.

„Der letzte Arbeitszyklus war sehr lang, das wissen wir", sagte die Frau, von der De annahm, dass es Anna war. Ihre Stimme hallte deutlich von den Wänden wider und klang verstärkt, wie eine ferne Predigt. „Ich hoffe, dass es nicht mehr vorkommen wird, wir arbeiten momentan sehr intensiv an den Stromversorgungsproblemen und danach kann die Arbeitsbelastung wieder runtergefahren werden."

Sie lief immer wieder ein paar Schritte durch den Raum und richtete ihren Blick auf einzelne Zuschauer. De fand, dass sie Strenge, aber auch eine sakrale Ruhe ausstrahlte. Alle Augenpaare folgten ihr, aber sie schien das ganz gut aushalten zu können.

„Ich möchte euch natürlich nicht vorenthalten, was wir alles mit unserer gemeinsamen Anstrengung geschafft haben", fuhr sie weiter fort und ein zögerliches Lächeln umspielte ihre schmalen Lippen. „Neue Menschen sind geboren worden und bereit über die Erde zu wandeln. Ich möchte euch heute Lars, Anja und Jonas vorstellen."

Sie lief ein paar Schritte zurück an den Rand der freien Fläche und augenblicklich bewegte sich etwas in der linken Ecke. Ein mittelgroßer Mann mit beiger Kleidung und braunen Haaren, die zu einem einzelnen Zopf geflochten waren trat hinter einer mobilen Wand mit sachten und ungeübten Schritten nach vorne auf die Stelle, an der Anna gestanden hatte. Er drehte sich zu der Menschenmenge um und hob langsam seinen Kopf. Seine braunen Augen wanderten über die Köpfe und De konnte förmlich spüren, wie er die Situation aufnahm und versuchte zu verarbeiten, wie alles etwas zu viel war. Die Menge wurde währenddessen noch lautloser, so als würden alle die Luft anhalten. Einen Moment betrachteten sie sich gegenseitig und De dachte schon die Welt wäre stehen geblieben, eingefroren, denn nichts passierte mehr.

Dann räusperte der Neue sich vorsichtig. „Mein Name ist Lars", sagte er mit unsicherer Stimme. „Heute ist mein erster Tag auf der Welt."

Ein Aufatmen schien durch die Menge zu gehen, warum auch immer. Hier und da stieg ein Flüstern auf.

„Ich werde bald losziehen und mich im Bereich Transportwesen spezialisieren, dort tätig werden. Sobald die Eingewöhnung abgeschlossen ist", fuhr Lars weiter fort.

„Herzlich willkommen, Lars", sagte jemand, der in der ersten Reihe stand und die anderen gaben ein zustimmenden Gemurmel von sich.

„Es ist schön, dass du da bist", sagte jemand anderes und Lars verbeugte sich, um sich zu bedanken. Dann trat er ein paar Schritte nach hinten und blieb dort allein stehen.

Eine junge Frau mit extrem kurzen blonden Haaren trat von der Seite nach vorne an Lars' Stelle. Sie trug ebenfalls dieses beige T-Shirt und Hose. Ihr Gesicht war etwas kantiger, aber ihre Lippen relativ voll und ihre Nase klein. Sie hatte einen ganz anderen Blick als Lars. Sie schien die Menge zu studieren und verengte ihre Augen immer wieder oder zog die Augenbrauen unmerklich hoch. Bei den Zuschauern wurde es erneut sehr still und alle schienen sich voll und ganz auf sie zu konzentrieren.

„Mein Name ist Anja", verkündete sie mit relativ selbstbewusster Stimme. „Heute ist mein erster Tag und ich werde bald die Weltraumfahrer bei ihrer Mission die Welt zu beschützen und sich mit anderen Welten auszutauschen, unterstützen."

Ein Raunen ging durch die Menge und ein paar begeisterte Ausrufe waren zu vernehmen.

„Das ist klasse, wir haben auf dich gewartet", sagte jemand und Anja nickte zustimmend.

„Willkommen bei den Menschen", sagte jemand anderes und alle redeten durcheinander.

Als nächstes kam ein schmaler großgewachsener – obwohl De nicht wusste, ob man in einem solchen Fall von wachsen sprechen konnte, vielleicht hochgebauter – Mann nach vorne. Die sandfarbenen Klamotten waren etwas zu kurz an den Armen und Beinen, also anscheinend war er wirklich viel größer als die anderen. Er knetete seine Hände und schien fast über seine eigenen Füße zu stolpern. Seine dunklen Haare waren an den Seiten geflochten und hinten zusammengebunden. Als er endlich vor der Menge stand, hob er seinen Kopf und tauchte in die Menge an Augenpaaren ein. De verstand in diesem Moment den Initiationsritus und das Sehen und Gesehen werden. Es war eine Geburt, an der sie alle teilhatten. Es war nicht nur ein seliger Moment, sondern hatte auch etwas von Entblößung und der Beliebigkeit und Weite der Welt, die nicht immer so leicht zu händeln war.

Bei diesem Gedanken blickte der junge Mann De direkt in die Augen, oder zumindest schien De das zu glauben. Seine Augen waren klar und nicht getrübt von den vielen Problemen, denen er irgendwann unweigerlich begegnen würde. Die Augenfarbe war ungewöhnlich grau, die Augenbrauen markant, die Nase schmal und die Lippen gekräuselt. Wer auch immer ihn designt hatte, hatte kein Allerweltsgesicht geschaffen, sondern eine verblüffende Erscheinung.

„Ich heiße Jonas", flüsterte er fast und jemand in der erste Reihe bewegte sich, sodass der Blickkontakt unterbrochen wurde. „Ich werde in der Realitätsforschung eingesetzt."

Jonas drehte sich abrupt um und stellte sich zu den anderen zwei Novizen. Ein etwas beunruhigendes Raunen ging durch die Menge und De schaute sich um, um zu erkennen, was los war. Aber er konnte es nicht ausmachen. Stattdessen sprang Anna nach vorne und gestikulierte, um Ruhe reinzubekommen.

„Heißen wir die neuen Menschen willkommen", sagte sie und zeigte immer wieder auf die drei, die sich gegenseitig etwas zuflüsterten. „Sie werden ab heute Teil unserer Gemeinschaft sein und bei uns eingewöhnt werden. Nehmt Rücksicht und macht es ihnen nicht schwer. Einige von euch werden sich erinnern, wie es ist, wenn man den ersten Fuß in diese Welt setzt, die sehr komplex ist."

Es war wieder ruhig geworden und die Leute lauschten ihren Worten. Anna schritt auf und ab und verschaffte sich ziemlich schnell Autorität. De merkte, dass ihre Worte Gesetz waren.

„Ihr kennt die Regeln. Lasst die Neuen beobachten, ihre Erfahrungen machen. Sprecht sie möglichst nicht an, sie werden schnell überfordert und müssen jeden Tag einen riesigen Berg an Informationen verarbeiten und in ihren Systemen abspeichern. Wir wollen sie nicht überlasten. Nach und nach werden sie sich anpassen und ihre Ausbildung beginnen, das dafür notwendige Wissen bringen sie ja schon mit. Auf geht's."

Die Zuschauer klatschten und Anna trat wieder in den Hintergrund. Lars, Anja und Jonas blieben noch ein letztes Mal im Zentrum. Sie standen eng beieinander und schauten etwas erschreckt oder amüsiert. Schließlich verebbte das Klatschen und alle Leute liefen herum, als wäre nichts gewesen. Die Veranstaltung löste sich auf. De versuchte die drei im Auge zu behalten, aber sie waren nicht mehr auszumachen und verschmolzen mit den anderen.

„Es passiert nicht jeden Tag, dass man bei den ersten Schritten von neuen Menschen dabei sein kann", sagte Bo sichtlich gerührt und bewegte sich mit De Richtung Ausgang. „Ich meine, sie sind hier entstanden und nun gehen sie hinaus in die Welt, wer weiß, vielleicht in andere Zivilisationen. Und wenn sie über hundert Jahre alt werden, dann werden sie uns mit Sicherheit überdauern und es ist so, als wäre ein Teil von einem immer noch unterwegs. Und vielleicht wird meine Seele auch irgendwann von einem Androiden da vorne getragen, unglaublich."

Abrupt blieb De stehen. Da war noch etwas. Er wollte doch so dringend zu Anna, er hatte das in dem ganzen Trubel ganz vergessen. Hektisch schaute er über die Köpfe, ob er sie noch irgendwo entdecken konnte.

„Was passiert jetzt nach der Zeremonie, was machen die Leute?", fragte er Bo. „Ich suche Anna, ich wollte sie unbedingt etwas fragen."

„Oh, sie ist immer schwer beschäftigt", winkte Bo ab. „Und jetzt mit den Neulingen, da würde ich ihr nicht dazwischenfunken. Du weißt doch, sie ist eine Perfektionistin, will immer alles im Griff haben."

„Aha", seufzte De. „Und jetzt?"

Sie standen draußen und De bemerkte, dass die Sonne mittlerweile sehr kräftig auf sie runter knallte. Wenigstens war es dadurch nicht mehr so eisig kalt.

„Ich denke wie immer, wir laufen runter zum Steinbruch und gedenken der Menschen, die hier ihre Seele gelassen haben. Sie werden natürlich nicht vor Ort beerdigt, sondern in ihre Heimat transportiert, aber trotzdem gibt es hier eine kleine Gedenkveranstaltung."

De hoffte einfach, dass er da Anna oder irgendjemanden, dem er sein Anliegen vortragen könnte, treffen würde. In kleinen Grüppchen liefen alle einen schmalen Trampelpfad bergab in ein Tal, welches De vorher noch nie wahrgenommen hatte. Hohe Fabrikgebäude hatten verdeckt, dass es hinter dem Gelände noch etwas anderes gab.

„Was hältst du von den neusten Entwicklungen?", fragte Bo beiläufig.

„Was genau meinst du?", murmelte De und ließ seinen Blick über die Gegend schweifen, die er noch nie gesehen hatte. Trostlose Berge von Schutt, nicht abtransportiertes Metall, blanke und unbewachsene Flächen, wie er sie auch von seiner vorherigen Arbeitsstätte kannte.

„Kriegst du denn gar nichts mit?", Bo blieb entrüstet stehen.

„Nein, eigentlich nicht, warum auch", erwiderte De verlegen und kratzte sich am Kopf. Alles an ihm fühlte sich müde und schwer an.

Bo schüttelte den Kopf und lief weiter.

„Du musst dich doch informieren, das ist wichtig", erklärte Bo, „du bist jung, du musst doch wissen, was so los ist auf der Welt. Das ist relevant für dein Leben."

De fragte sich, wann er das Interesse an solchen Dingen verloren hatte. Ja, früher hatte er mitverfolgt, wie sich die Welt entwickelte, was Neues passierte. Als die Vogelwälder auszutrocknen drohten, das hatte er noch mitbekommen. Zu diesem Zeitpunkt war er noch hoffnungsvoll am Reisen gewesen, hatte einen Ort gesucht, der zu ihm passte. Als ihm die Erkenntnis dämmerte, dass dieser Weg nicht zum gewünschten Erfolg führen würde, da verlor er auch das Interesse an dieser Welt.

Am schönsten war eigentlich die Zeit gewesen, als er sein Zuhause endlich verlassen hatte. Ein ganzes Universum schien im plötzlich offen zu stehen, eine riesige Palette von ungeahnten Möglichkeiten. Endlich ausgebrochen aus den manipulativen Klauen seiner Zieheltern. Doch die Freude währte nur kurze Zeit, bald kamen die gesundheitlichen Probleme und ein Verlorensein in der Welt. So wie seine Eltern es ihm vorhergesagt hatten. Er konnte keinen Anschluss finden, einen Weg zurück gab es auch nicht. Also blieb ihm nur noch eins.

„Dass die Fäden, die die Realität zusammenhalten, immer schwächer werden, das hast du mitbekommen?", fragte Bo halb empört.

„Ich habe da vage etwas von gehört", nuschelte De, der erstmal aus seinen Gedanken wieder aussteigen musste. „Warte, da war doch etwas mit Jonas. Warum haben die Leute so ablehnend auf ihn reagiert?"

„Oh Mann", murrte Bo und hielt sich die Hand über die Augen als würde er gleich in Ohnmacht fallen, „wo lebst du Junge? Mal ehrlich, was stimmt nicht mit dir?"

De blieb stehen und zog seine Lippen zusammen. Sein Magen verkrampfte sich. Er spürte wie von ganz tief unten Wut aufstieg. Nicht die normale Wut, wenn einem ein Glas runterfiel oder man die Bahn verpasste. Sondern eine uralte, schwere, brodelnde Wut, die man nicht so einfach runterschlucken konnte.

Bo schaute ihn erschrocken an und ahnte wohl, was in ihm vor sich ging, er ruderte sofort zurück.

„Vergiss was ich gesagt habe", winkte er ab und fuhr sich hektisch durch die grau-weißen Haare. „Ich rede manchmal dummes Zeug, es war nicht so gemeint."

Sie liefen weiter und De gab sich alle Mühe seine Fassung zu wahren und die Aufregung wieder runter zu fahren. Es hatte keinen Sinn wütend zu werden oder seine Gefühle zu zeigen, denn die anderen Menschen konnten nichts dafür, dass er verkorkst war und noch nicht einmal ein normales Gespräch führen konnte ohne eine Lebenskrise zu bekommen.

„Also die Kurzfassung ist, dass wohl bestimmte Menschen diese Realitätsfäden herstellen können. Wie, das ist noch unklar. Mit der Kraft ihrer Gedanken", er riss seine Augen auf, als würde er De hypnotisieren wollen. „Naja, das einzige Problem dabei ist, dass diese Leute, manche nennen sie Spinner oder Tagträumer, sie können nicht mehr arbeiten, es gibt irgendwelche Interferenzen", Bo gestikulierte mit seinen Händen, „nach und nach stellen sie ihre Tätigkeit ein und Leute um sie herum sterben. Soweit weiß man das schon. Und die Androiden sollen jetzt noch mehr herausfinden. Das Problem ist nur, es wird nicht gerne gesehen, wenn…", Bo holte tief Luft, als würde er etwas Unaussprechliches in seinem Kopf formulieren, „wenn die Androiden…, wenn sie… puh, ich weiß nicht", er griff sich an den Schädel, als wäre er schlagartig von schrecklichen Kopfschmerzen befallen, „wenn sie federführend in die menschliche Entwicklung eingreifen und das dürfen sie eigentlich nur im Katastrophenfall. Und die Leute streiten sich, ob ein solcher Fall überhaupt vorliegt, das ist der große Konflikt."

„Hm", De runzelte die Stirn und versuchte das Gesagte zu verarbeiten.

„Es gibt diesen Kodex, unterbrich mich, wenn ich dich mit Altbekanntem langweile", fuhr Bo weiter fort, „dass Androiden nur in unserer Welt eingesetzt werden dürfen, wenn sie die Biomenschen unterstützen, aber nicht ihr eigenes Programm fahren. Daran darf nicht gerüttelt werden, verstehst du? Viele Leute sind den Tech-Menschen sehr misstrauisch gegenüber."

„Okay", De hatte von dem ein oder anderen bereits gehört.

Sein Ziehvater hasste Androiden, es hatte bei ihnen im Dorf auch keine gegeben. De hatte immer geglaubt sie würden mit starren mechanischen Gliedern durch die Gegend laufen und Befehle entgegennehmen. Erst viel später war ihm aufgegangen, dass sie optisch kaum von Biomenschen zu unterscheiden waren und ein komplexes Eigenleben führten, das teilweise dem der Biomenschen glich, teilweise aber auch sehr eigen war. Wie eigen, das bekam er erst hier mit.

„Aber was genau können die Androiden denn in der Angelegenheit ausrichten, das Biomenschen nicht hinbekommen?", fragte De, als sie langsam am Steinbruch ankamen. Es war ein merkwürdiger Anblick. Dutzende von Leuten hatten sich bereits vor einem monströsen Haufen Steinen versammelt, der wahrscheinlich bei früheren Abbautätigkeiten entstanden war. Seitlich war ein unscheinbarer Eingang zu sehen, der wohl unter die Erde führte. Alte Bahngleise und Zufahrten für motorisierte

Fahrzeuge, die es nicht mehr gab, waren noch gut erhalten. Rundherum war die Landschaft leer und tot, hier gab es natürlich keine Vegetation mehr. De wollte gar nicht so genau wissen, was mit ihr mal passiert war.

„Sie können schneller denken und kombinieren, haben mehr Wissen abgespeichert, wagen auch mal einen anderen Blick auf die Dinge und sind offen für ungewöhnliche Lösungswege. Deswegen unterstützen sie uns ja auch seit jeher", eruierte Bo.

„Na dann bin ich voll dafür", De zuckte mit den Schultern und sie gesellten sich zu den anderen Leuten.

In kürzester Zeit kamen immer mehr von ihnen und stellten sich in keinen Gruppen um den Eingang herum. Die Gespräche wurden leise und vorsichtig geführt. De linste zu dem Eingang und sah, dass Arbeiter drei Leichname, die in sandfarbenes Tuch gehüllt waren, heraustrugen. Sie wurden behutsam auf dem Boden abgelegt und alle Anwesenden stellten sich im Kreis um sie auf. De fand, dass die Stimmung nicht so angespannt war wie im Kuppelbau. Es waren auch weniger Leute gekommen, nicht alle nahmen wohl an der Trauerfeierer teil.

De war völlig perplex, als sich nach und nach alle Leute auf den Boden setzten und knieten. Auch er begab sich auf die staubige Oberfläche und setzte sich in den Schneidersitz. Lars, Anja und Jonas blieben als einzige stehen. Sie senkten ihren Blick und standen vor den drei toten Menschen. De meinte ein Zucken und Zittern in ihren Gesichtern erkennen zu können, es war sicherlich schwierig so eine herausfordernde soziale Situation zu meistern, wenn man gerade erst geboren wurde.

Ein unterschwelliges Summen ertönte, ein Murmeln und Flüstern von unverständlichen Worten. Die Stimmen der Leute verschmolzen zu einen auf- und abebbenden Rauschen, einem unregelmäßigen Gewirr von Lauten. De schloss die Augen und lauschte den Geräuschen. Er wusste nicht, was sie zu bedeuten hatten, es war mal ein Wehklagen, mal ein Davonwehen, dann ein Rauschen wie von Wasser.

De dachte an das Meer, an dem er aufgewachsen war. Die Erinnerung daran war schon lange verblasst. Es war schön gewesen am Wasser zu leben, an der Salzluft, der Naturgewalt des Meeres, der frischen Brise. Aber auch die schönste Gegend konnte nicht ausgleichen, dass er dort nicht reinpasste. Nirgends reinpasste. Dass er sich schon immer gewünscht hatte, die Wellen würden ihn einen Tages einfach verschlucken. Aber egal wie unvorsichtig er mit dem Boot unterwegs war, wie weit er auch rausschwamm, wie tief er tauchte, er kam immer wieder in seinem alten Leben raus.

Als er den Kontakt zu seinen Zieheltern schließlich abgebrochen hatte, wirkten sie gleichgültig, desinteressiert, unbeeindruckt. Irgendwie waren sie wohl nur zu extremen Emotionen fähig, besonders sein Ziehvater konnte es nicht lassen ständig von Tod und Untergang zu reden, von einem unabwendbaren lebenslangen Leiden, von dem alle Menschen erfüllt waren. De war mit dem Glauben aufgewachsen, dass alle Menschen sich ständig umbringen wollten, dass es etwas ganz normales war. Und das Narrativ war unweigerlich Teil seiner DNA geworden, auch wenn er in der Zwischenzeit gesehen hatte, dass es nicht so war. Aber das war auch irrelevant.

Das Meeresrauschen entfernte sich wieder und De öffnete die Augen. Die Leute standen sehr langsam wieder auf, sie wirkten benommen und schwerfällig. Die drei

Leichen wurden in den Waggon gelegt und die Türen verschlossen. Lautlos fuhr die Bahn los.

„Dort werde ich natürlich nicht mitfahren", sagte Bo neben ihm, „aber die nächste Gelegenheit um zum Recycling zu kommen, nutzen. Muss ich, sonst bekomme ich meine Bezahlung nicht mehr."

De nickte. Er fragte sich, wohin seine Leiche transportiert werden würde, wenn er nicht mehr war. Die Vorstellung, dass sie zurück an die Meeresküste gebracht werden würde, löste ein ungutes Gefühl in ihm aus.

„Also, ich verabschiede mich", Bo tätschelte ihm die Schulter. „Mach bitte keinen Unfug, wir brauchen so Spinner wie dich."

Sie warfen sich noch einen Blick zu, dann drehte Bo sich um und lief mit schnellen Schritten den Weg zurück. De schaute sich um, alle Leute zerstreuten sich in unterschiedliche Richtungen. Gerade konnte er noch sehen, dass Anna mit ihren drei Schützlingen den Rückweg antrat. De folgte ihnen mit ein paar Metern Abstand und beobachtete, wie sie miteinander sprachen. Lars, Anja und Jonas hielten sich ganz dicht an sie und hörten ihr sehr aufmerksam zu. Zwischendurch liefen sie so langsam, dass De sich anstrengen musste, sie nicht allzu schnell einzuholen. Nachdem er sich dreimal die Schnürsenkel gebunden hatte kamen sie schließlich am Kuppelbau an. Bevor Anna da drin verschwinden konnte, rannte De zu ihr, nahm seinen ganzen Mut zusammen und sprach sie an.

„Entschuldige bitte", er stellte sich vor sie.

Sie schaute ihn misstrauisch an und wollte sich an ihm vorbeidrücken.

„Ich muss dich dringend sprechen, es geht darum dass ich…", er holte tief Luft, „dass ich mich defragmentieren lassen möchte."

„Oh", erwiderte sie und schaute ihn durchdringend an. Dann senkte sie ihren Blick und schien zu überlegen.

„Ich habe eine lebensverkürzende Krankheit und bin nur zu diesem Zweck hierhergekommen, ich werde nicht gehen, ehe…"

„Du bist momentan in der Stromversorgung eingesetzt?", fragte sie und hob ihren Kopf wieder.

„Ja, ich helfe aus, aber sobald die neuen Teile geliefert wurden, braucht man mich nicht mehr, dann…"

„Das ist gerade ein denkbar schlechter Zeitpunkt. Es gibt so viele Turbulenzen. Die Realität scheint an manchen Teilen der Erde zu schwächeln, teilweise auch richtig zusammen zu brechen", sie kratzte sich am Haaransatz und wirkte erschöpft. „Ich habe gerade erfahren, dass ein paar Leute im Recycling gestorben sind, weil sie stehen geblieben sind. Es hat also auch uns erfasst. Wir müssen dringend herausfinden, woran das liegt."

„W-wer?", stotterte De und sank in sich zusammen. Damit hatte er nicht gerechnet. Auf einmal schien dieses Thema, welches seit Wochen um ihn herum gewabert hatte, ganz nah, erschlug ihn mit seiner Präsenz.

Anna seufzte und schüttelte traurig den Kopf. „Mira, Ante und Runa sind gestern nicht mehr aufgewacht."

De stolperte ein paar Schritte nach hinten und knallte gegen die Metallverkleidung des Kuppelbaus. Das traf ihn hart in die Magengrube. Er verlor das Gleichgewicht und sackte auf den Boden. Das konnte nicht wahr sein. Nein, Mira war noch am Leben. Er sah sie noch genau vor sich. Sie war jung, quietschfidel, fröhlich, gesprächig, lustig. Sie war über Wochen sein einziger Gesprächspartner gewesen. Sie hatte immer auf ihn geachtet und sich erkundigt, ob er etwas brauchte. Sie war nicht krank, sie war nicht alt. Vielleicht eine andere Mira? Den Namen gab es da kein zweites Mal. Vielleicht war das passiert, weil er gegangen war. Er hätte ihr sonst bestimmt helfen können, es verhindern können. Aber er hatte ja nicht anders gekonnt, war wegbeordert worden.

„Es tut mir wirklich leid", Anna legte die Hand auf seinen Kopf. „Wir sind alle sehr bestürzt. Natürlich waren die Fälle weltweit schon beobachtet worden, aber man geht ja immer davon aus, dass es einen selbst nicht trifft. Ich weiß auch noch nicht, wie wir damit umgehen."

De nickte stumm und wusste nicht mehr, wie er sich aufgerafft hatte. Er wankte zurück zu seiner Wohnung. Überall waren Leute unterwegs und standen zusammen, unterhielten sich, lachten, aßen und tranken. Es war so surreal, so verrückt, so unbegreiflich. Er wollte einfach nur weg. In seiner Wohnung knallte er die Tür hinter sich zu und ließ sich auf das Bett fallen. Schloss die Augen. Er sah Mira bei ihrem letzten gemeinsamen Gespräch, Mira in ihrem grauen Arbeitsanzug, Mira in der Recyclinghalle. Sein Gehirn schmerzte, es war unerträglich. Sie hatte noch nicht einmal die Möglichkeit gehabt ihre Seele zu spenden, das wäre wenigstens ein Trost gewesen. Sie war einfach weg.

Er versuchte sich verzweifelt daran zu erinnern, ob er schon einmal jemanden verloren hatte und wie man mit so einem Verlust umging. Wie er es verkraften könnte, dass Mira aus einem verrückten Grund nicht mehr da war. Auch wenn er sowieso nicht mehr zum Recycling zurückkehren wollte und sie wahrscheinlich nie mehr wiedergesehen hätte. Trotzdem. So wie es jetzt war, war es unfair.

Es fiel ihm niemand ein. Seine Mutter war bei seiner Geburt gestorben, aber das hatte er nicht bewusst miterlebt. Die Identität seines Vaters war nicht bekannt. Sein Ziehvater hatte zwar immer über den Tod gesprochen, seine Suizidpläne aber nie in die Tat umgesetzt. Hätte es nicht ihn stattdessen treffen können?

Er musste mehr über diese Sache herausfinden. Es verstehen. Vielleicht würde ihm das helfen. Mit einem Seufzen setzte er sich wieder auf und begann in der Kommode zu wühlen. In der obersten Schublade fand sich jede Menge Zeug. Kabel, Stecker, Speicherkarten, Eingabegeräte unterschiedlicher Art, mehrere Minicomputer aus verschiedenen Generationen. Er machte sich keine Hoffnungen, dass irgendwas davon noch funktionsfähig war. Natürlich hatte er schon mehrere davon selbst besessen, ohne war das Leben ja kaum zu bewerkstelligen. Aber mit der Zeit hatte er immer weniger Interesse an Kommunikation. Es kam ihm gerade recht, dass die Leute hier, wo er jetzt war, diese Dinger am wenigsten benutzten, obwohl sie hier vor Ort massenhaft hergestellt wurden. Niemand hatte ein ausgeprägtes Bedürfnis danach, an die Welt angebunden zu werden.

In seiner Hilflosigkeit steckte er drei von den Kommunikatoren an die Aufladekabel und lehnte sich noch einmal zurück. Von diesen Geräten ging auch immer die Gefahr aus, nachzulesen, was aus seiner Familie geworden war. Wenn er dazu überhaupt etwas fand. Oder zu recherchieren, wie der Stand der Dinge im Vogelwald und der Hauptstadt des Stromversorgungskontinents war. Ob

Naj die Umsiedlung realisieren konnte. Des Gedanken verzweigten sich plötzlich in alle Richtungen. Es fühlte sich hoffnungsvoll an. Aber dann bremste er sich und dachte daran, dass jede dieser Verzweigungen sich bisher als Sackgasse erwiesen hatte und keiner der Wege ihn irgendwohin geführt hatte, außer in die Einsamkeit und Leere.

Nicht schon wieder dieses Thema, dachte er und sprang auf. Eines von den quadratischen Geräten mit Bildschirm und Tastatur ließ sich anschalten und fuhr hoch. Ein Passwort brauchte er glücklicherweise nur, wenn er sich mit seinem Profil anmelden wollte und das war absolut ausgeschlossen. Klar, er könnte schnell seinen Kontostand checken, schließlich erarbeitete er sich die ganze Zeit Punkte und gab sie auch für das notwendigste aus, aber er vertraute einfach darauf, dass dies irgendwie im Rahmen war und er wollte nicht in die Versuchung kommen Nachrichten abzurufen oder zu verfassen. Das wäre das Schlimmste.

Stattdessen gab er in die winzige Suchmaske die Stichworte „Todesfälle" und „Realitätsforschung" ein und wartete einen Moment auf das Ergebnis. Das Display war winzig, es konnten nur vier Zeilen Text angezeigt werden. Keine Bilder, keine Videos, keine Fotos, keine Scans. Dies wurde eingeführt, nachdem es die Leute mit dem Austausch von allem anderen nur keiner Information mal übertrieben hatten. Jedenfalls galt das für die mobilen Geräte des privaten Gebrauchs. Für berufliche Zwecke und stationäre Computer gab es andere Vorschriften.

Zuerst kamen ein paar Kurzmeldungen über Todesfälle aus allen drei Kontinenten. Die Schreiber waren nicht dabei und in der Bücherstadt, dem nördlichsten

Kontinent, lebten keine Menschen. Dann fand er schließlich einen etwas ausführlicheren Artikel über das Phänomen, lehnte sich auf dem Stuhl zurück und begann zu lesen.

Seit ein paar Wochen wurden vermehrt Vorfälle gemeldet, bei denen mehrere Menschen von einem Tag auf den anderen, ohne Vorerkrankungen oder erkennbare äußere Einwirkungen, in ihren täglichen Tätigkeiten vertieft, starben. Dabei wurde immer dasselbe Bild geschrieben, sie wirkten wie stehen geblieben. Beim Kochen, bei Spaziergängen, beim Lesen, Arbeiten, Schlafen. Diverse Messungen wurden an den Orten ausgeführt, die zu keinen Ergebnissen führten. Die einzige Gemeinsamkeit, die bislang festgestellt werden konnte, war, dass dünn besiedelte und Regionen mit einem schwachen sozialen Zusammenhalt stärker betroffen waren. Unter den Opfern waren Menschen ab dem Erwachsenenalter, Eltern, Ältere, Alleinstehende, Verheiratete, Arbeiter, Ruheständler, Männer, Frauen.

De hielt kurz inne und dachte an die Schreiber, die isoliert von den anderen auf ihrer Insel lebten. Sie hatten den Ruf eine sehr enge Gemeinschaft zu sein, zwar eine Gemeinschaft voller Einzelgänger, aber paradoxerweise immer noch mit sehr starkem Bezug aufeinander. Dieser wurde erst kürzlich auf die Probe gestellt, als ein Serienmörder sein Unwesen trieb. Die Person wurde gefasst und der soziale und politische Frieden wieder hergestellt. Nur einer der bekanntesten Schreiber, Karl-Gustav Wolkebarth hatte sich im Zuge dessen abgesetzt und lebte nun in einer dieser neuen Siedlungen bei den Vogelmenschen.

Nun wurde es im Text etwas schwammig. Ein neuer Wissenschaftszweig, die Realitätsforschung, angesiedelt wie alle wissenschaftlichen Disziplinen bei den Weltraumfahrern, nahm sich dieser mysteriösen Sache an und kam nach einer ersten oberflächlichen Einschätzung zu dem Ergebnis, dass an vielen Orten, wo diese Vorfälle stattgefunden hatten, die Realität brüchig und rissig wurde. Ohne Realität kein menschliches Leben. Und dafür wäre ein kleiner Prozentsatz von bestimmten Menschen verantwortlich, die, ohne es zu wissen, dass sie diese Fähigkeit besaßen, permanent Realität herstellten, sie spannen, flochten, filzten, knüpften. Da die Realitätsforschung noch in den Kinderschuhen steckte, mussten jetzt schnell neue Mitarbeiter ausgebildet und auf die Sache angesetzt werden.

De durchforstete noch weitere Artikel zu dem Thema, fand aber nichts fundamental Neues. Es wurde auch viel Blödsinn geschrieben. Dass Androiden daran schuld waren, weil sie die Biomenschen ausrotten wollten, dass Außerirdische mit einem neuartigen Virus die Welt zerstören wollten, dass das alles ein Hoax wäre oder eine Ablenkung von wichtigeren Themen. So verrückt all diese Vermutungen auch waren, so hatten sie doch auch zu ersten Ausschreitungen und Unruhen auf dem Planeten geführt. Besonders auf dem Energiekontinent rächte sich die schwache politische Lage der Selbstverwaltung. Niemand konnte den aufstrebenden Kräften Einhalt gebieten. Die grauen Vogelmenschen waren wütend, weil sie meinten, sie wurden unrechtmäßig ihrer Lebensgrundlage beraubt und nutzten die labile Situation, um sich wieder durchzusetzen. In dem Quartier der Hauptstadt, das schon seit jeher von kriegerischen Auseinandersetzungen geprägt war, nahmen die bewaffneten Auseinandersetzungen zu. Dann wiederum wurden Stimmen laut, dem Einhalt zu gebieten, aber niemand vermochte sich in diese generationenübergreifenden globalen Konflikte einzumischen.

De schaltete das Gerät wieder aus und fuhr sich mit beiden Händen über das Gesicht. Das war alles nicht sehr erhellend.

Abends im Bett spürte er, dass ein Geschwür am Oberschenkel zu wachsen anfing. Es war kleiner als die anderen, vielleicht nur ein Fingergelenk groß, aber es schmerzte dafür umso mehr und seine Gedanken begannen wie stets darum zu kreisen, wo er es entsorgen konnte. Verdammte unberechenbare Krankheit. Diese Sache belastete ihn so sehr. Nicht mehr lange, und er konnte hoffentlich seinen ganzen toxischen Körper entsorgen, dann wären diese Probleme aus der Welt geschafft.

xxx

„Heute werden die Ersatzteile geliefert", verkündete Linda am nächsten Morgen auf dem Weg zur Arbeit.

„Hmm", erwiderte De. Er dachte an die Zeiten, als Mira morgens oder abends zu ihm stieß und ihn zum Lachen brachte. Es war schmerzhaft sich daran zu erinnern.

„Ich denke, dass du danach wieder abreisen musst", fuhr sie fort, „kannst du dann nicht vorher noch ein paar Stellen löten?"

„Puh", atmete De hörbar aus und sank ein paar Zentimeter in sich zusammen. So viele Anforderungen. Das Stromnetz in Gang bringen. Androiden flicken. Körper schreddern. Sein Leben war fast schon hektisch geworden.

„Zu einer vernünftigen Uhrzeit, okay", erwiderte er als sie die Tür zur Haustechnik öffnete. „Keine Nacht- und-Nebel-Aktionen mehr bitte."

„Versprochen", Linda lächelte ihn flüchtig von der Seite an und sie liefen ins Haus.

Herdis stand schon mit allen Anweisungen für den Tag bereit. Und schon ging es los. Stromnetzwerke wurden neu verschaltet, Pläne entworfen und gezeichnet, Software-Programme kontrollierten immer wieder die Umsetzung. Nach der Mittagspause tauschten sie endlich die defekten Teile aus, machten mehrere Testläufe, checkten immer wieder die Leistung. Und dann war es soweit, die ganze Abteilung durfte wieder an das Stromnetz angeschlossen werden. Es klappte, auch wenn De davor warnte, dass der nächste Zusammenbruch bald wieder um die Ecke kommen könnte, wenn nicht grundsätzlich an der Schaltreihenfolge etwas geändert werde. Herdis nahm es zur Kenntnis und versicherte, dass sie sich darum kümmern würde.

Am späten Nachmittag seilten Linda und De sich ab und eilten zu ihrer Wohnung. Sie dachte wahrscheinlich, dass er bald wieder im Zug sitzen würde, überlegte De und er hatte auch nicht vor, sie eines Besseren zu belehren.

„Der Ellenbogen macht mir schon ewig Probleme", sagte sie, als sie in der Wohnung ihren Ärmel hochkrempelte. „Ich müsste eigentlich den ganzen Arm austauschen, inklusive Schultergelenk, aber ich habe nicht genug Punkte dafür."

„Wieso musst du überhaupt dafür bezahlen?", wunderte sich De und sie organisierten zusammen das Werkzeug auf dem kleinen Tisch.

„Ich würde sowas gestellt bekommen, wenn ich mehr erwirtschaften würde, eine höhere Position angestrebt hätte, aber ich bin irgendwie immer auf einem niedrigen Level geblieben, lange Geschichte", seufzte sie und verdrehte ihren rechten Arm, um ihm den Ellenbogen hinzustrecken.

De beugte sich über die offene Stelle und die vielen dünnen Metallstreben, Kabel und Silikonteile, die offen lagen.

„Ich habe absolut keinen Plan, was ich da mache", sagte er, als er sich die Situation näher angeschaut hatte und den Lötkolben zur Hand nahm.

„Hast du eine ruhige Hand und Feinmotorik? Dann reicht das. Es wird nicht ewig halten, ich weiß auch nicht, was ich machen soll", sie kratzte sich am Kopf und ein paar graue Haare segelten dabei auf den Tisch zwischen ihnen.

De begann zu löten und musste sich enorm konzentrieren. So eine Arbeit hatte er schon lange nicht mehr gemacht. Früher, im Betrieb seines Vaters wurde er oft zu solchen Tätigkeiten verdonnert, wurde später auf die Windkraftwerke hochgeschickt oder musste abends noch ganze Eimer voller Kabel schälen. Das war oft monoton und ermüdend. Vielleicht hatte diese Arbeit seine Eltern auf Dauer so vergrämt? Meer, Wind und Kabel, da wollte man sich halt irgendwann erhängen.

„Ein Freund von dir, Asger, hat mich kontaktiert", unterbrach Linda plötzlich seine Gedankengänge.

De setzte den Lötkolben ab und schaute sie an. Linda senkte sofort den Blick, es war ihr alles wohl sehr unangenehm.

„Warum?", erwiderte er leise und schob ihren Ellenbogen wieder näher zu sich heran, wie um sich die kaputte Stelle näher anzusehen. In Wirklichkeit schaute er durch alles hindurch.

„Ich kenne ihn kaum", murmelte Linda und drehte sich weg, um durch das dunkle Fenster nach draußen zu schauen, wo es außer ihrem Spiegelbild nichts zu sehen gab. „Er fragte mich, ob du mir über den Weg gelaufen wärst und ob wir zusammenarbeiteten."

„Hmm", machte De. Er spürte, wie sein Herzschlag sich beschleunigte, er konnte gar nicht sagen, welche Emotion dafür verantwortlich war, es kam etwas Wut, Aufregung und allgemeine Überwältigung hoch. Er versuchte sich krampfhaft auf die gebrochenen Eisenfäden zu konzentrieren, aber es ging gar nichts.

„Er bat mich, dir auszurichten, sich bei ihm zu melden, es wäre dringend", fuhr Linda fort.

De dachte an Mira und die anderen und sofort umspülte ihn eine Welle von Trauer, die ihm die Füße wegzureißen drohte. Er konnte sich nur festhalten, indem er sich an sein Vorhaben erinnerte. Weshalb er hierhergekommen war. Er musste daran arbeiten es umzusetzen, dann würden diese ganzen Hiobsbotschaften endlich aufhören. Er mochte Asger, seine Gedanken wanderten immer wieder zu seinem klugen Gesicht, seinen schmalen Händen und dem eindringlichen Gespräch, das sie hatten. Es gab so etwas wie eine Sehnsucht nach ihm, nach seiner Anwesenheit. Aber das konnten nur Phantome sein, das konnte nicht auf Gegenseitigkeit beruhen, denn niemand begehrte ein Wesen, das so übelriechend und geschwürgeplagt war wie er.

Augenblicklich dachte er an die Wucherung an seinem Oberschenkel und hatte sofort das Gefühl, dass sie gleich abfallen, durch sein Hosenbein rutschen und auf Lindas Fußboden landen würde. Er konnte förmlich spüren, wie es sich ablöste. Seine Hände fingen an zu zittern und er sprang auf, rannte ins Bad.

Dort zog er seinen Anzug aus und presste das Geschwür fest, damit es ihm nicht entglitt. Panisch durchsuchte er den kleinen Raum nach irgendeinem Werkzeug und fand eine kleine Zange. Damit musste es gehen. Er presste die Zähne aufeinander und kniff die Augen so fest zu, dass alles um ihn herum gelb wurde. Gelb wie Eiter, gelb wie Ekel, gelb wie Scham. Er trennte in einem Rausch von Vergangenheit, Farben, Worten, Gefühlen und Narrativen das Geschwür ab. Seine Atmung rasselte stärker als sonst, der Kreislauf sackte kurz weg. Er wickelte das Fleisch in Toilettenpapier ein und steckte es in den Mülleimer. Linda würde es sicher sehen oder riechen, aber es blieb ihm nichts anderes übrig. Er durfte ihr einfach nie mehr unter die Augen treten, das war die Lösung. Morgen war er weg hier. Aus einer Seitentasche holte er ein Stück Stoff zum Verbinden und wickelte es um die Schnittwunde. Wusch sich die Hände.

Taumelnd kam er aus dem Bad heraus, etwas Blut tropfte in seinen Socken und Schuh. Er sah Linda nicht an. Meine Güte, in welche beschissene Situation war er wieder geraten. Alles um ihn drehte sich. Menschen sprachen, Fäden wurden gesponnen, Schmerzen eingeflochten. Moment, Fäden?, dachte De, welche Fäden. Doch er vergaß diese Frage, eine von hunderten, sofort wieder.

„Naja, vielleicht checkst du ja mal deine Nachrichten", durchbrach Linda die Stille und lächelte schief.

„Nachrichten", murmelte De und hatte das Gefühl seit ihrem Gespräch und dem Badbesuch wären zwei Wochen vergangen. Seine Finger fühlten sich komplett blutleer an. Doch er nahm den Lötkolben in die Hand.

„Woher kennst du…", De räusperte sich und rang mit der Normalität. Dabei dachte er immer wieder an den Klops in Lindas Mülleimer, es war so surreal. „Woher kennst du Asger?", fragte er mit dünner Stimme.

„Oh, wie gesagt, wir kennen uns nicht gut", sie hielt ihm den Ellenbogen wieder hin und De kratzte alle seine Energien zusammen, um diesen Job endlich fertig zu bekommen. „Ich kann mich noch gut daran erinnern, als er auf die Welt kam, das musste vor ungefähr fünfzehn Jahren gewesen sein. Den ersten Tag eines jeden Androiden vergisst man nicht. Der Blick, sein Name, seine Statur. Zu diesem Zeitpunkt wurden viele Leute im Bereich Medizin gesucht, nach der Eingewöhnung wanderte er zu den Weltraumfahrern und wurde wohl als Militärarzt eingesetzt. Mehr weiß ich nicht. Auf jeden Fall tauchte er wohl irgendwann wieder hier auf, beim Recycling. Ich hatte von jemandem davon gehört. Und ihr habt euch dort angefreundet?"

De schaltete den Lötkolben wieder an und setzte die Reparatur fort. Es klappte besser, als er gedacht hatte. Jetzt machten Müdigkeit und Erschöpfung sich in seinem Körper breit, er musste schnell in seine Wohnung und seine Nahrung anschließen.

„So in der Art", murmelte De, „es war eigentlich mehr so ein loser Kontakt. Er ist sehr nett, aber er macht sich zu viele Sorgen um mich."

Linda schaute ihn als, als wollte sie unbedingt etwas dazu sagen, verkniff es sich aber. Sowas in der Art wie, dass man sich um ihn zurecht sorgen müsste. Wenn sie das Geschwür im Bad fand, würde sie das bestimmt denken.

„Hast du von ihm den Anhänger?", fragte Linda mit wackeliger Stimme, es war ihr wohl unangenehm so herumzustochern.

„Woher...", stotterte De und griff sich instinktiv an das Brustbein, um die Metallfeder zu ertasten.

„Bei unserem letzten Treffen, als du dich angestöpselt hast", sie lächelte unsicher und De dachte, dass sie ein wunderschönes unscheinbares Gesicht hatte. „Es ist sehr ungewöhnlich für einen Androiden seine Feder wegzugeben. Man würde sie selbst seinem Partner nicht geben. Sehr ungewöhnlich."

„Welche Bedeutung hat sie für dich?", fragte De und war dabei seine Arbeit abzuschließen.

Linda kräuselte die Lippen und schaute nach oben. „Keine ausgesprochen spirituelle oder so, es ist kein Glücksbringer oder Verankerung in der Welt. Mehr wie so ein Geburtsbändchen, erinnert mich an meinen ersten Tag, daran, was in mir drin ist, an die Seele und ihre Form."

De nickte, das war sicher eine schöne Erinnerung. Dann legte er die Instrumente beiseite und lockerte seine Hände. Es war Zeit zu gehen.

„Noch eine Frage, bevor du verschwindest", Linda packte ihren Ellenbogen wieder ein und De hob die Augenbrauen. „Was hast du heute Nacht geträumt?", sie lachte.

De konnte nicht anders, als das Lächeln zu erwidern. Trotz der eine Million Emotionen, die durch seine Adern rasten und sich um Asger, Mira, Federn und Fleisch drehten. Dann schloss er die Augen und sah kurz in den Abgrund, der sich in seinem Kopf auftat.

„Das ist super banal und unsubtil", seufzte er, „tut mir jetzt schon leid für diese Enttäuschung. Heute Nacht war ich in diesem Strom, wie war ich da reingeraten? Keine Ahnung. Die Luft roch metallisch. Manchmal auch nach Blut. Es vermischte sich alles. Das Wasser trieb mich an. Oder war es flüssiges Metall? Ich schaute mich um, ich schwamm in Quecksilber oder sowas, ich wollte sofort da raus, aber alles, wonach ich griff entglitt mir und ich tauchte immer wieder unter. Meine Hände lösten sich bei jedem Tauchgang immer mehr auf, ich schluckte das Zeug, es verätzte mich von innen und von außen heraus. Aber ich spürte keinen Schmerz, ich wollte mich nur nicht auflösen in diesem Metall oder Säure oder Blut. Dann schwammen Körperteile vorbei, Füße, Unterarme, Knie, Köpfe, und ich fragte mich, ob manche davon mir gehörten, ich wollte sie packen und an meinen Körper heften, aber ich hatte ja keine Arme mehr. Ich spuckte und strampelte, aber es war völlig aussichtslos und dann ertrank ich einfach in dieser Brühe. Ende gut alles gut."

Er öffnete die Augen und schüttelte sich kurz. Diese Art von Träumen waren einfach nur ekelhaft und klebten an ihm länger als ihm lieb war.

Linda schaute etwas entgeistert und schien nach den richtigen Worten zu suchen.

„Das ist nicht banal", sagte sie schließlich, „das ist traurig und sind Träume nicht immer etwas traurig? Ich mag das, diese Zerstückelung. Ich glaube viele kämpfen damit, gerade in diesen Zeiten, in denen alles wieder aus dem Gleichgewicht gerät. Wir kämpfen darum die Kontrolle zu behalten, nicht? Die Ohnmacht, das Ausgeliefertsein, das ist das Schlimmste."

De konnte ihr nicht in die Augen sehen. Er hatte einen Kloß im Hals und nickte bloß. Dann sprang er auf und ging.

×××

Am nächsten Tag stand er noch früher als sonst auf und lauerte Anna beim Kuppelbau auf. Es dauerte nicht lange, bis sie auftauchte. Sie lief auf ihn zu und sah nicht erfreut aus, ihn zu sehen.

„Ich dachte, du wärst abgereist", sagte sie zur Begrüßung und drückte den Ordner, den sie bei sich trug, fest an den Oberkörper.

De sagte nichts dazu, die Antwort konnte sie sich denken.

„Du meinst es also wirklich ernst", stellte sie fest und schloss die Tür auf.

„Natürlich, ich werde nicht eher gehen…"

„Okay, okay", unterbrach sie ihn, „du hast Glück. Einer unserer Spender ist heute abgesprungen, ist auf der Fahrt hierher gestorben. Wenn du möchtest, kannst du seine Stelle einnehmen."

„Das wäre wunderbar", De strahlte.

Anna schmunzelte und schien zu überlegen.

„Wir ziehen dich vor. Dein Android steht schon bereit, die Seele bleibt ja nicht lange frisch, wir müssen sie sofort verpflanzen. Geh bitte vor zum Steinbruch und warte dort auf weitere Anweisungen", erklärte sie und De nickte eifrig.

Wie auf Wolken begab er sich auf den Weg, den er erst vor ein paar Tagen mit Bo gelaufen war. Da schien die Defragmentierung noch unendlich weit weg zu sein. Er konnte es kaum fassen, dass es jetzt so weit war. Dort angekommen schaute er in den tiefen dunklen Schlund des Berges, oder was von ihm übrig war, und setzte sich auf einen Stein. Es war noch dunkel, die Morgendämmerung weit weg und es wehte ein leichter Wind.

Es war vollkommen in Ordnung, wenn das sein letzter Tag auf Erden war, jedenfalls in seiner jetzigen Daseinsform. Als Android würde er sich an nichts mehr erinnern, er würde alles wieder lernen müssen, ein Neustart. Ohne die ätzenden Krankheiten, ohne ein verrottetes Elternhaus, ohne die ewige Suche nach einem Platz. Ohne den Gestank, denn Androiden rochen nie komisch, ohne seine Talentlosigkeit, denn Androiden bekamen vom ersten Tag an einen Aufgabenbereich zugeteilt, selbst wenn sie sich später umentschieden sollten, war es ein besserer Start als sein Leben voller Bruchlandungen.

Ein junger Mann, den er bei der Vorstellung der neuen Androiden gesehen hatte, kam mit einem Klemmbrett auf ihn zu.

„Guten Tag", sagte er und blieb vor ihm stehen. „Ich heiße Anton. Ich werde dich durch das Prozedere begleiten und an deiner Seite sein bis du deine ersten Schritte auf der Welt machst und die Eingewöhnung abgeschlossen ist. Nach der Eingewöhnung wirst du in einen anderen Bereich überstellt, den ich dir jetzt noch nicht nennen darf. Du darfst auch deinen Androiden-Körper nicht sehen, das ist so Vorschrift."

De nickte. Anton setzte sich neben ihn auf einen weiteren Steinbrocken und legte sein Klemmbrett vor sich auf die Knie, schaltete dort das kleine Licht ein und holte einen Kugelschreiber heraus.

„Das genaue Prozedere kann ich dir nicht erklären, weil diese Informationen den Ablauf stören würden. Du wärst dann voreingenommen und würdest anders reagieren als sonst. Ist das okay für dich?", fragte Anton und zog die rechte Augenbraue nach oben.

„Natürlich", erwiderte De.

Er war etwas überrascht, aber er akzeptierte die Vorschrift. Anton nickte und notierte etwas auf seinen Zetteln. De betrachtete währenddessen seine haselnussbraunen Haare, die ordentlich zu vier enganliegenden Zöpfen geflochten waren, die am Hinterkopf in einem Pferdeschwanz mündeten.

„Als nächstes muss ich dich darüber informieren, dass in ungefähr ein Prozent aller Fälle die Prozedur nicht funktioniert, wir wissen nicht warum. Das geht durch alle Altersschichten, Geschlechter, Charaktere, durch unterschiedliche Herkünfte, wir haben da bisher keinerlei Muster erkennen können."

De wollte fragen, was dann passierte, aber er hatte die Befürchtung, dass er dadurch einen zweifelnden Eindruck hinterlassen würde und das wollte er auf keinen Fall. Er war fest entschlossen, jetzt durfte nichts mehr dazwischen kommen. Trotzdem dachte er an Asgers Worte und ein mulmiges Gefühl befiel ihn, das er schnell wegwischte.

Anton schaute ihn von der Seite aus an, als ob er auf eine Frage wartete, doch es kam nichts.

„Du kannst dir allerdings sicher sein, dass wir uns die größte Mühe geben, dass alles korrekt läuft. Wenn deine Seele nicht extrahiert werden kann, kann es sein, dass du bei dem Vorgang stirbst oder weiterlebst, die Verteilung ist da so halbe-halbe", Anton schluckte hörbar und strich sich über die Haare.

„Ich verstehe", De nickte vage, Anton notierte.

„Okay, kommen wir zum nächsten Punkt", Anton blätterte sichtlich erleichtert um. „Nun kommen wir zu der Frage, ob wir jemanden über deinen Verbleib informieren sollen."

Damit hatte De nicht gerechnet. Er schaute ratlos umher und rieb die Hände aneinanderder. Seine Zieheltern. Nein. Die Leute, mit denen er etwas mehr zu tun hatte, Freunde konnte man sie nicht nennen. Naj. Asger. Mira war ja schon tot. Linda. Nein. Er schüttelte entschieden den Kopf. Sie hatten nur punktuell etwas miteinander zu tun gehabt, da wäre eine solche Meldung etwas zu viel des Guten.

„Nicht notwendig", erwiderte er schließlich.

„Wo soll dein Bio-Körper beerdigt werden?", fragte Anton und blätterte weiter.

Darüber hatte De sich schon viele Gedanken gemacht, ohne Ergebnis. Er musste jetzt eine Entscheidung treffen, Mist. An seinen Geburtsort wollte er nicht überstellt werden, der war ihm verhasst. In der Hauptstadt des Stromversorger-Kontinents war er nur flüchtig gewesen. Hier war alles so unpersönlich und trostlos.

„Einfach hier in der Gegend, anonym, ich habe da keine speziellen Wünsche", sagte er.

„In Ordnung", nickte Anton. „Letzte Frage, was soll mit deinen Punkten passieren, wenn welche übrig sind?"

„Werden sie nicht automatisch auf mein neues Ich übertragen?"

„Nein, das ist nicht möglich. Du bist dann rechtlich gesehen eine neue Person. Neuer Name und so, eine Übertragung ist nicht möglich. Jeder Android hat einen Start wie alle anderen, das muss so sein. Du kannst entweder eine oder mehrere Personen benennen oder deinen Arbeitgeber, einen Betrieb und so weiter."

„Okay, okay", De überlegte fieberhaft, darüber hatte er sich noch gar keine Gedanken gemacht. Die Punkte, die er erarbeitet hatte, waren ihm mehr oder weniger egal. Waren dafür da, seinen Lebensunterhalt zu sichern, aber darüber hinaus hatte er auf kein bestimmtes Ziel hin gespart oder so. Viel konnte es nicht sein, die Jobs, denen er in letzter Zeit nachgegangen war, waren meistens unterste Lohnkategorie.

„Ich denke...", er zögerte und ging im Schnelldurchlauf alle Leute durch, die er kannte, „ich denke, ich übertrage die Punkte Linda. Linda, die hier arbeitet, ich hab ihren Nachnamen gerade nicht parat."

„Sicher?", Anton kratzte sich mit dem Stift an der Schläfe.

„Ja", De nickte. Das fühlte sich absolut richtig an.

„Ist notiert", verkündete Anton erleichtert und steckte das Klemmbrett weg. „Hast du noch Fragen?"

De rieb sich die Hände und spürte so ein Gefühl von Vakuum in sich aufsteigen. „Nein, absolut nicht." Er dachte nochmal kurz an seine Bleibe, aber da hatte er außer seiner Ernährungsbeutel und der diversen abgetrennten Geschwüre nichts, was irgendwie relevant wäre.

Anton stand auf und De tat es ihm nach.

„Du kannst jetzt durch diesen Eingang laufen, folge immer dem Weg, egal wohin er führt", er zeigte in den Steinbruch. „Alles weitere wird sich ergeben", Anton verbeugte sich langsam und schaute ihm nochmal intensiv in die Augen. Es war ein sonderbarer Moment, ein Moment für die Ewigkeit. „Wir sehen uns auf der anderen Seite", flüsterte Anton und De meinte ein leichtes Zittern in der Stimme zu vernehmen.

„Wir sehen uns auf der anderen Seite", erwiderte De und Anton wandte sich ab, um zurückzugehen.

De drehte sich zum Eingang, der wie ein schwarzes Loch auf ihn gerichtet war. Adrenalin durchströmte seinen Körper. Er setzte wie ferngesteuert einen Fuß vor den anderen und lief hinein. Sein Fleisch schien doch irgendwie zu zögern. Überlebensinstinkt, er war noch da. Tu es nicht, pochte es in seinem Kopf. Vor seinem inneren Auge tauchten Fäden auf, Fäden, die er pausenlos geknüpft hatte. Sie bestanden aus allen Farben, die er gesehen hatte, aus Kabeln und Drähten, aus Geräuschen und Klängen, Gesprächsfetzen und Redewendungen, aus Plastik und Metall, aus Wind und Wasser, aus Pflanzenfasern und Gräsern, Steinchen und Sand. Das Bild dieses Gewebes verschwand schnell wieder aus seinem Kopf, als er eine Stimme hörte, die aus der Ferne zu kommen schien. Ein Flüstern. Er lief weiter über den festen und staubigen Boden, nicht sehend was vor ihm oder neben ihm war, es war einfach nur noch schwarz. Er spürte auch, dass es kühler wurde, doch der Weg führte noch nicht bergab, einfach nur in das Innere des Steinbruchs hinein.

„Sei gegrüßt Frederick, ich freue mich, dass du da bist", hörte er wieder diese Stimme, immer noch weiter weg, sie klang weiblich und hatte einen sehr distinguierte Art. Wie eine Mischung zwischen einer singenden Sirene und einer beschwörenden Berghexe.

Er traute sich nicht, ihr zu antworten und hatte auch das Gefühl, dass das nicht erforderlich war. Es war von der Atmosphäre her mehr so, als würde er eine Führung durch eine alte Burg machen und sich alles anhören, was so erzählt wurde.

„Ich heiße dich willkommen in diesem alten Steinbruch", fuhr die Geisterfrau fort, „wusstest du, dass die gesamte Region komplett von der Energieförderung zerstört wurde? Es gibt hier keine Lebewesen, keine Pflanzen, keine Erde mehr. Wird es auch nie mehr geben, der Mutterboden wurde komplett abgetragen. Ein totes Land, wie geschaffen für das Extrahieren von Seelen."

Die Stimme kam jetzt immer näher und De spürte plötzlich einen Windhauch um sich. Er blieb stehen und schaute in alle Richtungen, auch wenn er nichts sehen konnte.

„Und was machst du dann hier?", die Frage war ihm rausgerutscht und er biss sich auf die Unterlippe.

„Eine gute Frage", die Frau stand jetzt neben ihm, das konnte er spüren, ihre Lippen berührten sachte sein Ohr. „Du bist sehr hübsch, wusstest du das?"

De schluckte und fühlte sich peinlich berührt. „Okay", brachte er hervor, das Ganze nahm eine seltsame Wendung. Vielleicht sollte er nicht zu viel mit diesem merkwürden Wesen interagieren, überlegte er, sie würde ihn vielleicht vom Weg abbringen mit ihrem Gerede.

„Darf ich dich anfassen?", fragte sie nun.

„Nein, auf keinen Fall", erwiderte er unwirsch und lief rasch weiter.

Sie war jetzt hinter ihm und sagte erstmal nichts mehr. Der Weg führte immer geradeaus nach vorne, die Temperatur sank weiter ab und eine trockene Kühle lag in der Luft. Seine Arme und Beine fingen an leicht zu zittern und er versuchte das auf seine übliche Art und Weise zu verdrängen. Später fragte er sich, ob er sich die Frau bloß eingebildet hatte, es gab keine Spur mehr von ihr.

Nach einer kleinen Ewigkeit merkte er, dass die Umgebung sich veränderte. Es wurde enger. Er streckte die Arme aus und spürte die Wände an den Fingerspitzen. Auch oben war die Decke jetzt deutlich zu ertasten. Der Stein war rau und ungleichmäßig. De blieb stehen und tastete sich an der Wand entlang. Seine Füße kamen schließlich an eine Stelle, an der eine Treppe nach unten zu führen schien.

„Das ist jetzt der schwerste Teil", sagte die Frau dicht hinter ihm und De zuckte zusammen. „Nur unter dem größten Druck der Erde kann deine Seele herausgelöst werden, deswegen musst du die Treppen nach unten steigen, bis es nicht mehr weiter geht. Dort werde ich deine Seele entgegennehmen."

De hielt die Luft an. Diese Vorstellung überwältigte ihn. Er wollte nicht zurück gehen, aber es fiel ihm auch schwer, weiter an dem Plan festzuhalten.

„Es ist genau richtig, wenn du jetzt zögerst, der Tod ist nicht angenehm", sagte sie nun in einem Sing-Sang und er spürte wieder diesen Wind um sich. „Wusstest du, dass die Seele dann in einem Metallgebilde aufbewahrt wird, es ist eine spezielle Spiralfeder, nur sie ist ausreichend beweglich und starr zugleich." Jetzt kam sie wieder ganz nah und änderte ihren Ton mehr Richtung Hexe. „Ich werde sie behutsam aus deinem Körper herausschälen."

De erschauderte und tastete nach der Treppe. Stufe um Stufe ging er nach unten. Die Stufen wandten sich und waren unterschiedlich hoch, er musste sich maximal konzentrieren. Wie bekamen sie nur später die Körper hier wieder nach oben, fragte er sich. Vielleicht war dafür der Berggeist zuständig.

Es wurde immer enger und niedriger, er musste sich schon bücken. Die Temperatur war deutlich abgestürzt, sodass er am ganzen Körper zitterte. Bald kroch und quetschte er sich durch enge Felsspalten, die Treppenstufen waren nur noch wahllose Steine, aber es ging immer noch steil nach unten.

Schließlich war er erschöpft, unterkühlt, voller klaustrophobischer Panik, blutenden Wunden von Abschürfungen und Stößen. Kam an eine Stelle, an der es beim besten Willen nicht mehr weiterging. Er zog und schleppte sich noch ein paar Zentimeter, dann war Schluss. Der Stein umgab ihn komplett von allen Seiten. Er blieb liegen und dämmerte weg.

xxx

In seinen Gedanken, oder waren es schon Träume?, stolperte er immer noch durch sein Leben. Mal war es die steile Felsküste an seinem Heimatort, die so unwirtlich und ablehnend daherkam. Dann waren es die unpersönlichen Straßen der Hauptstadt, die überall und nirgends hinführten. In der Recyclinghalle suchte er auch oft genug seinen Platz und war mit den großen Maschinen überfordert. Dann überkam ihn das Gefühl, jemand würde an ihm zerren. Jemand würde in die Mitte seines Körpers greifen und sein Innerstes herausziehen. Aber es gab einen Widerstand, es klappte nicht so ganz. Als würde jemand einen Zahn herausziehen wollen, der längere Wurzeln als angenommen hatte, die nicht nur in den Kiefer reichten, sondern bis in den Schädelknochen. Dieser Zahn war nicht herauszuziehen, so entzündet und faul er auch sein mochte.

Als nächstes konnte er nichts mehr sehen oder hören, aber er hatte das Gefühl schwerelos, körperlos durch einen Nebel zu wabern. Es war nicht unangenehm, aber ohne Körper auch seltsam, als wäre er betrunken oder in einem anderen Rausch. Er wollte nach etwas greifen, um bloß etwas zwischen den Fingern zu spüren, um eine Verbindung zur Welt zu haben, aber es ging nicht, keine Hand und kein Bein schienen an ihm dran zu sein. Hatte er sich immer über die Schwere der Welt beklagt, die vielen Probleme und Hindernisse als große Last empfunden, an seinen Füßen Blei beim Gehen gespürt, so sehnte er sich jetzt nach dieser Erfahrung, nach etwas, das ihn runterzog, ihn an den Boden drückte.

Mit einem schweren Husten wachte er schließlich auf. Der Hustenreiz schien sich durch seinen ganzen Körper, welcher das auch immer sein mochte, zu fressen. Er würgte, verkrampfte sich, schnappte nach Luft. Merkwürdigerweise war da gar nichts, was er aushusten konnte, es war bloß ein sinnloser Hustenreiz, der schmerzhafte und ruckartige Wellen durch seinen Körper jagte, als müssten alle Innereien, sofern er noch welche besaß, nach außen gestülpt werden. Sah so eine Wiedergeburt aus? Im nächsten Moment fiel ihm auf, dass er wusste, dass er defragmentiert werden sollte. Das hätte er nicht wissen können, wenn alles glatt gegangen wäre. Mit dem nächsten Hustenanfall klappte er in sich zusammen und hatte wieder einen Filmriss.

Zwischendurch hörte er Leute um sich herum reden, die Gespräche brachen immer wieder ab und verschwanden in einem Nebel.

„Er ist nicht stabil, wir müssen ihn zu den Grünen bringen", hörte er eine Stimme. Danach Gemurmel, das er nicht verstehen konnte. Die Person sprach vielleicht leise, oder war von ihm weggedreht.

„Auch wenn er nicht transportfähig ist, hier kann er nicht bleiben", sagte wieder der erste.

Dann folgte erneut eine Sequenz, in der er abtauchte. Diesmal war es kein Husten, aber Schmerzen und ein fiebriges Schütteln, das ihn erfasste.

„Die Medikamente schlagen nicht an", hörte er ein andermal, er wusste nicht, ob zwischen den beiden Gesprächen Stunden oder Tage vergangen waren.

„Hast du dieses Mittel probiert?", sagte jemand anderes und es folgte ein unverständlicher Wortwechsel.

„Der nächste Zug kommt morgen früh…"

„Wir können ihn nicht allein fahren lassen, aber die Situation hier…"

De wollte sich aufrichten und alle möglichen Fragen zu seinem Zustand stellen, aber es ging nicht, nichts rührte sich. Verzweifelt suchte er nach irgendwas, woran er sich mental festhalten konnte. Irgendein Glaubenssatz, ein Mantra, ein Kalenderspruch, eine Weisheit, etwas Kluges oder Spirituelles, das ihm half sich nicht aufzugeben, nicht die Hoffnung zu verlieren. Sein Gehirn suchte seine gesamte Lebenserfahrung nach etwas ab, das ihm mal in Krisen geholfen hatte. Weglaufen hatte geholfen, das ging jetzt nicht, das war ja das schlimme. Er war das erste Mal in seinem Leben bewegungsunfähig und zwar so richtig, nicht bloß etwas krank. Mit Menschen zu sprechen war bisher ganz okay gewesen, aber das ging auch nicht. Einfach zu glauben, dass immer alles gut wurde entsprach nicht seiner Lebenserfahrung. Sich in etwas viel Dunkleres zu stürzen hatte manchmal vielleicht nicht geholfen, aber Erleichterung verschafft. Ja, eigentlich war es genau das, was er die ganze Zeit machte, realisierte De. Denn so konnte er auch wenigstens diese Fäden, die er ständig in der Hand hatte, weiter spinnen, sie waren sein doppelter Boden, sein Sicherheitsnetz. Welche Fäden? Das Bild verschwand wieder vor seinem inneren Auge wie eine Luftspiegelung. Es fiel ihm sowieso schwer, einen klaren Gedanken zu fassen. Falls er jemals lebend wieder hier rausfand wollte er nicht mehr weglaufen, sagte er voller Überzeugung zu sich selbst, er wollte, egal, wo er aufwachte, an dem Ort bleiben, bis er vor Langeweile einging. Und dann, dann wollte er zurückgehen an all die Orte, an denen er Leute zurückgelassen hatte, egal, wo das war. Ganz bis an den Anfang, an seinen Heimatort und dort alles einsammeln, was verloren gegangen war.

×××

Es blieb lange dunkel und still, nichts rührte sich, es gab nichts zu sehen und zu hören. De konnte allerdings irgendwann, ganz weit weg einen Geruch vernehmen. Es war etwas völlig Unbekanntes, was er schwer einordnen konnte. Eine Luft, die mit viel Feuchtigkeit angereichert war. Es war warm, so warm, wie er es schon lange oder noch nie erfahren hatte. An der Küste war es nie mehr als zwanzig Grad, in der Hauptstadt war es vielleicht Frühling gewesen, als er da war, aber genau konnte er sich daran auch nicht erinnern, und bei der Produktion schien ein ewiger Winter Einzug zu halten.

Manchmal wurde ihm wohl etwas in den Mund eingeflößt, der Geschmack der Flüssigkeit war sehr dezent, vielleicht so etwas wie Birkensaft. De musste dann an seinen Magen denken und daran, dass er keine Nährstoffe aufnehmen konnte und ob das die Leute wussten, die diese Prozeduren ausführten. Dann kamen ihm seine Geschwüre in den Sinn und er versuchte zu fühlen, ob irgendwo neue gewachsen waren, aber er hatte fast keine Verbindung zu seinem Körper.

Doch mit der Zeit veränderte sich etwas, die Lebensgeister kehrten langsam wieder zurück. Er öffnete die Augen und vernahm, dass er auf dem Rücken lag. Über sich sah er den blauen Himmel, doch dazwischen war noch etwas. Glas- oder Plastikplatten als Überdachung. Er konnte kaum die Augenlider offen halten, alles strengte ihn an. Als nächstes spürte er seine Atmung. Androiden konnten nicht atmen, so viel war klar.

„Guten Morgen, Frederick", ein Mann trat neben ihn und schaute auf ihn herab. Er hatte einen dunklen Bart und krause, hinten lose zusammengebundene Haare. „Ich bin Arnor."

„Was ist passiert?", krächzte De tonlos und machte Anstalten, sich aufzurichten. Arnor drückte ihn sanft wieder zurück.

„Ich kann es dir nicht so genau sagen", Arnor schmunzelte leicht und strich durch seinen Bart. „Wir haben dich hier halb tot geliefert bekommen mit diesem Protokoll. Wenn du möchtest, kann ich es dir vorlesen."

De deutete ein Nicken an.

„Also", Arnor holte sich einen Hocker und setzte sich neben ihn, als wollte er ihm am Krankenbett aus der Zeitung vorlesen. Stattdessen holte er aber zwei zusammen getackerte Seiten heraus und kniff die Augen zusammen, um sie entziffern zu können. „Blabla, hier vorne stehen nur langweilige Sachen, und hier geht es los…", mit desinteressiertem Tonfall, als würde er eine Speisekarte rezitieren, leierte er den Text runter. „Der Spender wurde auf eigenen Wunsch hin eingeliefert, in der Anamnese gab er an, an einem dysfunktionalen Gaster und wiederkehrenden Geschwüren unbekannter Herkunft zu leiden, die ihm eine weitere Existenz in seinem Bio-Körper verunmöglichten. Bei der Prozedur verlief zunächst alles nach Plan, dann jedoch ergaben sich Probleme, die Seele an einem Stück in den dafür vorgesehenen Behälter zu überführen. Die Seele schien von vornerein zerfranst oder in mehrere Teile zerfallen zu sein, das lässt sich nicht mehr zweifelsfrei feststellen. Die De-fragmentierung wurde abgebrochen und der Spender danach wieder an die Erdoberfläche verfrachtet. Moment…", Arnor blätterte um und kratzte sich am Hinterkopf. „In den meisten Fällen hat ein Abbruch des Verfahrens zur Folge, dass der Körper stirbt, in sehr seltenen Fällen kann die Person dies überleben, die Folgeschäden können variieren. Die Forschungslage dazu ist sehr dünn", Arnor wedelte mit dem Zettel herum, „Wen interessiert das eigentlich? Dummes Geschwätz, wenn du mich fragst", rief er aus. „Okay, was haben wir hier noch… Der Spender fiel in ein Koma… Fieber… blabla, Medikamente hier und da, dann Überführung zu uns und fertig", er knüllte die Papiere zusammen und warf sie hinter sich. „Diesen Quatsch brauchen wir hier nicht."

De versuchte einzuordnen, ob der Typ verrückt oder genial war. Arnor hatte auf jeden Fall Wahnsinn in den Augen, aber immerhin hatte er ihn wohl aus dem Koma geholt.

„Wo bin ich hier?", De hob den Kopf und versuchte sich aufzurichten. Sein Mund fühlte sich pappig und leblos an.

„In einem Gewächshaus", Arnor zuckte mit den Schultern als wäre das eine völlig selbstverständliche Antwort. „Aber hey, mach nicht zu viel auf einmal", er schaute ihn auf einmal so fürsorglich an wie eine Ordensschwester. „Ich weiß, du willst jetzt alles auf einmal, alle Probleme lösen, rumlaufen, die Welt retten, aber es geht noch nicht. Trink das hier", er stellte eine Glasflasche mit einer klaren Flüssigkeit vor ihn, „das hat dir das Leben gerettet."

„Was… was ist mit meinem Kabel", De tastete auf seinem Oberkörper herum und fühlte sich ohne Katheter so nackt wie noch nie. Asgers Anhänger war immerhin noch da.

„Ich habe es nicht entfernt, du bist schon so hier angekommen, aber ich denke, hier wirst du es nicht brauchen."

De schüttelte entgeistert den Kopf. „Du hast doch keine Ahnung, was ich brauche."

Aber da war Arnor schon aufgestanden und im Begriff zu gehen.

×××

In den nächsten Tagen schaffte es De auf die Beine zu kommen und seine neue Umgebung schrittweise zu erkunden und zu verstehen. Das war gar nicht so einfach. Er stieß auf ein Gelände, welches hunderte von teils riesigen Gewächshäusern und Freiflächen aufwies, bei denen alle möglichen Pflanzen angebaut wurden. Viele standen auch leer oder warteten auf ihren Einsatz. Auf jeden Fall war das eine kaum zu durchschauende Anlage, in der man sich mit viel Glück auch verirren konnte.

Ständig musste er eine Pause einlegen, weil sein Körper sehr schwach war und er Angst hatte umzukippen. Über die gescheiterte Defragmentierung wollte er nicht nachdenken, er schob das Thema einfach weg. Auch mit dieser Phase, die danach folgte, die ihm jetzt wie im Nebel erschien, wollte er sich nicht auseinandersetzen. All das fühlte sich wie altes Erbrochenes an, das er einfach nur noch entsorgen wollte.

Als er mal wieder eine Pause einlegte und sich auf einen flachen Stein setzte, fiel ihm eine merkwürde Gruppe von Leuten auf. Fünf Personen, die zusammenstanden und sich angeregt unterhielten. Die meisten Leute hier arbeiteten alleine vor sich hin, maximal zu zweit. So wie er es vom Recycling und seiner letzten Station gewohnt war. Nur dass sie hier Unkraut zupften, zuschnitten, bewässerten und so weiter.

Einer aus der Gruppe war Arnor, das war nicht unlogisch, er war wohl sowas wie der Abteilungsleiter und überall zu sehen und zu hören, wo größere Veränderungen anstanden oder etwas entschieden werden musste. Ein anderer kam ihm bekannt vor, aber woher? De strengte sein Gehirn an, kniff die Augen zusammen und versuchte herauszupressen, in welchem Kontext er dieses Gesicht schon einmal gesehen hatte. Schnell ratterte er alle Leute durch, die er schon einmal vor Augen gehabt hatte. Die Zeremonie. Mit den neuen Androiden. Das musste Jonas sein, derjenige, der mit der Realitätsforschung betraut war. Dieses Thema. De erinnerte sich plötzlich an alles, an die Nachrichten, an Miras Tod. Automatisch fiel er etwas mehr in sich zusammen. Irgendwie wollte er nichts damit zu tun haben, aber gleichzeitig zog es ihn dahin.

Die drei anderen kannte er nicht, sie trugen wie alle Arbeiter hier grüne Overalls und teilweise Arbeitshandschuhe. Er hatte bisher außer mit Arnor mit niemandem Kontakt gehabt, vermied es nach Möglichkeit angesprochen zu werden, auch wenn er mit seinem schwarzen Anzug sicher auffiel.

Die Gruppe gestikulierte lebhaft, doch die drei Arbeiter verabschiedeten sich stückweise und nur noch Arnor und Jonas unterhielten sich, dabei liefen sie ein paar Schritte zwischen zwei Zuckerrübenfeldern. De stand auf. Sein Herz klopfte ihm bis zu Hals, er atmete ein paar Mal durch. Vorsichtig und wie beiläufig steuerte er die beiden Männer an. In diesem Moment wurde Arnor von einer Frau gerufen und ließ Jonas allein stehen. De steuerte ihn weiter an und hoffte, dass er den Weg bis dahin ohne zusammenzuklappen schaffte, denn die Luft in seinen Lungen wurde wieder merklich dünn.

„Guten Tag", sagte er schließlich und Jonas drehte sich zu ihm um.

Er hatte irgendwie immer noch das Gesicht eines Neulings. Weit aufgerissene Augen, eine makellose Haut ohne Geschichte, zu ordentliche Augenbrauen, sein schmaler Mund wie aufgemalt. Er trug keinen Arbeitsanzug wie die anderen auf diesem Kontinent, sondern eine schwarze Baumwollhose und ein graues Hemd, welches lose um seinen Oberkörper baumelte.

„Ich bin De, ich habe dich vor ein paar Tagen, äh, letztens, ich weiß nicht mehr, wann das war, bei der Zeremonie gesehen", sagte De und knetete seine Hände, um die Aufregung zu kompensieren.

„Guten Tag", erwiderte Jonas sehr formell und deutete ein leichtes Kopfnicken an. „Ich kann mich vage erinnern, aber es waren so viele Leute…"

„Kein Problem", De lächelte nervös, „ich wollte dich nur fragen, wie es dir geht, bist du jetzt schon voll im Einsatz?"

„Die Eingewöhnung sollte eigentlich noch ein paar Wochen dauern, aber jetzt musste doch alles ganz schnell gehen. Heute ist tatsächlich mein erster Tag ohne Begleitung", erklärte er und seine Augen zuckten hin und her.

„Ich glaube heute ist auch mein erster Tag ohne… ohne Plan B", murmelte De mehr zu sich.

„Was meinst du?", fragte Jonas und war wieder voll und ganz auf De fokussiert.

„Nicht wichtig", winkte De ab. „Wie läuft es mit der Realitätsforschung?"

„Du stellst Fragen", Jonas machte große Augen. Bei diesem Gesichtsausdruck hatte er immer etwas Kindliches an sich fand De, so als wäre er von der großen weiten Welt überwältigt und würde ihr teils ausgeliefert teils begeistert gegenüberstehen. „Ich bin heute Morgen erst hier angekommen, weil es hier vor ein paar Tagen ein paar Todesfälle gab. Wir versuchen Daten zu sammeln, um dem Phänomen auf die Spur zu kommen."

„Oh", entfuhr es De, „gibt es schon neue Erkenntnisse?"

Er merkte, wie das Thema sein lahmes und degeneriertes Blut etwas in Wallung brachte. Das war gar nicht so schlecht, jetzt, wo er seinen Kreislauf etwas fit machen musste, wenn er weiterleben wollte. Also er wollte nicht, aber irgendwie hatte er ja keine andere Wahl.

„Naja", Jonas machte ein Gesicht, als hätte er in eine Zitrone gebissen. Dabei wusste De gar nicht wieviel Androiden überhaupt schmecken konnten. „Die Rate der Todesfälle zieht momentan an. Und wir haben noch keine heiße Spur."

„Wie ist das mit diesen Realitätsschichten", De machte entsprechende Bewegungen mit seinen Händen, „wie gesichert sind diese Erkenntnisse?"

„Das ist alles mittlerweile sehr gut erforscht", Jonas nickte und sie liefen ein paar Schritte. „Früher hat man ja geglaubt, die Realität besteht aus einer Ebene, die einfach da ist, so wie unsere Atmosphäre, das Sonnensystem, die Gezeiten und so weiter. Erst mit modernen Instrumenten konnte man zeigen, dass sie aus mehreren Schichten besteht. Ähnlich wie die menschliche Haut, die eine sichtbare Oberfläche hat, aber drunter verbergen sich so viele weitere Bestandteile, komplexe Systeme, Nervenbahnen, Blutgefäße, Drüsen. Man weiß mittlerweile über diese Fäden. Ich habe auch hier messen können, dass diese Fäden dünn und brüchig geworden waren."

De stoppte abrupt. Bei dem Thema Fäden klingelte etwas in seinem Kopf. Da war etwas. Fäden knüpfen. Verflechten. Verknoten. Spinnen.

„Was ist mit den Tagträumern?", De setzte sich auf eine Holzpalette, die herrenlos in der Gegend herumlag.

Jonas setzte sich neben ihn und schien nachzudenken. „Wir sind ihnen auf der Spur. Bisher konnten wir aber nur wenige aufspüren und sie erforschen, es ist alles noch sehr frisch."

„Ja, weil ihr immer dort seid, wo Leute bereits erstarrt sind, dann sind die Menschen, die Fäden spinnen, schon weg. Sie sind aus diesen Gegenden verschwunden, abgereist oder haben aus einem anderen Grund ihre Tätigkeit eingestellt, weil sie vielleicht verrückt geworden sind oder krank."

„Woher willst du das wissen?", Jonas hob eine Augenbraue und schaute De skeptisch an.

„Und bei den Schreibern könnt ihr ja gar nicht forschen, da gibt es bestimmt viele Fädenspinner, aber sie lassen euch nicht rein, sie lassen niemanden rein", fuhr De unbeirrt fort. „Das… das sind nicht so viele, die das machen. Ein kleiner Prozentteil. Sie halten die Realität am Laufen. Aber warum bricht gerade jetzt alles zusammen? Es ergibt keinen Sinn…. Ich glaube ich kennen jemanden, der diese Fäden herstellt, wenn du denjenigen mal durchchecken möchtest…"

Jonas nickte wenig begeistert und kratzte sich am Kopf. „Vielleicht komme ich darauf zurück. Wir haben noch jede Menge Untersuchungen vor uns", er stand auf.

„Natürlich, alles klar", De war es jetzt etwas unangenehm sich so aufgedrängt zu haben. „Viel Erfolg. Man sieht sich."

×××

So viel Grün zu sehen fand De sehr gewöhnungsbedürftig. Er hatte natürlich geglaubt der ganze Kontinent wäre innerlich tot, aber jetzt befand er sich wohl im äußersten Süden auf einer Halbinsel, die von dem Raubbau ausgespart worden war und wo es zudem etwas wärmer war. Überall und stetig wurde etwas angebaut, Gemüse, Obst, Kräuter, Beeren, aber auch Baumwolle und Hanf. Die Arbeiter waren nicht in Wohnblöcken untergebracht, sondern in winzigen Erdhöhlen, die wohl nur zum Schlafen dienten, also so wie überall auf dem Produktionskontinent. Die Höhlen waren fensterlos und mit hohem Gras bewachsen, sahen sehr urig aus. Aber De wollte keine davon betreten, die Enge weckte unangenehme Erinnerungen. Stattdessen schlief er in einem der Treibhäuser unter einer Reihe von Tomaten, die noch ganz grün waren. So wie auch an diesem Abend.

Er versuchte seine Gedanken zu sortieren und sich zu überlegen, wie es weiterging. Leider kam er gar nicht voran damit, sondern verwirrte sich in noch mehr Grübeleien. Immer wieder tastete er dabei nach dem Schlauch, der nicht mehr da war. Er war wütend darüber, dass ihm diese Prothese grundlos entfernt wurde, das stellte ihn vor die größten Probleme. Seit Tagen, wenn nicht sogar länger, hatte er schon keine feste Nahrung zu sich genommen, nur ganz dünne Säfte getrunken und selbst diese brachten seinen Magen zum Rumoren und Rebellieren. Manchmal musste er sich dann erbrechen wie so ein armseliger Junkie, der seinen Stoff nicht bekam. Andere Male stieg ihm die Magensäure bis hoch in den Mund und verätzte seine Zähne. Er spuckte und würgte, versuchte sie mit Wasser wieder runterzuspülen. Danach gab es keine Fruchtsäfte mehr.

Karottensaft war noch halbwegs okay. Mit ganz viel Wasser und in kleinen Schlucken konnte er den bei sich behalten. Es gab auch die Möglichkeit einer Magenentfernung. Der Arzt, der ihm den Zugang verpasst hatte, hatte dies angesprochen. Dabei wurde die Speiseröhre direkt mit dem Darm verbunden und der Magen entsorgt. Auch dafür würde er keinen Fachmann auftreiben. Und auch niemanden, der ihm den Katheter erneut legen würde. Er müsste den Kontinent verlassen, aber das würde Tage dauern. Das würde er nicht schaffen. Aber was war die Alternative, es gab keine.

Es war ihm auch nicht entgangen, dass ein Geschwür am Oberarm bereits am Wachsen war. Jetzt ging alles wieder von vorne los, er drehte sich im Kreis. De schloss die Augen und zog eine kratzige Decke, die wohl zum nächtlichen Abdecken von jungen Pflanzen benutzt wurde, über sich. Furchtbare Alpträume plagten ihn. Manchmal sprach er mit dem Berggeist, manchmal lag er immer noch tief unter der Erde und war dort vergessen worden. Manchmal meinte er zu spüren, wie seine Seele schief und angebrochen in seinem Körper festhing, unfähig zu heilen. Dann bewegten sich seine Finger und er nahm all die verschiedenen Grüntöne, die Stimme von Jonas, den weiten blauen Himmel, den Duft nach Erde, das Lächeln von Arnor und verwob alle diese Fasern zu einem Element.

„De, wach auf", hörte er weit entfernt und versuchte die Augen aufzumachen. Es war noch fast stockdunkel, nur langsam und fast unmerklich dämmerte es.

„Jonas will mit dir sprechen", es war Arnors Stimme, die ihn in seiner absoluten Tiefschlafphase belästigte. Gönnte ihm denn niemand etwas Erholung?

„Ich kann jetzt nicht", grummelte De und drehte sich um, zog sich die Decke über den Kopf. In der Produktion hatte er sich noch als leistungsfähiges Subjekt begriffen, aber daran konnte er hier nicht mehr anknüpfen. Also musste er auch nicht mehr aufstehen.

„Er muss heute sehr früh weg und meinte, er müsste vorher dringend mit dir sprechen", sagte Arnor jetzt ganz nah an seinem Ohr, zu nah.

„Lass mich in Ruhe und fass mich nicht an", zischte De und rückte ein paar Zentimeter weg.

„Entschuldige bitte", erwiderte Arnor und machte eine Pause. „Okay, du sprichst mit ihm und ich verspreche dir etwas wegen deines Magens zu unternehmen, ich habe da eine Idee, was wir machen könnten."

De horchte auf. Ohne Zweifel ließ ihn das nicht kalt. Andererseits, was konnte der Gärtner Arnor schon vorhaben, ihm einen Tee kochen? Immer diese Leute, die meinten eine Lösung für seine Probleme gefunden zu haben. Dabei kannten sie ihn nicht im Geringsten und konnten sich auch nicht ausmalen, um was es im Detail ging. Er hatte noch nie Hilfe von jemandem erhalten, er brauchte diese auch nicht.

„Bitte, De", Arnor ließ nicht locker. „Ich wollte dir so oder so eine experimentelle Heilungsmethode vorschlagen. Mir kam da gestern Abend eine Idee. Du kannst dich revanchieren, wenn du mit Jonas sprichst. Du hast es ihm doch selbst angeboten."

Es war zwecklos, er musste wohl aufstehen. Widerwillig schlug er die Decke von sich und sprang auf. Würdigte Arnor keines Blickes. Ihm wurde schwarz vor Augen und er setzte sich wieder. Beschissener Blutdruck. Trotzdem versuchte er so gut wie möglich Arnor keines Blickes zu würdigen. Nach einer Weile stand Arnor auf und trat von einem Bein aufs andere. Es war wohl irgendwie eilig. Arnor lief los und De folgte ihm mit zügigen Schritten. Es fröstelte ihn und er schlang die Arme um sich.

Sie kamen an gefühlt hunderten von Gewächshäusern und offenen Feldern vorbei, liefen kreuz und quer durch die Dunkelheit. Die glücklichen Pflanzen konnten wenigstens noch schlafen. Vielleicht hätte er lieber versuchen sollen als Gurkenstrauch wiedergeboren zu werden? Nach einer Ewigkeit kamen sie an die Bahnstation, vor der sich ein kleines Gebäude befand, ein richtiges Haus mit vier Wänden. Hier wurde wohl tagsüber die Warenannahme und -ausgabe geregelt. Im Büro stand Jonas an einem Schreibtisch, das Licht war viel zu hell. Auf der Pinnwand neben ihm hingen ein paar Zettel wild durcheinander. Einer von ihnen, das konnte De erkennen, war ein Schriftstück von Karl-Gustav Wolkebarth. De fixierte den Wisch mehr als Jonas, weil sein Gehirn noch nicht wusste, welche Dinge sich im Vordergrund und welche sich im Hintergrund befanden.

„Ich habe nochmal darüber nachgedacht, was du gesagt hattest", erklärte Jonas hellwach und mit einer Klarheit, um die De ihn beneidete. „Ich muss heute Morgen sehr früh abreisen und ich wollte vorher noch schnell ein paar Tests machen, wenn das okay wäre."

De grummelte irgendwas und kam näher.

„Ihr kommt zurecht", rief Arnor und machte sich aus dem Staub. Vermutlich, um sich nochmal hinzulegen. Das hätte De jetzt auch gerne gemacht.

„Wir haben nicht viel Zeit und ich werde die Ergebnisse erst viel später auswerten können", setzte Jonas an und begann einen großen schweren Koffer zu öffnen.

De trat währenddessen an die Pinnwand und entfernte den Text des berühmten Philosophen, faltete ihn drei Mal und steckte ihn ein. Das wollte er schon die ganze Zeit mal machen. Dann ließ er sich auf den Schreibtischstuhl fallen und legte den Kopf auf die Tischplatte. Aus seiner merkwürdigen Perspektive heraus beobachtete er Jonas dabei, wie er Kabel entrollte, Manschetten bereitlegte, Messinstrumente justierte, auf Displays herumtippte und sich ein paar Notizen machte. Eine der Manschetten befestigte er an seinem eigenen Handrücken, eine zweite an Des Hand. Dafür begab De sich wieder in die Senkrechte, auch wenn es ihm schwer fiel.

„Wir werden uns jetzt unterhalten, ganz normal, ohne Aufregung", verkündete Jonas, „währenddessen werde ich hier ein paar Einstellungen vornehmen, lass dich davon nicht ablenken. Bleib einfach hier sitzen und erzähle mir etwas über dich. Ich habe gesehen, dass du weit gereist bist. Wir haben ja Zugriff auf das Zentralregister, da habe ich deinen Weg, also vor allem deine Berufstätigkeit etwas nachvollzogen, um dich besser einzuschätzen. Ich bin nicht ganz schlau daraus geworden."

De schluckte und erstarrte.

„Verdammt, das war der falsche Einstieg, oder?", rief Jonas und tippte etwas unkoordiniert auf seinen Geräten, die De nicht ganz hinter dem Koffer sehen konnte, herum. „Es tut mir leid, ich wollte dich nicht bloßstellen."

De atmete wieder normal und versuchte sich zu entspannen. Jetzt war er auf jeden Fall wach.

„Weißt du, die meisten Leute reden gerne über sich, ich dachte, das wäre ein super Einstieg", Jonas lächelte bemüht, „ich habe noch nicht so viele Erfahrungen in der sozialen Interaktion."

„Haben…", er räusperte sich, „haben alle Androiden Zugang zu diesen… diesen Daten?", fragte De.

„Um Himmels Willen", Jonas lachte und legte für einen Moment alle Geräte weg, „auf diese sensiblen Daten habe ich Zugriff, weil wir die Bewegungsprofile von Leuten auswerten wollen um zu schauen, ob uns da etwas auffällt. Ob in den letzten Monaten etwas merkwürdiges zu beobachten war und so weiter. Also alles im Rahmen der Erforschung der Todesfälle."

„Und?", fragte De und strich vorsichtig über die Manschette auf seinem Handrücken.

„Wie schon gesagt, man findet alles und nichts", Jonas zuckte mit den Schultern und befestigte eine Art kleine Antenne an der Wand neben ihnen. „Ich habe das Gefühl die Tagträumer sind nicht die besten Träger für die Realität. Es hat zwar bisher alles ganz gut funktioniert, aber diese Strukturen sind zu fehleranfällig", er schüttelte den Kopf und verzog seinen Mund. „Es wäre viel besser, wenn Androiden diese Aufgabe übernehmen würden. Man könnte so eine Software entwickeln, wir sind da schon dabei. Es kann ja auch sein, dass niemals eine Ursache gefunden wird, dann brauchen wir Alternativen."

„Oh", sagte De, damit hatte er nicht gerechnet.

„Aber behalte das besser für dich", flüsterte Jonas, „die Welt ist schon genug in Aufruhr, ich glaube die meisten sind noch nicht bereit dafür", sein Blick hatte dabei etwas größenwahnsinniges.

„Was heißt das, die Welt ist in Aufruhr, was passiert gerade?"

„Es brodelt gewaltig. Die Vogelmenschen, die Militanten, die Androiden-Gegner, die Selbstorganisations-Gegner, es ist ein ganz schönes Chaos. Viele Strukturen, nicht nur die der Realität brechen auf. Hier liegt vieles im Argen. Zum Beispiel bei den Vogelmenschen, der ganze Prozess des Übergangs wurde sehr stümperhaft gehandhabt, warum gab es da keine Unterstützung von den Weltraumfahrern? Damit fingen die ganzen Probleme an und das wird sich rächen, die Grauen stehen bereit für den Sturm auf die Hauptstadt."

„Ach du Schande", De blieb der Mund offen stehen.

„Wir kriegen das schon hin, glaub mir, wir Androiden und Forscher sind zu allem bereit", Jonas zwinkerte ihm zu und De wusste nicht, ob das gut war oder nicht.

„Warst du schon dort, in der Hauptstadt der Stromversorgung?"

Jonas schüttelte den Kopf. „Aber bald, in ein paar Wochen werde ich zwischen den Kontinenten pendeln, um alles im Griff zu haben."

„Was ist mit dem Recycling, hat du da vorbeigeschaut?", fragte De und fuhr mit dem Nagel die Maserung des Holztisches nach.

„Nein, keine Zeit. Für mich geht es in einer Stunde mit dem Hubschrauber zum anderen Kontinent, zu den Weltraumfahrern. Warum fragst du?"

„Ich weiß nicht… es ist so, dass ich da jemanden kennen gelernt hatte, er heißt Asger, er hat sich auch sehr für dieses Thema interessiert", sinnierte De.

Er wusste gar nicht, warum er das sagte. Plötzlich hatte er dieses Bedürfnis mit Asger zu reden und dachte, wenn er etwas über ihn hören würde, was er so machte, ob er immer noch in der Warenannahme war, ob er sich nochmal nach ihm erkundigt hatte, dann würde es ihm besser gehen. Er könnte ihm vielleicht ein neues Kabel einsetzten, auch wenn er früher wohl etwas anderes als Arzt gemacht hatte. Andererseits wusste De ganz genau, dass er eine zerbrochene Lebensform darstellte, die permanent toxische Sekrete produzierte. Das war nicht sehr ansprechend, das war eher ekelerregend.

Plötzlich fing es um ihn herum an zu piepen und zu summen. De schaute wieder zu Jonas, der jetzt hektisch hinter seinem Koffer verschwand.

„Das ist sehr interessant", murmelte Jonas und tippte wild herum. „Erzähl mir etwas über diesen Asger, ich kenne ihn nicht, aber er scheint irgendeine besondere Bedeutung für dich zu haben."

De spürte wie die Hitze in sein Gesicht stieg und verbarg es unter seinen Händen. Er musste schnell das Thema wechseln, so viel war klar.

„Ähm, das stimmt. Er ist einer der nettesten Leute dort. Und einige andere auch, manche davon sind leider gestorben, deswegen dachte ich, du würdest vielleicht dort hinfahren. Ich kann mich noch genau an das eine Gespräch mit den Kollegen erinnern", De plapperte vor sich hin, um auf irgendein ungefährliches Terrain zu kommen, „es ging um Spinnenmenschen, dass sie ihre Arbeit eingestellt haben. Ich habe sie kennengelernt…"

„Wirklich?", unterbrach ihn Jonas und schaute kurz auf.

„Ja, es war mehr ein Zufall", lächelte De. „Sie verwalten Geschichten, auf ihre eigene mysteriöse Weise. Meine Bekannte Naj, die ihre Sprache sprechen konnte, hat sich mit ihnen unterhalten. Sie hat es gut, sie hat so viel drauf… Auf jeden Fall, wenn ich jetzt so darüber nachdenke, dann macht es eigentlich alles so viel Sinn. Die Fäden bestehen aus Geschichten und die Leute, die Geschichten produzieren oder etwas damit zu tun haben, die funktionieren plötzlich nicht mehr, verstehst du? Etwas stört ihre Arbeit. Wenn man davon ausgehen würde", er sah, wie Jonas aufsprang und ein paar Schritte herumlief, „dass bestimmte Leute hunderte von diesen Fäden, die aus Realitätsfragmenten wie Fundstücken, Narrativen, Worten, Buchstaben, Gefühlen, Farben und Gerüchen bestehen, weben und spinnen, dass die durch eine neue Krankheit oder sowas, durch ein Naturereignis, keine Ahnung was, gestört werden, dann können die Spinnenmenschen auch nicht mehr ihrer Arbeit nachgehen, sie bleiben stehen, wie die anderen, aber sie können nicht sterben, oder? Sie lösen sich manchmal auf wie Wolken, sie verschwinden in einem Nebel, keine Ahnung, ich weiß es nicht. Aber das hat doch eine Bedeutung. Vielleicht sollte man Naj darauf ansetzen sie auszufragen, oder jemand, der ihre Sprache spricht. Hörst du mir überhaupt zu?"

De schaute zu Jonas rüber, aber dieser war fast gänzlich in seinem Koffer verschwunden und schien sehr fokussiert an etwas zu arbeiten. De setzte sich wieder und ließ seinen Blick durch das Büro schweifen. Draußen schien es etwas heller zu werden. Er tastete unter dem mittlerweile grünen Anzug wieder nach seinem Kabel, so als könnte es magischerweise plötzlich wieder an Ort und Stelle erscheinen und alle Probleme der Nahrungsaufnahme wären gelöst. Aber da war nur noch der Anhänger von Asger, dessen Windungen er mit dem Zeigefinger nachfuhr. Würde Arnor sein Versprechen einlösen und ihm in dieser Hinsicht helfen?

„Ich verstehe das hier nicht so ganz", murmelte Jonas plötzlich und drehte an irgendwelchen Reglern, „die gesammelten Daten machen keinen Sinn. Ich muss dringend jemanden fragen, der sich damit auskennt. Manche Werte, die ich in deinem Beisein gemessen habe, sind hundertfach erhöht, andere tauchen gar nicht auf, nicht mal der minimalste Ausschlag."

„Haha, das ist bestimmt, weil ich bei der Defragmentierung kaputt gegangen bin", erwiderte De, doch Jonas ging nicht darauf ein.

„Was meinst du nochmal mit den Realitätsfragmenten, das habe ich nicht ganz verstanden", Jonas hob den Kopf und schaute ihn direkt an.

„Ach, das war nur so dahergeredet, nichts Wissenschaftliches, nur so bisschen Alltagsphilosophie…", winkte De ab, „ich meine, alles in unserer Welt ist nichts anderes als ein faszinierendes Patchwork von unterschiedlichen Bestandteilen, angefangen bei den Zusammensetzungen von einfachsten Atomverbindungen bis hin zu der materiellen Welt, in der sich eins zum anderen fügt und Neues entsteht und wieder zerfällt, ich mein, ich hab lange genug im Recycling gearbeitet", er lachte kurz auf, „und dann aber auch die ideelle Welt mit den Bruchstücken von Gedanken, Gefühlen, Träumen, Ereignissen, sie fügen sich doch unwillkürlich zu Narrativen und Handlungssträngen, nicht? Und wenn daraus die Realität besteht und an manchen Stellen dünner und dicker ausgeprägt ist, dann ist es doch nur logisch, anzunehmen, dass…"

„Jonas, wir müssen sofort los", Arnor kam urplötzlich hereingestürmt und lief sofort zu Jonas rüber. „Der Hubschrauber ist schon da, du musst aufspringen, wir haben nicht viel Zeit."

„Was, jetzt schon?", Jonas schaute als hätte er ein Gespenst gesehen.

„Na klar, pack zusammen", drängte Arnor.

Es begann ein hektisches Zusammenräumen, De entfernte seine Manschette und legte sie ihm hin. In fünf Minuten war der Koffer wieder verstaut und Jonas schleppte ihn mit dem für ihn typischen Gesichtsausdruck der weit aufgerissenen Augen nach draußen, De und Arnor folgten ihm. Er hatte noch nie einen Hubschrauber gesehen, sie wurden nur von besonders wichtigen Leuten benutzt. Jonas sprang auf.

„Du musst mir noch sagen, wie der Satz weitergeht", rief Jonas De zu.

„Ich weiß es grad nicht, der Gedanke ist irgendwie verloren gegangen", De zuckte mit den Schultern.

„Okay, danke dir und mach's gut Patchworker", winkte Jonas ihm zu ehe die Tür von innen zugezogen wurde

De atmete tief aus. „Herrje war das stressig."

Auch Arnor schien erleichtert zu sein, diesen Gast los zu sein. Er strich sich über die Stirn und verlagerte sein Gewicht von einem Bein auf das andere.

„Folgendes…", setzte Arnor an und schien zu überlegen, „… ich habe da so eine Idee, aber ich weiß nicht, ob das funktionieren wird. Es gibt ja in der äußersten Ecke unserer Halbinsel noch diesen letzten Rest Urwald, hast du davon gehört?"

De schüttelte den Kopf.

„Alle paar Monate mache ich einen Ausflug dorthin um sehr spezielle Wirkstoffe, zum Beispiel für ungewöhnliche Medikamente zu beschaffen. Ich würde heute mit dir dorthin gehen und schauen, ob wir eine Lösung für deinen Magen finden. Was hältst du davon?"

De zog die Augenbrauen hoch und wusste nichts dazu zu sagen.

„Okay, ich hole meinen Rucksack, es geht gleich los", Arnor lief davon.

xxx

Wieder durchstreiften sie die eintönige Landschaft der Gewächshäuser und Felder. Der Morgen brach langsam an und De konnte nach ein paar Stunden sehen, dass die Gewächshäuser gar nicht mehr auftauchten und die Felder immer verwilderter wurden.

„Hier hinten haben wir schon länger nichts mehr angebaut. Vielleicht in der nächsten Saison, je nachdem wie der Bedarf ist", erklärte Arnor.

„Ihr versorgt nicht die ganze Welt mit Lebensmitteln?", fragte De.

„Um Himmels Willen, dafür ist das alles viel zu klein hier. Das meiste wird ja lokal angebaut, aber es gibt Pflanzen, die man schwer in seinem Hinterhof kultivieren und verarbeiten kann. Sonnenblumenöl, Zucker, Kaffee, Reis und so weiter. Grundnahrungsmittel, nichts besonderes."

Nach den verwilderten Feldern kamen die Büsche und nach den Büschen kamen Wälder. An einem kleinen Bachlauf machten sie eine Pause. De blickte auf das plätschernde Wasser und fühlte sich seltsam entrückt. So eine Natur hatte er schon lange nicht mehr gesehen und er beobachtete das ungestüme Element des Baches und seine dynamische Bewegung. Die Lebendigkeit davon war verlockend, verblieb aber größtenteils hinter Des Glasscheibe. Im Moment wurde in ihm alles von dem Gefühl überdeckt, dass er nicht mehr wusste, wie es weitergehen konnte. Keine Mitte hatte. Dass er keinen Weg sah, keine Antworten erahnen konnte.

De wandte seinen Blick zu Arnor, der so tatkräftig wirkte. Vom Typ her ganz anders als die Leute im Recycling und Androidenbau. Wohlgenährt. Die Nähe zu den Lebensmitteln tat ihm wohl ganz gut. Und zu Pflanzen, Sonne, Wind. Er verbrachte sein Arbeitsleben wohl nicht in einer Halle mit Maschinen. Sein Gesicht hatte einen dunkleren Teint, nicht diese kränkliche Blässe. Seine Hände waren abgenutzt und schmutzig, nicht knochig und dürr.

„Es ist jetzt nicht mehr weit", sagte Arnor und füllte seine Flasche auf. „Ich muss dir noch ein paar Sachen zu dem Urwald erklären, damit du vorbereitet bist."

Er spitzte seinen Mund und kratzte sich den Bart, augenscheinlich auf der Suche nach den richtigen Worten.

„Es ist alles ein bisschen anders als bei uns", setzte er an und De hob die Augenbrauen, „ähm, ich weiß nicht wie gut du informiert bist, aber dieser Abschnitt, den wir gleich betreten ist das letzte Stück eines Urwalds, der sich einmal über den ganzen Kontinent erstreckt hat. Er funktioniert nach seinen eigenen Gesetzmäßigkeiten. Die Frau, die dort lebt und meine Ansprechpartnerin ist, mag uns alle nicht sonderlich, sie will uns auch nicht dort haben. Sie lebt in einer Symbiose mit dem Urwald, die ich noch nicht so ganz verstanden habe."

De musste an den Berggeist denken und schluckte.

„Auf jeden Fall, sie hasst mich glaube ich, lass dich davon nicht irritieren. Und es gibt dort sprechende Tiere", schloss Arnor.

„Was?", De dachte, er hätte etwas nicht richtig verstanden.

Arnor verdrehte die Augen und nickte.

„Du tischst mir ein Märchen auf, richtig?", hakte De nach.

Sehr langsam schüttelte Arnor den Kopf.

„Nein, nie im Leben", De lachte nervös.

„Ich sage dir das nur, damit du nicht denkst, du hättest Halluzinationen oder wärst verrückt geworden. Es ist ein Mikrokosmos, eine eigene Welt in unserer Welt. Auf einem anderen Planeten zu landen ist sicherlich normaler als diesen Wald zu betreten", Arnor nickte wissend. Er sah irgendwie erschöpft aus dabei.

Sie liefen weiter und De bekam es immer mehr mit der Angst zu tun. Er dachte an die Berghexe und die Fähigkeiten, die sie hatte. So eine Begegnung wollte er nicht noch einmal erleben.

Der Trampelpfad wurde schmaler, die Gewächse um sie herum dichter, das Klima feuchter. De hatte Mühe zu atmen, es war körperlich am Rande dessen, was er schaffen konnte. Sie kamen an eine Stelle, an der der Weg nicht mehr weiterging. De blickte nach oben, dort war kein Himmel zu sehen, sondern nur ein grünes Geflecht, das seltsam waberte, raschelte und zwitscherte. De setzte sich auf einen moosbewachsenen Stein, während Arnor stehen blieb und unbestimmt in der Gegend herumschaute. Als nächstes ging eine fast unmerkliche Welle durch den Wald, so als wäre ein Lufthauch vorbeigezogen, aber es gab keine Luftbewegung, es war etwas anderes. Arnor schien es wohl gar nicht bemerkt zu haben, er lief etwas ungeduldig herum und zupfte ein paar Blätter von einem Strauch.

„Lass das", sagte plötzlich eine Frauenstimme und De hob den Kopf.

Wie war sie so plötzlich vor ihnen aufgetaucht? Sie war mittelgroß, also etwas kleiner als Arnor, hatte eine dunkle Haut und eine merkwürdige Frisur, die De nicht sofort einordnen konnte. War das Efeu auf ihrem Kopf? Ihr Gesichtsausdruck strahlte Ablehnung oder vielleicht auch Ekel aus. Die Kleidung bestand aus einem kurzen Kleid, das aber als solches nicht mehr ganz zu erkennen war, da es etwas zerfranst und verwachsen mit anderen Dingen war. Mit Grünzeug. Die Füße waren ohne Schuhe. Also alles in allem eine etwas verwahrloste Waldbewohnerin.

„Man darf hier nichts einfach so abrupfen", flüsterte Arnor De zu. „Sina, welch eine Freude dich wiederzusehen", wandte er sich übertrieben freundlich zu der Frau. „Du weißt, ich komme wegen der Heilpflanzen, Pilze und Extrakte."

„Du bist viel zu früh dran, ich habe dich erst in zwei Wochen erwartet. Dementsprechend kann ich dir heute nichts mitgeben", sie wandte sich ab und lief ein paar Schritte in den Wald hinein.

„Ach komm schon, ich werde ja wohl nicht ganz umsonst hierher gelaufen sein", Arnor folgte ihr, „ich weiß ganz genau, dass es was zum Ernten gibt, sei doch mal ein bisschen flexibler."

Sina drehte sich zu ihm um, schaute aber nicht zu Arnor, sondern zu De. Ihre Blicke trafen sich für einen Moment und De fühlte einen Schauer über seinem Rücken. Ihre Augen waren leuchtend grün und sie hatte einen sehr durchdringenden Blick. De musste den Kopf senken, er hielt das nicht aus.

„Unsere Abmachung basiert auf Freiwilligkeit, daran erinnerst du dich, oder?", sagte sie jetzt zu Arnor. „Und trotzdem kommst du jedes Mal hierher, als stünde dir etwas zu. Ich aber habe kein Interesse daran, dass deine Besuche häufiger werden, also lehne ich deine Anfrage ab."

„Es kann echt nicht wahr sein", murmelte Arnor mehr zu sich selbst. „Aber wenigstens könntest du dir anhören, was ich sonst noch brauche, es ist ein komplizierter Fall… Sina?"

De wusste gar nicht wie, aber sie war verschwunden. Irgendwie war sie unbemerkt in das Grünzeug gemorpht und war nicht mehr zu sehen.

„Sina", rief Arnor noch einmal, „ich weiß genau, dass du mich hörst. Ich habe da noch eine Bitte an dich!"

Er wartete noch einen Moment, lief zurück zu De und seinem Stein und schaute nochmal angestrengt in das Dickicht aus Bäumen, Lianen, Sträuchern und Blättern.

„Es tut mir leid", seufzte Arnor. „Wie kann man nur so stur sein?"

Sie traten den Rückweg an.

„Ich kann's echt nicht fassen, dass sie uns mit leeren Händen zurückgehen lässt", schimpfte Arnor, während er auf dem schmalen Weg vor De lief. „Was bildet die sich nur ein? Du musst wissen, vor ein paar Jahren war sie noch meine Mitarbeiterin, aber sie war schon immer sehr exzentrisch gewesen, also das hat sie sich erhalten. Und dann hat sie nach und nach ein neues Zuhause in dem Urwald gefunden. Da leben ja einige Menschen, aber wohl meistens als Einzelgänger. Keine Ahnung, was so toll daran sein soll. Und egal mit wem du zu tun hast, die führen sich auf wie die Könige, scheuchen dich weg oder hetzen dir einen Wirbelsturm auf den Hals. Wenigstens hat sie nicht ihr alter Ego, einen Fuchs, sprechen lassen, das ist echt unheimlich, glaub mir."

„Wie meinst du das?", hakte De nach.

„Ach, das muss man selbst erlebt haben. Symbiose. Die gehen Symbiosen ein mit anderen Lebewesen, also auch mit den Bäumen und so. Keine Ahnung. Ich bin nur genervt, dass wir für dich keine Lösung haben und ich nicht an meine Heilmittel komme."

Den Rest des Wegen stapften sie schweigend durch die Landschaft und De fiel sofort in sein Lager unter den Tomaten, als sie wieder zurück waren. Er hatte das Gefühl nie mehr laufen zu können. Es war nicht wie die Erschöpfung nach einem langen Arbeitstag. Er spürte, dass seine kürzliche Erkrankung, was es auch immer gewesen war, noch in seinen Knochen steckte, sein Körper sich nicht mit der derzeitigen Nährstoffzufuhr abspeisen lassen wollte und seine anderen Probleme auch nicht weniger geworden waren. Morgen musste er das Geschwür am Oberarm abschneiden, es führte kein Weg daran vorbei.

Die ganzen Ereignisse des Tages ließen ihn nicht wirklich ruhig schlafen. Immer wieder rekapitulierte er die Gespräche zwischen Jonas, Arnor und Sina in seinem Kopf, führte sie an manchen Stellen weiter, änderte sie ab, dachte sie weiter, verknüpfte sie mit anderen Ereignissen aus seinem Leben. Wie immer hatte er dabei das Gefühl mit angezogener Handbremse zu fahren. Hätte er mehr gefragt, wäre vielleicht mehr oder was anderes passiert. Wäre er mutiger gewesen, hätte er vielleicht mit Jonas mitgehen können. Würde er die Initiative ergreifen, wäre er schon längst zurück beim Recycling und könnte sich von Asger ein neues Kabel einsetzen lassen. Irgendetwas würde sich da schon bei dem angelieferten Plastikschrott finden lassen. Stattdessen schaute er dem Gemüse beim Wachsen zu.

Als er morgens aufwachte fühlte er sich doch erholter als er gedacht hätte. Er richtete sich auf und beschloss, ohne einen bestimmten Grund, zum Urwald zurückzugehen. Nicht, weil er dort eine Wunderheilung erwartete. Er wollte diesen Ort noch einmal gesehen haben, es zog ihn dort hin.

Doch vorher musste er noch etwas abschneiden. Er streunte in der Gegend herum und fand eine abgebrochene Tonscherbe. Das musste ausreichen. Mit dieser zog er sich hinter den Zuckerrüben zurück und öffnete das Oberteil seines grünen Anzugs. Legte ein Stück Baumwollstoff zurecht, welches er schon vor Tagen zu diesem Zweck aufgesammelt hatte. Biss die Zähne zusammen und musste auch noch mit der linken Hand das zwiebelgroße Element abschaben. Es war hartnäckiger als er jemals gedacht hätte, die Scherbe stumpfer als vermutet. Darüber hinaus konnte er die Absonderung mit der anderen Hand auch nicht auffangen, sondern musste sie auf den Feldrand fallen lassen. Das war ihm irgendwie unangenehm, noch mehr entblößend als das ganze sowieso schon war.

Mit einem lauten Knall platschte der Eiterbeutel auf den Feldrand und platzte auf. Aus der durchsichtig dünnen Haut ergoss sich der merkwürdige Schleim auf die Erde. De hatte etwas zu lang darauf gestarrt, denn das Blut aus der Wunde floss schon seinen Arm runter. Schnell drückte er das braune Stoffstück dagegen, welches innerhalb von Sekunden durchweicht war. Er wickelte es so oft es ging herum und zog den Knoten mithilfe der Zähne fest. Schaute sich erschöpft um. Niemand zu sehen, was für ein Glück. Er zog das Oberteil wieder an und atmete ein paar Mal durch. Drückte fest auf den Schnitt, damit die Blutung nicht zu stark wurde. Rappelte sich auf und taumelte Richtung Urwald.

Das erste Mal, dass er eins von diesen nervigen Geschwüren entwickelte, das musste gewesen sein, als er so ungefähr zwölf war. Es war eine Stelle unterhalb der Kniekehle. Sie wurde immer größer, glibberiger und schmerzte leicht. Die Haut wurde dünner, teilte sich ab. Zunächst war es seine Strategie gewesen, die Anomalie so lange es ging zu ignorieren. Dann überlegte er, mit seinen Eltern darüber zu sprechen. Etwas hielt ihn davon ab. Er hätte sich verletzlich, abnormal und hilflos gezeigt, das wollte er auf keinen Fall. Er beschloss alle seine Krankheiten geheim zu halten, sie zu kaschieren und solange es ging zu ignorieren. Als das Geschwür sich immer mehr abteilte, wusste er nicht, was zu tun war. Wie eine schwabbelige Qualle hing es von seinem Bein. Als es dann beim Laufen abgefallen war und eine riesige Sauerei verursachte, wusste er, das wollte er nicht noch einmal erleben.

Es dauerte ein paar Wochen, dann wuchs das nächste Geschwulst. Das war eigentlich das Grausamste, die Gewissheit, dass das keine einmalige Sache war, das war schon schlimm genug, sondern dass es ihn immer und immer wieder heimsuchen würde und er nichts dagegen machen konnte.

De rekapitulierte dieses Gefühl und sackte noch mehr in sich zusammen. Es war nicht nur diese ekelhafte Krankheit, die er vor der Welt geheim halten musste, sondern auch die Erkenntnis, dass ihm niemals jemand zu nah kommen konnte. Er könnte den Ausdruck im Gesicht von jemand anderem nicht ertragen, wenn er ihn so sehen würde. Ein schleimabsonderndes Wesen, jeglicher menschlichen Würde beraubt.

Als er nach ein paar Stunden an der Stelle angekommen war, an der er mit Arnor gestern gestanden hatte war der Wald absolut verändert. Am Tag vorher schienen die Blätter und Zweige ständig in Bewegung, es hatte gezirpt und gesummt. Jetzt herrschte eine Ruhe, es waren nur sehr subtile und unterschwellige, weit entfernte Geräusche zu hören. Das sehr tiefe Gurren eines Vogels, das Fließen eines ruhigen Gewässers, ein Rascheln wie von Gräsern.

De setzte sich wiederum auf den selben Stein und beobachtete die Umgebung. So eine reichhaltige Szenerie hatte er schon lange nicht mehr gesehen und gestern mit Arnor hatte er gar keine Ruhe gehabt sich alles anzuschauen. Allein die Bäume. Er hatte sehr sehr lange keine mehr vor sich gehabt. Nicht so große, gewundene, ausladende Gewächse, bei denen er nicht wusste, wo sie anfingen und wo sie aufhörten. Vielleicht das letzte Mal, bevor er in die Stromversorgerstadt kam, also vor Ewigkeiten.

In seiner Heimatregion gab es fast gar keine Bäume, die Küste grenzte an eine felsige und bergige Landschaft, in der höchstens kleinere Büsche wuchsen. Dann gab es den riesigen Vogelwald, er erstreckte sich über hunderte von Kilometern und bestand aus sehr hohen, turmartigen Bäumen mit großer Krone weit oben. Es war technisch ein Wald, aber am Waldboden kam fast kein Regenwasser an und so fand dort kein Leben statt. Mittlerweile hatte sich das wohl geändert, die Vogelmenschen wurden umgesiedelt, aber das konnte er sich einfach nicht vorstellen. Zu sehr war die Landschaft auf dem Kontinent von diesen Konstrukten geprägt.

Für kurze Zeit dachte er, dass eine Bewegung durch die Baumkrone gegangen war, aber es war nur so ein flüchtiges sekundenschnelles Rascheln der Blätter und nichts sonst passierte. Der Boden war holprig und unübersichtlich, mit zahlreichen Steinen, Hügeln, Wurzeln, Sträuchern, Pilzen und Totholz übersät. Er stand auf und lief Schritt für Schritt querfeldein, einen Weg gab es nicht. Setzte einen Fuß vor den anderen. Der Wald schloss sich wie ein Mantel um ihn und mit einem Mal fühlte er sich irgendwie gelassener und friedlicher. Die Glasscheibe war zumindest etwas durchlässiger als sonst.

Immer darauf bedacht bloß kein Pflänzchen umzuknicken oder überhaupt die Ordnung zu stören tastete er sich voran. An manchem Stellen gab es kein Durchkommen, zu dicht waren die Äste und Blätter und er wollte sie nicht auseinanderreißen. Da änderte er einfach seinen Kurs, der sowieso kein Ziel hatte und kam schließlich zu einem kleineren See.

De setzte sich an das Ufer. Das Wasser war ungewöhnlich klar. Er beobachtete es länger und stellte fest, dass es auch irgendwie schimmerte. So als hätte es verschiedene Ebenen. Eine Ebene war milchig, eine andere mit winzigen Luftbläschen versetzt. De bewegte seinen Kopf immer wieder, um den Lichteinfall unterschiedlich zu betrachten und um schlau zu werden aus dem Phänomen.

Dann sah er das Spiegelbild eines Fuchses auf der anderen Seite und hob langsam seinen Kopf. Der Fuchs saß einfach da und schaute in seine Richtung, fixierte ihn aber nicht mit seinem Blick. De musste schlucken, denn solch ein schönes Tier hatte er aus der Nähe noch nie gesehen. Sein Fell war in verschiedenen Rottönen, die Ohren spitz und die Schnauze erhaben und wie gemalt. Natürlich musste er auch an die Worte von Arnor denken und hatte etwas Angst vor dem, was gleich passieren würde.

„Du kannst in dem See baden", sagte der Fuchs und De zuckte vor Schreck zusammen.

Ein Tier sprechen zu hören war furchtbarer als er es sich jemals vorgestellt hatte. Es brachte ihn augenblicklich an den Gedanken, dass er verrückt geworden sein musste und dort wollte er nicht hingehen. Aber Arnor hatte es auch gehört und er war eindeutig nicht verrückt, also alles gut, dachte er sofort und versuchte normal weiter zu atmen.

„Ich habe eine frische Wunde und möchte nicht, dass sie mit Wasser in Berührung kommt", stammelte De und schaute stur auf den See, als würden dort irgendwelche Antworten liegen.

Eigentlich wäre er gerne dort eingetaucht. Wenn er eine andere Person gewesen wäre. Eine, die gerne ins kalte Wasser sprang. Neues ausprobierte. Etwas entdecken wollte und so weiter. Aber er war gerade erst hier angekommen und wollte sich auf keinen Fall ausziehen und einen Fuß da rein setzen.

„Vielleicht heilt das Wasser deine Wunden", sprach der Fuchs weiter. Seine Stimme war menschlich, männlich, aber nicht sehr tief.

„Vielleicht, ja", lächelte De und lehnte sich zurück. Stützte sich auf die Ellenbogen ab und ließ den ganzen Wald auf sich wirken. Er war so reichhaltig und vielschichtig und voller kleiner und großer Welten innerhalb der Waldwelt, sodass es ihm fast die Sinne raubte. Jedenfalls wenn man aus monatelanger sensorischer Deprivation der Produktion kam.

„Hier strotzt alles so voller Leben", sinnierte De, „und ich bin das exakte Gegenteil davon. Schon immer gewesen. Es war schön, das gesehen und erlebt zu haben."

„Du kannst hier bleiben, solange du willst", sagte der Fuchs.

„Danke sehr", De fühlte sich geschmeichelt. „Aber hier ist nicht mein Platz. Es besteht außerdem die Gefahr, dass ich euch mit irgendwelchen Krankheiten anstecke, die dieses Paradies hier in Gefahr bringen."

"Das ist kein Paradies", der Fuchs stand auf und lief ein paar Schritte um den See. "Es ist das, was früher die normale Welt war, man muss das nicht idealisieren oder verklären. Außerdem glaube ich nicht, dass deine Krankheiten ansteckend sind."

De sagte nichts dazu, er hatte keine Lust auf eine solche Diskussion. Stattdessen rappelte er sich schwerfällig auf und klopfte sich Blätter und Erde von der Hose.

"Wohin willst du gehen?", fragte der Fuchs und war jetzt neben ihm. Gemeinsam liefen sie den Weg zurück, den De gekommen war.

"Ich weiß auch nicht", seufzte De, "seit der missglückten Defragmentierung ist es mit meiner Orientierungslosigkeit noch schlimmer als es sowieso schon war. Vielleicht laufe ich immer weiter, irgendwo muss doch das Meer kommen, oder? Wenn ich in das Meer gehe würde sich ein Kreis schließen, vielleicht wäre das gut."

Er stolperte herum und musste auf jeden Schritt genau achten. Bis er aus dem Dickicht raus war. Der Fuchs war nicht mehr da, auch der Urwald war hinter ihm. Aber die Bilder flackerten noch vor seinen Augen. Lange Lianen, Zweige und Gräser konnte man gut zu einem Strang verflechten, dachte De. Die unterschiedlichen Grüntöne machten sich gut nebeneinander. Dunkles Grün von Efeu, sanftes und helles Grün von Gräsern und saftiges Grün von Blättern. Dazwischen etwas Braun von Erde und Baumrinde. Blaue Tupfer vom Himmel. Das Weben beruhigte ihn, gab ihm einen Halt. Auch wenn es ihn fröstelte, weil das Klima sich wieder änderte und sein Körper sich taub und nutzlos anfühlte.

"Warte", sagte eine Stimme hinter ihm und er drehte sich um.

Es war Sina. Sie sah hier in den undefinierbaren Gebüschen aus als würde sie bei einem Rollenspiel für Waldgeister mitmachen.

„Ich habe etwas, was dir helfen wird", sagte sie und ihre Stimme klang weniger bedrohlich als gestern bei dem Gespräch mit Arnor.

De zog die Augenbrauen hoch und wusste nicht, wohin er schauen sollte. Er wollte nicht zu penetrant die Gewächse in ihrem Haar anstarren.

„Für deinen Magen", mit einer Handbewegung deutete sie ihm, ihr zu folgen. Aus Mangel an Alternativen tat er es auch. Sie liefen zurück.

„Es tut mir leid, dass ich gestern nicht darauf eingehen konnte. Mit Arnor ist es nicht so einfach, wenn ich ihn nicht in die Schranken weisen würde, würde er jeden Tag hier antanzen und das können wir hier nicht gebrauchen", erklärte sie und sie standen wieder vor dem Wald.

Diesmal bogen sie allerdings gleich links ab, auf einen unmerklichen Pfad, den De vorher nicht registriert hatte. In einem Zickzackkurs ging es tiefer in den Wald hinein. Nach etwa fünfzehn Minuten kamen sie zu einem Baumhaus, welches glücklicherweise aber nur ungefähr zwei Meter über dem Waldboden aufgebaut war. An den Seiten war es teilweise offen und bestand auf den ersten Blick aus zwei Kammern, die großzügig und luftig wirkten. Über eine Holzleiter ging es nach oben. Sina ging voraus und er kletterte hinterher.

„Ich glaube du brauchst schnelle Hilfe, deswegen habe ich schon alles vorbereitet", sie setzte sich auf einen Holzhocker an einen winzigen Tisch, der allerdings komplett leer war. „Es ist eine ungewöhnliche Behandlungsmethode, ich hoffe, du kannst dich darauf einlassen."

De setzte sich ihr gegenüber und versuchte zu verarbeiten, was alles passierte. Sina hatte eine unglaubliche Präsenz. Sie war außerdem ziemlich hübsch und übte eine Anziehungskraft auf ihn aus, der er sich kaum widersetzen konnte. Gleichzeitig rief sein inneres Alarmsystem, dass gewisse Grenzen keinesfalls überschritten werden durften, dass sie nicht erfahren durfte, in welchem erbärmlichen Zustand er sich befand. Das mit seinem Magen war okay, das war nicht allzu widerlich, aber der Rest musste geheim bleiben.

„Es klingt zuerst etwas abwegig, das gebe ich zu", vorsichtig holte sie einen Beutel hinter sich heraus und legte ihn auf den Tisch.

De betrachtete ihre Hände, die kurzen Fingernägel, ein paar Narben am Zeigefinger, ihre fließenden Bewegungen, die immer wieder die Kordel, die um den Beutel lag, streiften. Mehrmals versuchte er aufzublicken und blieb dabei an ihrem Oberarm hängen, an dem eine Stelle von Moos bewachsen war. Ein schwarzer Käfer saß einfach so auf ihrer Schulter und bewegte nur ab und zu seine Fühler. Sinas Nase war spitz, ihr Mund schmal und ihre Augen hatten immer noch dieses Leuchten.

„Jetzt nicht erschrecken", sie zog die Kordel auf, hielt aber die Öffnung sehr eng und schaute vorsichtig hinein. Jetzt erst sah De, dass sich im Inneren etwas bewegte. Ein Schaudern befiel ihn. Eins von der nicht so guten Sorte. Er dachte an den Berggeist, der so unangenehm aufdringlich war. War er schon wieder in eine solche übergriffige Situation geraten? Kontrollverlust durfte niemals zugelassen werden, egal was. Er wollte etwas sagen, aber die Stimme versagte ihm.

„Keine Panik", Sina schaute ihn eindringlich an. „Es geht ganz schnell, glaub mir."

Sie griff in den Beutel und holte zu Des Entsetzen eine kleine schwarze Schlange heraus. Geschickt hielt Sina den Kopf des Tieres fest, der Rest schlängelte sich um ihren Unterarm, länger war sie nicht. De hatte keine ausgesprochene Angst vor Schlangen, aber das hier war ihm einfach nicht geheuer. Er sprang auf, doch Sina hatte gute Reflexe oder hatte wohl schon damit gerechnet. Mit einem Griff fasste sie ihn am Hinterkopf und Nacken und zog ihn nah an sich heran. Sie hatte Kraft. Mit der anderen Hand öffnete sie seinen Mund und ließ die Schlange gleich darin verschwinden. De spürte nur noch wie das Tier seine Speiseröhre herunterkroch, ein Würgereiz durchschüttelte ihn, er griff sich an den Hals, an den Bauch, wand sich und klappte schließlich bewusstlos zusammen.

×××

Mit einem Schreien wachte er wieder auf, ruderte hilflos mit den Armen und fiel aus dem Bett auf den harten Boden. Es war stockdunkel und er hatte keine Ahnung, wo er war. Als nächstes griff er sich an den Bauch und fühlte links unter den Rippen. Es war keine Bewegung zu spüren, aber sein Magen fühlte sich anders an als sonst. Schweiß rann ihm über das Gesicht. Er saß da auf allen Vieren und glaubte sich übergeben zu müssen, aber sein Magen blieb ruhig und unbeeindruckt von der Aufregung.

Sina kam mit einem kleinen Licht und hängte es seitlich vom Bett auf. Setzte sich zu ihm auf den Boden.

„Wie geht es dir?", fragte sie.

De war froh, dass außer Schatten nicht viel zu sehen war. Er wusste noch nicht einmal, was er anhatte oder in welchem Zustand sein Körper war.

„Was... was hast du mir angetan?", quetschte er zwischen den Zähnen hervor.

Sina nahm ihn unter dem Oberarm und half ihm, sich wieder auf das Bett zu setzen. Das war besser.

„Es tut mir leid, dass ich dir das aufgezwungen habe", sagte sie und senkte ihren Blick. „Das ist normalerweise nicht meine Art. Diese Schlange wird ab sofort die Arbeit deines Magens übernehmen. Alles, was er leisten soll, aber nicht kann, wird sie machen. Sie ist ein besonderes Tier, welches in sehr dunklen Höhlen von dem lebt, was herunterfällt. Sie wird nicht größer, sie wird nicht wieder rauskriechen. Das einzige, was du beachten musst, ist erhöht zu liegen und zu schlafen, dann kann nichts schief gehen. Und du kannst alles essen, was du möchtest."

„Was?", krächzte De. Er fragte sich, ob das alles ein Alptraum war.

„Hier, ich habe dir bereits ein paar Kalorien eingeflößt, du solltest jetzt noch mehr essen, um wieder Fleisch auf die Rippen zu bekommen", sie reichte ihm einen Teller, auf dem er im schwachen Licht nur ein paar Schemen erkennen konnte.

Er griff nach etwas weichem und wohlduftenden, so etwas wie einer riesigen Himbeere oder so.

„Du wirst deinen neuen Mitbewohner ab und zu spüren, sie regt sich natürlich immer dann, wenn du etwas isst, nicht, dass du dich wunderst", bemerkte Sina beiläufig.

De bekam einen neuen Schweißausbruch. Einerseits wollte er schreien, dass sie die Schlange sofort wieder entfernen sollte, andererseits hielt ihn etwas zurück. Sie hatte recht, er hätte es nicht zugelassen, wenn sie ihn gefragt hätte. Er wäre weggerannt. Rechtfertigte das diese Art von Körperverletzung? Ihr Vorgehen war sicher unorthodox gewesen. Andererseits, welche Nebenwirkungen, außer dass er sich damit abfinden musste, mit einem Tier in seinem Inneren zu leben, hatte er zu befürchten? War das überhaupt absehbar? Seine Gedanken drehten sich. Vielleicht wollte er auch einfach nicht, dass es ihm besser ging. Vielleicht war das unvorstellbar. Andererseits hasste er Grenzverletzungen so sehr. Und den Kontrollverlust. Und Leute, die ihm helfen wollten. Niemand hatte das Recht, sich über ihn zu erheben. Immerhin das wollte er sich nach all den Demütigungen bewahren.

Er legte die Himbeere wieder zurück und verschränkte die Arme um seine Knie. Schweigend saßen sie nebeneinander, wenigstens aber zwei Schritte voneinander entfernt. Er versuchte seine Wut auf Sina weiter zu kultivieren, aber es klappte nicht so gut, sie gab nicht so ein passendes Feindbild ab. Und dass sie so eine sanfte Stimme und ein enigmatisches Äußeres hatte trug auch nicht dazu bei. Trotzdem hatte De das Gefühl, das alles nicht einfach auf sich sitzen lassen zu können. Er konnte jetzt nicht einfach so tun, als wäre alles in Ordnung, als wäre das okay gewesen.

Er suchte gedanklich nach seiner Glasscheibe, nach seiner Misanthropie, nach seiner Dissoziation, aber er fand nur Erschöpfung und den Wunsch, sich fallen zu lassen, den ganzen Ballast hinter sich zu lassen. Mal keine Geschwüre abschneiden zu müssen, sich verstecken,

Lösungen für die Nahrungsversorgung zu finden, irgendwohin reisen. Er schloss die Augen und sog die Luft durch seine Nasenlöcher. Vielleicht konnte er das. Zumindest für einen winzigen Moment.

Eine merkwürdige Energie lag in der Luft, das konnte er riechen. Als wäre sie elektrisch aufgeladen. De genoss das Halbdunkel und die Wärme um sich herum. Langsam entspannte er die Muskeln an seinem Körper. Ließ die Hypervigilanz ein Stück gehen. Lauschte Sinas Atmung und den kleinen Bewegungen, die Körper im Ruhezustand so machten. Streckte die Hand aus und hob die Frucht hoch.

Er wusste gar nicht, ob er noch Kaumuskeln hatte. Ob sein Körper sich überhaupt an den Vorgang des Essens erinnern konnte. Ob er nach der langen Zeit so etwas wie Appetit wieder entwickeln konnte. Vorsichtig biss er hinein. Die vermeintliche Riesenhimbeere war sehr weich, zum Glück. Saftig und süß. Sein Mund war tatsächlich furchtbar ungeschickt bei dem Versuch der Nahrungsaufnahme, etwas Saft tropfte nach unten und verursachte bestimmt Flecken, die nie mehr rausgingen. Es würgte ihn kurz und es überkam ihn ein Fremdkörpergefühl. Die Säure nahm seine Schleimhäute in Beschlag. Es war alles etwas viel auf einmal. De überlegte das Essen auszuspucken, aber er hielt tapfer durch. Das Kauen war mühsam und er hielt sich nicht lange damit auf. Doch vor dem Runterschlucken graute ihm. So wie es jemandem gehen musste, der nach einem Schiffsbruch wieder auf die See raus ging. In Zeitlupe und mit verkrümmtem Gesicht schluckte er das erste Mal. Es passierte nichts weiter.

„Ich weiß gar nicht, wie du so lange überhaupt überleben konntest", Sina drehte sich zu ihm, lehnte sich an die Bettseite und stützte ihren Kopf auf die Hand. „Es muss furchtbar gewesen sein, nichts essen zu können. Wie ist es überhaupt dazu gekommen?"

„Es ist kompliziert…", murmelte De und nahm noch einen Bissen.

Auch beim zweiten Durchgang war es nicht minder befremdlich. Diesmal kaute er hastig, als wollte er das Ganze schnell hinter sich bringen. Aber auch so etwas wie Lust auf Essen meldete sich. Lust auf Geschmack, darauf, Teile der Welt in sich zu vereinnahmen. Endlich etwas aufzunehmen, was nicht aus einem Plastikbeutel kam. Ein letzter Bissen und die Frucht war vollständig in seinem Inneren verschwunden.

Mit einem Mal spürte er eine subtile Bewegung in der Magengrube. Sofort sprang er auf, sein Herz klopfte ihm bis zum Hals. Er dachte daran, sich wieder zu erbrechen, alles nach draußen zu spülen, inklusive der Schlange. Schlug sich beide Arme um den Bauch und wimmerte vor sich hin. Fühlte sich gefangen, ausweglos ausgeliefert. Wieder Kontrollverlust, wieder eine mentale Ohnmacht. Er würde sich nie an diese Magenbewegung gewöhnen, da war er sich ganz sicher.

„Ganz ruhig", Sina stand neben ihm und legte ihre Hände auf seine Schultern.

„Es ist besser, wenn du mich nicht berührst", sagte er atemlos. „Wegen meiner anderen Erkrankung…"

„Ich glaube nicht, dass sie ansteckend ist."

„Du weißt es nicht, du solltest es nicht riskieren, ich meine es ernst. Sie überträgt sich möglicherweise über Hautkontakt", keuchte er und hielt sich immer noch die Körpermitte, so, als könnte er jeden Moment auseinanderbrechen und in alle Richtungen verlaufen wie ein kaputtes rohes Ei.

Sina nahm seinen Kopf in ihre Hände und hob ihn an. Strich seine Haare, die vor seinem Gesicht hingen, zur Seite. Fuhr mit dem Daumen seine Lippen entlang, an denen noch der Fruchtsaft klebte. Des Atmung verlangsamte sich etwas. Er spürte noch einmal nach der Schlange und fand, dass sie sich im Rhythmus seines Herzschlags und der Lungen regte. Sie fühlte sich nicht wie ein Fremdkörper an. Er versorgte sie und sie versorgte ihn. Vielleicht fanden manche Dinge doch auf wundersame Weise zueinander. Wenn auch sehr selten. Sie hatte ein Zuhause und er hatte jemanden, der ihm das Essen vorverdaute. Es wäre schön.

De versank in Träumereien über Symbiosen und löste seine Arme von sich. Eigentlich hatte er sich nichts mehr gewünscht, als einmal mit der Welt im Reinen zu sein. Einmal zu spüren, wie es war, wenn man angenommen war. Und nicht darum kämpfen musste. Vielleicht war es das erste Mal, dass er sich das eingestand, diese Sehnsucht. Trotz aller Versuche, sich abzusondern und in der Schwärze zu verkriechen, um allein zu sein. Er wollte noch nie schwach und bemitleidenswert sein. Nicht vor seinen Eltern und auch vor sonst niemandem. Trotz allem wollte er immer jemand sein, der seinen Weg ging, egal wie bescheuert dieser Weg war. Das hatte er bisher auch durchgezogen. Aber jetzt in diesem Moment, im Urwald mit Sina und dieser Schlange, da wollte er es das erste Mal nicht mehr. Er spürte diesen Sog danach, alles geschehen zu lassen, sich nicht mehr abzugrenzen. Sich fallen zu lassen und von der Leichtigkeit des Lebens fortgetragen zu werden, auch wenn es nur eine Illusion, ein Wunschdenken war. Denn ein richtiges Fallenlassen gab es nicht, man landete immer auf dem harten Steinboden. De griff gedanklich nach einem Strang und er fühlte sich warm und lebendig an, schuppig, gelenkig. Vielleicht wie Teile einer sehr dünnen Schlange, die sich um seine Hand wickelte. Er hielt sich daran fest, so wie Sina sich an ihm festhielt und entspannte sich noch mehr, versank noch mehr in seiner Innenwelt und ihren Berührungen, gegen die er sich nicht mehr wehren wollte.

Sina zog seinen Kopf zu sich heran und küsste ihn. Ihre Lippen waren sanft, ein warmes Gefühl durchströmte ihn und vermischte sich angenehm mit allen anderen, dem Herzschlag, der Atmung, der Magenbewegungen, zu einer surrealen Melange. Sie kam noch näher, sodass ihre Knie und Oberkörper sich berührten, er wollte sie zu sich ziehen, doch er wich zurück, löste sich von ihr.

Legte ihr seinen Arm auf die Schulter, um sie auf Abstand zu halten. Die alten Reflexe waren nicht auf einmal überschrieben, wären es wahrscheinlich auch nie, dafür waren sie zu tief verankert. Urplötzlich fühlte er sich wieder minderwertig, er verdiente Sina und ihre Zuneigung nicht, er schämte sich für seinen Körper. Seine Atmung beschleunigte sich wieder, seine Gedanken mäanderten in ihm, waren kaum zu greifen und trotzdem musste er schnell überlegen, was er machen sollte. Er wollte ihr sagen, dass sie sich ihm nicht nähern sollte, aus vielen Gründen. Dass er noch nie so nah an jemandem dran war und keine Ahnung hatte, was gleich passieren würde. Dass er überfordert war. Dass er ihr nicht traute, weil sie ihn eine Schlange schlucken ließ. Dass er besser gehen sollte. Dass sein Körper furchtbar entstellt war. Und sein Geist. Besonders sein Geist.

Er bewegte die Lippen, um das alles zu sagen, er holte immer wieder Luft. Das Problem war, dass er kein Wort herausbekam. Es musste an dem schummrigen Licht liegen, das um sie herum flackerte und so viele verschiedene Schatten hin und her huschen ließ, als wäre die Welt ständig in Bewegung. Irgendwas stimmte mit der Realität hier nicht, sie war zu flüssig, zu instabil, zu warm, zu unscharf. Die Grenzen verschwammen, sie waren keine Mauern mehr, sondern feine Linien, die von einem Windhauch weggeweht wurden.

Er ging wieder auf Sina zu und atmete ihre Aura ein. Sie roch nach Regen, Blättern und Wiese. Vorsichtig ließ er seine Fingerkuppen über ihr Gesicht streifen. Ihre Haut dort war rau, manchmal trocken, teilweise vernarbt. Ihr Hals dagegen war weich und fließend. Ihr Schlüsselbein kantig und fest. Sie atmeten sich gegenseitig ein und aus und manchmal dachte er sie etwas flüstern zu hören. Seinen Namen. Auf eine Weise, wie ihn noch nie jemand ausgesprochen hatte. Ein Schauer lief über seinen Körper, es war schön und überfordernd. Er küsste sie und spürte ihren warmen Mund, ihren Speichel, ihre Zunge. Sie öffnete die Knöpfe seines Anzugs und streifte ihm das Oberteil ab. Ihre Hände waren auf seiner Haut, immer wieder kam Panik in ihm auf und vermischte sich mit Verlangen nach mehr. Zu viel Welt durchbrach seine Membranen, zu viel Kontrolle war weg. Es war nicht gut und es war das Schönste, was er jemals erlebt hatte, alles auf einmal. Sie schob ihn zurück auf das Bett und bedeckte ihn mit Reizüberflutung, mit Distanzlosigkeit, mit allen Gerüchen und Geräuschen, mit sanften Lauten und Wärme, mit einem Loslassen und einem sich ineinander Verlieren.

×××

Nach ein paar Tagen hatte er sich schon massiv erholt. Er dachte an die langen Arbeitstage im Recycling und an die noch längeren Arbeitstage in der Androidenproduktion. Danach kam zwar die Zäsur in Form seines Aufenthalts im Bergwerk, aber dann ging es gleich weiter mit Schlaflosigkeit und keinem Essen. Das alles steckte ihm immer noch in den Knochen, war aber auch gleichzeitig unendlich weit weg. Besonders wenn er morgens die Augen öffnete und überall dieses Grün und die Sonne sah. Er hatte die Sonne über Monate nicht mehr gesehen, es war immer dunkel gewesen. Bis auf wenige Momente. Er konnte nicht mehr dorthin zurück, in die Produktion.

„Du kannst so lange bleiben, wie du willst", sagte Sina, wenn sie neben ihm lag.

„Es ist wunderschön hier, der schönste Ort, den ich jemals gesehen habe", flüsterte De. „Und ich bin gerne bei dir."

Es war immer noch extrem gewöhnungsbedürftig für ihn so nah an einem anderen Menschen zu sein, insbesondere der Hautkontakt. Er versuchte immer die Decke bis zu Kinn zu ziehen, damit sie seine Narben nicht sah. Bestimmt konnte sie sie fühlen, manche waren prägnanter als andere. Trotzdem durfte sie sie nicht sehen. Zum Glück wuchs im Moment kein Geschwür irgendwo, hoffentlich blieb es erstmal dabei. Sinas Haut war ganz anders als seine. Ihre Hände waren etwas vernarbt und knochig, ihre Beine sehr weich, die Unterarme sehnig, auf den Oberarmen wuchs etwas Moos, der Rücken robust und fast ledern, aber ihr restlicher Oberkörper von einer noch zarteren Haut umgeben, die manchmal fast süß schmeckte.

Auf einmal konnte er so viel wieder schmecken. Sie machten oft ausgedehnte Spaziergänge durch den Wald und sie gab ihm alle möglichen Früchte zum Probieren. An die Bewegungen der Schlange hatte er sich noch nicht gewöhnt und ihre Anwesenheit in seinem Inneren jagte ihm immer wieder einen ordentlichen Schrecken ein. Er musste das wohl aushalten. Der Geschmack von sauren Äpfeln, süßen Kirschen, holzigen Wurzeln, bittern Nüssen, scharfen Baumsamen überwältigte ihn immer wieder aufs Neue und er genoss die unterschiedlichen Konsistenzen und Geschmäcker des Essens.

„Ich sehe an der Art, wie du auf deiner Unterlippe herumkaust, dass du nicht mehr lange bleiben wirst", sagte sie, wenn sie auf einer Wiese saßen, mitten in der Sonne und in einem Meer an Blumen und Gräsern. „Etwas treibt dich um."

„Es ist nicht so, dass es mir hier nicht gefällt", er vergrub sein Gesicht in ihren Haaren. Sie rochen nach Minze und Salz.

Manchmal machte er sich Vorwürfe, dass er nicht einfach hier bleiben und glücklich werden konnte. Hier hatte er doch alles, was er brauchte. Einen Menschen an seiner Seite, eine ruhige und inspirierende Umgebung, Wärme und Essen. Andererseits war er noch nie sehr naturverbunden gewesen. Er war einfach mit nichts verbunden, ein sehr unverbundener Mensch. Vielleicht musste er die losen Enden finden, die er auf seinem Weg hinterlassen hatte.

„Hat es etwas mit diesem Anhänger zu tun, den du trägst?", fragte Sina, als sie in der Dunkelheit zusammen lagen. Die Zeit verging hier auf so eine merkwürdige Weise, dass er gar nicht den Wechsel der Tageszeiten mitbekam, es morphte alles so ineinander und sie schliefen manchmal am Tag und waren in der Nacht wach und umgekehrt. War es vielleicht eine neue Art der Realität, die es nur hier gab?

De suchte ihn an seinem Brustkorb. Er war immer noch da, natürlich.

„Er ist von einem Androiden", stellte sie fest.

Irgendwie konnte sie ständig seine Gedanken erraten. Es war angenehm, so hatten sie ein ziemlich reibungsloses Miteinander.

„Wo ist die dazugehörige Person?", fragte sie weiter.

„Ich weiß es nicht…", murmelte De, „wir haben uns irgendwie verloren. Er ist ziemlich gutaussehend, klug und ausgeglichen. Und ich entstellt, geisteskrank und launisch. Also du siehst, das wäre nie etwas geworden."

„Hat er das gesagt?"

„Nein, ich wollte es nicht so weit kommen lassen, dass er mir das sagt. Ich muss mich nicht noch mehr demütigen lassen."

Sie fuhr mit dem Zeigefinger über seinen Handrücken. „Das hätte er nicht gesagt."

„Aber gedacht, noch schlimmer."

Er spürte, wie sie neben ihm lächelte. Spürte ihre Gesichtsmuskeln an seinem Körper. Doch plötzlich hielt sie inne.

„Ich habe gespürt, dass jemand in den Wald gekommen ist, der nicht hierher gehört", flüsterte sie. Und weg war sie wie der Wind.

De richtete sich auf und schaute in die Dunkelheit. Irgendwo hörte er ein Knacken, manchmal ein Rascheln ganz in der Nähe, ein leises Rauschen der Blätter weit oben. Die Luft war kühl und er zog sich die Decke über die Schultern. Plötzlich ein Donnerschlag in der Ferne und ein starker Wind, das Baumhaus wackelte etwas. Kurze Zeit später kam ein Sturzregen.

Sina tauchte wieder auf, sie kletterte durch das Fenster am Bett zu ihm rein, sichtlich außer Atem.

„Was war los?", gähnte De erneut.

„Ach so ein Typ, der sich hier reinschleichen wollte. War bestimmt auf der Suche nach wertvollen Heilpflanzen und sowas. Ich hab ihn standesgemäß vertrieben", sie kroch zu ihm unter die Decke und er spürte ihren kühlen Körper.

„Wie machst du das?", er strich ihr durch die nassen Haare.

„Was?"

„Das mit dem Gewitter und alles."

„Am Anfang ging das noch nicht, aber mit der Zeit entwickelte ich eine Symbiose mit der Umgebung", erzählte Sina in der Dunkelheit. „Ich kann alles fühlen, ich bin der Wald. Auch Teile von dir kann ich erspüren. Du solltest in den See eintauchen, dann kannst du es vielleicht nachempfinden."

„Der See... er ist mir nicht geheuer."

„Kannst du nicht schwimmen?"

„Ich bin ein ausgezeichneter Schwimmer, das ist es nicht... Was ist mit dem Fuchs?"

„Was soll mit ihm sein?"

„Dieses Gespräch..."

„Das war auch eine Verbindung aus dem Wald, aus mir, aus dem Fuchs und so weiter. Ich sag doch, wie wenn du in den See springst, dann bist du auch der See, er umgibt dich dann ganz."

„Ich springe nicht in den See."

Sina lachte nur.

×××

Es vergingen mehrere Tage und De machte sich für den Aufbruch bereit. Er fühlte sich kräftig und erholt genug, so mental gefestigt wie schon lange nicht mehr. Aber ob das ausreiche, um in der richtigen Welt da draußen existieren zu können, das wusste er nicht. Sein grüner Overall war irgendwie nicht mehr auffindbar, stattdessen gab Sina ihm eine erdfarbene lange Baumwollhose, ein T-Shirt in der selben Farbe und seine Arbeitsschuhe, die er im Recycling bekommen hatte. Sie waren immer noch gut in Schuss.

„Versuch diesen Kontinent so schnell wie möglich zu verlassen", erklärte sie ihm, als er sich in ihrem Baumhaus fertig machte. Sie gab sich Mühe sachlich zu wirken, aber die Stimmung war schon deutlich gedrückt. „Es gibt dazu nur eine Möglichkeit, die Bahn in die richtige Richtung."

„Kapiert", De knöpfte die Hose zu und wunderte sich, dass er so anders aussah. Er hatte wohl ein paar Kilos zugenommen. „Vielleicht sollte ich meine Haare schneiden, die Leute denken noch ich komme aus dem Urwald", überlegte er und betrachtete die verfilzten Enden seiner Strähnen.

„Auf keinen Fall", Sina stellte sich vor ihn und strich ihm über den Kopf. Sie umarmten sich.

„Ich habe alle deine Habseligkeiten in die Hosentaschen gestopft", murmelte Sina, „du hattest ja nicht wirklich viel dabei."

„Danke."

„Versprich mir, auf direktem Wege hier wegzukommen", fuhr sie fort, „wenn du wieder mit dem Arbeiten anfängst steckst du für Jahre oder für immer fest."

„Okay."

„Ich glaub nicht, dass wir uns jemals wiedersehen."

„Sag sowas nicht", seufzte De. Er wollte das nicht wahrhaben.

„Hast du dir den Weg gemerkt, den ich dir beschrieben habe?", sie lösten sich voneinander und sie hielt sein Gesicht in den Händen.

De nickte und schloss die Augen. Das alles war wesentlich schmerzhafter, als er gedacht hatte. Er wusste genau, warum er bisher immer alle Abschiede vermieden hatte und einfach abgehauen war.

„Mach's gut, du… Chimäre", sagte Sina mit tonloser Stimme. Sie berührten sich mit ihren Köpfen, lösten sich voneinander und er ging, ohne sich umzublicken.

xxx

Es war ein ungewohntes Gefühl längere Strecken zu laufen ohne seine Füße wie mit Blei gefüllt hinter sich her zu zerren. Auch emotional fühlte er sich stabiler und hoffnungsvoller. Allerdings wusste er, dass das auch nur von kurzer Dauer war und morgen alles schon wieder ganz anders aussehen konnte. Leichtfüßig zu leben war auf jeden Fall eine sehr angenehme Angelegenheit, es konnte ruhig länger anhalten.

Es juckte ihn in den Fingern Kontakt mit Jonas aufzunehmen und zu hören, ob es etwas Neues in der Forschung gab. Oder zumindest an ein Gerät zu kommen, aus dem er Nachrichten herauslesen konnte. Irgendwie ließ ihn das Thema nicht los. Vielleicht könnte er auch Asger eine Mitteilung hinterlassen. Dass es ihm gut ging und er doch nicht in seine Einzelteile zerlegt war. Aber zunächst musste er eine Transportmöglichkeit finden.

In diesem Teil des Kontinents war eine regelmäßige Personenbeförderung nicht vorgesehen. Es gab natürlich nur Güterzüge, auf die man aufspringen konnte. So einen musste er finden. Statt nur zu laufen begann er zu rennen. Natürlich hatte er nicht die Kondition eines normalen Menschen und war schnell außer Atem, aber es tat trotzdem gut, schnell voranzukommen. Jetzt, da er Lebensenergie getankt hatte, musste er das kurze Zeitfenster, in dem er aktiv sein Leben anging, schnell ausnutzen und möglichst viel erledigen, bevor er aus irgendeinem Grund wieder in Lethargie verfiel und nicht mehr in der Lage war sich vom Fleck zu rühren.

Was war eigentlich sein Plan? Das war der Schwachpunkt seines ganzen Vorhabens, er hatte keinen. Die Sonne war gerade aufgegangen, etwas Wärme breitete sich aus. Die Landschaft verwandelte sich immer mehr wieder in etwas, das von Menschen kultiviert worden war. Er bekam zwar kaum noch Luft, aber etwas trieb ihn an, er konnte jetzt nicht mehr trödeln. Voller Wehmut dachte er an Sina und ihre gemeinsame Zeit. Vielleicht wollte er auch vom emotionalen Abschied weglaufen.

Nach ein paar Stunden, er hatte zwischendurch immer wieder Pausen eingelegt, erreichte er die Eisenbahnschienen. Das war zwar ganz gut, aber der autonom fahrende Zug würde nicht einfach so für ihn anhalten, er musste an die nächste reguläre Haltestelle kommen. Das gab ihm wieder neuen Auftrieb, er spurtete entlang der Gleise und kam wiederum nach ein paar Stunden an eine

Verladestation, die geographisch wohl noch vor den Treibhäusern lag.

Dort angekommen sah er, dass ein Schienenfahrzeug gerade von ein paar Leuten be- und entladen wurde. De legte einen Endspurt ein und sprang in den letzten Waggon, riss die Tür auf und ließ sich ins Innere fallen. Das hatte gerade noch so geklappt. Nachdem er genug Luft geholt hatte registrierte er, dass sein neues Gefährt fast randvoll war mit Metallstangen. Er kümmerte sich nicht weiter darum, quetschte sich in eine Nische und schaute durch den schmalen Schlitz nach draußen. Es ruckelte ein paar Mal unsanft und der Zug setzte sich in Bewegung.

Wenn jetzt nichts mehr schiefging wäre er in ein paar Tagen auf dem anderen Kontinent. Glücklicherweise hatte Sina ihm etwas Proviant in Form von Nüssen, getrockneten Pilzen und Wurzeln eingesteckt. Wasser besorgte er sich bei den entsprechenden Pausen, wobei er bei den Androiden und beim Recycling glücklicherweise gar nicht vorbeikam. Es stieg auch keiner zu.

Trotz der Eintönigkeit der Reise genoss De die Ruhe und das Getragenwerden. So hatte er Gelegenheit über die vielen Ereignisse nochmal nachzudenken und sie zu sortieren. Zu überprüfen, ob er alles richtig verstanden hatte. Ob er irgendwelche Doppeldeutungen verpasst hatte. Dann konnte er die Dinge in Stränge verknüpfen. Dass Sina sich bei ihm nicht mit seiner Krankheit angesteckt hatte, noch nicht zumindest, hatte nichts zu bedeuten. Es war immer noch gefährlich andere zu berühren. Und das nächste Geschwür kündigte sich dummerweise am Hals direkt an der Halsschlagader an, eine durch und durch unpraktische Stelle. Er konnte ertasten, wie es dort unter der Haut dicker und wabbeliger wurde.

Dass seine Magenerkrankung eine vorzeitige Pause, wenn nicht sogar Heilung, erfahren hatte, war natürlich eine willkommene Entlastung, aber es würde nicht fundamental alles in seinem Leben ändern. Er wusste, dass seine momentane Hochstimmung auf diese positive Entwicklung zurückzuführen war. Sobald er sich an diesen Zustand gewöhnt hatte würde er wieder in seinen alten Trübsinn versinken. Denn als Person hatte er sich natürlich nicht geändert, er war immer noch ganz der Alte.

Die körperliche Interaktion mit Sina beschäftigte ihn länger. Bestimmt hatte er sich sehr ungeschickt dabei angestellt und sie hatte bloß nichts gesagt. Es war alles so neu und ungewohnt gewesen, manche der Gefühle hatten ihn überrollt, bevor er sich fragen konnte, was überhaupt los war. Das war natürlich auch das Schöne gewesen. Aber jetzt, mit Distanz, fragte er sich mehr, ob er alles richtig gemacht hatte. Er hatte seinen Körper bisher nicht eine Sekunde als etwas begriffen, das mit anderen geteilt werden konnte. Und er konnte es sich jetzt auch nicht wirklich vorstellen, es war einfach zu surreal, wie ein schemenhafter, weit entfernter Traum.

Die Defragmentierung... das war ein viel härterer Brocken. Er merkte, dass er das Thema lieber umschiffen wollte. Zu viel hing da dran. Er schämte sich, dass sein Plan nicht aufgegangen war und er noch nicht einmal wusste, warum. Dass er so lange hilflos vor sich hinvegetieren musste und sich kraftlos durch die Treibhäuser geschleppt hatte. Dass er selbst für das Seelen-Recycling nicht gut genug war versetzte ihm einen ordentlichen Stich. Es war wieder ein Beweis dafür, dass er falsch in dieser Welt war und anderen meistens Mühe machte oder gleich Unheil brachte.

Mit jedem Thema knüpfte er seine Fäden und verband sie zu einem Netz, so kam es ihm vor. Er hatte es vorher noch nie so bewusst wahrgenommen. Jeder Bereich musste gedanklich durchforstet und in das Leben integriert werden, das war das, was er mit der Metapher der Fäden am besten beschrieb. Immer wieder driftete er ab und schlief ein, wachte auf und fuhr fort.

Als er zwischendurch mal wieder seine Taschen durchforstete, um etwas Essbares zu finden, zog er einen zerknüllten Zettel hervor. Er wusste zunächst nicht, was es war. Dann faltete er das Papier auf und plötzlich fiel es ihm wieder ein. Ein Text von Karl-Gustav Wolkebarth, der an der Pinnwand hing. Meine Güte, es schien Lichtjahre her zu sein, seit er den abgehängt hatte. Der Philosoph war vor ein paar Monaten, oder war es schon ein Jahr, in aller Munde gewesen. Unruhen hatten den Schreiberkontinent erschüttert und Karl-Gustav hatte die Welt mit einem wahnsinnigen Text geflutet und hatte daraufhin auch seine Heimat verlassen – etwas, was Schreiber vorher noch nie gemacht hatten. Was er jetzt wohl machte? De wollte dies das nächste Mal in den Nachrichten eruieren.

Er erinnerte sich auch daran, dass Naj ein Faible für den Sonderling hatte, sie hatte seinen Namen ein paar Mal erwähnt. Seine Bücher waren wohl legendär und De wollte schon immer Mal einen Blick auf seine Texte werfen. Ob es stimmte. Dass er die Menschen verändern konnte, dass er ein Meister der Worte war, vielleicht sogar ein Zauberer. Jetzt war die Gelegenheit, einen seiner verwahrlosten Texte zu ergründen.

De richtete seinen Oberkörper auf und hielt das Blatt ganz nah vor das Gesicht. Es war schon lange her, dass er überhaupt etwas gelesen hatte. Buchstaben spielten auf dem Produktionskontinent eine sehr untergeordnete Rolle. Er las die ersten Sätze und spürte gleich so einen merkwürdigen Anflug von Kopfschmerzen. Der Text war durch und durch wirr, aber auch hypnotisch, enigmatisch, dann wieder abstoßend, auf jeden Fall unzusammenhängend, oder gab es doch eine tiefere Bedeutung? Des Synapsen schienen sich einerseits gegen das Gelesene zu wehren, dann wieder vergas er alles um sich herum und konnte von den Worten nicht ablassen. Immer und immer wieder überflog er die Zeilen und flüsterte die Formulierungen nach. Wie das ausging konnte er gar nicht sagen, er musste wohl einen Aussetzer gehabt haben. Oder eingeschlafen sein. Er wachte erst wieder auf, als die Eisenteile entladen wurden.

Den Zettel immer noch in der Hand richtete er sich auf und verließ augenblicklich den Waggon. Das Blatt faltete er zusammen und steckte es wieder ein. Wo war er, wer war er. Das war noch nicht ganz klar. Er taumelte auf den Bahnsteig und sammelte sich.

„Entschuldigen Sie, wo befinde ich mich?", fragte er eine Frau, die gerade am Entladen war.

„Hauptstadt Stromversorgung", erwiderte sie knapp und fuhr mit ihrer Arbeit fort. Es war ihr deutlich anzusehen, dass sie nicht viel von ihm hielt und möglichst wenig mit ihm zu tun haben wollte.

„Danke", sagte De und drehte sich um. Es war schon mal die richtige Stadt, aber diese Haltestelle kannte er nicht, sie schien an einem anderen Ende der Hauptstadt zu liegen. Schlechte Erinnerungen kamen bei ihm hoch wie Gewitterwolken, als er an seinen letzten Aufenthalt hier dachte. Alles voller loser Enden. Für den Job war er nicht gut genug. Seine einzige Hoffnung die Seelenextraktion. Mit Naj hatte er sich gut verstanden, aber es war nichts Verbindliches. Wahrscheinlich konnte sie sich noch nicht einmal an ihn erinnern. Und jetzt musste er mit diesen Erfahrungen im Rücken einen Anschluss finden.

Die Stadt war groß, anonym, verwirrend. In einem Stadtteil gab es ständig kriegerische Auseinandersetzungen. Die Stromzentrale war so riesig und komplex, dass er sich da auf keinen Fall herantraute. In der Verwaltung hatte er sich ganz gut zurechtgefunden, aber ein paar Kollegen hatten ihm deutlich die Rückmeldung gegeben, dass sie ihn nicht als einen der ihren akzeptierten und das konnte er nicht aushalten. Seit seinem letzten Aufenthalt mussten wohl die Vogelmenschen in die Stadt eingezogen sein, für sie wurden extra neue Stadtteile errichtet auf Stelzen in luftiger Höhe, damit es ihrem natürlichem Lebensraum möglichst nah kam. Wie hatte dieser Einzug den Charakter der Stadt verändert und wie kamen die anderen Bewohner damit klar? Als er das letzte Mal hier gewesen war hatte er zum Teil offenen Hass gegenüber den Gefiederten wahrgenommen.

De lief ein paar Schritte und setzte sich abseits des Bahnsteigs auf einen Bordstein. Die Luft war wieder viel kühler als im Süden des Produktionskontinents. Er schätzte, dass der Winter langsam auslief, der Frühling aber noch nicht da war. In seinem T-Shirt war er nicht sehr passend angezogen. Er brauchte Kleidung, Essen, eine Unterkunft, einen Job. Diese ganzen Unsicherheiten der Grundversorgung lasteten schwer auf ihm. Da war die Fahrt noch sehr locker gewesen, da musste er wenigstens nichts machen. Jetzt saß er in diesem Gewerbegebiet, immer wieder kamen Güterzüge an, wurden verladen. Dutzende Strommasten durchzogen den Horizont,

Lagerhallen und stillgelegte Industrieanlagen reihten sich vor ihm auf. Das war das Gute an der Produktion und wohl der Grund, dass es doch Menschen dorthin zog, es war übersichtlich, klar strukturiert, man hatte seinen Wohnblock, seine Arbeit und fertig. Sonst musste man sich um nichts kümmern.

Er stand wieder auf und schlenderte in irgendeine Richtung, bis er jemanden traf, den er nach der nächsten Personenbeförderung fragen konnte. Nicht weit weg war die Straßenbahn, er setzte den Kurs dorthin und sprang in den nächsten Zug.

×××

Sich durchzufragen gehörte absolut nicht zu seinen Stärken. Er war heilfroh, als er mit viel Glück ein winziges möbliertes Zimmer unterm Dach fand, welches er mieten konnte und sich etwas zu essen besorgt hatte.

Es war schon fast Abend, als er sich endlich auf das schmale Bett legte. Er wusste gar nicht, wo er anfangen sollte. Sein Kopf schwirrte von den ganzen Stimmen, Gesichtern, Eindrücken, Unterhaltungen, auch wenn sie nur kurz gewesen waren. Diese Stadt war die reinste Reizüberflutung und er wusste nicht, wie all die Leute hier jeden Tag leben konnten. Und er war noch nicht einmal annähernd im Zentrum gewesen, hatte sich bewusst in einem abgelegenen Bezirk verkrochen. Da war das Leben – wenn man es so nennen konnte – in der Produktion schon wesentlich näher an seinem Wesen dran, ebenso wie die Zeit, die er am Meer verbracht hatte. Jetzt wusste er, warum er damals Hals über Kopf aus diesem urbanen Raum geflohen war.

De schloss die Augen und zog die Decke über sich. Er musste dringend abschalten. In seinen Gedanken suchte er nach den Strängen, die er normalerweise knüpfte und wollte all die Impressionen, die sich bei ihm aufgestaut hatten, dort unterbringen. Doch sein Kopf war mit einem Mal wie leer und erstarrt. In der Nacht wälzte er sich unruhig hin und her, nicht in der Lage einen erholsamen Schlaf zu finden.

Als er am nächsten Morgen seine Eingangstür hinter sich schloss, um etwas zum Frühstücken zu besorgen – denn er hatte es sich fest vorgenommen regelmäßig drei Mal am Tag zu essen, um nicht irgendwelche neuen Probleme zu riskieren – da stieß er fast mit einer adrett gekleideten Frau zusammen, die ebenfalls aus ihrer Wohnung kam.

„Sorry", nuschelte De und wusste nicht wohin mit sich.

Sie schaute ihn abschätzig an und er meinte vernommen zu haben wie sie die Nase rümpfte.

„Du bist neu hier, nicht wahr?", sagte sie schließlich. In ihrem schmalen Rock, der roten Bluse und den schwarzen Lackschuhe sah sie so ziemlich wie der Prototyp des Städters aus. Eine Handtasche baumelte an ihrer Schulter und De dachte an Mira und Sina und ihr unprätentiöses Auftreten, bei dem es keinen Raum für Selbstdarstellung gab.

„Ich bin Anette."

De nickte und strich sich eine Haarsträhne aus dem Gesicht, stellte sich ebenfalls vor.

„Ich bin gestern aus der Produktion hier angekommen", fügte er nach einer kurzen Pause an.

„Ach so", Anette atmete hörbar auf, „das erklärt einiges. Brauchst du etwas?", sie kaute gelangweilt auf einem Kaugummi herum und schaute auf ihre Armbanduhr. „Nun sag schon, ich hab nicht den ganzen Tag Zeit."

„Äh, tatsächlich wäre da was", stotterte De, „könntest du mir einen Kommunikator ausleihen, ich besitze keinen."

Anette zog ihre Augenbrauen hoch. „Was? Wie geht das?", sie schüttelte den Kopf. „Wenn es sonst nichts weiter ist..."

Sie schloss ihre Wohnungstür wieder auf und lief rein, kam ein paar Minuten später mit dem Gerät in der Hand wieder heraus.

„Danke", sagte De und sie verabschiedeten sich. Er hörte wie sie mit ihren klackernden Schuhen nach unten lief.

Irgendwie stand er noch da und wollte es so lange wie möglich hinauszögern, reinzugehen und das Gerät einzuschalten. Er schaute durch das Treppenhaus nach unten. Die Holzstufen waren schon älter und ausgetreten, strahlten aber sehr viel mehr Gemütlichkeit aus als die nackten Beton- und Metallbauten aus der Produktion. Überhaupt hatte das Haus nur drei Stockwerke, was winzig war im Vergleich dazu, was er gewohnt war. Auf jedem Stockwerk befanden sich zwei Wohnungen, die mit Türmatten, Topfpflanzen und Schuhen zugestellt waren. Sprich richtig bewohnt waren und nicht nur bloß zum Übernachten dienten. An manchen Stellen hatten Kinder Kritzeleien auf den Wänden hinterlassen und da wurde De bewusst, wie lange er schon keine nicht-erwachsenen Personen getroffen hatte.

Er lief wieder in sein neues Heim und ließ sich auf das Bett fallen. Schaltete seinen Anschluss zur Außenwelt an. Zuerst suchte er nach den neuesten Nachrichten zum Thema Realitätsforschung. Das Angebot überwältigte ihn. Wow. Was war in den letzten Tagen, Wochen passiert, seit er nicht mehr die neusten Entwicklungen verfolgt hatte? Er kam kaum hinterher nachzuvollziehen, was der Stand der Dinge war.

Da stand etwas von einem ersten Durchbruch bei der Forschung. Von mehr Todesfällen. Vom Aufbau der Realitätsschichten. Von Gefahren. Manches klang zu verrückt, um wahr zu sein. Es fiel ihm schwer Vermutungen und Horrorszenarien von wissenschaftlichen Erkenntnissen zu unterscheiden. Eine zentrale staatliche Stelle, die Informationen verifizierte gab es nicht, das meisten politische und ökonomische Leben lief in Selbstverwaltung und die wissenschaftlichen Institute, für die Jonas wahrscheinlich arbeitete, gaben nur spärliche Informationen heraus.

Und immer wieder las er von den Schätzungen, dass eins bis fünf Prozent aller Menschen wesentlich für die Aufrechterhaltung der Realität verantwortlich waren, was das auch immer hieß. De dachte an sein letztes Treffen mit Jonas. Er musste ihn kontaktieren, er wusste zwar noch nicht genau, warum, aber es gab Gesprächsbedarf. Dafür musste er sich einloggen und das schaffte er noch nicht. Er legte das Gerät zur Seite und machte einen zweiten Anlauf, um nach draußen zu kommen.

Auf der Straße konnte er sich nicht entscheiden, was er zuerst machen sollte. Er musste etwas essen, neue Kleidung besorgen, denn mit diesen abgewrackten Klamotten sah jeder aus zehn Kilometer Entfernung, dass er nicht hierher gehörte. Er musste sich wohl die Haare schneiden, denn mit dieser verfilzten Matte sah jeder aus zehn Kilometer Entfernung, dass er nicht hierher gehörte. Er brauchte einen Job, irgendwas nicht zu Belastendes, womit er Punkte verdienen konnte, denn die Wohnung und das alles kostete pro Tag mehr als drei Monate Wohnbaracken im Recycling.

Er entschied sich dazu durch die Straße zu schlendern und es erstmal langsam angehen zu lassen. Das war das Gute an der Produktion. Man musste sich nicht fragen, was zu tun war, es war alles bereits festgelegt, man konnte einfach nur funktionieren. Und das konnte De ganz gut, war eine seiner besten Eigenschaften. Man gab ihm eine Aufgabe und er machte sie. Eigene Ideen konnte er nicht so gut umsetzen, das hatte er an der Defragmentierung gesehen.

Die Auswahlmöglichkeiten in der Stadt verunsicherten De. Es mussten so verdammt viele Entscheidungen getroffen werden. Wo und was essen, wo und was einkaufen, mit welchem Verkehrsmittel wohin fahren, welche Angebote annehmen, welche nicht. Und wenn man damit fertig war, dann kam der nächste Schwung Entscheidungen und lastete auf ihm. Und dann dieses ständige Rekapitulieren, ob die vergangenen Entscheidungen richtig gewesen waren oder nicht. Ob er hätte etwas besser machen können. Antizipieren der Zukunft, Hadern mit der Vergangenheit, Handlungszwang in der Gegenwart, das war wie ein Leben in mehreren Realitäten und dabei war er nur eine Person, musste eine einzige Person repräsentieren.

Dabei hatte er auch nie das Bedürfnis gehabt so zu sein wie Ante oder Anette. So normal und angepasst. Nicht dass das schlimm oder minderwertig wäre. Diese

Leute schienen ein tolles Leben zu haben. Sie waren beliebt und anerkannt. Etwas, nach dem sich De trotz allem jeden Tag sehnte, auch wenn er es nie aussprechen könnte. Nein, die Sache war, dass er auf den mehrdimensionalen Einblick in die Welt nicht verzichten konnte. Wenn man einmal zu tief in die Welt reingeschaut hatte, dann gab es kein Zurück. In die menschlichen Abgründe, die er jeden Tag so sehr hasste, die er mit aller Kraft abwehren wollte. Die aber trotz allem zu ihm gehörten. Es war wie ein Spiel. Er hasste die Alpträume, Ängste, das Wegrennen und seine Körperprobleme, aber es war das einzige, was er kannte und er musste sich daran festhalten, weil es sonst nichts zum Festhalten gab. Konzepte wie Liebe, Vertrauen, Geborgenheit, darüber konnte er nur lachen, sie waren für ihn hohle Phrasen, ohne Bedeutung. Einen Anflug davon, ja, das kannte er. Er konnte lieben, vertrauen und sich geborgen fühlen, aber es war immer nur ein flüchtiger Moment, ein fragiles Konstrukt, das sich schnell wieder in Luft auflöste. Zu instabil, um ihn durch sein Leben zu tragen.

Was ihn trug waren seine Schuhe aus der Produktion, die ganz sicher mit wenigstens etwas Blei gefüllt waren, denn sie waren echt schwer. Sie trugen ihn durch die Stadt und ihre Straßen. Nachdem er an ein paar Wohnblöcken vorbei gelaufen war kam er an einen Platz, an dem Kinder spielten und Bänke aufgebaut waren. In dem kleinen Laden, der nebenan lag besorgte er sich ein Brötchen und ein paar Kleinigkeiten zum Essen für später. Nach ein paar Bissen regte sich die Schlange in seinem Bauch und es gab ihm mittlerweile ein fast beruhigendes Gefühl, denn er wusste, dass alles hoffentlich gut funktionierte und er das Essen verdauen konnte.

Er merkte, dass es nicht einfach war, das richtige Essen auszuwählen. Sein Appetit war noch sehr zaghaft, fast nicht vorhanden. Es war mehr sein Pflichtgefühl, das ihn zum Essen trieb. Die körperlichen Leiden des Hungerns, die er in der grünen Produktion erfahren hatte, hatten sich ihm leidvoll ins Gehirn gebrannt. Soweit durfte es nicht mehr kommen. Es war egal ob er in der Zukunft leben oder sterben wollte, er hatte sich da noch nicht ganz entschieden, aber das vor sich hin vegetieren, das wollte er auf keinen Fall noch einmal erleben.

Und so versuchte er sich immer abwechseln mit Obst, Gemüse und Kohlenhydraten zu versorgen. Fleisch und tierische Produkte ließ er erstmal komplett außen vor. Sie waren schwer zu kauen und rochen merkwürdig. Für die Energiezufuhr sowieso irrelevant. Und Muskelaufbau hätte er gerne gehabt, aber es musste auch so gehen.

Auf dem Weg lagen noch ein paar weitere Wohnhäuser, die sehr gemütlich aussahen, ein kleinerer Park, der vor allem von Hundebesitzern bevölkert war und schließlich die erste große Kreuzung, unweit davon war auch die Straßenbahnhaltestelle. Bevor er dort ankam fiel ihm eine kleine Nische zwischen den Häusern ins Auge. Ein Metallzaun mit abgeblätterter Lackierung, ein halbhohes Törchen, welches wohl schon seit Jahrzehnten nicht mehr geöffnet wurde. Dahinter ein wild wuchernder Hof, dessen Pflastersteine kaum mehr zu erkennen waren. Im Hof standen ein paar Tische mit Stühlen, so als wäre es mal ein Café gewesen. Dahinter ein einstöckiges Haus mit verriegelter Tür und zugeklebten Fenstern, sodass man nicht ins Innere sehen konnte.

De schaute sich alles genau an und begann nachzudenken. Das war ein guter Platz, etwas, an dem er sein

Verlorensein verorten konnte. Er konnte es sich gut vorstellen, sich hier reinzusetzen und einfach nur eine Auszeit von der Welt zu nehmen. Vielleicht ging es einigen Menschen so. Dann könnten sie hier zusammen sitzen und müssten nicht interagieren, müssten sich nicht ordnen und noch nicht einmal eine konsistente Person mimen. Das wäre eine Idee. Ein Auffangbecken für zerbrochene Gestalten. Aber nicht so zerbrochen, dass sie nicht mehr gesellschaftsfähig waren. Die Zielgruppe wäre auf jeden Fall sehr speziell.

Er wurde in seinen Gedanken unterbrochen, als zwei Männer an ihm vorbeigingen und lauthals lachten. De zuckte unter dem Geräusch zusammen und schaute ihnen hinterher. Einmal würde er auch gerne so selbstbewusst und standfest auftreten, wie musste sich das anfühlen? Sie hatten beide breite Schultern, eine ausladende Gestik, gesundes frisch gewaschenes Haar und prägnante Stimmen. Das war die Welt, in der er jetzt gelandet war.

Als nächstes schlenderte er zur Bahn und fuhr ins Zentrum. Dort suchte er ein Bekleidungsgeschäft auf und kaufte sich für möglichst wenig Punkte drei T-Shirts, zwei Pullover, eine Jacke, zwei Hosen und Unterwäsche. Bei den Schuhen konnte er nichts finden, was ihm zusagte, also entschied er sich, seine Arbeitsschuhe zu behalten. In einem anderen Geschäft besorgte er sich Verbandszeug, Pflaster, Schere und Wunddesinfektion. Sonst fiel ihm für den ersten Tag nichts Wichtiges ein und er setzte sich in die Straßenbahn nach Hause.

Während der Fahrt aus dem Fenster zu schauen war der beruhigendste Moment des Tages. Der Trubel der Stadt schien einfach an ihm vorbeizuziehen und nichts mit ihm zu tun zu haben. Menschen unterhielten sich angeregt auf dem Nachhauseweg von der Arbeit, Straßenbahnen fuhren in alle Richtungen, an den Auslagen der Geschäfte wurden Waren angepriesen, vereinzelt sah er einen Vogelmenschen, ein paar Baustellen an den Straßen und so weiter. In der Bahn selbst schnappte er ein paar Gesprächsfetzen auf, in denen es um das Thema ging – Realitätsforschung. Leute wunderten sich, tauschten die neusten Informationen aus, hatten Angst vor noch mehr Vorfällen.

Ein paar Tage vergingen und De fand über den Kommunikator eine Stelle in der Haustechnik, die ihn ansprach. Dort würde er nicht zu viel falsch machen können. Nach dem Wochenende sollte er dort mal vorbeikommen und sich vorstellen. Wochenende. Er musste sich erst wieder an diesen Rhythmus gewöhnen. Arbeiten und Freizeit, das war so luxuriös. Überhaupt, die ganze Stadt pulsierte nur so vor Annehmlichkeiten. Unterschiedliches Essen mit so vielen Geschmäckern, Diskotheken, Parks zum Flanieren und Ausspannen, Treffpunkte, Mobilität in alle Richtungen. Das war alles nicht so seins. Schicke Kleidung, belanglose Gespräche, substanzlose Tätigkeiten.

Nicht, dass er seine Erfüllung in der Produktion gefunden hätte. Aber das hier war auch keine Dauerlösung. Er vermisste schon die Gespräche mit Mira und Asger, Bo und Sina. Die jeweils eigene Nähe zu den Leuten, bei jedem auf seine Weise. Er wusste genau, dass er das hier nicht bekommen würde. Sie würden ihn anschauen und sich eine Meinung bilden. Deswegen hatte er es sich auch anders überlegt und wollte seine Haare nicht schneiden. Er wollte nicht so gelackt aussehen wie die Hauptstädter. Außerdem brauchte er die Haare, um das Ekzem, welches jetzt immer deutlicher wurde, zu verdecken. Er musste damit ganz viel verdecken, vielleicht am besten sein ganzes Gesicht.

Er wurde aus seinen Gedanken gerissen, als es an der Tür klopfte. Er machte auf und sah, dass Anette da war.

„Hast du Lust mit uns zu Abend zu essen?", fragte sie und hob eine Augenbraue, als ob sie sich dessen selbst nicht sicher war.

„Okay", sagte De und sie gingen rüber.

Am Tisch saß ein Mann in ihrem Alter, er hatte ihn schon ein paar Mal flüchtig gesehen, wohl ihr Freund oder Gatte. Er stellte sich als Robert vor.

Sie setzten sich alle und De fragte sich, wann er das letzte Mal so formell an einem Tisch zum Essen gesessen hatte. Er wusste es nicht. Seine Nahrungsaufnahme hatte seit jeher aus geheimen Handlungen (mit Schlauch) oder schnellem Runterwürgen (ohne Schlauch) bestanden. Er geriet bei dem Anblick von Geschirr und Besteck etwas ins Schwitzen, weil er Angst hatte, etwas fundamental falsch zu machen. Aber andererseits wusste Anette schon, aus welchem Loch er gekrochen war.

„Es freut mich, deine Bekanntschaft zu machen", verkündete Robert und es klang nicht ganz überzeugend, mehr wie eine Floskel. Also die Art von Gesprächen, die Städter ja so mochten.

De nickte nur, sein Blick war auf das undefinierbare Essen gerichtet, welches in der Mitte des Tisches stand. Es war eine Art Gemengelage aus Reis und Gemüse, wenn er es richtig identifizierte. Anette verteilte es auf ihre Teller.

„Was führt dich hierher?", fragte Robert, als er den ersten Bissen nahm. Er schien ungefähr vierzig Jahre als zu sein, also so wie Anette, hatte kurzes braunes Haar und etwas blasse Haut. Bestimmt verbrachte er seine Zeit vor allem in einem Büro. Sein kariertes Hemd war ordentlich gebügelt und geknöpft. So welche hatte er auch getragen, als er einen Ausflug in die Verwaltung gemacht hatte.

„Ich...", De rang um eine Antwort. Er kaute erstmal. Das Essen war warm. Eine warme Mahlzeit.

Augenblicklich wurde De in die Vergangenheit katapultiert, als er am Tisch seiner Eltern saß und einen dampfenden Teller vor sich hatte. Sie beide schauten ihn an mit ihren müden und leblosen Augen. Noch bevor De einen Löffel davon in seinen Mund schieben konnte würgte es ihn. Der Geruch. Es roch nicht schlecht, aber der Geruch quälte ihn, er drang in seine Nase.

Seine Eltern sagten oft, dass er unangenehm riechen würde. Dass waschen nichts helfen würde, es wäre einfach überall an ihm dran, nicht nur an seiner Haut. Es würde ein Verwesungsgeruch aus seinem Inneren kommen, weil er verfault wäre. De rührte das Essen damals nicht an. Er rannte weg und musste sich übergeben. Auch wenn nichts mehr aus seinem Magen kam. Das war irgendwie noch schlimmer. Hätte er doch sein fauliges Ich erbrechen können, ein für alle mal. Stattdessen kämpfte er jeden Tag damit es zu versuchen und es nie zu schaffen. Das war die Assoziation, die er mit einem warmen Essen hatte.

„Er kommt aus der Produktion, hab ich dir doch gesagt", Anettes Stimme katapultierte De wieder in die Gegenwart. Blitzschnell musste er die Welt sortieren.

Er schaute in Roberts Gesicht. Das hier waren nicht seine Eltern und sie würden ihm auch nicht sagen, dass er ein Fehler war, auch wenn Robert und Anette es vielleicht dachten. De schluckte den Reis runter und nahm den nächsten Bissen. Versuchte seinen Körper wieder zu entspannen. Keine Flashbacks mehr. Das hier war lecker, er war kein kleines Kind mehr und musste sich auch nicht erbrechen.

„Was ist eigentlich mit der Realitätsforschung, wie ist da der Stand der Dinge?", wechselte De schnell das Thema, um wieder Anschluss zu finden.

„Oh Gott, hör auf damit", Robert legte angewidert seine Gabel zur Seite und trank einen Schluck Wasser.

„Die Leute reden ja über nichts anderes mehr, es ist nervtötend", erklärte Anette und nahm sich noch etwas nach. De fiel auf, wie gepflegt ihre Fingernägel waren, sie sahen so unnatürlich aus.

Die ganze Wohnung war so extrem aufgeräumt und dekoriert, wie er es schon lange nicht mehr gesehen hatte. Vorhänge mit Blumenmuster an den Fenstern. Ein roter Teppich auf dem Holzboden. Topfpflanzen hier und da. Überhaupt, ein Sofa.

„Seit bekannt wurde, dass eine geringe Anzahl von Menschen hauptsächlich für die Aufrechterhaltung der Realität zuständig ist, sind die Leute nur noch am Durchdrehen", Anette rollte die Augen, „ständig heißt es nur, ist der und der nun der Auserwählte oder nicht. Alles Quatsch, wenn du mich fragst. Und überhaupt, die große Frage ist doch immer noch, warum diese Auserwählten uns auf einmal im Stich lassen, wo sie doch Jahrzehnte und Jahrhunderte, was weiß ich, diese Arbeit geleistet haben."

„Vergiss nicht, wir leben in einer kognitiv anspruchsvollen Zeit, früher haben die Leute gesungen, sich Geschichten erzählt und das wars, das hat ausgereicht", warf Robert ein, „jetzt haben die Schreiber diese Aufgabe übernommen und die anderen gehen leer aus, diese

Tagträumer, wie manche sie nennen, werden immer weniger und nun rächt sich diese Bündelung."

„Wie weiß man denn wer ein Tagträumer ist, wie findet man diese Menschen?", hakte De nach und legte das Besteck beiseite. Sein Haustier begann sich zu regen und plötzlich wurde ihm bewusst, wie schräg es wirken würde, wenn Leute wussten, wer in seinem Magen lebte.

„Das ist es ja", rief Robert aus und fuhr sich durch die Haare. „Jetzt will es jeder sein und keiner, je nachdem, was über sie gerade vermutet wird. Wenn du mich fragst, es riecht nach Esoterik, nach Geschwurbel, ohne Hand und Fuß."

„Was sagen denn die Leute in der Produktion zu dem Thema?", fragte Anette.

„Sie sagen generell nicht viel", setzte De an und sein Blick verlor sich im Nirgendwo. Er wollte den Satz eigentlich noch weiterführen, aber er wusste nicht wie. Irgendwie ließ sich vieles nicht von einem Kontinent in den anderen übersetzen, auch wenn sie dieselbe Sprache hatten.

„Und was ist mit den Vogelmenschen?", erkundigte sich De, „als ich das letzte Mal hier war, kam gerade der ganze Umbruch. Sind sie jetzt in der Stadt?"

„Herrje", Robert lachte trocken und rieb sich den Kopf als hätte er Kopfschmerzen. „Ja, die meisten sind umgesiedelt. Zuerst die Blauen, dann die Roten, die Grünen, mit den Grauen gibt es die meisten Probleme. Es heißt, sie haben sich im Verbrecherstadtteil breit gemacht und die Leitung dort übernommen. Aber auch sonst, sie sind alle nicht hier sozialisiert und haben eine sehr merkwürdige Lebensweise, das führt zu Konflikten. Es hilft auch nicht, dass sie vom Charakter her oft stur und willensstark sind."

„Man hat ihnen ihr Land weggenommen und hier sind sie auch nicht willkommen, dann tun sie auch noch so als wären sie den anderen körperlich und intellektuell überlegen", ergänzte Anette.

„Vergiss nicht den Wirbel, den Karl-Gustav Wolkebarth ausgelöst hat, als klar war, dass er auch dort sesshaft wird", warf Robert ein. „Er wohnt jetzt dauerhaft bei den Blauen, diesem Jiri und Naj."

„Sie ist nicht blau", korrigierte ihn Anette.

„Wie auch immer", er warf die Hände in die Luft, „auf jeden Fall eine denkwürdige Verbindung, die für sehr viel Gesprächsstoff in der Stadt sorgt", Robert grinste.

„Ach, die Sache hat sich ja schon längst wieder beruhigt. Aber ja, am Anfang waren alle maximal verwirrt", nickte Anette.

„Warum?", dass der Name von Naj erwähnt wurde ließ ihn aufhorchen. Sie war wohl mittlerweile eine Bekanntheit. Das war bestimmt nicht einfach für sie, so wie er sie kennen gelernt hatte.

„Naja", Anette zog das Wort in die Länge. „Sagen wir einfach, es ist eine ungewöhnliche Konstellation", sie zuckte mit den Schultern und De fragte nicht mehr nach.

Stattdessen dachte er daran, dass er unbedingt mit Naj Kontakt aufnehmen müsste. Die Sache mit der Kontaktaufnahme hatte er bisher immer vor sich her geschoben, er versuchte es so lange es ging zu vermeiden.

„Puh, es wird dauern, bis ich mich in diese ganzen neuen Konfliktlinien eingearbeitet habe", seufzte De und legte das Besteck auf seinem Teller zusammen.

„Und momentan ändert sich jeden Tag alles, man kommt kaum noch mit", Robert fing an die Teller zusammen zu räumen, „du musst dich früher oder später auch positionieren. Bist du für oder gegen Androiden, Tagträumer, Vogelmenschen. Für oder gegen die Selbstorganisation? Für oder gegen den Eingriff der Androiden und Forscher in unser Gesellschaftssystem?"

„Warum muss ich mich entscheiden?"

„Weil da etwas auf uns zurollt, etwas, das nicht ohne Folgen bleiben wird. Wenn die grauen Vogelmenschen sich mit den Militanten verbinden, wenn die Androiden die Tagträumer auslöschen, wenn die Forscher entscheiden, dass eine autoritäre Herrschaft für die Menschheit besser ist, wenn die Biomenschen sich gegen die Androiden wenden, dann wird es sicher brennen", Robert blickte ihm fest in die Augen.

„Mach ihm keine Angst, das ist alles Panikmache", warf Anette ein, aber De sah, dass sie von ihren eigenen Worten nicht maximal überzeugt war.

Robert trug das Geschirr in die Küche und De hatte das Gefühl, es wäre Zeit zu gehen.

„Danke für die Einladung", sagte er und verbeugte sich leicht.

„Du kannst gerne immer wieder vorbei kommen, und sag Bescheid, wenn du etwas brauchst", Anette nickte ihm zu und sie verabschiedeten sich voneinander.

Abends in seinem Bett nahm De den Kommunikator und überlegte, Nachrichten zu schreiben. An Jonas, Asger und Naj. Immer wieder wälzte er Sätze in seinem Kopf und versuchte mal lässig, mal freundlich, mal ernsthaft zu klingen. Er war nicht gut mit Worten. Am schwierigsten war es bei Asger. Er wollte ihm sagen, dass er noch lebte, dass er ihn vermisste und doch war es sinnlos, denn Asger war weit weg in einer anderen Welt, also wieso ihn anschreiben? Jonas war mit Wichtigerem beschäftigt als mit einem ausrangierten Techniker Pseudotheorien über die Realität auszutauschen. Naj hatte ihn hundertprozentig vergessen und war sowieso mit der ganzen neuen Vogel-Situation beschäftigt. De legte das Gerät weg und zog sich die Decke über den Kopf.

In den letzten Tagen hatte er so merkwürdig geschlafen. Nicht schlecht, aber traumlos, so als wäre er in der Nacht ausgeschaltet worden. Er war es gewohnt, dass seine Gedanken unaufhörlich um ihn herum surrten, auf allen Ebenen. Aber jetzt war eine Stille, ein schwarzer Bildschirm aufgetaucht, das beunruhigte ihn unterbewusst, er konnte die Sorge aber nicht in Worte fassen. Es ging ihm nicht schlecht, er war nicht am sterben oder verhungern und das war erstmal okay so.

×××

Am nächsten Tag wachte er davon auf, dass vor seiner Haustür ein permanentes Getrampel und Gerede zu vernehmen war. Das war für dieses Wohnhaus extrem ungewöhnlich. Er zog sich an und öffnete die Tür, um zu sehen, was los war.

„Guten Tag, bist du der Nachbar?", fragte ihn sofort ein Mann in einem schwarzen Mantel und erster Miene.

De nickte.

„Ich muss dich sofort sprechen, hast du einen Moment Zeit?", er schob sich gleich in Des Wohnung und schaute sich um, vielleicht nach einer Sitzgelegenheit. Im Hintergrund sah De etliche Leute in die Wohnung von A-nette und Robert rein- und rauslaufen. Manche mit Koffern, andere waren am Telefonieren, alle schauten betrübt.

„Heute Morgen wurden die beiden tot aufgefunden", sagte der Mann und atmete hörbar aus.

„Was?", sagte De tonlos. Er konnte es nicht verstehen. „Anette und Robert?", er zeigte in die Nachbarwohnung.

Der Mann nickte.

De musste sich auf sein Bett setzen, ihm wurde plötzlich schwindelig. Das konnte nicht sein. Nicht, dass er mit ihnen ein enges Verhältnis hatte, aber er hatte sie doch gerade erst gesehen. Sie waren topfit und kerngesund, zwei normale Leute.

„Was ist passiert?", fragte De.

„Wir vermuten, sie sind stehen geblieben. Ist dir in den letzten Tagen etwas aufgefallen?"

De erzählte von den wenigen Interaktionen und dem gemeinsamen gestrigen Abend. Der Mann hörte ihm aufmerksam zu und machte sich ein paar Notizen. De erzählte auch ein paar Sachen über sich, dass er gerade erst hier angekommen war.

„Aus der Produktion?", fragte der Mann nach, als könne er es nicht glauben.

„Jawohl. Ich habe dort auch mit Jonas zu tun gehabt, falls er noch in die Ermittlungen und Forschung involviert ist, er wurde damals gerade dafür ausgebildet", erklärte De.

Der Mann ließ nicht durchblicken, ob er Jonas kannte oder nicht, murmelte noch etwas Unverständliches und verschwand wieder, als hätte er es sehr eilig. De schaute sich das Gedränge vor seiner Tür und im Treppenhaus noch etwas an, dann beschloss er rauszugehen und ein paar Besorgungen zu machen.

Die Sache mit Anette und Robert drehte sich unaufhörlich in seinem Kopf. Er konnte nicht begreifen, dass sie nicht mehr lebten, wo er sie doch gestern erst gesehen hatte. Immer wieder fragte er sich, ob er das alles auch richtig verstanden hatte und die Worte des Mannes hallten in seinem Kopf nach.

Auf seinem Weg sah er zum ersten Mal aus nächster Nähe zwei Vogelmenschen über seinem Kopf fliegen und er war beeindruckt von ihrer Wenigkeit und Eleganz. Er dachte sofort an eine Episode mit Naj, als sie noch dabei war das Fliegen zu lernen und sich die Hand gebrochen hatte. In einer sehr merkwürdigen, aber liebevollen Begegnung hatte sie ihn gebeten den Gips, den man ihr verpasst hatte zu zertrümmern. Er hatte ihr den Gefallen getan und sie hatten sich ein bisschen über Bücher unterhalten. Kein Wunder, dass sie und Karl-Gustav Wolkebarth irgendwie den Weg zueinander gefunden hatten. Seine Worte und ihr Geist passten irgendwie zusammen. Sie waren beide so verquer, nicht von dieser Welt.

Plötzlich blieb er stehen. Seine Gedanken waren so dahin geplätschert, aber auf einmal fiel ihm etwas ein. Verquer. Dieser Zettel, den er gefunden und der ihn so ausknockt hatte. Seitdem hatte er seine üblichen Fäden nicht mehr, die er über die Welt knüpfte. Dann waren Anette und Robert gestorben.

Nein, dachte De und lief weiter, das war magisches Denken, da gab es keinen Zusammenhang. Er war jetzt in einer Situation, in der er verzweifelt nach einer Erklärung für das Unerklärliche suchte, egal wie abwegig und absurd es auch war. Er griff nach jedem Strohhalm. Er musste sich in Acht nehmen, nicht darauf hereinzufallen.

Doch seine Gedanken schweiften immer wieder zu diesem Text des Philosophen. Hatte er nicht damals Teile davon überall auf der Welt verteilt? Der Wind hatte sie in die letzten Winkel der Erde getragen. Hatte er damit unabsichtlich zur Instabilität der Realität beigetragengen? De schüttelte den Kopf.

×××

Ein paar Tage später hatte De seinen Job als Haustechniker in einem kleineren Verwaltungsgebäude angetreten. Die Tätigkeit war relativ simpel und er arbeitete alleine. Er musste Schließanlagen, Fahrstühle, Punktemessstationen warten und allerlei Kleinkram erledigen. Nichts, was ihn überforderte.

Was ihm mehr zu schaffen machte, war sein Geschwür am Hals. Es war zu einer ordentlichen Größe angewachsen, in etwa das einer Pflaume. Er versuchte es mit seinen Haaren zu verbergen, ein Schal wäre zu dieser Jahreszeit nicht angemessen. Die Haut um das Ekzem wurde immer dünner, das hieß, es würde bald platzen oder er musste es entfernen.

Es war nach der Arbeit am Nachmittag, dass er vor dem Spiegel stand und das Ding begutachtete. Das Problem war, dass es sehr nahe der Halsschlagader lag und er sich nicht versehentlich den Hals durchschneiden wollte. Immer wieder schob er es hin und her und suchte nach einer sicheren Möglichkeit, es zu entfernen. Wenn er darauf warten würde, dass es aufplatzte, würde es sich über seinen Oberkörper ergießen und es wäre eine Riesensauerei. Nicht auszudenken, wenn er währenddessen auf der Arbeit wäre oder in der Straßenbahn. Oder im Lebensmittelgeschäft.

Es klopfte an der Tür und De zuckte zusammen. Legte sich die Haare wieder über die kranke Stelle und runzelte die Stirn. Es klopfte erneut. Er lief hin und öffnete die Tür.

„Jonas", sagte er überrascht.

„De", erwiderte dieser und ging gleich rein. Irgendwie fragte hier auch keiner, ob er überhaupt eintreten konnte.

„Ich habe es sehr eilig", rief Jonas und stellte seinen Koffer auf den Boden, setzte sich auf den einzigen Stuhl am Tisch.

„Natürlich. Wir sind in der Hauptstadt, hier haben es alle sehr eilig", murmelte De und lief ihm nach, setzte sich auf das Bett, welches nebendran stand. Irgendwie war auch jedes Zimmer, das er bewohnte, gleich eingerichtet.

„Deine Nachbarn sind gestorben, du hast vor ein paar Tagen mit meinem Kollegen gesprochen", fing Jonas gleich an und De fragte sich, ob Jonas sich verändert hatte.

Natürlich hatte er andere Kleidung an, aber sonst? Waren die Fältchen auf der Stirn etwas prägnanter? Seine Gestik war etwas ausdrucksreicher, die Sprache glatter, schneller. Aber er war immer noch Jonas, etwas naiv, aber klug.

„Ich habe dir zehn Nachrichten geschickt seit wir uns das letzte Mal gesehen haben", Jonas schaute ihn mit einem eindringlichen Blick an.

„Ich habe eine Nachrichten-Phobie", De zuckte mit den Schultern.

„Aber wie in Himmels Willen soll ich denn sonst mit dir Kontakt aufnehmen? Und es geht ja nicht nur mir so. Dieser Asger sucht dich auch, er hat mich kontaktiert, nachdem du und ich uns im Gemüseanbau das letzte Mal gesehen hatten. Er war dorthin gereist, aber du warst auf einmal wie vom Erdboden verschwunden. Als hättest du dich in Luft aufgelöst, als wärst du mit der Umgebung verschmolzen. Arnor war ganz bestürzt. Sag den Leuten doch wenigstens, wo du hingehst, das ist das Mindeste."

De zuckte bei dem Namen Asger zusammen. Er war ihm nachgereist? Das ergab keinen Sinn, Jonas redete wirres Zeug. Er brachte da etwas durcheinander. Vielleicht meinte er Arnor, die Namen waren sehr ähnlich. Arnor hatte ihn sicher gesucht, nachdem er sich in den Urwald zurückgeschlichen hatte. Alles klar.

„Unser letztes Gespräch", Jonas fixierte ihn und De dachte an die Worte von Robert. Auf welcher Seite stand Jonas? Es war ihm nicht anzusehen. „Es ging mir nicht mehr aus dem Kopf. Ich würde dich bitten noch ein paar Tests an dir ausführen zu dürfen. Nicht heute, da habe ich keine Zeit. Ich wusste ja noch nicht einmal, ob ich dich hier antreffen würde… Du bist anscheinend eine merkwürdige Art von Tagträumer. Sehr produktiv, ich habe über die Messungen gestaunt. Und darüber hinaus, ist dir noch etwas aufgefallen, irgendwelche Veränderungen seit wir uns nicht gesehen hatten?"

„Ich habe so eine sehr dumme Idee", De winkte gleich ab, damit Jonas nicht dachte, dass er die Lösung parat hatte. Er stand auf und suchte in der Kommode nach dem Zettel von Karl-Gustav Wolkebarth. „Seit ich das gelesen habe ist nichts mehr so wie es war", er hielt Jonas das Papier hin. „Der Philosoph hat diesen Text über die ganze Welt verteilt, es ist ein hypnotisches, unverständliches Geschreibsel, vielleicht hat das den Kollaps ausgelöst."

Jonas nahm das zerknitterte Blatt und überflog es. „Ich kann mir das nicht vorstellen, nein, das passt nicht mit unseren Befunden zusammen. Ich glaube nicht, dass es ein Text ist, aber ich werde es mal mitnehmen, ist das okay?"

„Ja, natürlich, ich brauche es nicht mehr", De zuckte mit den Schultern. „Aber jetzt, da wir alle Floskeln ausgetauscht haben: Wie ist es dir in der Zwischenzeit ergangen?"

„Oh Mann", Jonas schaute hilflos umher und für einen Moment meinte De zu erkennen, dass er damit rang, preiszugeben, was wirklich los war, oder die Fassade zu wahren, „es ist der pure Wahnsinn", er schüttelte den Kopf, als wollte er das alles loswerden. „Ich soll mich eingewöhnen, ein super kompliziertes Problem lösen, niemandem auf die Füße treten, die ganze Zeit reisen ohne Ende um Fälle anzuschauen, Vermutungen nachzugehen, Leute zu befragen. Dann muss ich diese komplizierten Geräte bedienen, immer nett und höflich sein, Zeitpläne einhalten, in zehn verschiedenen Sprachen kommunizieren, am besten noch die Welt retten und immer so weiter."

„Wow", De nickte. „Das klingt anstrengend."

„Ich weiß, was alles auf dem Spiel steht", sagte Jonas plötzlich sehr ernst und sein Blick schweifte aus dem Fenster. „Die Welt darf jetzt nicht kaputt gehen. Dafür müssen aber wahrscheinlich schwierige Entscheidungen getroffen werden. Aber was rede ich da", er schaute wieder zurück zu De und setzte ein Lächeln auf. „Und du, was um Himmels Willen machst du eigentlich mit deinem Leben?"

De schaute auf den Boden. Das saß. Es stimmte ja auch. Das hatte er davon, dass er keine oberflächlichen Gespräche führen wollte. Jetzt hatte er einen Kloß im Hals und konnte nichts mehr sagen.

„Ich habe etwas Falsches gesagt, oder?", fragte Jonas mit hilfloser Stimme.

De schüttelte den Kopf, blickte aber nicht auf. Er hatte irgendwie sein Gesicht verloren vor Jonas, den er nicht gut genug kannte, um das zu tun und wusste jetzt nicht mehr weiter. Seine Kehle schnürte sich noch mehr zu und es half auch nicht, dass er seine Wucherung am Hals überdeutlich spürte. Er musste sie loswerden, am besten heute noch.

„Aber jetzt mal im Ernst", wechselte Jonas das Thema, „wie kann ich dich erreichen wenn ich Rückfragen habe? Soll ich eine Brieftaube schicken?"

„Ich…", De räusperte sich ausgiebig, „ähm, ich weiß es ganz ehrlich nicht. Also erstmal bleibe ich hier. Ich hab einen neuen Job, die Wohnung gefällt mir, ich komme zurecht."

Als er wieder aufblickte hatte er das Gefühl Jonas würde ihn mitleidig anschauen. Das gefiel ihm nicht, aber er konnte es ihm auch nicht verdenken. Jonas stand wieder auf und nahm seinen Koffer in die Hand, ging zur Tür.

„Weißt du, De", er drehte sich noch einmal um, „ich weiß noch nicht viel über die Welt, also vom reinen Faktenwissen abgesehen natürlich, da weiß ich eigentlich alles", er schmunzelte über seinen eigenen Witz, „aber ich habe in den letzten Wochen alles über Tagträumer gelernt, habe mit vielen gesprochen, sie vermessen, sie studiert."

De hob den Kopf und hörte aufmerksam zu.

„Sie sind schwer zu knacken, schwer auf einen Punkt zu bringen", fuhr Jonas fort, „ich mag ja auch keine Typeneinteilung oder sowas, keine Schablonen, also versteh mich nicht falsch, darauf will ich nicht hinaus. Aber sie sind wie die Spinnenmenschen, wie die Schreiber, verworren, in sich verworren, mit allen guten und schlechten Konsequenzen, die das mit sich bringt. Zu viele Fäden, verstehst du, zu viele Eindrücke, zu viele Elemente, von allem zu viel. Sie sind dünnhäutig. Beziehungsweise die Spinnenmenschen haben erst gar keine Haut, sie sind wie Tagträumer ohne Körper, kondensierte Realitätsspinnerei. Sie sind an Absurdität grenzend verstrickt und verschichtet in sich und der Welt."

De hörte ihm aufmerksam zu und legte den Kopf schief. Das tröstete ihn irgendwie. Hoffentlich hatte Jonas sich das alles nicht ausgedacht, um ihn wieder aufzubauen. Ohne es zu merken, hielt er sich dabei mit der Hand das Ekzem am Hals, wie um es am Aufplatzen zu hindern.

„Was hast du da?", fragte Jonas und verengte seine Augen, stellte seinen Koffer wieder ab.

„Nichts, es ist wirklich nichts", murmelte De und drehte sich zur Seite. Das Blut schoss ihm ins Gesicht und er wollte sofort im Erdboden versinken. Oh Gott, dieses Treffen war eine Kaskade von schwierigen Situationen.

„Bist du dir sicher? Brauchst du Hilfe?"

„Nein, ich komme zurecht, wirklich. Es ist schlimmer, als es aussieht."

„Na gut", murmelte Jonas nicht überzeugt und nahm den Koffer wieder auf. „Ich komme in den nächsten Tagen wieder hierher, muss erstmal meine Termine sortieren. Bis dahin, es war schön dich wieder gesehen zu haben."

Nach der Verabschiedung stürzte De ins Bad und holte die Rasierklinge, mit der er die Tat vollbringen wollte. Er stellte sich vor den Spiegel. Doch seine Hände zitterten und er hatte furchtbare Angst. Angst vor einer zu starken Blutung. Er legte die Klinge neben das Waschbecken und weinte stattdessen leise vor sich hin.

×××

Mittlerweile kannte er sich in der Stadt halbwegs aus und legte auf dem Nachhauseweg von seiner Arbeit das erste Mal einen Umweg ein. Das Wetter war ganz gut, der Frühling kam immer mehr durch. Er merkte, wie die meisten Leute besser drauf waren und sich in Gruppen zusammenfanden und die Sonne genossen. Besonders in den Parks konnte er immer wieder die Vogelmenschen sehen. Sie saßen nicht auf den Bäumen, sondern liefen normal herum oder fläzten sich im Schatten der Birken auf den Bänken. Er traute sich kaum sie anzustarren, er hatte sie vorher noch nie aus der Nähe gesehen. Und Naj war halb Mensch halb Vogelmensch, damals hatte sie ihre Federn komplett versteckt. Aus Gründen, die er absolut nachvollziehen konnte. Er konnte sich nicht ansatzweise vorstellen so aufzufallen, einer anderen Spezies als der vorherrschenden anzugehören. Schon als Mensch unter Menschen fühlte er sich oft genug wie ein Alien. Vorsichtig griff er bei diesem Gedanken an seinen Hals und befühlte die Bandage, die er sicherheitshalber um das nervige Leck seines Körpers gelegt hatte. Es war auf jeden Fall noch nichts aufgeplatzt.

Bei seinem Umweg steuerte er einen der abgelegenen Winkel der Stadt an. An der Endhaltestelle stieg er aus und lief noch ein paar Straßen weiter, in die äußerste Ecke der Stadt zu den Neubauten. Er konnte nicht sagen, wieso er diese Gegend aufsuchte, es gab keinen einzigen Grund, den er in Worte fassen konnte.

Schon von Weitem sah er die extrem ungewöhnliche Konstruktion vor sich auftauchen. Es war kein Gebäude im eigentlichen Sinne. Mehrere Ebenen, er konnte fünf zählen, türmten sich in den Himmel, dazwischen halboffene Räume, die von einer Kletterpflanze bewachsen waren und gemütlich wirkten. Andere Teile waren geschlossen und mit Fenstern versehen wie normale Wohnungen. Außer vielleicht, dass die Fenster sehr groß waren. Nach oben hin wurde das Konstrukt immer schmaler wie ein zusammengewürfelter und in sich verschobener Turm und an der Spitze saßen mehrere Kammern, die winzig sein mussten und sicher nicht bewohnt waren.

De lief etwas näher und sah, dass ein blauer Vogelmensch auf einem der halboffenen Elementen stand und sich von da aus schwungvoll in den Himmel erhob. Auch sonst waren immer wieder Bewegungen im Inneren zu vernehmen. Es hatte eine Mischung aus einem Termitenbau und dem Turm von Babel. Auf der Rückseite der Konstruktion waren zahlreiche Solaranlagen angebracht, die der Sonne zugewandt waren. Das Ganze musste hunderte von Bewohnern beherbergen.

De setzte sich in einiger Entfernung auf eine Mauer und versank in seinen Gedanken. So sah also die neue Siedlung aus, es war beeindruckend. Ob die anderen wohl genauso konstruiert waren? Sie lagen an den vier Ecken der Stadt, vielleicht würde er an einem anderen Tag dort vorbeischauen. Und mit einem Mal fühlte er sich so schrecklich einsam. Das hier, das war sicherlich kein friedliches Zusammenleben, keine harmonische Kommune, aber es war irgendeine Art des Zusammenseins, die irgendwie funktionierte. Diese Leute hatten einen Ort, der auf sie zugeschnitten war, den sie gestalten konnten, an dem sie zu Hause waren, auch wenn es nicht die weiten Wälder waren, wo sie eigentlich herkamen. Für viele war das bestimmt ein schwacher Ersatz, aber es war wenigstens etwas und er hatte nichts, er fühlte sich überall gleich fremd und fand Halt nur in der Routine, die fragil war und jederzeit wegbrechen konnte.

Mit einem Mal fiel sein Blick auf eine Gestalt, die zu Fuß aus einem der unteren Ausgänge kam und auf die Straße bog. Er hatte nicht den Körperbau der Vogelmenschen, die alle sehr schlank und großgewachsen waren, sondern war etwas kleiner, hatte ein Hemd und eine ordentliche Hose an, eine Aktentasche unter dem Arm und einen etwas zerstreuten Gesichtsausdruck, der von seinem Bart und den wirren Haaren verstärkt wurde. De musste zuerst an einen verwirrten Professor und dann an Karl-Gustav Wolkebarth denken. Er lief unweit von ihm zur Straßenbahnhaltestelle und De konnte nicht anders, als ihn ausgesprochen sympathisch zu finden. Es war natürlich völlig unklar wer er war, De hatte noch nie ein Foto des berühmten Philosophen gesehen.

×××

Als De an diesem Tag etwas später als sonst nach Hause kam, es war schon früher Abend, sah er Asger vor seiner Haustür. De blieb ein paar Meter von ihm entfernt wie angewurzelt stehen und riss die Augen auf. Tausend Gedanken gleichzeitig schossen ihm durch den Kopf und er fühlte, wie sich sein Innerstes zusammenzog. Er war außerstande, sich irgendwie zu bewegen oder etwas zu sagen. Asger hatte ihn gesehen und sich zu ihm umgedreht. Seine Haare waren wie immer sehr ordentlich zu Zöpfen geflochten und hinten zusammengebunden. Er trug nicht mehr den Overall vom Recycling, sondern eine dunkelblaue schmal geschnittene Hose und ein langärmliges dunkelgraues T-Shirt mit Knopfleiste. Augenblicklich fühlte De seine verfilzten Haare und die zufällig zusammengestellte Kleidung, den Verband am Hals, die Schlange in seinem Magen und seine ganze Existenz wie eine schwere Last auf sich, unter der er am liebsten zusammengesackt und im Erdboden versunken wäre. Es gab natürlich auch einen Teil in ihm, der sich unvorstellbar freute, Asger zu sehen, aber das wurde von vielen anderen Empfindungen verdeckt.

„Hallo Frederick", sagte Asger und kam ein paar Schritte näher. Er wirkte etwas müde, aber es umspielte auch ein Lächeln seine Lippen.

„Hi", hauchte De knapp und kaum hörbar. Die Art, wie Asger seinen Namen aussprach ließ zumindest ein paar seiner Ängste augenblicklich kollabieren.

Er merkte, dass Asger zögerte weiter zu sprechen und die richtigen Worte suchte. Vielleicht dachte er, De würde wieder wegrennen und in irgendeinen Zug springen, um weitere halsbrecherische Aktivitäten zu unternehmen, wenn er etwas Falsches sagte.

„Ich wollte mal nach dir schauen", setzte Asger an und kam nochmal einen Schritt näher.

„Wie hast du mich gefunden?", De fand seine Stimme wieder, auch wenn sie etwas brüchig war. Er musste sich mehrmals räuspern.

„Ich hab herumgefragt", Asger zuckte mit den Achseln. „Du kommst ja ganz schön rum", er grinste ihn an.

Auch De konnte sich ein Lächeln nicht verkneifen. Das lockerte ihn wenigstens etwas auf.

„Ich musste durch den ganzen Kontinent bis in den letzten Winkel reisen", Asger stütze sich an dem Holzzaun ab, der das Grundstück des Hauses von der Straße abgrenzte.

„Du musst müde sein", erwiderte De.

Asger winkte ab, aber De konnte sich noch gut an die lange Überfahrt erinnern.

„Möchtest du dich oben etwas hinlegen?", nuschelte De und schaute dabei auf den Straßenbelag. Er hatte eigentlich nicht vor jemals irgendjemanden in seine Wohnung einzuladen, aber wenigstens kam Asger auch aus der Produktion, er hatte ganz sicher keine hohen Ansprüche an Komfort.

Asger schulterte seinen Rucksack, De ging vor und sie liefen die Treppe hoch. Es war ein komisches Gefühl Asger im Rücken zu haben. De versuchte sich fieberhaft etwas zu überlegen, was er sagen könnte, um die Situation für sich zu entspannen, aber sein Gehirn schien einen Totalausfall zu haben. Oben angekommen standen sie herum. Asger legte seinen Rucksack in die Ecke. De fragte sich, was da wohl drin war. Er selbst reiste immer ohne Gepäck. Wahrscheinlich solche sinnvollen Dinge wie Wechselkleidung und den technischen Support, den Androiden so brauchten. Kämme für seine Haare. Kommunikationsgeräte.

De entschuldigte sich und rannte ins Bad, weil er plötzlich die Schreckensvorstellung hatte, dass sein Geschwür aufgeplatzt war. Im Badezimmer wusste er gar nicht, was er zuerst machen sollte. Er wusch sich die Hände, zog seine Jacke aus und warf sie in die Ecke, strich sich immer wieder durch die Haare, als ob sie davon magischerweise glatt und ordentlich werden würden. Wickelte dann den Verband ab und brach fast in Tränen aus, weil es so furchterregend aussah. Fast durchsichtig und prall gefüllt spannte es auf seiner Haut. Er hätte es doch abschneiden sollen. Aber dafür war es eindeutig zu spät. Das ganze würde so oder so schlecht ausgehen, fragte sich nur wann. Schnell verbarg er wieder alles und trank etwas Wasser aus dem Wasserhahn.

Als er wieder rauskam versuchte er möglichst einen Gesichtsausdruck aufzusetzen, als wäre alles in bester Ordnung. Er schaute sich um. Asger lag im Bett, von ihm weggedreht, hatte sich an die Steckdose angeschlossen und die Augen geschlossen. De war erstmal erleichtert. Er setzte sich an den Tisch und schaute Asgers Hinterkopf an. Erst jetzt kam er dazu seine Gedanken zu sortieren.

De merkte, dass er sehr aufgeregt war. Er dachte an die Erwartungen, die Asger hatte. Sie kannten sich nicht besonders gut und jetzt war er hier, was erhoffte er sich? Bestimmt allerlei, was er, De, nicht bieten konnte. Er war ein sozialer und psychischer Krüppel, das wusste Asger sicher nicht. Vielleicht hatte auch Jonas ihn geschickt, weil er irgendwelche zusätzlichen Infos haben wollte und Asger würde am nächsten Morgen wieder abreisen. De wusste nicht, was er davon halten würde. Und wo sollte er jetzt überhaupt schlafen. Auf dem Boden.

De aß eine Kleinigkeit, holte die Bettdecke, die Asger nicht benutzte und lehnte sich an die Wand, weil er es vermeiden wollte flach zu liegen und seine Schlange zu verlieren. Schaltete das Licht aus. An Schlaf war allerdings nicht zu denken. Seine Gedanken kreisten herum und er dachte das erste Mal, dass er seine Fäden vermisste, um diese ganzen Ereignisse miteinander zu verknoten und in die Welt herauszuschicken.

Schon sehr früh am Morgen stand De lautlos auf und schlich sich aus der Wohnung, um auf die Arbeit zu gehen. Der Arbeitstag schien kaum zu vergehen. Er merkte, dass er unkonzentriert und hektisch seine Arbeit erledigte. Zum Glück war der Aufzug heute mal nicht defekt, da wollte er bloß keinen Fehler machen. Es war Freitag und viele der Angestellten waren nur noch einen halben Tag im Einsatz, entsprechend seltener wurde er gerufen, um nach dem Rechten zu sehen. Nach der Mittagspause leerte er noch einmal die Briefkästen und sortierte die Post, danach konnte ihn nichts mehr halten. Er meldete sich ab und fuhr nach Hause.

Vielleicht war Asger nicht mehr da. Oder war am Gehen, weil er sich fertig ausgeruht hatte. Vielleicht wurde er versetzt, war jetzt auch in der Realitätsforschung tätig und musste schnell weiter zum nächsten Einsatz. Da gab es viel zu tun.

Atemlos kam De vor seiner Wohnungstür an und spürte, wie sein Herz klopfte, bevor er die Tür aufschloss. Er holte noch ein paar Mal Luft und trat ein.

Asger saß am Tisch und machte sich Notizen, drehte sich zu ihm um.

„Da bist du ja endlich", Asger lächelte ihn an.

„Asger, hör mir zu", rief De und stürzte in die Wohnung. Das war eigentlich nicht geplant, aber jetzt platzte alles aus ihm heraus. „Ich weiß nicht, warum du hierhergekommen bist, aber ich glaube es war ein Fehler", er knallte die Tür hinter sich zu, auch wenn das lauter war als geplant. „Es ist nicht gut, wenn wir aufeinander treffen, weil du diese Emotionen in mir auslöst", er spürte, wie er rot anlief und biss sich auf die Zunge. Herrgott, was laberte er da? „Und ich mein Zeug nicht beisammen habe, so gar nicht. Ich bin nicht in der Lage zu irgendjemandem eine Bindung einzugehen, weil ich von mir selbst entfremdet bin, das hast du sicherlich schon durchschaut mit deinen klugen Augen. Ich kann dir einfach nicht das bieten, was du suchst. Und außerdem…"

Er hielt inne und griff sich an den Hals. In diesem Moment platzte sein Geschwür auf, ein Schmerz schoss durch seinen Körper. Er stürzte ins Badezimmer, beugte sich über das Waschbecken, um keine Sauerei zu machen. Aber es quoll schon zwischen seinen Fingern hervor. Ein ranziger Geruch breitete sich aus. Seine Beine fingen an zu schwanken. Er sah wie gelbe Gewebestücke in das Waschbecken tropften. Hautstücke. Er hielt sich mit einer Hand krampfhaft am Waschbecken fest, mit der anderen drückte er auf den Hals. Die Brühe rannte in seinen Ärmel. Dann kamen noch rote Tropfen, die immer schneller auf dem weißen Keramik landeten und schließlich zu einem kleinen Strom wurden. Seine Hand am Hals wurde warm und glitschig. Die Welt drohte ihm zu entgleiten, er hatte die Kontrolle verloren. Nicht jetzt. Er versuchte den Verband abzuwickeln, aber der saß fest. Asger war hinter ihm und sagte etwas, aber er verstand es nicht. Asgers Hand war vor ihm und griff nach dem Verband, wickelte ihn ab, aber De stieß die Hand weg, stieß Asger weg. Er durfte das alles nicht sehen, er sollte weggehen, das war nicht für die Augen von irgendjemandem bestimmt und er brauchte auch keine Hilfe, niemals.

Seine Beine wurden immer unsicherer, das Stehen war anstrengend. Er konnte sich nicht mehr halten. Sank wie in Zeitlupe auf den Boden, immer noch lief etwas in seinen Ärmel. Er griff sich mit beiden Händen an den Hals, als wollte er sich selbst erwürgen, aber es war alles so glitschig und dann spürte er nur noch wie Asger sich auf seinen Oberkörper setzte und Des Arme unter sich einklemmte, ihn wehrlos machte und sich dann an seinem Hals zu schaffen machte. Dann verlor er das Bewusstsein.

×××

Aber natürlich verlor er nie ganz das Bewusstsein, er ging einfach irgendwo anders hin. In einen anderen Raum, Räume gab es genug. In jedem davon war er allein, jeder war leer. Sie waren unterschiedlich groß, mal hell, mal dunkel, manchmal stickig, dann wieder verwahrlost und schwarz. Immer wieder hörte er sich selbst Gurgeln, Röcheln und Schreien. Als würde seine rastlose Seele gegen ihren Willen in diesem Bewusstsein festgehalten. Es gab keine Auflösung, nicht in den dunkelsten Tiefen des Bergwerks, nicht in den Augen von jemand anderes, nicht in den Weiten eines Kontinents. Er durfte nur nicht jemand anderes da auch noch reinziehen, es würde schlimm enden, für sie beide.

De öffnete die Augen und sah sich im Halbdunkeln liegen. Es musste schon Abend geworden sein. Oder ein anderer Tag. Oder eine andere Woche. Er lag leicht erhöht und blickte an sich herab, weil er den Kopf nicht drehen konnte. Er hatte seine Jacke und sein T-Shirt nicht mehr an. Sein Nackter Oberkörper starrte ihm entgegen. Das versetzte ihn in Panik und er versuchte sich zu bewegen. Ein stechender Schmerz in seinem Hals durchfuhr ihn bis in die Zehenspitzen und er sank wieder zurück. Er sah seinen narbenübersäten Körper und begann zu hyperventilieren. Das durfte niemand sehen, das war um jeden Preis zu verhindern, hämmerte es in seinem Kopf.

„Oh, du bist wieder wach", Asger setzte sich zu ihm auf die Bettkante.

De schloss die Augen, um bloß nicht zu sehen, wie er ihn ansah. Das hielt er nicht aus.

„Ich habe gerade deine Kleidung eingeweicht, vielleicht ist ja noch etwas zu retten", erzählte Asger wie beiläufig. „Wie fühlst du dich?"

De versuchte irgendwas zwischen seinen Zähnen hervor zu quetschen, doch es klappte nicht so.

„Das war…", Asger zögerte und seine Stimme zitterte leicht, er suchte wohl nach den richtigen Worten, „das sah schlimmer aus als es war, ich hab die Blutung sofort unter Kontrolle bekommen….", er machte eine Pause, „was war passiert, diese ganzen Narben…"

De konnte nicht anders, er sprang auf, hielt kurz inne und atmete ein und aus. Der Hals schoss wieder dieses Schmerzfeuerwerk aus, trotzdem lief er zu seiner Kommode, holte ein T-Shirt heraus und zog es sich über. Sank dann auf dem Boden zusammen und hielt sich den Hals. Dort war eine feste Kompresse angebracht. Er kniff die Augen zusammen, um Asger nicht sehen zu müssen. Auf allen Vieren kroch er wieder zu seinem Bett, legte sich rein, drehte sich weg und zog sich die Bettdecke über den Kopf. Er konnte tatsächlich rasch einschlafen.

xxx

Er wollte auch gar nicht mehr aufwachen. Er wollte schon immer nicht mehr aufwachen, aber es hatte bisher noch nie geklappt. Besonders jetzt hatte das Leben ihn mit so vielen Schreckensszenarien überfahren, dass er nichts mehr davon wissen wollte. Er lag einfach so da und stellte sich tot. Asger schien in der Wohnung etwas zu machen, es waren immer wieder subtile Geräusche zu hören.

Er überlegte aus der Wohnung zu flüchten und nie mehr wiederzukommen, so sehr schämte er sich für das, was passiert war. Wie könnte er Asger jemals wieder in die Augen blicken? Allein die Vorstellung fühlte sich für ihn an, als würde sein Innerstes nach außen gedreht.

Körperlich ging es ihm wieder viel besser. Der Hals schmerzte nur noch dumpf und sein Körper fühlte sich halbwegs normal an. Es war wohl vor allem das Adrenalin, dass ihn überflutet hatte und dann das ganze Blut, das war alles irgendwie zu viel.

„Hey, De", Asger hatte sich zu ihm auf das Bett gesetzt und legte ihm eine Hand auf die Schulter, die von der Bettdecke verborgen wurde. Wahrscheinlich war ihm nicht entgangen, dass De wach war. „Geht es dir besser? Das war alles ein bisschen viel, aber es war nur ein kleiner Schnitt, nichts Schlimmes. Möchtest du etwas essen oder trinken? Das würde dir sicher gut tun."

De spürte Asgers Hand und seine Gedanken wanderten zu Sina. Er erinnerte sich an ihre Berührungen. Diese Zeit war so sorglos. Bis auf die Sache mit der Schlange natürlich. Aber danach, da war so eine Last von ihm gefallen. Sina hatte es ihm einfach gemacht, sie hatte wohl so ein Gespür für seinen Geist gehabt. Und es war ein Glück, dass er da gerade frei war von irgendwelchen Geschwüren. Das war ein großer Pluspunkt. Jetzt war die Situation eine vollkommen andere. Und trotzdem konnte er nicht leugnen, dass es auch angenehm war jemanden neben sich zu wissen.

Er richtete sich langsam auf. Streifte die Bettdecke ab, er wollte bloß nicht den Kranken mimen. Winkelte seine Beine an und beugte seinen Kopf nach vorne, auf die Arme gestützt, den Blick nach unten. Er wollte jetzt nicht einfach zur Normalität übergehen, so als wäre nichts geschehen. Er wollte nicht weglaufen. Er wollte etwas sagen, was die Situation entschärfen würde.

„Ich...", stotterte er, „ich habe es falsch eingeschätzt..., das Geschwür, es war anders als sonst... ich wusste nicht, was ich machen sollte... ich habe diese Krankheit, niemand weiß, was das ist. Wahrscheinlich ist es hochansteckend. Auf jeden Fall ist es widerlich. Dieser ranzige Geruch..."

Er versuchte nicht zu schluchzen und schluckte ein paar Mal schwer, um das Gefühl zu unterdrücken.

„Welches Geschwür meinst du?", fragte Asger neben ihm in einem sehr ruhigen Ton.

De stutzte und fragte sich, ob er ihm die ganzen ekligen Details beschreiben sollte. Das würde er auf keinen Fall machen. Er musste es doch gesehen haben.

„Da war eine Schnittwunde, sie war relativ tief, aber zum Glück nicht an der Halsschlagader. Sonst war da nichts", erwiderte Asger.

„Wie konntest du es übersehen, der ganze Schleim...", stotterte De und hob verwundert den Kopf.

„De...", Asger saß ihm jetzt gegenüber und legte eine Hand auf seinen Oberarm. „Bitte flipp jetzt nicht aus."

De spürte, dass Asger den Blickkontakt suchte, aber er war noch nicht bereit dazu. Er fragte sich stattdessen, was jetzt kommen würde.

„Du hast keine mysteriöse Hautkrankheit", Asgers Handgriff wurde etwas fester, „Es gibt keine Geschwüre, du meinst dir etwas abschneiden zu wollen, aber da ist nichts. Ich habe die Narben auf deinem Körper gesehen... Du bist gestern ins Bad gerannt und hast nach der Rasierklinge gegriffen... Es ist wahrscheinlich eine Coping-

Strategie, um mit Traumatisierungen umzugehen, um Teile deiner Selbst, die du nicht akzeptieren kannst, abzuschneiden."

De hielt die Luft an und erstarrte. Asgers Worte hallten immer und immer wieder in ihm nach. Sie verfolgten ihn in seine Vergangenheit, an die vielen Situationen, in denen er sich abgequält hatte. In denen er allein und überfordert war. In denen er starke Schmerzen und sich ausgeliefert gefühlt hatte. In denen er sich vor allem schämte und Nervenzusammenbrüche erlitt. Er versuchte sich an die Geschwüre zu erinnern. Er hatte meistens die Augen geschlossen um nicht zu genau hingesehen. Sie immer schnell beseitigt oder versteckt. Er hatte zwar immer etwas Warmes durch seine Finger rinnen gespürt, aber das konnte das Blut gewesen sein. Hatte er sich tatsächlich ohne Not diese Schnitte zugefügt? Er schüttelte sich heftig, ein Schauer befiel seinen Körper.

„Es ist okay", flüsterte Asger.

De hob seinen Kopf und sah mit seinen verschwommenen Augen, dass Asger die Augen geschlossen hatte. Sie legten die Köpfe aneinander und blieben einfach so sitzen.

×××

Den Tag verbrachte De damit, sich mit den neuen Erkenntnissen abzufinden. Immer wieder hielt er inne und ließ die Ereignisse vor seinem inneren Auge Revue passieren. Er wusste immer noch nicht, ob das stimmte, was Asger gesagt hatte. Mit der Kompensation. Das wüsste er erst mit Sicherheit, wenn keine neuen Ekzeme mehr auftauchten und das konnte er sich beim besten Willen einfach nicht vorstellen.

Asger hielt sich in der Zeit im Hintergrund und schien sehr intensiv Nachrichten zu schreiben und zu lesen. Sie sprachen nur wenig und De vermutete dass Asger ihm die Zeit geben wollte, mit den ganzen Sachen und auch mit seiner Anwesenheit klar zu kommen.

Abends saß De auf dem Boden, die Decke bis zum Kinn hochgezogen und beobachtete, wie Asger das Band an seinen Haaren herauszog. Aus seiner Tasche holte er eine schmale Bürste und begann vorsichtig von unten die Haare zu kämmen. Die Zöpfe lösten sich dabei und bald hingen die Haare wie ein Vorhang an einer Seite seines Kopfes herunter. Asger sah dabei so anders aus, sein Gesicht hatte sich durch die neue Frisur verändert, es wirkte noch schmaler und eleganter.

Als er mit dem Kämmen fertig war fing er an sich neue Zöpfe zu flechten. Er ging dabei sehr vorsichtig und langsam vor, seine Finger hielten die einzelnen Strähnen routiniert und sehr geschickt. Für De war nicht zu durchschauen, wie das Ganze funktionierte, es sah wie eine hochkomplexe fingerfertige Aufgabe aus, für die man bestimmt jahrelange Übung brauchte. Als er mit einer Seite fertig war, drehte er seinen Kopf und ihre Blicke trafen sich. Asger lächelte ihn an. De versuchte zurückzulächeln, senkte aber gleich seinen Kopf. Die Erinnerung an den Vorfall gestern war noch zu frisch und er schämte sich in Grund und Boden für seinen Auftritt. Asger war so klar, strukturiert und besonnen. Ihm würde sowas niemals zustoßen, darüber kam De einfach nicht hinweg.

Als er wieder aufschaute entkleidete Asger sich bis auf die Unterwäsche und faltete seine Kleidung sorgfältig. So ordentlich wie er war. Holte ein Kabel, um sich an Strom anzuschließen. Der Anblick seines Körpers war etwas zu viel für De, er spürte Adrenalin in seinen Adern und fühlte sich irgendwie schuldig. Als dürfte er ihn nicht begehren, als stünde ihm das nicht zu. Er rutschte auf seinem Platz hin und her und kaute auf seiner Unterlippe herum. So viele Emotionen. Asger kroch unter die Decke, welche sie mittlerweile aufgetrieben hatten, damit jeder eine hatte. Sie schauten sich quer durch den Raum an. Manchmal waren es diese stillen und zeitlosen Momente, die das Zusammensein mit Asger so angenehm machten, die in De eine innere Ruhe aufkommen ließen, ein Gefühl von Angenommensein, auch wenn es nur flüchtig war. De hob seine Hand und drückte auf den Lichtschalter an der Wand. Es wurde dunkel.

„Danke, dass du hierhergekommen bist", flüsterte De kaum hörbar. „Ich kann es eigentlich noch gar nicht glauben, dass du jetzt hier bist. Ich muss mich an dich gewöhnen, das dauert etwas."

„Es ist okay, wirklich, nimm dir alle Zeit der Welt. Und wenn du mich loswerden willst, dann sag es ruhig. Ich kann auch woanders unterkommen. Mach dich um mich keine Sorgen."

„Nein, bleib bitte. Wenn du es willst. Wenn du dich nicht zu sehr...", De wollte sagen, angewidert bist von mir, aber er überlegte es sich anders, „gestresst bist von mir."

„Ganz und gar nicht."

Es entstand eine längere Pause in der Dunkelheit und De wollte so viel sagen, aber er wusste gar nicht, wo er anfangen sollte. Zu viele Gedanken strömten durch seinen Schädel.

„Wie war es, als Mira gestorben ist, hast du das mitbekommen?", fragte er und biss sich wieder auf die Lippe, weil er Angst hatte Asger damit zu nahe zu treten.

Er brauchte etwas länger, um zu antworten.

„Es war ein Schock", flüsterte Asger und seine Stimme klang auf einmal ganz anders als sonst, es war wieder dieses Zittern beigemischt. „Wir konnten es nicht glauben, alle waren in Aufruhr. Nach ein paar Tagen erst realisierten wir es und dann kam sowas wie eine kollektive Depression auf uns nieder. Noch mehr als sonst. Ich hatte Probleme, mich zurecht zu finden, also auf eine dissoziative Art", er räusperte sich und De hielt den Atem an. „Es war unheimlich. Der Schmerz war irgendwie zu viel und wir hatten keinen Raum, ihn zu äußern oder zu verarbeiten. Du kennst die Produktion, die Bänder laufen weiter, immer weiter. Wegzugehen war eine Kurzschluss-Entscheidung, weil ich auf einmal die Befürchtung hatte den Realitätsbezug zu verlieren. Ich hatte keinen Boden mehr unter den Füßen. Es ist wegen meiner früheren Tätigkeit als Arzt, das ist eine lange Geschichte. Auf jeden Fall habe ich mich von einem Moment auf den anderen entschieden dich zu suchen. Dass es solch eine Odyssee werden würde hätte ich nie im Leben gedacht. Du schienst immer gerade abgereist wenn ich ankam, das war irre."

„Das tut mir leid", entgegnete De und hatte den Impuls aufzustehen, und Asger zu umarmen. Er unterdrückte es augenblicklich. Das war zu aufregend und es stand ihm nicht zu.

„Wie hast *du* von Mira erfahren?"

„Es war kurz vor der Defragmentierung... Ich vermisse sie. Ich habe mich nie bei ihr verabschiedet."

„Sie dachte, du kämst zurück, sie war sich ganz sicher. Sie hat auf dich gewartet."

De erwiderte nichts darauf. Er schloss die Augen und atmete den Schmerz in seinem Brustkorb ein und aus. Irgendwann schliefen sie ein.

×××

Den nächsten Tag verbrachte De auf der Arbeit und kam am späten Nachmittag nach Hause. Nachdem er die Treppe hochgestiegen war, vernahm er Stimmen in der Wohnung, die Anette und Robert gehört hatte. In der Zwischenzeit waren viele der persönlichen Gegenstände von den Angehörigen abgeholt worden, nur die großen Möbel blieben an Ort und Stelle, da sie zur Wohnung gehörten.

Die Wohnungstür war angelehnt, De steckte seinen Kopf hinein und hörte Jonas und Asger angeregt diskutieren. Beide beugten sich über einen großen Bildschirm, der auf dem Esstisch aufgebaut war. Asger drehte sich kurz um und nickte De zu, aber dann ging es gleich weiter. Mehrere Papiere waren um sie herum verstreut und Jonas' Koffer durfte natürlich auch nicht fehlen. Es war wie ein Einblick in ein merkwürdiges Paralleluniversum, in dem so viel ablief, das er nicht verstand, das rätselhaft war. Er konnte immer nur Bruchstücke aufschnappen und versuchte sie verzweifelt zu einem vollständigen Bild zusammenzusetzen. Aber in der Zwischenzeit kamen noch mehr Fragmente, die ebenso rätselhaft waren. Und so ging es immer weiter. Eigentlich so wie sein Leben.

Asger und Jonas zusammen zu sehen löste ambivalente Gefühle in ihm aus. Sie schienen ein gutes Team zu sein. Andererseits überkamen De wie so oft Minderwertigkeitsgefühle, weil er für keinen der beiden jemals ein ebenbürtiger Gesprächspartner sein konnte. Und alles, was er sich einbildete mit Asger zu haben war eine Illusion. Vielleicht hatte Asger ihn kurzzeitig als Anker in der Welt gebraucht, warum auch immer. Aber sobald er hier richtig angekommen war, würde er wieder seine eigenen Wege gehen, das war nur zu logisch.

Er wollte sich umdrehen und in seine Wohnung gehen, um sich unter der Bettdecke zu verkriechen, einer der besten Orte überhaupt, wie er fand. Aber Jonas kam auf ihn zu gerannt und verhinderte dies leider.

„De, du kommst genau richtig", begrüßte er ihn, „du hast mir doch noch die Tests versprochen."

Sie liefen zusammen rein und De staunte darüber, wie breit Jonas sich mit seinem Zeug schon gemacht hatte. Asger setzte sich etwas abseits und beobachtete die beiden wortlos.

„Ich glaube an deiner Theorie mit dem Text ist etwas dran", eröffnete Jonas ihm und begann mit der Verkabelung. „Warum bist du immer nur so schlau? Ich verstehe das nicht", Jonas schüttelte verspielt den Kopf.

„Was meinst du?", wunderte sich De.

„Na, das mit Karl-Gustavs Text, dass er die Tagträumer kaputt gemacht hat. Ihr seid aber auch empfindliche Wesen", er klang dabei etwas gehässig, der Ton gefiel De nicht. „Und du bist ein besonderes Exemplar", jetzt sprach er mehr zu sich selbst, wie ein wahnsinniger Wissenschaftler. „Wenn ich dir einen Schritt voraus sein könnte…"

Er spulte sein Programm ab, wie De es schon kannte, schien dabei aber leicht abwesend und hektisch zu sein. De fühlte sich unwohl, wollte am liebsten gehen, aber er hatte es Jonas ja versprochen. Nur noch dieses eine Mal.

„Wunderbar", sagte Jonas schließlich und seine Augen weiteten sich beim Anblick der Messergebnisse. „Es wird funktionieren. Ich brauche nur noch einen neuen Text von Karl-Gustav, dann wird alles gut."

„Wie meinst du?", De hob die Augenbrauen.

„Alles gut, du wirst es schon sehen", Jonas lächelte.

×××

Am nächsten Tag, De kam etwas früher nach Hause, da waren es neben Jonas und Asger schon einige weitere Leute, die in der Wohnung umherschwirrten und Pläne aufhängten, aufgeregt diskutierten und Berechnungen an aufgebauten Computern anstellten. De war neugierig geworden und trat ein.

Zuerst fielen ihm die großen Modellzeichnungen auf, die an den Wänden hingen, sie stellten wohl verschiedene Schichten der Realität dar und hatten etwas von Sedimentgesteinen. An einer anderen Stelle waren über und über kleine Zettel mit Wörter aufgehängt, die sich überlappten, rot eingekreist oder durchgestrichen waren. Aus einem Messgerät, welches De schon einmal bei Jonas gesehen hatte, kamen Ausdrucke mit merkwürdigen Linien und Aufzeichnungen wie bei einem EEG.

„Wir versuchen gerade herauszufinden, ob bestimmte Worte ein Trigger sein könnten, auf die die Realitätsebenen reagieren", flüsterte Jonas ihm zu und war schon wieder weg.

„Ich dachte die Forschungen fänden auf dem anderen Kontinent statt", rief De ihm hinterher.

„Ja, das stimmt", eine Frau beantwortete stattdessen die Frage. „Es hat sich so ergeben, dass hier besonders gute Messungen gemacht werden können und wir hoffen immer noch mit Karl-Gustav Wolkebarth in Kontakt zu kommen."

„Was ist das Problem?", wunderte sich De.

„Er beantwortet unsere Anfragen nicht, deswegen können wir einen Teil unserer Theorie nicht testen, aber wir bleiben dran", sagte sie.

De lief weiter umher und blieb am Fenster stehen. Er konnte beobachten, dass Jonas und Asger sich etwas abseits sehr intensiv unterhielten, Jonas' ganze Aufmerksamkeit war auf Asger gerichtet, während Asger seinen Blick immer wieder umherschweifen ließ. Die Frau, mit der er kurz gesprochen hatte unterdrückte ein Gähnen und kratzte sich am Kopf, sie brauchte sicherlich mal eine Pause. Andere waren in Papiere und Bildschirme vertieft.

Was hatte er, De, der Haustechniker, hier eigentlich zu suchen? Eine wohlbekannte Leere kaum über ihn. Seine Hand wanderte zu seinem Hals. Der Verband war schon ab, es war nur noch eine deutliche Kruste zu spüren, die entlang des Schnitts verlief.

Es gab einen Gedanken, der ihn seit dieser ganzen Geschichte beunruhigte und der mit jedem Tag stärker wurde. Stimmte es, dass die Geschwüre nicht wiederkommen würden. Sein Körpergefühl sagte ihm, da bildete sich wieder etwas. Seine ganze Haut schien gereizt zu sein, überschwemmt von Missempfindungen. Es war nicht gut für seine psychische Verfassung, dass er seiner Wahrnehmung nicht mehr trauen konnte. An manchen Stellen spürte er so ein Kribbeln und wollte nachsehen, ob dort ein Ekzem entstand. Aber er traute sich nicht, aus Angst, wirklich eins zu finden. Oder nicht. Beides war gleich schlimm. Vielleicht hatte Asger auch nur dummes Zeug erzählt. Kannte er ihn überhaupt? Was war er, ein Arzt, der nicht mehr praktizierte. Das versprach eigentlich nichts Gutes.

Oh, diese Gedanken, diese teuflischen Gedanken. Und jetzt konnte er noch nicht einmal, wie früher, sie zu irgendwas verknoten, jetzt verknoteten sie ihn. Seit er diesen schrecklichen Text von Karl-Gustav Wolkebarth gelesen hatte. Oder bildete er sich das auch wieder ein?

Plötzlich fiel die Frau, die so müde gewirkt hatte, einfach um. Er sah sie aus dem Augenwinkel, denn sein Blick war auf den Boden gerichtet. Die anderen reagierten schnell, rannten zu ihr hin, scharrten sich um sie. Keiner schrie, keiner weinte, das überraschte ihn am meisten. Die Kollegen flüsterten oder zischten sich etwas zu, die Frau wurde umgelagert, sie begannen mit Reanimationsmaßnahmen. De blickte wie zu einer Salzsäule erstarrt auf den Menschenhaufen, in der Mitte die rhythmischen Bewegungen Asgers, der gerade reanimierte. Ein anderer übernahm die Beatmung, die zwischendurch fällig wurde.

De hatte so etwas aus nächster Nähe noch nie gesehen. Die Zeit schien wie stehen geblieben zu sein, etwas Unheimliches lag in der Luft. Ein Gerät im Hintergrund begann zu piepen, ein anderes druckte schneller als sonst Kurven aus. De bewegte seine Fingerspitzen und begann etwas Unsichtbares zu zwirbeln, es war wohl eine Kompensation des Stresses, der schlagartig die Wohnung erfüllte. Er versuchte verzweifelt die Fäden in die Hände zu bekommen, manchmal glaubte er sie zu haben, aber sie waren so dünn wie Spinnennetze und lösten sich bei der kleinsten Berührung sofort auf.

„Sie ist wieder da", hörte er jemanden sagen und Erleichterung machte sich breit. Auch De wagte es wieder zu atmen.

Die Kollegin wurde von zwei Leuten hochgehoben und in das Schlafzimmer nebenan gebracht, Asger lief hinterher. Die anderen, von denen die meisten oder fast alle Androiden sein mussten standen verloren im Wohnzimmer herum und wussten nicht weiter. De hatte Jonas noch nie so aufgelöst gesehen. Er zwang sich zu ihm rüberzugehen und bei ihm zu sein.

„Ich habe dir gesagt", stotterte eine der Forscherinnen, „dass wir keine Biomenschen in unser Team aufnehmen dürfen", sie schaute Jonas sowohl feindselig als auch überfordert an.

Jonas nickte nur wortlos.

„Es ist zu gefährlich, die Menschen sind zu anfällig für diese Schwankungen", fuhr sie mit zitternder Stimme fort. Und obwohl sie nicht außer Atem war, weil Androiden nicht atmeten, *klang* sie als wäre sie außer Atem.

„Sie hatte gute Ideen, sie hat uns vorangebracht, deswegen war sie dabei", murmelte Jonas und schüttelte dabei benommen den Kopf.

„Was... was ist passiert?", warf De ein.

Mit einem Mal waren alle Blicke auf ihn gerichtet und er hatte das dringende Gefühl, dass alle etwas wussten und nur er zu dumm war es zu erkennen.

„Tagträumer", rief einer der Männer abfällig und durchbrach die Stille, „ich weiß gar nicht, wie ihr euer Leben auf die Reihe bekommt", er drehte sich weg und ging. Die anderen fingen an, wieder ihrer Arbeit nachzugehen. Jemand musste dringend dieses Piepen abstellen.

„Ähm, De", sagte Jonas, der als einziger noch neben ihm stand. „Es ist kompliziert. Reg dich jetzt bitte nicht auf."

Mit diesem Satz hatte Jonas sich verraten, er war einfach noch nicht so gut in der Kommunikation. De wusste sofort, dass er sich aufregen sollte.

„Ist es das, was ich denke, was es ist", quetschte De zwischen den Zähnen hervor. Er wollte nicht laut werden, aber es war auch schwer die Wut zu unterdrücken.

„Nein", Jonas setzte ein unschuldiges Gesicht auf.

„Es ist wegen mir, nicht, es ist wegen mir passiert, ich habe die Realitätsstrukturen destabilisiert", sagte De nun tonlos und taumelte ein paar Schritte rückwärts.

„Asger", rief Jonas in den Nebenraum.

Aber De hatte sich schon umgedreht und stürzte zur Tür raus, hastete die Treppe nach unten, nahm zwei Stufen auf einmal, bis er draußen war. Dort atmete er die kühle Abendluft ein, das tat gut. Einen Moment versuchte er sich mit aller Kraft davon abzuhalten wegzulaufen. Er krallte sich an dem Holzzaun fest, atmete schwer, versuchte seine Gedanken zu ordnen.

War er für den Tod der ganzen Leute verantwortlich. Mira und Runa. Anette und Robert. Und vielleicht noch andere. Vielleicht lebte Sina auch nicht mehr. Sein Innerstes zog sich zusammen und er versuchte in Erwägung zu ziehen wieder hoch zu gehen. Aber es gab wie eine unsichtbare Wand zwischen ihm und dem Haus, gegen die er nicht ankam. Er hörte Geräusche im Haus und rannte.

xxx

Kopflos bog er mal in die eine, dann in die andere Straße ein. Es war nicht mehr viel los, fast keine Menschen mehr unterwegs. Er begann wieder langsamer zu laufen und normal zu atmen, denn dieses Tempo konnte er nicht mehr halten. Mit einem Mal stand er vor dem verwahrlosten Grundstück, das früher vielleicht mal ein Café gewesen war. Er kletterte über den verwitterten Metallzaun und lief durch die mit Unkraut verwachsenen Steinplatten, an Tischen und Stühlen vorbei. Setzte sich in die hinterste Ecke, winkelte seine Beine an und umschlang sie mit den Armen.

Wenigstens dieser Ort hier fühlte sich nicht ganz so falsch an, auch wenn er, De, es war. Dann hatte er es jetzt also schwarz auf weiß, dass er eine Gefahr für andere war. Wenn auch nicht wegen der Hautkrankheit, dann aber wegen… ja, was eigentlich. Er hatte kein Wort dafür, keine Diagnose. So, wie es schon immer gewesen war, wenn er mit seinen Problemen beschäftigt war. Nie konnte er sagen, was an ihm nicht stimmte. Es war wie eine wabernde dunkle Wolke, die ihn verfolgte und seine Sicht trübte. Das Unaussprechliche.

Vielleicht durfte er jetzt nie mehr unter Biomenschen leben, ihnen nicht mehr zu nahe kommen. Wenn sie ihn zu einem Androiden gemacht hätten wäre das alles nie passiert, dann wären sie alle auf der guten Seite gewesen. Eine Schande, dass das nicht funktioniert hatte.

Was war mit den ganzen Leuten, die in dem Gebäude arbeiteten, wo er sich um die Haustechnik kümmerte. Er konnte da nie mehr hingehen, es wäre zu gefährlich. Vielleicht würde man ihn einsperren, hermetisch abriegeln. Er könnte auf einer einsamen Insel sein Dasein fristen.

Vielleicht war das schon immer sein vorbestimmtes Schicksal gewesen.

„Hey, Frederick", Asger stand auf einmal vor ihm. Der ließ sich einfach nicht abschütteln. Und die Art, wie er seinen Namen aussprach verursachte in De ein Kribbeln. Immer wieder, der Effekt nutzte sich nicht ab.

„Wie hast du mich hier gefunden?", fragte De.

„Ich bin dir über den ganzen Produktionskontinent gefolgt, langsam weiß ich, welche Orte du so aufsuchst", erwiderte Asger und ließ sich neben ihm nieder. „Und diesmal wollte ich dir nicht so einen großen Vorsprung lassen."

„Warum machst du das?"

Asgers Mund verzog sich zu einem leichten Lächeln und er schaute nach unten. Schien zu überlegen.

„Mhh", sagte er schließlich, „wie ich schon gesagt habe, du bist mir nicht mehr aus dem Kopf gegangen, egal was ich gemacht habe."

De spürte wie die Hitze in ihm hochstieg und er wohl rot wurde.

„Ich denke, ich habe…", setzte Asger wieder an, doch De sprang auf und unterbrach ihn.

„Sag es nicht", rief er und gestikulierte vor seinem Gesicht. „Sprich es nicht aus."

„Was?", Asger wirkte amüsiert.

„Das, was du sagen willst."

„Was will ich denn sagen?"

„Behalte es für dich. Hast du nicht gesehen, was für ein Typ ich bin? Es ist jetzt amtlich", rief De und zeigte in die Richtung, in der seine Wohnung lag.

„Für Androiden bist du absolut harmlos", sagte Asger lapidar.

De wollte dem vehement widersprechen, doch es fiel ihm kein passendes Argument ein.

„Du hättest mir nicht nachreisen sollen. Wenn du meinst mich irgendwie retten oder heilen zu müssen...", De schnappte nach Luft.

„Es tut mir leid, wenn dieser Eindruck entstanden sein sollte", Asger richtete sich nun ebenfalls auf und sie standen sich gegenüber. „Du hast recht, ich sollte mich aus einigen Sachen raushalten."

De nickte bestätigend. Er fühlte sich gleich etwas wohler. Er konnte niemanden an den Fersen gebrauchen, der ihn permanent mit seinen Problemen konfrontierte.

„Wir sollten nach Hause gehen, es ist schon spät", schlug Asger vor.

„Ich kann nicht. Nicht wenn ich will, dass alle Leute im Haus wegen mir sterben."

„Du bist so dramatisch, als wärst du eine Massenvernichtungswaffe", Asger unterdrückte deutlich ein Lächeln. „Im Forschungsteam sind keine Biomenschen mehr, sie wurden alle mit sofortiger Wirkung abgezogen", fuhr er mit ernster Miene fort.

„Was ist mit der Frau, die..."

„Es geht ihr besser, sie wurde woanders hingebracht, wo sie sich erholen kann."

„Und die anderen Leute, meine Nachbarn von unten drunter?"

„Wir wissen dank des Vorfalls ziemlich genau, was passiert ist. Es werden Messgeräte aufgestellt, um die Spannungen in den Realitätsschichten zu messen. Bis eine Lösung gefunden werden kann."

„Nein", De schüttelte den Kopf. „Das Risiko möchte ich nicht eingehen."

„Was willst du machen?"

„Ich werde in meine Heimat zurückreisen. Am besten in einem Güterzug. Dort gibt es sehr einsame Gegenden am Meer, dorthin werde ich mich zurückziehen."

„Mach das nicht", Asger stellte sich vor ihn, hob seine Hand und fuhr mit dem Daumen Des Schnittwunde vorsichtig nach. De überkam eine Gänsehaut. Dann tastete er nach der Kette unter Des T-Shirt und zog sie samt Anhänger heraus. Legte seine Hand um die metallene Sprungfeder. „Du hast sie noch", flüsterte er gedankenverloren.

„Möchtest du sie wiederhaben?"

„Nein, behalte sie bitte", sagte er sanft und steckte sie wieder zurück. „Sina hat mir erzählt, dass du sie noch hast."

„Du warst bei ihr?"

„Ja, und bei Arnor, Jonas, Linda, Anna, weißt du wie anstrengend es war mit diesen ganzen für mich fremden Leuten Kontakt aufzunehmen und sie über dich auszuquetschen?", sein Gesicht verfinsterte sich etwas, „Sina wollte mich zuerst umbringen, mehrmals."

„Oh. Sie hat es bestimmt nicht so gemeint."

„Sie wusste genau dass Androiden Angst vor Regen haben. Rost und so. Später hatte sich ihre Stimmung zum Glück gebessert."

De seufzte und vermied Asgers Blick. Knibbelte an seinen Händen herum.

„Du mochtest sie", sagte Asger und es klang etwas vorwurfsvoll.

De antwortete nicht.

„Du mochtest sie, weil sie aus Fleisch und Blut war und nicht aus Plastik und Metall", fuhr Asger fort und es klang deutlich vorwurfsvoll.

Das stimmte nicht, dachte De, konnte es aber nicht aussprechen. Er spürte, wie er sich aufregte über so eine unfaire Behauptung.

„Du sagt du könntest keine zwischenmenschlichen Beziehungen eingehen, aber es stimmt nicht. Sie war gut genug für dich und ich bin es nicht", flüsterte Asger leise und senkte die Schultern.

„Nein", murmelte De und rang in seinem überhitzten Kopf nach einem vernünftigen Gedanken.

Er brauchte zu lange; zu lange, um zu überlegen, um das richtige zu sagen. Asger wandte sich zum Gehen, lief an ihm vorbei. De wurde noch wütender auf sich selbst, er konnte das doch nicht einfach so stehen lassen.

„Warte", De ging hinterher und nahm Asgers Hand. Allein von dieser Handlung glaubte er seine Synapsen kollabieren zu lassen. Er schnappte nach Luft. Nähe. Das hielt er nicht aus, nicht in dieser Realität, nicht mit diesem Mann, nicht unter diesen Umständen. Er packte es nicht. Es war, als würde die Welt sagen, du gehörst nicht hierher. Den Satz, den er schon so oft vernommen hatte. Seine einzige Wahrheit. Sein Körper zitterte, er bekam Schweißausbrüche. Egal, was im Urwald passiert war, das war in einer anderen Dimension und nicht übertragbar. Es war ein Traum gewesen, einer der wenigen die kein Alptraum waren.

Asger blieb stehen und sie hielten sich an den Händen wie zwei Erstklässler. De versuchte verzweifelt seine Schnappatmung unter Kontrolle zu bekommen, um nicht wie ein Häufchen Elend zu erscheinen. Und um sprechen zu können.

„Sina war wie der Wind", krächzte er schließlich, nach Worten ringend, „sie hat es mir einfach gemacht.

Aber du", er schluckte und schloss die Augen. Ihre Fingerspitzen berührten sich und es fühlte sich so intesiv an, dass De das unmöglich aushielt. „bist für mich so viel mehr, dass ich das nicht in meinen Kopf bekomme und nicht weiß, wie ich damit umgehen soll. Ich habe so schreckliche Angst dich zu enttäuschen. Sobald du mich kennen wirst, wirst du bodenlos entsetzt sein und ich fürchte diesen Moment gerade mehr als alles andere."

Asgers Griff wurde fester und er kam noch näher an ihn heran. De atmete ihn ein und er roch nach Einsamkeit, Schwere und etwas Verlorenem, etwas Vergessenem. Es machte ihn traurig das zu spüren. Schon wieder so viele Emotionen.

„Ich werde nie derjenige für dich sein, der ich sein soll", murmelte De und Asger legte ihm zwei Finger auf die Lippen.

„Das stimmt nicht", Asger schüttelte den Kopf.

Diese Nähe, sie war so gewaltig. De hörte kaum mehr, was Asger noch sagte, er sah und spürte seine Finger und seine ganze Gestalt so direkt vor sich, dass er kaum alle seine Facetten aufnehmen konnte. Asgers Haare, die aus einem anderen Stoff zu bestehen schienen als Biomenschen-Haare. Sein Hals, der keine sich bewegenden Blutgefäße aufwies, wenn er sprach. Die feine Struktur seiner Finger auf Des Lippen, seine schlanke Gestalt unter der Kleidung, die sich immer wieder subtil bewegte, der Klang seiner Stimme so nah an ihm wie noch nie. De driftete ab, verlor sich in der Existenz seines Gegenübers. Die Realität entglitt ihm dabei, wurde immer schwammiger und traumartiger.

„Alles okay?", hörte er Asgers besorgte Stimme.

De löste sich von ihm und trat ein paar Schritte nach hinten, fasste sich an den Kopf. „Etwas stimmt mit mir nicht. Es ist dieser Text von Karl-Gustav, er macht mich kaputt, ich kann meine Emotionen nicht mehr steuern, kanalisieren, was weiß ich was. Es ist wie ein riesiger Knoten innendrin, der immer fester gezogen wird, das ist nicht gut."

„Das tut mir leid. Ich glaube momentan ist es so schwer zu sagen, was passiert. Aber es wird bald einen Durchbruch geben, da bin ich mir sicher, eine Möglichkeit diese Probleme in den Griff zu kriegen und dann geht es dir wieder besser… Es war ein anstrengender Tag, vielleicht sollten wir gehen", Asger nahm seine Hand und zog ihn wieder zurück Richtung Straße. Mit einer Selbstverständlichkeit, die De staunen ließ. Diesmal konnte De es besser annehmen. Er würde sich von Asger überall hinziehen lassen.

Sie kletterten über den Zaun und De fand seine Stabilität im Laufen wieder. Das Schwammige wurde etwas weniger, sobald er festen Boden unter seinen Füßen spürte.

„Wir müssen sofort Karl-Gustav Wolkebarth finden", sagte Asger mit bedrückter Stimme, „er kann vielleicht einen neuen Text schreiben."

„Vielleicht", murmelte De. „Seit wann bist du eigentlich in Jonas' Team?"

„Er braucht mich und ich brauche eine Aufgabe und du brauchst Hilfe, also win-win für alle", Asger zuckte mit den Schultern. „Hat sich so ergeben nachdem wir ein paar Mal Kontakt hatten."

„Das klingt nach Helfer-Syndrom", De hob die Augenbrauen, doch Asger ging nicht darauf ein. „Und was hattet ihr vorhin so Wichtiges zu besprechen?", fragte er weiter so beiläufig wie möglich, doch Asger konnte bestimmt auch die Zwischentöne hören.

„Jonas", sagte Asger bloß und seufzte. „Er hat noch zahlreiche Fragen, muss einiges lernen. Es gibt unglaublich viel, was ich ihm vermitteln muss. Aber es wird schon besser. Er macht Fortschritte. Und er ist genial auf seinem Forschungsfeld, da kann ihm niemand das Wasser reichen. Nur... das Androiden-Dasein in dieser Welt ist sehr kompliziert. Unter Biomenschen leben und so."

„Warum?", erkundigte sich De und kickte einen Stein vor sich her.

„Du bekommst davon vielleicht nicht viel mit, aber wir Androiden haben eine weitreichende eigene Kultur. Und Jonas muss sich auch dort zurecht finden, damit er in der Gemeinschaft aufgenommen werden kann. Er kann auch sagen, dass er damit nichts zu tun haben will, aber dann wird es schwer für ihn. Das will natürlich keiner. Er muss alle ungeschriebenen Regeln kennen und damit meine ich keine Liste, die er kurz überfliegen kann, sondern das sind Erfahrungen im sozialen Umgang miteinander und das ist harte Arbeit."

„Meine Güte", bemerkte De, „ich glaube ich kenne noch nicht einmal alle ungeschriebenen Regeln, die zwischen Biomenschen herrschen... Funktioniert das eigentlich, mit diesem Gerät?", De fiel nun wieder das ganze andere Drama ein.

„Ich werde auf der Hut sein und die ganze Nacht überwachen, dass du nicht wieder die Welt entzwei reißt Kraft deiner Gedanken", verkündete Asger und sie liefen hoch zur Wohnung.

xxx

„Lass uns gleich auf die Suche nach dem Philosophen machen", De gähnte, schielte in die Morgensonne und stolperte ins Bad. Auf der Arbeit musste er sich für heute abmelden, soviel war klar.

Im Bad dachte er darüber nach, dass er sich sehr vor dem Schreiber fürchtete. Er dachte an einen strengen Mann, der sie gleich wegschicken und keine Einmischung in seine Texte dulden würde. Wer war er, De, dass er sich überhaupt eine Meinung zu einem Text erlaubte, er hatte auf diesem Gebiet null Erfahrungen vorzuweisen.

„Also dann auf zu den Blauen", verkündete De als sie zur Straßenbahnhaltestelle schlenderten.

Ihre Hände berührten sich beim Laufen flüchtig und De musste feststellen, dass er dabei ein seliges Lächeln auf den Lippen hatte. Überhaupt hatte dieses ganze zusammen laufen etwas von Normalität, etwas das andere Menschen im Alltag machten, etwas beiläufiges und unaufgeregtes und sowas mochte er. Asger war einen halben Kopf größer als er und hatte einen federnden Gang, während De eher so schlurfte. Doch sie trugen beide noch ihre Schuhe aus der Produktion, was De für den Augenblick das Herz erwärmte. Es war eine Gemeinsamkeit, eine Verbindung aus der Vergangenheit, die es bis hierher überdauert hatte. Doch aus den guten Gedanken wurden auch immer Zweifel geboren, das war ein Naturgesetz.

„Ist dir aufgefallen, wie die Leute uns anschauen, wenn dir zusammen unterwegs sind?", fragte De, als sie später zusammen in der Straßenbahn saßen. Zum Glück waren an diesem Vormittag nur wenige Menschen unterwegs, sodass De nur leicht nervös war, was die Sterberate in seiner direkten Umgebung anging.

„Was meinst du?", Asger saß ihm gegenüber und schaute verwundert.

„Wie kann das an dir vorbei gehen?", De zeigte auf die vielen Passanten nach draußen, als ob die etwas dafür könnten. Asger zog die Augenbrauen zusammen und folgte interessiert seinen Ausführungen. „Sie sehen eine gepflegte, gutaussehende, konsistente Person mit einem… einem verwirrten, abgehungerten, schief laufenden Obdachlosen. Fragen sich, was wollen die beiden wohl zusammen? Was in Teufels Namen hat diese abgewrackte Person mit dem freundlichen Typen zu schaffen? Und das ist genau das, was ich meinte, letztens…", De holte tief Luft und merkte, wie er sich aufregte, aber es musste raus, „…du siehst nicht, wen du da vor dir hast, warum auch immer. Etwas stimmt mit deinen Augen nicht. Und ich will nicht, dass es dir erst nach Wochen dämmert, dass du erst dann erkennst, was es mit mir auf sich hat. Wenn du mich dann genau so anschaust wie all die anderen Leute, das halte ich nicht aus, verstehst du? So mitleidig, angewidert, sich abwendend."

De schloss die Augen und merkte, wie er innerlich bebte. Meine Güte, was kam da alles raus. Schlimmer noch als die Ekzeme waren diese Geschwulst-Gedanken und sie brachen einfach so aus ihm heraus. Aber besser, Asger war jetzt vorbereitet, als dass sie weiter dieses Spiel spielten, in dem Asger so tat, als würde er ihn mögen.

Asger stützte den Kopf auf seine Hand, sein Blick verlor sich in den vorbeiziehenden Straßenzügen.

„Ich wünschte tatsächlich, du würdest nur für den Bruchteil einer Sekunde sehen, was ich in dir sehe", sagte er in einem sehr ruhigen Tonfall, der so typisch für ihn war. Wie ein Flüstern, das vom Wind an Des Ohren herangetragen wurde. „Ich leugne nicht, dass du eine verknotete und fragmentierte Person bist, natürlich bist du das. Als ich vor fünf Jahren in der Produktion angekommen war, da ging es mir nicht gut. Es ist eine lange Geschichte. Auf jeden Fall habe ich angefangen ein Leben in Fragmenten zu führen, auch wenn man mir das wohl nicht ansieht. Wir sind sehr unterschiedlich zerfallen, jeder auf seine Weise und ich maße mir auch nicht an zu wissen, wie es dir geht. Es ist nur so…", Asger drehte jetzt seinen Kopf und schaute De in die Augen. De versuchte den Blick so lange wie möglich zu halten. „Wenn ich dich anschaue, wie jetzt gerade, dann sehe ich die Bruchstücke, aber ich sehe auch eine mehrschichtige, gewaltige Landschaft, die ich so noch bei keinem Menschen erlebt habe."

Asger beugte sich nach vorne, nahm Des linke Hand und drehte die Handfläche nach oben. Stützte sie mit einer Hand von unten und fuhr mit dem Zeigefinger die einzelnen Linien nach. De spürte augenblicklich etwas in sich zusammenbrechen. Wände aus Milchglas, Mauern, Dämme, die er so sorgfältig gebaut hatte. Sie konnten den Druck nicht standhalten, wie eine sanfte Welle wurde er weggespült.

„Ich war früher wohl in vielen anderen Welten unterwegs", fuhr Asger leise fort, mit einer Stimme, als wäre er in sich versunken, „aber nirgends habe ich das gesehen, was sich in dir auftut. In dir ist ein eigensinniger Kontinent mit undurchschaubaren Naturgesetzen, mit einer unverständlichen Geschichte, einer verwickelten Sprache, mit gewundenen Wegen", er schob Des Ärmel hoch und fuhr mit dem Finger die Adern und Sehnen seines Unterarms nach. De schloss die Augen und glaubte ein Rauschen in seinen Ohren zu hören, auf seinem Körper ein Gefühl wie tausend Ameisen und immer wieder ein Wegbrechen von Grenzen.

„Jedes Mal wenn ich einen neuen Blick riskiere, hat sich die Landschaft wieder verändert", fuhr Asger fort, „es kommen neue Farben, neue Muster, neue Gebilde zum Vorschein. Wie in einem surrealen Gemälde, das sich ständig wandelt. Ich kann nicht genug davon bekommen, tut mir leid. Aber es ist mir egal, was jemand anderes in dir sieht, wirklich, es interessiert mich überhaupt nicht. Ich nehme das noch nicht einmal wahr."

De merkte, wie sein Herz in seinem Brustkorb pochte. Das war eine lange Antwort für eine kurze Frage. Sein Mund war trocken. Er konnte kaum einen vernünftigen Gedanken fassen. Er wollte es vielleicht auch nicht. Er konnte dazu nichts mehr sagen, er war einfach nur fassungslos.

„Wir...", De öffnete die Augen und musste sich orientieren, „wir haben unsere Haltestelle verpasst", krächzte er tonlos und musste jedes einzelne Wort richtig suchen. „Wir müssen aussteigen."

Wie selbstverständlich ließ Asger Des Hand nicht mehr los und sie stiegen in eine andere Straßenbahn um. Langsam kamen sie aus dem Stadtinneren raus und näherten sich dem dünner besiedelten Stadtrand. De nahm sich vor, über das, was Asger gesagt hatte, nachzudenken. Er konnte es noch nicht verdauen, doch seine Worte klangen immer noch in ihm nach. Ab und zu blitzte dabei ein Gefühl von Scham in ihm auf, weil er meinte, das alles nicht verdient zu haben. Doch er hatte auch das dringende Bedürfnis, diese Worte anzunehmen, sie zu verinnerlichen. Er sehnte sich danach, dass sie wahr waren. Eine andere Wahrheit, als die, die er bisher mit sich getragen hatte. Vielleicht.

De studierte Asgers Blick, der wieder nach draußen gerichtet war. Er wirkte nachdenklich, müde, angestrengt. Seit Asger hier angekommen war hatte De sich mehr und mehr an seinen Gesichtsausdruck, seinen Rhythmus, seine Bewegungen und Gestiken gewöhnt. Er konnte schon ganze Gespräche mit ihm führen, ohne zu kollabieren. Er konnte in seiner Nähe sein. Wann war das passiert? Er wusste es nicht und es schien ihm wie eine große Errungenschaft. Etwas, was er bisher noch nie hatte. Einen Gesprächspartner. Jemand, von dem er nicht flüchten wollte. Meistens jedenfalls nicht. Natürlich hatte es das punktuell vorher auch gegeben, aber nicht in dieser Kontinuität und Intensität.

„Alles okay bei dir?", fragte De ihn.

„Ich habe gerade über die Produktion nachgedacht. In der Stadt ist es hektisch", sagte Asger unvermittelt und sein Blick verlor sich zwischen den Häusern, Strommasten und Bäumen des Stadtteils, durch den sie fuhren. „Ich vermisse an der Produktion die Einfachheit, die Stille auf dem Weg zur Arbeit, die Routinen. Ich wollte dort nie weg. Habe mir das komplizierte Leben in der Großstadt immer schrecklich vorgestellt."

„Mir geht es auch so", nickte De. „Und nun sind wir beide hier."

„Alles was ich dort hatte war das einzige, was einer Familie nahe kam", erzählte Asger und fuhr mit seinem Daumen über Des Handrücken, den Blick immer noch nach draußen gerichtet. „Es war wie ein Sprung ins kalte

Wasser, das hinter sich zu lassen. Ich kann jetzt verstehen warum so viele Androiden dort bleiben."

De hielt kurz die Luft an, er fragte sich ob Asger ihm zwischen den Zeilen vorwarf, daran schuld zu sein.

„Es ist auch so, dass ich dort einen Teil von mir begraben hatte, der sich jetzt wieder zu regen scheint, aber ich weiß einfach nicht, was das ist. Ich habe so viel vergessen…", seine Stimme hatte einen ungewohnten Klang, als würde sie sich gleich verlieren. „Ich werde mich arrangieren", Asger schaute wieder zu ihm rüber und De nickte.

Er wollte mehr dazu fragen, aber sie mussten aussteigen und De wurde von dem, was vor ihnen lag, abgelenkt. Sie liefen den Weg, den De erst letzte Woche gegangen war. Die Nervosität in ihm wuchs exponentiell.

„Hier müsste es sein", sagte De und seine Stimme zitterte, denn er wollte plötzlich überhaupt nicht unangemeldet vor der Haustür von irgendwem erscheinen. Er fühlte sich elend und fehl am Platz. Sich jemandem aufdrängen, das war ihm zutiefst zuwider und er hatte den ganzen Plan nicht gut genug durchgedacht, denn das hier war kein angemessenes Verhalten. Er konnte nur keinen Rückzieher machen, denn es gab keine Alternative. Außer dem Plan auf eine einsame Insel zu ziehen.

Sie gingen zu dem Eingang, aus dem er die Person, die er für Karl-Gustav Wolkebarth gehalten hatte, herauskommen gesehen hatte und ehe er sich versah, klopfte Asger an die Tür. Sie war natürlich in einem tiefblauen Ton gehalten und aus einem leichten Holz, ohne Verzierungen oder Geschnörkel. Bald darauf drückte jemand die Türklinke runter und öffnete sie von Innen. Der Moment war kaum zum Aushalten und De hoffte, dass durch seine Anspannung nicht gerade irgendjemand in der Umgebung tot umfiel. Falls diese ganze Sache überhaupt so funktionierte.

„De?", es war auf jeden Fall Naj, die ihm gegenüberstand. Das war schon mal eine Erleichterung. Sie sah verändert aus. Sehr verändert. Wieso erkannte er sie überhaupt wieder? Ihre Augen. Und sie trug ihre Flügel offen, das hatte er noch nie gesehen. Sie waren anthrazit mit Farbsprenkeln. Genau wie ihre Augen, was etwas alienhaft aussah. Am Haaransatz fiel ihm eine große Narbe auf, das war sicher schmerzhaft gewesen. Ansonsten waren ihre Haare etwas durcheinander, aber wunderschön, mit roten und weißen und blauen Strähnen.

„Es tut mir leid für die Störung…", stammelte De und knetete seine Hände angestrengt herum.

„Oh Mann, du glaubst gar nicht, was für Sorgen ich mir gemacht habe", sprudelte es aus ihr heraus, „das letzte Mal als wir uns gesehen haben wolltest du in die Produktion und dich defragmentieren lassen."

„Das hat leider nicht so geklappt", De zuckte mit den Schultern.

Die Tür öffnete sich etwas weiter und ein großgewachsener Vogelmann in blauer Kleidung und blauem Feder-Iro trat neben Naj, schaute sie beide skeptisch an. Für einen Moment sagte niemand etwas und De meinte die Luft knistern zu hören vor Anspannung. Sein Blick wanderte kurz zu Asger, der den Blauen sorgfältig musterte.

„Das ist De; De, das ist Jiri", Naj zeigte auf den Vogelmann.

„Das ist Asger", beeilte De sich zu sagen und sie nickten alle einander zu, um die neuen Namen zur Kenntnis zu nehmen.

„Kommt doch rein", Naj öffnete die Tür noch etwas weiter und sie traten ein.

Es gab einen großen Eingangsbereich, durch den zwei Kleinkinder wuselten. Sie schienen die neuen Gäste gar nicht zu beachten und waren mit sich selbst beschäftigt. Eines davon hatte putzige Flügelchen, die sicher noch nicht im Einsatz waren, sondern sich entwickeln mussten.

Die Decke war so verdammt hoch wie er es noch nie irgendwo gesehen hatte. Die Wände kahl. Es war eine sonderbare Stimmung, vielleicht eine Mischung zwischen einer Kathedrale, einem Büro und einem Yoga-Übungsraum. Der Raum schien gleichzeitig Wohnzimmer, Küche und Arbeitsplatz zu sein, denn es fanden sich sowohl ein Schreibtisch als auch die übliche Kücheneinrichtung, ein Sofa und überall viele Kissen als Sitzgelegenheit.

„Wohnst du jetzt wieder hier?", fragte Naj und schenkte De ein Glas Wasser ein. Er fragte sich, ob sie gleich erkannt hatte, dass Asger ein Android war und nichts trank. In diesem Fall fand er ihre Beobachtungsgabe beeindruckend. Aber anscheinend war er in dieser Hinsicht einfach kein Schnellmerker.

„Erstmal schon", murmelte De, „aber...", er nahm einen Schluck Wasser und stellte das Glas auf die Fensterbank direkt neben der Tür, „es gibt etwas Superwichtiges, weswegen ich hier bin", er versuchte verzweifelt die richtigen Worte zu finden und stammelte vor sich hin, „ich muss dringend mit Karl-Gustav Wolkebarth sprechen, am besten sofort."

Jiri gab ein kurzes Lachen von sich. De drückte seine Nägel in die Handinnenflächen, die ganze Situation war viel zu komplex für ihn. Er kannte Jiri nicht, Naj hatte er seit Ewigkeiten nicht gesehen, mit Asger hatte er eine komplizierte Verbindung, Karl-Gustav war noch nicht einmal körperlich anwesend, aber irgendwie auch präsent, eine fremde Umgebung, eine schwierige Aufgabe, dessen Lösung er nicht kannte und dann noch oben drauf all seine die Probleme, die er sowieso sein ganzes Leben lang mit sich herumtrug und nie ablegen konnte.

Er begann zu schwitzen und war sich plötzlich sicher, dass sich am rechten Unterarm ein neues Ekzem gebildet hatte. Er berührte die Stelle durch die Jacke, die er trug und versuchte etwas zu ertasten. Mit einem Mal dämmerte ihm, dass er alles, die ganze Situation, ruiniert hatte und das Vorhaben sein lassen sollte. Seine Schuhe waren wieder mit Blei gefüllt, er konnte sich kaum von der Stelle rühren, sank stattdessen ein paar Zentimeter in sich ein und konnte die Blicke der anderen nicht mehr ertragen. So schnell konnte sich alles wandeln, dachte er mit Hinblick auf das Gespräch in der Bahn. Alte Denkstrukturen konnten nicht einfach durch neue ersetzt werden, es gab keine Erlösung in der romantischen Zweierbeziehung. Diese Erkenntnis schmeckte bitter in seinem Mund und er schluckte ein paar Mal, um sie loszuwerden. Klappte natürlich nicht.

„Um was geht es?", fragte Naj, die einen besorgten Gesichtsausdruck aufsetzte. So vermutete er zumindest, ihr Gesicht war schwer zu lesen mit den fremdartigen Augen und den vielen Haaren.

„Ich kann alles erklären, es ist etwas komplizierter", sagte Asger und alle schauten zu ihm rüber.

Auch das war De irgendwie unangenehm. Die alten Gedanken ploppten plötzlich übergroß in seinem Kopf auf wie Sprechblasen in einem Comic. Asger war eloquent und hatte eine positive Ausstrahlung, neben ihm war De ausrangierter Müll und so würde er sich wohl immer fühlen, wenn sie zusammen wären. Besonders Jiri war anzumerken, dass er Asger deutlich ernster nahm als ihn, den verfilzt schlurfenden Zellhaufen.

„Wenn du denkst, dass es wichtig ist, dann geh ruhig hoch zu Karl-Gustav. Er ist in seinem Büro oben im Turmzimmer. Hier", Naj reichte ihm ein Glas Milch, „nimm das mit, dann wird er etwas gesprächiger sein", sie zeigte auf eine Wendeltreppe am anderen Ende des Raums, die nach oben führte.

De folgte stumm den Anweisungen und hörte nur noch, wie Asger hinter ihm ansetzte die ganze Angelegenheit zu erklären. Schritt für Schritt lief er mit dem Glas nach oben und fühlte sich mit jedem Meter blutleerer und inhaltsloser.

Auf den zwei Stockwerken, die er passierte schienen die Schlaf- und Kinderzimmer zu liegen. Unaufgeräumte Betten und Kleidungsstücke lagen herum, von irgendwo kamen immer wieder fröhliche Kinderstimmen. Der Boden und die Treppe waren aus einem schönen massiven hellen Holz, das so ebenmäßig und glatt war, wie er es schon lange nicht mehr gesehen hatte.

Beim letzten Abschnitt wurde die Treppe immer schmaler und Dachschrägen verkleinerten den Raum, sodass er sich fast bücken musste. Seine Hand mit dem Glas zitterte, als er vor der Tür stand. Er klopfte vorsichtig und wartete einen Moment, nichts geschah. Dann drückte er die Klinke runter und öffnete die Tür. Vor ihm erschloss sich ein kleines Zimmer mit einem Schreibtisch, an dem ein Mann saß, hinter ihm ein Bücherregal, das die ganze Wand einnahm. Er hatte eine Brille, einen grauen Bart, längere graue Haare und war identisch mit der Person, die De vor Kurzem auf der Straße beobachtet hatte.

Karl-Gustav schaute nicht auf, sondern tippte konzentriert auf einem Laptop, welches vor ihm aufgebaut war. De konnte sehen, dass er an einem Text schrieb.

„Guten Tag", sagte De und stellte das Glas neben ihm ab aus Angst, es gleich fallen zu lassen. Ein Kopfschmerz durchbohrte sein Gehirn und er zog die Stirn in Falten.

„Ich hab dich letztens gesehen, auf der Straße", murmelte Karl-Gustav ohne aufzusehen und De spürte sofort, wie er rot anlief. Er wusste nicht, was er dazu sagen sollte. Karl-Gustavs Beobachterfähigkeiten waren auf jeden Fall beeindruckend.

„Wie…", stammelte De und musste sich am Schreibtisch festhalten, um nicht das Gleichgewicht zu verlieren.

„So jemand wie du fällt auf, ist doch klar", murmelte Karl-Gustav wieder, immer noch am Tippen und in seinen Text vertieft.

Und da hatte er sein Leben lang geglaubt er wäre so unauffällig wie ein Herbstblatt, das durch die Straßen wehte. Er beschloss, sich auf die Fensterbank zu setzen, denn das Stehen hielt er definitiv nicht durch bei einer solchen permanenten Anspannung.

„Ich…", räusperte De sich und versuchte Sätze in seinem Kopf zu formulieren. Dabei schweifte sein Blick nach draußen und er sah die beeindruckende Aussicht, die sich bot.

Er konnte die riesige Anlage, wenn nicht vollständig, aber doch zum großen Teil, überblicken. Sie war noch verschachtelter und verworrener als er von der Straße aus gesehen hatte. Asymmetrisch und ohne innere Struktur reihten sich Balkone, Dachterrassen, spitze Türmchen und

Wohnblöcke mit Fenstern und Türen aneinander. Manche Teile waren komplett verglast, bei anderen wehten blaue Vorhänge im Wind, immer wieder schlängelten sich Kletterpflanzen, wie um alles miteinander zu verbinden. Da konnte man durchaus ins Träumen geraten, dachte De und versank immer wieder in einzelnen Details oder Vogelmenschen, die sich durch die Anlage fliegend oder laufend bewegten.

„Ich glaube, das was du suchst, wird nicht hier sein", sagte Karl-Gustav und legte eine kurze Pause beim Tippen ein.

De drehte sich wieder zu ihm hin und stutzte.

„Was wäre das?", fragte er und legte den Kopf schief.

„Sinnhaftigkeit", erwiderte Karl-Gustav und blickte zum ersten Mal auf. „Unter anderem", setzte er noch hinterher.

De dachte, dass er beeindruckend klare Augen hatte. Unverstellt. Er schämte sich etwas, dass er den Blickkontakt nur für einen kurzen Moment halten konnte und sich gleich hinter seinen Strähnen versteckte.

„Ich weiß", seufzte De. „Ich hab's doch schon lange aufgegeben."

„Nein, hast du nicht, mach dir nichts vor. Das ist doch okay, du sollst es nicht aufgeben."

„Doch, doch", sagte De bloß. Er fragte sich allen Ernstes, ob Karl-Gustav so etwas sagen musste, um seinem Philosophen-Image gerecht zu werden. „Ich weiß sehr genau, dass es nichts mehr auf der Welt gibt, dass die Art und Weise wie ich denke, handle und fühle ändern wird. Ich muss mich damit arrangieren, das klappt noch nicht so gut."

Karl-Gustav setzte mit einer Handbewegung an, etwas dazu zu sagen, aber De unterbrach ihn.

„Es gibt etwas anderes, was sich vielleicht ändern lässt", fuhr De fort, „es geht um diesen Text, den du in der ganzen Welt verteilt hast..."

„Diese Beschreibung trifft auf sehr viele meiner Texte zu", Karl-Gustav nahm einen Schluck von der Milch.

De erklärte ihm die Situation mit wenigen Stichworten. „Ist das sehr verrückt?", schloss er seine Abhandlung ab. „Ich meine, ich könnte jetzt in dieser Minute Leute zum Stillstand bringen. Anscheinend. Und wohl besonders dann, wenn ich mich sehr aufrege. Also versuche ich klar zu denken und irgendwie dieses Problem zu lösen."

Karl-Gustav lehnte sich in seinem Bürostuhl zurück, legte den Zeigefinger an die Lippen und zog die Augenbrauen zusammen, sein Blick verlor sich im luftleeren Raum. Er schien wohl nachzudenken. De studierte seinen sorgsam aufgeräumten Schreibtisch und die minimalistische Einrichtung. Das Laptop, ein Bleistift, ein paar Blätter und Federn. Im Hintergrund des Zimmers ein Regal mit Dutzenden Büchern, so viele auf einem Haufen hatte er noch nie irgendwo gesehen.

„In der Tat", sagte Karl-Gustav langsam, „ich wollte Svetlana damals verwirren, ihren Verstand aushebeln, damit sie sich zu erkennen gab, damit sie Fehler machte... Ich habe nicht bedacht, was diese Texte, die irgendwie unzusammenhängend und wirr waren auf andere Menschen, auf Tagträumer, Auswirkungen haben könnten. Du sagst, du kannst nicht mehr reflektieren, nicht mehr einzelne Ereignisse miteinander verknoten, nicht mehr kompensieren? Ja, die Realitätsforschung ist neu und aufregend, aber wir Schreiber haben diese Zusammenhänge natürlich schon lange erkannt, auf philosophischer, semantischer Ebene", er winkte beiläufig ab und nahm ein Blatt Papier und einen Bleistift, „ich habe einfach nicht bedacht, welche Auswirkungen das auf die Menschen haben kann, die normalerweise nicht mit solch verdichteten Texten zu tun haben. Die die Dosis des Gifts nicht gewohnt sind, wenn man so will", er machte sich ein paar Notizen, doch De konnte nicht sehen, welche.

„Wir machen einen Versuch", murmelte er beim Schreiben. „Ich werde mich gleich dran setzen und etwas Neues entwerfen. Ich möchte ausprobieren, wie das auf dich wirkt, ob etwas von deinen Fähigkeiten zurück kommt, einverstanden?"

De war erleichtert, das zu hören. Er nickte und sie verabschiedeten sich.

Auf dem Weg nach unten verlangsamte De seinen Schritt. Er fühlte sich plötzlich wie in einem Nebel. War das wieder das Milchglas? Aus dem Erdgeschoss drangen die n der anderen undeutlich nach oben. Er ging jede Stufe in Zeitlupe. Alles fühlte sich so hyperreal an. Hatte er gerade mit Karl-Gustav gesprochen, war er gerade in Najs Haus? Es fiel ihm immer noch schwer, das zu begreifen. Veränderungen und neue Situationen waren seit jeher sein Schwachpunkt, destabilisierten ihn noch mehr als sonst. Seine Hände wurden von einem leichten Tremor befallen, er wusste, das waren all die Vorboten für das Bedürfnis, Reißaus zu nehmen. Dem er widerstehen musste.

Nun hörte er die Stimmen deutlicher. Sie lachten manchmal, wurden dann wieder ernst. Sprachen sie über ihn? Er konnte es durch den Nebel um sich nicht wirklich sagen. Wieder nahm er Stufe um Stufe und konnte sie jetzt von oben sehen. Naj und Asger saßen auf dem Sofa, Jiri stand an der Küchenzeile etwas außerhalb. Sie waren sehr in ihr Gespräch vertieft. Gab es hier einen Hinterausgang? Er hatte nichts gesehen, auch wenn dieses Gebäude sicherlich tausend Ein- und Ausgänge hatte, es war wie ein Labyrinth.

Er setzte sich auf eine der oberen Treppenstufen und versuchte ein paar Mal durchzuatmen. Hatte er heute überhaupt etwas gegessen? In dem ganzen Stress gingen ihm die Routinen verloren. Schön, dass wenigstens Asger sich zu amüsieren schien. Er konnte immer so schnell Kontakte knüpfen und sich austauschen.

„Alles okay bei dir?", nun schaute Asger zu ihm hoch und De wünschte sich, er wäre noch länger in der Unsichtbarkeit geblieben.

Asger stand auf und ging zu ihm hoch, legte seinen Arm um ihn und führte ihn nach unten.

„Was hat Karl-Gustav gesagt?", Asger positionierte sich neben ihm.

„Er schreibt einen neuen Text, einen, der... der so eine Art Gegenmittel sein soll", flüsterte De und traute sich nicht die anderen direkt anzuschauen.

„Das ist doch super", Asger wirkte erleichtert.

„Ich muss hier weg", De beugte sich zur Seite und flüsterte in Asgers Ohr, hoffte, dass die anderen es nicht hörten.

„Was ist los?", flüsterte Asger zurück.

„Ich fühl mich nicht gut, keine Ahnung, meine Beine sind wie Gummi, mein Kopf dreht sich, ich will einfach nur nach Hause."

„Asger hat uns erzählt, was passiert ist", Naj trat zu ihnen, „ich glaube, es wäre besser, wenn du hier bleibst, bis der Text fertig ist."

De lief umher und lehnte sich schließlich an einen Schreibtisch, der mit Papieren bedeckt war.

„Hat Asger euch auch gesagt, dass gestern jemand fast gestorben ist, wegen mir?", erwiderte er schließlich.

„Ja, natürlich", Naj kam hinter ihm her und stellte sich vor ihn, „aber ich bin mir ziemlich sicher, dass die Realitätsfäden hier sehr stark sind, weißt du, wegen Karl-Gustav. Der macht ja den ganzen Tag nichts anderes. Und ich auch, ich gehöre auch zu den Tagträumern, aber seine Texte hatten keine Auswirkungen auf mich. Vielleicht, weil ich sie von klein auf schon gelesen habe", sie legte den Kopf schief und schaute ihn direkt an, was er absolut nicht ertragen konnte.

„Hier sind Kinder im Haus, ich habe keine ruhige Minute, wenn ich daran denke, dass sie tot umfallen könnten", De schirmte mit der Hand seine Augen ab und richtete den Blick nach unten, schüttelte abwesend den Kopf.

„Kinder waren bisher von den Vorfällen nicht betroffen", dozierte Asger im gleichgültigen Tonfall, „da brauchst du dir keine Sorgen zu machen."

Stimmt, das hatte er irgendwo gelesen.

„Sie leben wohl in ihrer eigenen Welt, keiner weiß, warum das so ist", fuhr Asger fort.

De schaute wieder in die Runde und sah, dass Asger und Naj sich anschauten als müssten sie zusammen verhindern, dass De etwas Dummes anstellte. Das ärgerte ihn, er fühlte sich nicht ernst genommen.

„Komm, wir frühstücken erstmal zusammen", sagte Naj schließlich und lief in die Küche.

„Es ist wirklich nett hier", flüsterte Ager, nicht hörbar für die anderen.

„Ich hab ein schlechtes Gewissen", entgegnete De, „wir platzen unangekündigt rein, stören die Abläufe. Naj sagt das alles nur aus Höflichkeit und Jiri schaut die ganze Zeit mit seinen eisblauen Augen als wollte er mich erdolchen."

„Das hat sicherlich nichts mit dir zu tun", wisperte Asger und strich ihm eine Strähne aus dem Gesicht, „es ist bloß Unsicherheit, nicht alle Leute sind ständig am Lächeln. Wenn wir hier warten können wir die Sache umso schneller erledigen. Ich muss unbedingt Jonas kontaktieren und ihn auf dem Laufenden halten."

„Soll er etwa auch hierher kommen?", De riss die Augen auf. „Ich hab neuerdings das Gefühl eine ganze Karawane zieht immer dorthin, wo ich hingehe."

„Zwei Leute sind noch keine Karawane, das kommt dir nur so vor, weil du sonst immer allein unterwegs bist. Kannst du mir versprechen nicht abzuhauen, bis der Text fertig ist?"

„Ich werde dir gar nichts versprechen", rief De nun etwas lauter, „behandle mich nicht wie ein Kind. Niemand hat dich um irgendetwas gebeten. Bist du etwa hierhergekommen, um mir den ganzen Tag zu erzählen, was ich machen und was ich lassen soll?"

De spürte, wie etwas in seinem Inneren einen Knacks machte und Wut freigesetzt wurde. Er wollte schreien und um sich schlagen, Asger weh tun, ihn wegstoßen. Gleichzeitig wusste er, dass das unfair war, dass Asger nichts dafür konnte, dass De durchdrehte. Seine Finderspitzen wurden heiß und kribbelig. Der kalte Tremor verschwunden. Dann die Angst, dass wieder jemand tot umfiel, er schaute nach Naj und Jiri, die in der Küche werkelten. Er ballte seine Hände zu Fäusten und wusste nicht wohin damit. Wut war eine Emotion, die er aus guten Gründen immer sehr weit weg lagerte. Es war sinnlos auf seine Eltern wütend zu sein. Denn sie wollten ihm nie aktiv schaden, sondern waren höchstwahrscheinlich selbst geschädigt. Es war sinnlos, die Welt zu hassen, denn sie konnte nichts für seine Probleme, sie arbeitete in ihrer Kontingenz einfach so vor sich hin. Und er wollte auch nicht zu den Leuten gehören, die sich irgendeinen willkürlichen Schuldigen für ihre Wut suchten, das war erbärmlich. Er war jetzt erbärmlich, denn er hatte Asger angeschrien. Er hatte die Kontrolle verloren, verdammt.

Asger sagte noch etwas, aber es kam nicht mehr bei ihm an. Es wurde immer schlimmer mit seinen Anfällen. Und jetzt auch noch in einer völlig fremden Umgebung. Klar, er kannte Naj von früher, aber es fiel ihm schwer, an die damalige gemeinsame Zeit anzuknüpfen, sie hatte sich so verändert. War viel aufgeschlossener zum Einen. Kein Vergleich zu früher, wo sie, ihr Vogel-Dasein versteckend, durch die Welt schlich und fast mit niemandem sprach. Zum anderen ihr Äußeres, ihre Augen, ihr Gesicht, er konnte keine rechte Verbindung zu der Naj früher herstellen. Selbst ihr Name hatte sich geändert. Das Zusammenleben mit den anderen hatte ihr sichtlich gut getan, natürlich.

Und Jiri und Karl-Gustav waren ihm auch so fremd. Dann fiel ihm wieder der Satz mit der Sinnhaftigkeit ein und Des Wut schwoll noch mehr an. Immer diese Versuche, ihm die Welt zu erklären, Leute wollten auch ihn selbst erklären, das triggerte ihn. Selbst Sina hatte ihm die Schlange aufgezwungen. Er hatte sich damals nicht erlaubt wütend auf sie zu sein, aber jetzt kam alles wieder hoch.

Er hatte plötzlich das Gefühl sich übergeben zu müssen, aber mehr so in der Art, bei der sich das Innerste zusammenzog und nach außen gestülpt wurde. Der Knoten brach. Er hielt seine Körpermitte fest, um das zu verhindern. Und gleichzeitig kannte die Wut keine Grenzen, kam so richtig in Fahrt. Seine sogenannten Eltern, egal welche davon, wie konnten sie ihm immer nur schaden wollen, das verstand er einfach nicht. Wegen ihnen irrte er durch die Welt auf der Suche nach einem Platz. Er sollte lieber zurückkehren und ihnen die Köpfe abhaken, das wäre angemessen. Und im selben Moment wusste er, dass auch das keinen Unterschied machen würde. Wie alles in seinem Leben.

Immer mehr Bilder spielten sich vor seinen Augen ab, er geriet in einen Strudel, wurde mitgerissen. Die Bilder vermischten sich zu einem Grau, das Grau wurde zu einem Weiß und dann verabschiedete sich sein Bewusstsein wiedermal.

×××

Es war öde geworden in brenzlichen Situationen das Bewusstsein zu verlieren. Immer wenn er etwas so gar nicht aushalten konnte, seien es Schmerzen oder emotionale Überforderung, schaltete er ab. Wahrscheinlich so eine Schutzmaßnahme seines Körpers, wie ein Kurzschluss. Bevor alles kollabierte eine kurze Pause. Doch diesmal war es anders. Das merkte er, als er wieder zu sich kam. Sein Körper war merkwürdig starr, sein Kopf schmerzte, es fiel ihm schwer zu atmen. Und doch wusste er, dass er wieder irgendwo herumlag und nicht tot war, das bedauerte er für einen kurzen Moment.

Er wollte sofort aufstehen, konnte es nicht ertragen, hilflos zu sein, aber es ging nicht. Wieso wiederholte sich in seinem Leben alles? Genauso war es als er aus der Defragmentierung herauskam. Nicht tot, nicht lebendig und dazu verdammt vor sich hin zu vegetieren. Es verfolgte ihn, egal was er machte.

„Wie fühlst du dich", hörte er Asgers Stimme und erinnerte sich augenblicklich an die Wut, die er auf ihn hatte. Ein Blitzen fuhr in diesem Moment durch sein Gehirn. Keines von der angenehmen Sorte. Gleichzeitig freute es ihn eine vertraute Stimme zu hören. Jemand, bei dem er wusste, dass er in guten Händen war.

Er dämmerte dann immer wieder weg und verlor den Faden seiner Gedanken, die dahin plätscherten wie ein ewiger Nieselregen im Herbst. Substanzlos und grau. Erst nach längerer Zeit fühlte er sich wieder im Stande, eine halbwegs geordnete Persönlichkeit zu repräsentieren.

„Kannst du mir helfen, mich aufzurichten?", krächzte De, als er gerade die Augen geöffnet hatte und eine weiße Zimmerdecke über sich sah. Ein Anblick wie in einer Leichenhalle.

Asger legte eine Hand unter seinen Kopf, mit der anderen griff er nach seiner Hand und zog ihn vorsichtig hoch. De musste mehrmals blinzeln, um seine Umgebung richtig wahrzunehmen. Sie waren zu zweit in einem kleineren, abgedunkelten Raum mit einem Bett und ein paar Schränken.

„Was ist passiert?", räusperte De sich mehrmals, um seine Stimme wiederzufinden.

Sein Körper fühlte sich schlapp und leblos an. Erst jetzt merkte er, dass er ein anderes T-Shirt anhatte. Ein Blaues, das ihm viel zu groß war. Das war auch so eine

Konstante in seinem Leben, dass er ständig mit anderen Klamotten aufwachte. Leute mussten es lieben, ihn in seiner Abwesenheit umzuziehen. Wenigstens die Hose war noch die, die er vor ein paar Tagen angezogen hatte.

„Du warst nur ein bisschen tot, wir haben dich wiederbelebt", Asger zuckte mit den Schultern.

„Nicht schon wieder", murmelte De abwesend.

„Du hast dich wohl selber stillgelegt, bist stehen geblieben wie so ein Computerbildschirm und dann nach vorne umgefallen", plauderte Asger lapidar und stand auf, um die Vorhänge ein Stück zur Seite zu schieben. Ein schwaches Abendlicht kam durch. „Ich habe dich natürlich aufgefangen und dann musste alles ganz schnell gehen."

„So ein Mist", sagte De mehr zu sich selbst. „Ich hab keine Lust mehr. Dieser Körper sendet doch permanent sehr unsubtile Signale, dass diese Existenz keinen Sinn mehr macht, das kannst du doch jetzt auch nicht übersehen."

„Du versinkst schon wieder in Selbstmitleid, das ist das was ich nicht übersehen kann", er setzte sich zu ihm und nahm seine Hand. „Ich bin froh, dass du wieder da bist, hast mir einen Schrecken eingejagt."

Sie sagten nicht mehr viel an dem Rest des Tages. De ruhte sich aus und ging irgendwann, als es dunkel wurde, schlafen. Asger blieb neben ihm. Die Nacht war sehr ruhig, es war kaum ein Geräusch von draußen zu hören. Das Raumklima war auch sehr angenehm, viel besser als in seiner Dachgeschosswohnung. Alles fühlte sich ein bisschen nach Neustart an, aber das hatte De schon zu oft gedacht, als dass er darauf reinfallen würde.

Immer wenn gar nichts mehr ging hatte er die tollsten Ideen, was er alles ändern wollte. Nicht mehr wegrennen. Sich nicht mehr so sehr verschließen und zurückziehen. Offen und spontan sein. Mehr reden. Andere richtig anschauen. Etwas Neues wagen. Die Vergangenheit ruhen lassen. Ein neuer Mensch werden.

Jetzt fiel ihm gar nichts mehr ein, was er sich vornehmen sollte. Und das war deprimierend. Das hieß, dass er aufgegeben hatte. Selbst unrealistische Ziele waren besser als gar keine. Er richtete sich im Bett auf und schaute zu dem blauen Vorhang, durch den fahles Licht von der Morgendämmerung fiel. Den Gedanken hatte er schon öfter, er dachte, dass er sich nicht so verzetteln sollte. Das Leben war keine komplizierte Aufgabe, die er lösen musste. Also was sollte die ganze Grübelei. Er streckte sich und fuhr sich durch die Haare. Asger lag neben ihm reglos da, wahrscheinlich war er noch in seiner Regenerationsphase.

De stand auf und fand in dem Nebenzimmer das Bad. Zog sich aus und duschte. Ließ das warme Wasser über sein Gesicht laufen und versuchte seine Haare wenigstens teilweise zu entwirren. Soweit er es sehen konnte fanden sich keine neuen Geschwüre an seiner Haut. Aber er konnte nicht sicher sein. Immer wenn er versuchte seine Arme und Beine abzusuchen schweifte sein Blick ab und verschwand im Leeren, so als wäre sein Körper eine optische Täuschung, die seine Augen nicht zu fassen bekämen.

Besonders die Mitte war schwer zu sehen. Der Teil, in dem die ganzen Organe untergebracht waren. In dem so viel passierte. Arme und Beine waren noch okay, er sah sie oft bei alltäglichen Handlungen vor sich. Aber diese verdammte Mitte war eine wirre Ansammlung von unverständlichen Empfindungen. Der Brustkorb mit seiner verrückten Atmung, der Bauch mit seinen unterschwelligen Signalen, der Unterleib mit widersprüchlichen und herausfordernden Impulsen. Aber das alles war nichts im Vergleich zu seinem Kopf, der einfach alles an Verrücktheit toppte. Eine Büchse der Pandora und das war noch untertrieben.

Nachdem er sich abgetrocknet und seine Hose angezogen hatte schlich er sich wieder ins Schlafzimmer und durchsuchte die Schränke nach einen neuen T-Shirt, denn das grell-blaue von Jiri wollte er nicht anbehalten. Tatsächlich fand er eines in einem sehr dunklen, fast schwarzem Blau, das war besser.

„Guten Morgen", sagte Asger, der noch im Bett lag und De drehte sich erschrocken um. „Wie geht es dir?"

„Alles okay", nickte De und zog sich schnell das T-Shirt über.

„Deine Haare…", murmelte Asger und kniff die Augen zusammen.

„Ich hab geduscht, ich muss noch eine Bürste suchen…"

„Jonas wollte bald kommen und wenn Karl-Gustav den Text fertig hat können wir ausprobieren, ob das alles so funktioniert…"

„Da mache ich nicht mit", De schüttelte den Kopf, „ich werde mich nicht vor euch setzen und ihr macht dann eure Experimente…"

„Was denn sonst?", Asger richtete sich auf und schaute ihn mit ernster Miene an. Die Bettdecke war von ihm runtergerutscht und entblößte seinen nackten Oberkörper, was De kurzzeitig aus dem Konzept brachte.

„Ich mache das allein", fing er sich wieder und ging schon zur Tür, nahm die Klinke in die Hand.

„Warte", Asger streckte die Hand aus. „Sei nicht so stur. Was ist, wenn du wieder tot umfällst? Es wäre besser, wenn jemand bei dir ist."

„Karl-Gustav wird da sein."

„Er kann dich nicht wiederbeleben."

„Dann nicht."

„Ernsthaft?", Asger stand auf und De war erneut davon irritiert, dass er außer Unterwäsche nichts anhatte. Seine Kleidung lag wie gewohnt ordentlich gefaltet auf einem Stuhl neben dem Bett.

„Warte auf mich", Asger begann sich hektisch anzuziehen.

De lief zur Tür raus. Haare kämmen musste doch wieder ausfallen. Er irrte erstmal durch einen Flur, bis er zu einer Treppe kam. Rennen konnte er nicht, aber er stieg zügig die Stufen nach oben und fand sich in dem Eingangs-Wohn-Küchen-Bereich wieder, wo noch niemand war. Von da aus kannte er den Weg zum Schreiber. Schon leicht außer Atem folgte er der Treppe, bis er vor dem Turmzimmer stand und ohne anzuklopfen die Tür öffnete. Es musste so schnell gehen, sonst hätte ihn der Mut verlassen.

×××

Karl-Gustav saß immer noch am selben Platz und tippte auf der Tastatur. Doch diesmal fand sich vor dem Bücherregal ein schmaler Holzstuhl, der gestern noch nicht da war.

„Ahh, von den Toten auferstanden", murmelte Karl-Gustav, ohne vom Bildschirm aufzusehen, das war wohl sein Markenzeichen.

De schloss die Tür, ging hinter ihm vorbei und setzte sich auf den Stuhl. Er war jetzt ganz schön außer Atem und sein Kopf fühlte sich blutleer an.

Einen Moment sagte niemand etwas und De sah, dass der Himmel draußen bedeckt war, es kamen kaum Sonnenstrahlen durch, auch wenn der Tag schon angebrochen war.

„Ich freue mich, dass du hierhergekommen bist", Karl-Gustav drehte sich auf seinem Stuhl in Des Richtung und nahm die Brille ab. Legte sie vorsichtig auf die Schreibtischplatte. De sah, dass seine Hände ungewöhnlich gepflegt, schmal und weich wirkten.

„Antworten", sagte Karl-Gustav als nächstes und sein Blick ging zum Fenster raus, welches zwischen ihnen lag.

Augenblicklich hatte De das Gefühl, ein Windhauch würde durch das Zimmer wehen, obwohl alle Türen und Fenster geschlossen waren. Trotzdem bewegte sich die Luft und das Büro schien mit einem mal ein kleines Boot, das von den Wellen hin und her geschaukelt wurde. Eine psychische Nachwirkung seines letzten Todes?

„Ich weiß", sagte De und schloss die Augen, um sich dem Schaukeln voll und ganz hinzugeben. „Ich bin hierhergekommen, aber es gibt keine Antworten und keine Sinnhaftigkeit abzuholen."

„Richtig", Karl-Gustav Stimme jagte ihm einen Schauer über den Rücken. Sie klang so schwer und standfest wie diese Felsen an der Küste, an der er aufgewachsen war.

„Vergiss das nicht, denn sonst gehst du wieder auf diese sinnlose Suche", fuhr er fort und seine Worte klangen abermals in seinem Kopf nach. De wollte fragen, was er stattdessen machen sollte, aber er wusste, dass es darauf keine Antwort gab. Trotzdem fühlte er sich sonderbar ruhig in seinem Kopf, in seinem Schiff.

„Du weißt", Karl-Gustav nahm seine Hand, was De kurz zusammenzucken ließ, „dass du eine sehr zähe Fragilität an dir hast. Eine Art, die sehr selten vorkommt. Ich würde mich sehr freuen, mehr darüber zu erfahren, sie in ihren Facetten kennen zu lernen."

De wurde sehr warm, besonders am Kopf und an der Brust. Er öffnete die Augen und Karl-Gustav ließ seine Hand los. Das Schaukeln war weniger geworden, aber die frische Brise blieb.

„Ich habe nach meinen besten Fähigkeiten", Karl-Gustav griff nach der obersten Schublade seines Schreibtischs, „diesen Text für dich vorbereitet."

Er zog ein weißes Blatt Papier heraus, das auf der einen Seite mit einem maschinengeschriebenen Text bedruckt war.

„Nimm dir alle Zeit der Welt, lass ihn auf dich wirken, absorbiere ihn, soweit das geht und falle bitte nicht um", Karl-Gustav versuchte ein Lächeln.

De nahm das Papier, atmete ein paar Mal ein und aus, lehnte sich zurück und begann zu lesen.

×××

Die ersten Worte kamen in seinem Gehirn an und De hatte irgendwie erwartet, dass er augenblicklich in einem Sturm mitgerissen, verschlungen oder zerlegt wurde, doch nichts dergleichen geschah. Er zog seine Augenbrauen zusammen und hielt das Blatt näher an seine Augen. Merkwürdigerweise schien der Text, den Karl-Gustav geschrieben hatte… Nein, das konnte nicht sein. De schüttelte den

Kopf und fing erneut von Anfang an zu lesen, um seinen Irrtum aufzuklären. Aber die Buchstaben hatten sich nicht geändert. Es war immer noch ein Text, der… De hatte das Gefühl, diese Abhandlung schon einmal gelesen zu haben. Als Heranwachsender. Die er selbst geschrieben hatte. Natürlich hatte er in seinem ganzen Leben noch nie etwas geschrieben, beileibe nichts von einer Seite Länge. Was hatte Karl-Gustav da in sein Gehirn gepflanzt? Ging das mit rechten Dingen zu? Immer und immer wieder ging De zum Anfang zurück und las doch stets dasselbe.

Und je öfter er zurückging, desto mehr fand er sich an seinem Geburtsort wieder und nicht mehr in Karl-Gustavs Büro. Umso mehr wurde er zu einem vielleicht Fünfzehnjährigen, der glaubte nicht existieren zu dürfen und langsam in seine Einzelteile zu zerfallen. Er war voll und ganz in dieser Geschichte eines jungen Mannes, der die Wellen nicht mehr hören, die Luft nicht mehr riechen und die Sonne nicht mehr sehen konnte. Der den heißen Sand unter seinen Füßen nicht mehr spüren und Essen nicht mehr aufnehmen konnte. Der nie lachte und nie weinte und nie traurig und nie wütend war. Es berührte ihn tief das zu lesen und nachzuempfinden, er wollte die Hand ausstrecken nach diesem Menschen und ihn zu sich ziehen. Auch wenn er ihm nichts tröstliches sagen und ihn auch nicht in den Arm nehmen konnte.

Doch dann kam der nächste Absatz. Es gab eine Wendung. Der Junge war jetzt jünger, ungefähr drei Jahre alt. Der Text bewegte sich rückwärts, vielleicht sogar anachronistisch. Das Kind sammelte seine ersten Erinnerungen, seine ersten bleibenden Eindrücke. Mit seinen flinken Händen konnte er alles anfassen und miteinander verknoten. Nicht nur Seile, Stoffreste, Netze, Kabel und Drähte, sondern mit der Zeit auch Farben, Worte, Gefühle und Geräusche. Er fing einmal damit an und konnte nicht mehr aufhören. Meistens machte er es heimlich. Es war seine Art, sich in der Welt festzuhalten, sinnvoll die Zeit zu verbringen und eine Beschäftigung zu haben. Manchmal verfiel er dabei in eine Art Trance und vergaß alles um sich herum. Das war das Schönste, wenn er sich selbst bewusst nicht mehr mitbekam. Und mit der Zeit verinnerlichte er diese Abläufe so sehr, dass diese pausenlose Beschäftigungstherapie einfach im Hintergrund lief, im Subtext, im Unterbewusstsein.

Der letzte Absatz handelte von ihm in der Gegenwart, wie er in einem Zimmer saß und etwas las. Versuchte die Puzzleteile zusammenzusetzen. Sich selbst zu retten. Einen Neuanfang hinzubekommen. Seine Gedanken zu sortieren. Gemütszustände zu managen. Er schaute sich diese Person an und sah, wie sie von allen Seiten verknüpft und verknotet war. Immer, wenn dieser Mann fiel, wurde er von sich selbst aufgefangen. Er wusste es nur nicht. Er hatte die Netze schon längst gesponnen. Jeden Tag und jede Nacht unaufhörlich. Auch wenn sie dünn und fast unsichtbar waren. Auch wenn er immer in dem Bewusstsein leben musste, dass es sie nicht gab. Er sah sie nicht, so wie er seinen Körper nicht sah. Und doch hielten sie so viel von der Realität zusammen. Nur für den Moment, in dem er diesen Text las, wurde er sich all dessen bewusst. Danach würde dieses Wissen verschwinden, als würde er aus einem Traum aufwachen und nur noch verschwommene Erinnerungen auf der Zunge schmecken. De realisierte dies und wollte es nicht wahrhaben. Er wollte das alles festhalten, nicht mehr aufhören zu lesen. Den Text auswendig lernen. Doch er schaffte es nicht.

„Nicht schlecht", sagte De und legte das Blatt beiseite. Wie erwartet kam das fast vollständige Vergessen augenblicklich über ihn.

Er musste den Kopf kurz schütteln und sich die Augen reiben, um wieder Anschluss an sein Leben zu finden.

„Welche Stelle hat dir am besten gefallen?", fragte Karl-Gustav und grinste etwas verschwörerisch.

„Wie hast du das gemacht?", rief De verwirrt und richtete sich in seinem Stuhl kerzengerade auf. Schaute Karl-Gustav direkt in die Augen.

„Was?", Karl-Gustav hob die Augenbrauen. Aber De wusste, dass er nur so tat als wäre er ahnungslos.

„Du kennst mich noch nicht einmal. Niemand kennt mich. Du konntest das alles nicht wissen", De zeigte noch einmal auf den Text.

„Okay, ich erkläre es dir", Karl-Gustav stand auf und ging zum Fenster, stützte sich auf dem Sims ab. „Ich habe viel über diese Sache nachgedacht, die ganze Nacht in der Tat. Im Prinzip habe ich wieder Nonsens geschrieben, aber ich habe ein paar Trigger eingebaut. Worte, von denen ich wusste, dass sie beim gehäuften Aufeinandertreffen in deinem Gehirn dich zurückkapitulieren in eine andere Zeit und du eine Verknüpfung herstellen kannst zu deinem sehr frühen, kindlichen Tagträumen und der Gegenwart. Es tut mir leid…", er senkte den Kopf und schaute auf den Boden, „es gehört zu meinem Ehrenkodex so etwas mit Worten nicht zu tun, zu manipulieren. Jetzt habe ich es schon wieder getan, das ist ein Armutszeugnis."

De schloss die Augen und merkte sofort, dass etwas anders war. Als wäre er die letzten Wochen mit Krücken gelaufen und konnte diese endlich abwerfen. Als hätte er eine Brille getragen, die nicht seiner Sehstärke entsprach und wäre diese los. Als könnte er nach einer durchgefrorenen Nacht endlich unter eine warme Bettdecke kriechen. Es war kein Neuanfang, mehr ein Abwerfen eines Ballastes, den er sich zusätzlich aufgeladen hatte, als er damals im Zug Karl-Gustavs Text gelesen hatte. Er konnte wieder dort weitermachen, wo er stehen geblieben war, außer, dass das nicht wirklich ging, weil er nicht in einem Zug auf dem Weg in die Hauptstadt saß, sondern in einem anderen Teil seines Lebens schon wieder so viel passiert war. Ein Teil war noch im Zug, ein anderer schon angekommen. Ein Fall von Ungleichzeitigkeit, der ihn nicht schockierte. Mit verschobenen Persönlichkeitsanteilen kannte De sich aus.

„Mach dir keine Sorgen", murmelte De und stand ebenfalls auf, stellte sich neben Karl-Gustav. „Es geht mir wieder besser, es hat funktioniert, soweit ich das beurteilen kann. Was werden die anderen dysfunktionalen Tagträumer lesen, wenn sie diesen Text vorgesetzt bekommen?"

Karl-Gustav schüttelte den Kopf. „Das darf nie passieren. Sie würden wahrscheinlich an Knotenbruch sterben, weil sie diese Düsternis, die dich umgibt nicht aushalten könnten. Kein normaler Mensch könnte das aushalten ohne in mehrere Teile zu zerfallen. Du dürftest schon lange nicht mehr am Leben sein, das weißt du. Dort, wo ich dich mit dem Text hingeführt habe, das ist nichts für andere Tagträumer. Also ist das Problem auf globaler Ebene leider noch nicht gelöst."

De ließ die Worte auf sich wirken und nickte. „Trotzdem, ich bin dir sehr dankbar."

Er atmete noch ein paar Mal durch und verließ das Büro. Er musste das alles unbedingt Asger erzählen. Ihm versichern, dass er nicht tot umgefallen war. Und er wollte endlich nach Hause. Vielleicht arbeiten gehen, um wieder mehr Alltag und Routinen zu erleben.

Auf dem Weg nach unten hörte er plötzlich laute Männerstimmen und Gepolter. Er hielt inne und versuchte rauszuhören, was los war. Doch dazu kam es nicht, es ging alles ganz schnell. Mitten auf der Treppe stand Jonas plötzlich vor ihm.

„Was hat der Text bewirkt? Geht es dir besser oder schlechter? Bist du geheilt?", rief er hektisch und mit weit aufgerissenen Augen.

„Was?", De war total überrumpelt.

Direkt hinter Jonas kam Asger, mit einem düsteren Gesichtsausdruck. Er bedeutete De nonverbal, Jonas' Fragen nicht zu beantworten.

„Na, das mit dem Text", rief Jonas ungeduldig und packte De am Arm. Bei ihm gingen alle Alarmsignale an. „Wie hast du ihn verarbeitet? Ist die Dosis jetzt stark genug?", verlangte er zu wissen.

„Lass ihn los", Asger ging dazwischen und versuchte Jonas abzudrängen. De hatte ihn noch nie so in Aktion gesehen und war sehr perplex angesichts der körperlichen Auseinandersetzung.

„Misch dich nicht ein", rief Jonas und löste seinen festen Griff kein bisschen.

Von unten hörte De noch mehr Stimmen, doch Jonas ließ nicht locker und zog De an sich heran. „Also, was ist jetzt?", er starrte ihm direkt in die Augen.

„Es ist alles okay", versuchte De zu beschwichtigen und gleichzeitig auf Abstand zu gehen, sich da herauszuwinden. „Reg dich nicht auf, ich bin wieder repariert, ich werde keine Leute mehr erstarren lassen."

„Halt die Klappe De", zischte Asger ihm wütend zu und stellte sich Jonas so gut es ging in den Weg.

„Na bitte", rief Jonas triumphierend und ließ De los, wollte hoch in Karl-Gustavs Büro.

Asger ließ ihn nicht gehen, packte ihn an der Schulter, Jonas griff nach Asgers Hals, schlug ihm dann mit der Faust ins Gesicht. Asger taumelte nach vorne, De wollte ihn halten, spürte seinen schweren Körper gegen sich prallen, kam aber gegen die Schwerkraft nicht an. Zerrte an seiner Kleidung, an seinem Arm, schaffte es aber nicht ihn zu stabilisieren, Asger stürzte die Treppe runter und überschlug sich mehrfach.

De wusste gar nicht, was als nächstes geschah, er stand unter Schock. Es waren immer wieder Schreie zu hören, Stimmen, Gebrüll. Jonas war wohl oben bei Karl-Gustav. Er wollte ihm hinterher, dann kamen in Windeseile Naj und Jiri vorbeigerauscht und eilten nach oben. De zitterte und lief nach unten. Asger rührte sich nicht, lag ganz unnatürlich verrenkt unten am Treppenabsatz. Er wollte ihn hochheben, aber er war viel zu schwer für ihn, konnte ihn gerade so in eine halb liegende Position bringen. Nahm seinen Kopf in die Hände. Die Augen waren geschlossen, an mehreren Stellen war die Haut aufgeplatzt und feine Metallstreben, so wie er sie bei Linda gesehen hatte, waren sichtbar.

„Asger", flüsterte er. Sein Kopf war schwer, alles an ihm war wesentlich schwerer als bei einem Biomenschen. Asger rührte sich nicht.

De wünschte sich, er könnte irgendetwas tun und nicht bloß sinnlos herumsitzen, Asger hatte ihm schließlich mehr als einmal geholfen. Aber er hatte keine Ahnung von Erster Hilfe bei Androiden und konnte noch nicht einmal feststellen, was ihm fehlte und ob er noch lebte.

Währenddessen brach von oben wieder ein Geschrei aus und Jonas polterte mit mehreren Blättern in der Hand nach unten, an ihnen vorbei. Weg war er. Oben war es sehr leise. De hatte schon Angst, dass alle anderen tot waren oder von Jonas aus dem Fenster geworfen worden waren.

Er ließ von Asger ab und schlich die Treppen wieder hoch. Diese Stille war so gespenstisch und nicht zum Aushalten. Er kam zum Türrahmen und schaute in den Raum. Die drei, Jiri, Naj und Karl-Gustav standen in der Mitte in einer Umarmung, ihre Gesichter waren ineinander vergraben und sie zitterten, schluchzten, murmelten vor sich hin. De war erleichtert. Das ganze Büro war komplett verwüstet, es musste sich ein Kampf abgespielt haben. Hunderte von Blättern waren überall verstreut, das Laptop in irgendeiner Ecke, der Holzstuhl zerlegt, Bücher aus den Regalen auf dem Boden. De zog sich zurück und lief wieder lautlos nach unten.

„Hey", flüsterte er, Asger hatte die Augen geöffnet, er strich ihm über den Kopf, „wie fühlst du dich, was kann ich für dich tun."

Asger bewegte die Lippen, aber es kam kein Ton heraus. De nahm seine Hand und hielt sie fest.

„Du bist gestürzt", sagte er, weil ihm nichts besseres einfiel, „ich weiß nicht, was ich tun kann. Ich kann dich nicht heben, du bist zu schwer. Jonas ist abgehauen, was wollte er?"

Asger sagte wieder etwas, aber es kam kein Ton heraus, anscheinend war der Mechanismus seiner Stimme kaputt gegangen. Er schien sich aufzuregen, seine Stirn lag in Falten und seine Augen zuckten hin und her. Bevor De darauf reagieren konnte, kam Naj die Treppe runter. Sie wirkte verwirrt und abwesend.

„Alles okay?", fragte De, auch wenn er wusste, dass nichts okay war.

„Karl-Gustav ist total durch, Jiri kümmert sich um ihn", murmelte sie und strich sich durch die Haare. Sie hatte immer noch eine Art Schlafanzug an.

„Es tut mir so leid, dass ich diesen ganzen Schlamassel hier hereingetragen habe", brachte De mit einem Kloß im Hals heraus.

„Wie geht es ihm?", Naj beugte sich zu Asger runter.

„Ich weiß es nicht", De versuchte seine Hilflosigkeit zu verstecken, aber das war bestimmt aussichtslos.

Sie schauten sich gegenseitig an und De vermutete, dass sie das Gleiche dachten. Es flackerte doch noch etwas von der Naj durch, die er von früher kannte. Schnell überfordert, mit den Gedanken woanders, den Blick abgewendet, dissoziiert. Auch ihm fiel es natürlich schwer, den Überblick zu behalten und die Dinge zu ordnen.

„Wir sollten versuchen Asger nach unten zu bringen, ihn auf das Sofa zu legen", überlegte De.

Sie standen wortlos auf und er packte den Androiden an den Schultern, Naj an den Beinen. Es war ein unermesslicher Kraftakt diesen langen und dünnen Mann durch die Wendeltreppe nach unten zu befördern. Dort legten sie ihn endlich ab und De breitete eine Decke über ihm aus, auch wenn er wusste, dass das sinnlos war. Asger schloss die Augen. Vielleicht brauchte er Zeit, sich zu regenerieren.

Die zwei Kinder kamen angerannt und Naj nahm sie an ihre Seite und sie flüsterten miteinander.

Es wurde sowieso für den Rest des Tages viel geflüstert und geschwiegen. Eine sachte und vorsichtige Stimmung durchzog das Haus, als ob das Laute, das Jonas hier reingebracht hatte, kompensiert werden musste. De sah Karl-Gustav durch das Haus schleichen, Naj ein paar Sachen hin und her räumen, Jiri mit aufgewühltem Gesichtsausdruck tauchte ab und zu auf und Asger rührte sich sowieso nicht vom Fleck, seit er De auf einem Zettel notiert hatte, dass ein längerer Regenerationszyklus anstand und er danach vielleicht mehr sagen konnte. Naj hatte von irgendwoher ein Kabel aufgetan und Asger an den Strom angeschlossen, als Unterstützung, auch wenn er prinzipiell seine eigene Energie produzieren konnte.

Nachdem er eine Kleinigkeit gegessen hatte, nahm De neben Asger Platz, lehnte sich zurück und startete immer wieder Versuche, die Ereignisse der letzten Tage einzuordnen. Der Gedanke, dass er sehr viel Unglück über sehr viele Menschen, die ihm wichtig waren, gebracht hatte, drängte sich dabei permanent in den Vordergrund. Er wollte das nicht wahr sein lassen und doch schien genau das der Fall zu sein. Natürlich, es ging ihm besser, aber um welchen Preis? Warum musste sich alles noch verkomplizieren? Jonas. Er wurde nicht schlau aus ihm. Was war mit ihm passiert? Asger konnte es ihm sicher erklären, er war doch viel mehr in seinem Dunstkreis gewesen.

Immerhin konnte De jetzt die Vorkommnisse nehmen, bündeln und verknüpfen. Viel bewusster als früher, er schloss einfach die Augen und konnte es richtig auskosten, die einzelnen Dialoge, Handlungen, Gesichtsausdrücke, Gesten, Geräusche aufzureihen und zu verflechten. Stück für Stück ging er zurück und sammelte alles auf, was seine Wahrnehmung passiert hatte. Begutachtete, sortierte, recycelte. Es war eine sehr zufriedenstellende Aufgabe die Realität zu produzieren. So dienten all die seltsamen Vorkommnisse wenigstens dazu ein Gerüst herzustellen, auch wenn sie in sich keinen Sinn ergaben. Karl-Gustav hatte schon recht, Sinnhaftigkeit war nirgends zu erwarten und ein sehr seltenes Phänomen, das man keinesfalls suchen konnte.

„De?", hörte er plötzlich und riss die Augen auf. Es war stockdunkel um ihn herum, er musste geschlafen haben. Im Hintergrund brummte ein Kühlschrank. Er musste immer noch in Najs Wohnzimmer liegen, auch wenn er sich an den Abend gerade nicht erinnern konnte.

„De?", es war Asgers Stimme, sie klang zum Glück ganz normal.

„Ja, was ist?", antwortete er und tastete in der Dunkelheit nach Asgers Kopf, der viel weiter oben lag als er.

„Sind wir noch bei Naj?", Asger bewegte sich vorsichtig.

„Ja, im Wohnzimmer", flüsterte De und legte sich ihm gegenüber auf ein Kissen, zog die Decke über sie beide. „Wie geht es dir?"

„Das Diagnoseprogramm hat alle Bereiche durchgecheckt und keine größeren Schäden feststellen können. Kleinere Schäden konnten durch die Regeneration behoben werden. Probleme an der Außenoberfläche zählen nicht dazu, da muss ich morgen mal ran. Sieht es schlimm aus?"

„Ich habe mir dich nicht so genau angeschaut, aber bis auf ein paar Blessuren schien alles an seinem Platz. Ich bin echt froh, dass du wieder da bist."

„Was ist mit dir und den anderen, ist jemand verletzt?"

„Nein. Nur verwirrt", De gähnte.

„Sorry, ich habe dich geweckt."

„Schon okay. Aber lass uns morgen eine große Erzählung machen, ich krieg das jetzt nicht mehr auf die Reihe."

De schloss wieder die Augen und lauschte seiner ruhigen Atmung. Niemand sagte mehr etwas, das ganze Haus war so angenehm still. Sein Kopf hing noch halb in irgendwelchen Traumzuständen fest, dort wimmelte es von den Wörtern, die Karl-Gustav aufgeschrieben hatte. Im Traum hatte er sich mit aller Kraft an das Geschriebene erinnern wollen, aber es entglitt ihm, war nicht mehr zu fassen. Er suchte und stocherte noch in seinem Kopf herum und fing wieder an in einem anderen Traum überzugehen, sein Tag-Bewusstsein war deutlich heruntergefahren.

„Asger?", flüsterte De kaum hörbar.

„Ja?"

De zog seine Hand unter der Decke hervor und tastete nach Asgers Kopf, seinen Haaren. Sie hatten eine unglaublich feine Textur, er vergrub seine Finger darin und die Strähnen flossen so leicht um ihn herum. Sie waren vielleicht aus Seide oder einer besonderen Baumwolle. De fuhr mit den Fingerspitzen die Zöpfe entlang und kam zu dem Band, welches die Frisur zusammenhielt. Er löste es und tauchte seine Hand in diesen geschmeidigen Strom, der so unglaublich feinstofflich war. Auch wenn er gleichzeitig Angst hatte Asgers Haare mit seinen Händen schmutzig zu machen oder zumindest einen unangenehmen Geruch zu hinterlassen.

Diese sensorischen Eindrücke überwältigten ihn und seine Atmung beschleunigte sich. Er schloss die Augen und war nicht mehr in diesem Raum, sondern davon losgelöst, sein Leben entfernte sich, begann, unkontrolliert in einzelne Pixel zu zerfallen, die keinen offensichtlichen Sinn mehr ergaben. Er vergaß sich in diesen Berührungen und auch Asger rückte mit seinem Körper näher an ihn, suchte ihn. Sie berührten sich an der Stirn, an den Beinen, am Thorax.

Des Hand wanderte zu Asgers Gesicht, das so nah war, dass er seine Wimpernschläge spürte, die Bewegung von kleinsten Metallmuskeln an Wangen, Stirn und Mund. Sein Gesicht war nicht warm wie bei einem Biomenschen und er spürte auch keine Atmung, kein Pulsieren des Blutes, keinen Schweiß. Aber die Haut war weicher als er dachte, unten drunter konnte er die Streben erahnen, die ihn zusammenhielten. Seine Lippen waren fein strukturiert und öffneten sich leicht, als er sie nachfuhr, umschlossen seine Fingerspitzen. Von Innen war sein Mund von einer anderen Stofflichkeit, nicht trocken, aber auch nicht feucht wie Speichel, vielleicht wie flüssiges Glas. So etwas hatte er noch nie gespürt und er wollte mehr davon.

De kam noch näher und zögerte. Ihre Nasenspitzen berührten sich, zwischen ihre Körper passte kein Blatt Papier. Er hatte keinen Zweifel daran, dass er Asger küssen wollte, aber er hatte deutlich Mühe, sich zu überwinden, es zu wagen. Er wollte dabei nichts falsch machen. Ihn nicht enttäuschen. Noch ein paar Millimeter und ihre Lippen berührten sich schließlich. De merkte, dass sein Herz ein paar Aussetzer bekam und danach wild pochte. Das waren diese Organe, deren Funktionsfähigkeit er noch nicht durchschaut hatte. Er nahm Asger mit seinen Lippen auf und schmeckte dort sein Verlangen nach ihm, das flüssige Glas, eine Ruhelosigkeit und ein Schmelzen von Grenzen.

Asger nahm seine Hand und drückte Des Kopf noch näher zu sich heran. Augenblicklich durchströmte etwas wie glühendes Metall Des Adern und raubte ihm die Sinne. Sie versanken noch mehr ineinander. Lösten sich wieder und blieben in einer engen Umarmung, schliefen wieder ein.

×××

„Was hat er gemacht?", fragte Asger am nächsten Morgen, als sie alle zusammen am Frühstückstisch saßen.

„Ja, so hab ich auch geschaut", nickte Naj und nahm einen Schluck aus ihrer Tasse.

„Jonas hat nicht ernsthaft versucht Karl-Gustav aus dem Fenster zu werfen?", hakte Asger wieder nach und schaute Naj mit offenem Mund an.

„Ich musste ja schon einige perfide Anschläge auf mein Leben verkraften", führte Karl-Gustav aus und schenkte sich dabei Milch in ein Glas ein. „Zuletzt hat man mich in einem Gewölbekeller eingesperrt und zum Sterben liegen gelassen. Aber das hier… ich musste ihm den Text geben, denn leider kann ich nicht fliegen."

„Hättest du ihm nicht irgendeinen Text in die Hand drücken können?", fragte Asger und De fiel zum ersten Mal auf, dass seine Haare heute überhaupt nicht ordentlich waren, sondern nur lose zusammengebunden. Bei diesem Anblick breitete sich ein warmes Gefühl in seinem Brustkorb aus und die Welt um ihn herum schwankte etwas, aber auf eine angenehme Weise.

Karl-Gustav schüttelte den Kopf. „Der war viel zu clever, hat mich sofort durchschaut. Hat wahrscheinlich so eine Software benutzt, mit der er meine Mimik analysiert hat. Was weiß ich. Ich bin auch ein schlechter Lügner und so hatte ich keine andere Wahl."

„Es war nicht seine Schuld", brummte Jiri, „er hätte erst gar nicht in dieser Situation sein dürfen."

„Es war meine Schuld", beeilte De sich zu sagen, „wenn ich nicht kaputt gewesen wäre…"

„Quatsch, das geht auf meine Kappe", Asger unterbrach ihn und legte seine Hand auf Des. „Ich habe Jonas hierher bestellt. Ich habe ihm vertraut. Dabei habe ich nicht registriert, dass er absolut besessen ist von der Idee um jeden Preis das Problem zu lösen. Womöglich will er alle Tagträumer ausschalten, ich traue es ihm zu. Und sie durch andere Strukturen ersetzen, er arbeitet da an etwas. Ich habe davon gewusst, aber gedacht, er will parallele Strukturen aufbauen, nicht die Realitätsspinner eliminieren… Ich habe nicht gemerkt, dass er überambitioniert ist, dass er über das Ziel hinausschießt", er lehnte sich zurück und schaute nach oben, „und ich bin ihm blind gefolgt, weil…", Asger schloss die Augen und schüttelte den Kopf.

Weil er mich finden wollte, beendete De den Satz für sich und wurde sehr traurig.

„Aber was passiert denn jetzt?", Naj biss in ihr Brot und lenkte das Gespräch dankenswerterweise in eine andere Richtung. „Was ist jetzt mit dem Text?"

„Er wird ein paar Test machen, wenn er klug ist, und das ist er wohl. Dann wird er herausfinden, dass der Text bei normalen Tagträumern, anders als bei diesem ungewöhnlichen Exemplar hier…", Karl-Gustav warf De einen vieldeutigen Blick zu, „… höchstwahrscheinlich letal wirkt."

Die Gespräche verstummten. De schluckte und fragte sich, ob er schuld wäre an dem Tod von anderen seiner Art. Das schmerzte ihn. Immer wenn er seine Hände im Spiel hatte kam am Ende etwas heraus, das anderen schadete. Das hörte einfach nicht auf.

Er dachte wieder an den Moment zurück, in dem er den Text gelesen hatte. Ein Schauer lief ihm über den Rücken. Er hätte nie im Leben gedacht, dass ein paar Worte so eine massive Wirkung hätten. Es war nicht schwierig sich auszurechnen, was passieren könnte, wenn die falschen Leute das Geschriebene aufnahmen.

Die beiden Kinder kamen etwas schlaftrunken die Treppe runter und setzten sich an den Tisch. Jiri sprach in einer anderen Sprache mit ihnen und stellte ihnen als Frühstück Becher und so etwas wie Blaubeeren hin. Zögernd begannen sie zu essen. Das eine Kind, wahrscheinlich ein Mädchen, war etwas älter als das andere und hatte nachtblaue Federn an den Flügeln und am Kopf. Dort waren sie mit schwarzen Haaren durchbrochen, was eine sehr schöne Mischung abgab. Ihr Gesichtsausdruck war sehr konzentriert, sie hatte definitiv etwas von Jiris ernsten und in sich gekehrten Zügen. Aber die Augen waren ungewöhnlich groß und dunkel, nicht mit den Sprenkeln von Naj versehen, die sie auch erst später erworben hatte. Ihr Alter konnte De schwer schätzen, Vogelmenschen schienen sowieso anders groß zu werden als die anderen Menschen. Von der Größe her war sie vielleicht zwei Jahre alt, aber vom Verhalten schon wesentlich selbstständiger, vielleicht wie eine Fünfjährige.

Das zweite Kind war wahrscheinlich ein Jahr jünger. Auch ein Mädchen. Sie hampelte etwas mehr auf ihrem Stuhl herum und plapperte einen Mix aus Vogel- und Mehrheitssprache, De konnte nicht alles davon verstehen. Überhaupt hatte er gefühlt vor zehn Jahren das letzte Mal solch kleine Kinder aus der Nähe gesehen. Auf dem Produktionskontinent gab es keine und vorher waren ihm auf seinen Reisen wenn überhaupt ältere Kinder begegnet.

Das jüngere Mädel hatte keine Flügel, im kurzen und dunklem Haar keine Federn und dunkle Augen, aber einen aufgeschlosseneren, altklugen Gesichtsausdruck. Auch sie war für ein Kleinkind sehr geschickt und wortgewandt, man merkte ihr an, dass sie mit ihrer Schwester mithalten wollte und die beiden bestimmt ein lebhaftes Team abgaben. De blickte zu Karl-Gustav und versuchte Ähnlichkeiten auszumachen, es war allerdings schwirig mit Karl-Gustavs Brille und dem Bart. Vielleicht eher noch die Hände, die bei beiden sehr filigran waren.

„Ich habe vielleicht eine Idee", Karl-Gustav zog seine Brille ab und verengte seine Augen.

„Natürlich hast du eine Idee, du hast immer mindestens eine Idee", sagte Jiri und es war das erste Mal, dass De ihn lächeln sah. Naj, Jiri und Karl-Gustav tauschten daraufhin ein paar wortlose Blicke, deren Bedeutung für ihn und Asger verschlossen blieb. So musste es sein, wenn man in einer einvernehmlichen Gemeinschaft lebte, überlegte De und etwas Wehmut überkam ihn.

„Wir sollten die Zeit, die wir jetzt noch haben, nutzen, um Jonas zuvorzukommen", überlegte Karl-Gustav, während alle Augen auf ihn gerichtet waren. „Alle Schreiber haben Kontakt zu den verschiedensten Leuten über alle Kontinente verteilt, wenn ich sie dazu bringen könnte, für die unterschiedlichen Tagträumer unterschiedliche Texte zu schreiben, dann könnte der Schaden, den Jonas anrichten würde, wenigstens etwas eingedämmt werden."

Es begann eine lebhafte Diskussion um die Details des Plans. De schwirrte etwas der Kopf und er stand auf, um das Badezimmer aufzusuchen. Dort überlegte er, dass er heute wieder seine Arbeit aufnehmen wollte, um etwas mehr Ruhe in sein Leben einkehren zu lassen. Was Asger dazu sagen würde? Sprach man sich mit allem ab, wenn man mit jemandem zusammen war? Waren sie zusammen?

De dachte an die vergangene Nacht und wieder schwankte seine Welt für eine Sekunde. Ein paar Unsicherheiten kamen auch mit hoch, sodass er sich kurz am Waschbecken festhalten musste. Er musste Asger unbedingt noch so viel sagen, ihn so viel fragen, ihn noch einmal berühren. Vielleicht sollte er zur Sicherheit eine Liste mit allen seinen Mängeln anfertigen, damit Asger auch wirklich gut informiert war, bevor er sich investierte.

De kaute auf seiner Unterlippe herum und betrachtete flüchtig sein Spiegelbild. Strich sich die Strähnen aus dem Gesicht. So sah er also aus. Dunkle Augenringe, die Wangenknochen stachen deutlich hervor, er hatte noch nicht wirklich viel zugenommen seit der Schlangen-Therapie. Graue Augen. Waren sie wirklich grau? Irgendetwas farbloses halt. Wie sein ganzes Gesicht, es hatte die Farbe von trostlosen Pfützen im Herbst, denen jeder ausweichen wollte. Aber das war jetzt nicht wichtig.

Heute Abend war sicherlich Zeit, in aller Ruhe über alles zu reden. Hoffentlich war mit Asger wirklich alles in Ordnung und er hatte den Sturz gut überstanden.

Langsam sollte alles wieder ins Lot kommen, jetzt wo er wieder besser denken konnte.

Als er wieder zurückkam, war die Diskussion immer noch im vollen Gange.

„Ich gehe jetzt zur Arbeit", De beugte sich zu Asger, der etwas verwirrt schaute.

„Leute, ich muss auch ins Büro, gehen wir zusammen?", rief Naj, die ihn anscheinend gehört hatte. Sie sprang auf und schnappte sich eine Tasche.

„Was ist mit deinen Verletzungen?", flüsterte De. „Brauchst du Hilfe?"

Asger schüttelte den Kopf, aber es sah nicht sehr überzeugend aus, auch wenn De die Feinheiten seiner Mimik nicht so gut lesen konnte. Generell war er heute anders als sonst, aber De konnte es nicht benennen. Asgers Leichtigkeit war weg, sehr viel mehr Schwere schwebte über ihm.

„Ich fahre in die Wohnung, denke ich", sagte Asger und stand ebenfalls auf. De merkte sofort, dass er sich nicht so reibungslos wie sonst bewegte, sagte aber nichts. Er dachte an Linda, die ihre Verletzungen immer geschickt versteckt hatte. Hoffentlich verheimlichte Asger nicht etwas Fundamentales, um ihn zu schonen, er würde es ihm zutrauen. Aber De war auch nicht selbstbewusst genug, um aus Asger etwas herauszuquetschen.

Nach einer kurzen Verabschiedung zogen sie zu dritt zur Straßenbahnhaltestelle los. De fühlte sich etwas unwohl zwischen den beiden anderen zu laufen und auch Naj wirkte in ihrem Gang unsicher und leicht nervös. Das unscheinbare Humpeln von Asger machte die Sache nicht besser.

„Du bist immer noch in der Verwaltung?", fragte De nach einer Weile. Der Himmel war heute bedeckt und es war sehr windig, sie beeilten sich zur Haltestelle zur kommen.

„Na klar", erwiderte Naj, „die Umsiedlungen sind noch nicht abgeschlossen, aber wir haben große Fortschritte gemacht. Es gibt noch viel zu tun, und selbst wenn das erledigt ist, werde ich wohl in meine alte Arbeitsgruppe zurückkehren. Was ist mit dir, willst du nicht wieder bei uns anfangen?"

De schüttelte sofort den Kopf. Allein der Gedanke löste ein Schaudern aus. „Ich brauche etwas, das ich nur für mich machen kann. Die ganzen Kommentare der anderen sind mir zu viel."

„Ja, ich musste mich auch erst daran gewöhnen", Naj zuckte mit den Schultern. „Und was ist mit dir Asger?"

„Ich war Arzt, doch das war nicht mein Ding. Danach bin ich in der Warenannahme hängen geblieben. Und jetzt muss De mich wohl aushalten. Ich weiß noch nicht, was ich machen soll", er zog seine Augenbrauen zusammen und hielt Ausschau nach der nächsten Straßenbahn.

„Die Stadt ist groß, es gibt viele Möglichkeiten", sagte Naj und versuchte ein Lächeln aufzusetzen.

„Das ist das Problem", Asger kickte ein paar Steinchen mit dem Schuh hin und her.

„Jiri hat sich extrem schwer getan hier Fuß zu fassen", erzählte Naj und hielt ihre Haare im Nacken fest, da sie sonst zu sehr herumflatterten. „Es hat mehrere Anläufe gebraucht. Zuerst wollte er nicht in einem Gebäude schlafen, das war schon einmal eine große Hürde. Dann die Sprache lernen", sie verdrehte die Augen und ächzte, „und die ganzen ungeschriebenen Gesetze der Stadt. Die

Vogelmenschen kennen auch kein Familiengefüge. Nicht, dass ich da Experte wäre. Aber irgendwie haben wir uns zusammengerauft. Er unterstützt uns bei den Umsiedlungen. Da war es bei Karl-Gustav einfacher. Der braucht ja nur einen Schreibtisch, einen Computer und einen Stuhl und macht einfach das, was er schon immer gemacht hat", sie lächelte.

„Beneidenswert", De schaute auf den Boden, „und dann noch die zwei Kinder. Ich habe an manchen Tagen das Gefühl, ich kann noch nicht einmal einen Fuß vor den anderen setzen."

„Die Kinder sind extrem selbstständig mittlerweile, es ist wohl Veranlagung. Die Kleine ist aus dem Ei geschlüpft und ist seitdem nur am Plappern und Herumwuseln."

„Wirklich? Aber sie hat doch keine Flügel", staunte De.

„Frag mich nicht", Naj hob die Arme und lachte.

Die Bahn kam und sie stiegen ein, setzten sich einander gegenüber.

„Sag mal, vielleicht weißt du das", De rutschte nach vorne und dachte angestrengt nach, „in meinem Viertel ist dieses verlassene Grundstück, ein altes Café oder sowas, was passiert damit?"

„In der Regel nichts", Naj hantierte an dem Verschluss ihrer Tasche und De konnte sehen, dass ihre Fingernägel viel ausgeprägter und spitzer waren als zum Beispiel seine. „Es gehört der Stadt, wie alle Grundstücke. Soll ich mich mal erkundigen, was damit ist?"

„Wenn es dir nichts ausmacht", er nannte ihr seine Adresse, „dort in der Nähe muss es sein", lehnte sich wieder zurück.

Als sie sich der Innenstadt näherten verabschiedete sich Asger, um umzusteigen. Er war irgendwie kurz angebunden und De wurde das Gefühl nicht los, dass etwas nicht stimmte. Er fragte sich natürlich sofort, ob es an ihm lag. Danach ging auch Naj, die ihm das Versprechen abnahm, dass er sich zeitnah bei ihr melden sollte. Er sagte zu, obwohl er genau wusste, dass er das Kommunikationsgerät dazu nicht nutzen würde. Danach war er allein und kam kurze Zeit später bei seiner Arbeitsstelle an.

×××

An keinem Tag, seit er hier angefangen hatte, fühlte er sich so erleichtert und froh wie jetzt, seine Arbeit machen zu können. Im Gegensatz zu seinem Privatleben war hier alles vorgegeben, jeder Handgriff saß, Probleme waren meistens technischer Natur und konnten relativ unkompliziert gelöst werden. Er war selten überfordert, musste nicht kommunizieren, konnte einfach im Autopilot versinken. Zum Glück hatte auch keine seiner Aufgaben etwas damit zu tun, dass etwas mit dem Realitätskonstrukt nicht stimmte, irgendwie hatte er auch langsam genug von diesem Thema.

Als er etwas später als sonst nach Hause fuhr war der Himmel immer noch grau und verhangen. Und schon auf dem Weg von der Haltestelle zu seiner Wohnung fing es an zu tropfen und wurde immer mehr, sodass er nach Hause rannte, um nicht komplett durchnässt zu werden.

Nachdem er die Wohnungstür aufgeschlossen hatte blieb er wie angewurzelt stehen. Niemand war da. Ganz selbstverständlich hatte er erwartet, dass Asger auf dem Bett saß oder an dem Tisch am Lesen war. De schloss die

Tür hinter sich und schaute sich in der winzigen Wohnung noch einmal um. Tatsächlich war Asger und sonst auch niemand da. Neben dem Bett stand noch seine Tasche, die wie immer ziemlich vollgepackt aussah. Am wahrscheinlichsten war es wohl, dass er irgendwelche Besorgungen machte. Aber so spät, wo er den ganzen Tag Zeit dafür gehabt hatte? Oder hatte es etwas mit Jonas zu tun? De lief auf und ab und ärgerte sich, dass sie sich nicht genauer abgesprochen hatten und er sich jetzt Sorgen machen musste. Natürlich war da auch der Gedanke, dass Asger für immer weg war, abgereist, Tasche hin oder her.

De aß eine Kleinigkeit und horchte immer wieder, ob unten die Tür aufging und Asger vielleicht zurück kam. Aber nichts dergleichen geschah und De wurde ganz mulmig zumute. Schließlich legte er sich widerwillig schlafen.

Mitten in der Nacht schreckte er hoch, weil er ein Geräusch gehört hatte. Er hatte nur leicht geschlafen und stand sofort auf, um die Ohren zu spitzen. In der Nachbarwohnung waren deutliche Schritte, Türenknallen und eine Männerstimme zu hören. De brauchte sich nicht anzuziehen, denn er hatte Hose und T-Shirt wie so oft für den Fall eines plötzlichen Aufbruchs angelassen und schlich barfuß in den Hausflur. Er hielt das Ohr an die andere Tür und versuchte sich zusammenzureimen, was da los war. Drückte schließlich die Klinke runter und trat ein. Es war Jonas.

„Oh, hallo", rief Jonas, der mitten im Wohnzimmer stand. Er hielt Blätter in der einen und einen Kommunikator in der anderen Hand. Er sah eigentlich aus wie immer, die Haare waren etwas durcheinander.

De wollte eigentlich wieder rückwärts rausgehen, doch Jonas kam direkt auf ihn zu und breitete die Arme aus.

„De, altes Haus, wie schön dich zu sehen, komm doch rein", rief er und es war De sehr unheimlich.

Er wollte abhauen, weil er sich daran erinnerte mit welch eisernen Griff Jonas ihn fixiert hatte. Aber dann fragte er sich, ob er etwas mit Asgers Verschwinden zu tun hatte und das ließ ihn bleiben.

„Was machst du hier?", fragte De und lief ein paar Schritte in die Wohnung, die irgendwie ziemlich verwüstet aussah. Das Forscherteam hatte hier länger gehaust und das sah man auch. Zettel, Kabel, Decken, Essensreste lagen überall verstreut herum. Zuletzt hatten sie hier wohl auch geschlafen, sich regeneriert, reanimiert.

„Ich habe hier etwas vergessen", Jonas kratzte sich am Kopf und stöberte in den Ecken. Er wirkte relativ normal, nicht wie ein wild gewordener Schläger. Trotzdem hatte De noch deutlich vor Augen, wie er Asger die Treppe runtergestoßen hatte.

„Warum bist du überhaupt noch im Einsatz, nach alldem, was passiert ist?", fragte De und setzte sich auf einen Stuhl, der an der Seite stand.

„Was?", Jonas drehte sich abrupt um und schaute irritiert. „Ach, das war doch bloß ein Missverständnis", er winkte ab und gab ein unangenehmes Lachen von sich.

„Ein Missverständnis? Du hast Asger fast das Genick gebrochen", sagte De trocken.

„Wir hatten eine Auseinandersetzung, ja. Aber es geht ihm doch gut, oder? Er ist wie die anderen Androiden zäh und hält das aus."

De kratzte sich am Hinterkopf. Irgendetwas stimmte doch mit dem Kerl nicht. Er konnte nur nicht sagen, was. Es war merkwürdig, dass er hier war und so tat als wäre nichts geschehen.

„Und was ist jetzt mit dem Text, den du Karl-Gustav rechtswidrig und unter Einsatz von physischer Gewalt abgenommen hast?", bohrte De weiter nach. Vielleicht ließ sich da ja eine wichtige Information entlocken, auch wenn De eigentlich genug von diesem Thema hatte.

„Ach, Schreiber sind ja so sensibel, wir hatten so unsere Differenzen", murmelte Jonas und studierte dabei ein paar Ausdrucke, „der Text wird gerade geprüft und wenn er brauchbar für unsere Zwecke ist kann diese komplizierte Angelegenheit endlich abgeschlossen werden."

„Karl-Gustav hatte dir gegenüber bestimmt erwähnt, dass er glaubt, der Text könnte noch größeren Schaden anrichten und sollte nicht in der breiten Bevölkerung eingesetzt werden", warf De ein und musste sich zusammenreißen, den Satz nicht herauszuschreien und mit einem „du Schwachkopf" zu versehen.

„Karl-Gustav denkt so einiges, er denkt viel, ja, aber nicht alles davon ist zu gebrauchen. Die Praxis sollte er anderen überlassen, Leuten, die im Feld sind zum Beispiel."

In De stieg die Wut hoch und er musste sich mehrmals räuspern, um sie nicht herausplatzen zu lassen. Aber diesmal war es insgesamt besser als das letzte Mal, als er oder andere tot umgefallen waren. Wut war insgesamt ein gutes Material für einen besonders festen Strang Realität und ließ sich hervorragend verknoten. Es hatte keinen Sinn mit Jonas zu diskutieren oder versuchen ihn umzustimmen, er war ja komplett von seiner Mission überzeugt und belächelte alles andere. De stand auf und wollte gehen.

„Moment mal", Jonas lief ihm hinterher und stellte sich deutlich vor die Tür. Wäre ja auch zu einfach gewesen.

„Läuft doch bei dir. Ich geh mal wieder schlafen", sagte De und täuschte ein Gähnen an.

„Es gibt da nur ein kleines Problem", setzte Jonas wieder sein merkwürdiges Lächeln auf. „Hast du zufällig Asger gesehen?"

„Was willst du denn jetzt von ihm?", entgegnete De. „Ich glaube nicht, dass er noch etwas mit dir zu tun haben will."

„Ich muss etwas sehr sehr wichtiges mit ihm besprechen. Ist er drüben?", Jonas wollte schon die Tür aufmachen um rüberzugehen.

„Nein, er ist seit heute Morgen weg", De biss sich auf die Zunge, aber er wollte auf keinen Fall, dass Jonas seine Wohnung betrat.

„Du weißt nicht wo er ist?"

De schüttelte den Kopf.

„Oh, Mist, ich denke er wird seinen Plan doch umgesetzt haben und zur Produktion zurückgekehrt sein", Jonas setzte ein zerknirschtes Gesicht auf, das De ihm nicht ganz abnahm.

Trotzdem wurde ihm ganz flau im Magen. Der Gedanke, dass das stimmte ließ ihn kurz taumeln und er lehnte sich an die Wand.

„Du weißt ja, mit seiner Geschichte passt er hier einfach nicht rein, es konnte nie funktionieren", bedauerte Jonas scheinheilig.

„Welche Geschichte?", stotterte De und wusste genau, dass er jetzt am Haken hing. Wäre er doch bloß nie hier reingelaufen.

„Na du weißt schon, seine zehn Jahre im Krieg", sagte Jonas und legte ganz fürsorglich seinen Arm um De.

„Fass mich nicht an", De trat ein paar Schritte zurück und war dadurch gezwungen ins Wohnzimmer zurückzugehen. Er setzte sich wieder auf den Stuhl und Jonas nahm Platz auf einer Holzkiste, die an der anderen Wand stand.

Sein Kopf drehte sich. Spielte Jonas ein Spiel mit ihm? Warum hatte er Asger nie gefragt, was er vor der Warenannahme gemacht hatte? Er hatte gesagt, er war Arzt gewesen. Waren das Lügen? Er wusste nicht mehr, was er glauben sollte. Immer hatte sich alles um ihn, De, gedreht und dafür schämte er sich jetzt. Ihre letzten Gespräche und die Blicke waren merkwürdig gewesen und er hatte nicht gefragt, warum und was mit Asger los war. Wie konnte er das alles übersehen haben und war stattdessen fröhlich seiner Arbeit nachgegangen. Wahrscheinlich, weil er ein empathieloser Trottel war.

„Er hat es dir nie erzählt, stimmts?", Jonas schaute nachdenklich auf den Boden. „Nachdem er zehn Jahre bei kriegerischen Auseinandersetzungen auf dem Weltraumfahrer-Kontinent und anderen Planeten als Arzt für die Verwundeten eingesetzt worden war, war er durch. Leer. Nicht mehr zu gebrauchen. Jeden Tag Tote, Verstümmelte, Schreie, Amputationen, halb Verweste. Länger kann das auch ein Android nicht aushalten. Selbst wenn er extra dafür hergestellt wurde. Er soll ja immer noch Mitgefühl haben. So wie bei mir. Ich soll leisten und menschlich bleiben", Jonas lachte kühl auf. „Nachdem Asger durch war blieb ihm nur noch die stupide Arbeit in der Produktion, wie so vielen. Bis zu dem Tag an dem er dich kennen gelernt hatte. Was für eine bekloppte Idee hierher zu kommen", Jonas schüttelte den Kopf. „Das war von Anfang an zum Scheitern verurteilt. Er ist maximal traumatisiert, kann zu keinem anderen Lebewesen eine Verbindung herstellen. Schafft es gerade so seine Fassade aufrecht zu erhalten. Ich denke er wird sich entweder selbst ausschalten, das wäre würdevoll oder zurückgehen in die Produktion und weiter ackern. Eine andere Möglichkeit gibt es für Leute mit dieser Diagnose nicht, tut mir leid."

De musste erstmal verarbeiten. Verarbeiten und verarbeiten. Dutzende von Gesprächen und Berührungen mit Asger schossen gleichzeitig durch seinen Kopf. Er sah das alles im neuen Licht. Er hatte ihn als gutmütig, geordnet und einfühlsam erlebt, aber war er das auch? War es nicht seltsam, dass er ihm so lange nachgereist war? Sich um ihn gekümmert hatte? War er nach dem Sturz zwar physisch okay gewesen, aber psychisch endgültig zerbrochen? Es war zu viel für Des Kopf, so viele Interpretationen der Wirklichkeit konnte er unmöglich in sich integrieren. Er schüttelte sich und sprang auf, er musste hier raus.

„Warte", Jonas war wieder bei ihm und wollte ihn an die Schulter fassen, zog seine Hand aber im letzten Moment zurück. „Ich möchte gerne noch eine letzte Messung an dir durchführen, um zu wissen, wie der neue Text bei dir wirkt. Es wäre für mich und mein Team existentiell diese Daten zu sammeln."

„Nein", De schüttelte halbherzig den Kopf, „ich denke nicht. Ich will dein Vorhaben nicht mehr unterstützen, ich weiß, du führst etwas Schlechtes im Schilde, etwas Unmoralisches, etwas, was den Tagträumern schaden wird. Mehr noch als der unabsichtliche Schaden der durch Karl-Gustavs Text entstanden ist. Du willst sie endgültig vernichten, stimmts? Sie sind dir ein Dorn im Auge."

De wusste gar nicht, warum er das sagte. Es war nicht sehr klug. Hätte er nicht vorgeben können schnell noch auf Toilette zu müssen und dann durch das Badfenster flüchten? Es prasselte einfach aus ihm heraus, er war verwirrt und konnte nicht gut planen. Konnte noch nie irgendwas planen.

„Du bist ja doch nicht so dumm, wie ich dachte", grinste Jonas selbstgefällig. Er stand direkt vor ihm. War fast einen Kopf größer als er. Etwas breiter. Sein blau kariertes Hemd spannte über seinen Muskeln aus Stahl. Seine Hände waren nicht grob, aber kräftig. „Tagträumer, pfft", er gab ein abfälliges Geräusch von sich. „Hab direkt nach den ersten Messungen gerafft, dass sie allesamt alberne Trottel sind, die eine viel zu schwächliche Realität aufgebaut haben. Sobald sie weg sind kann eine neue Struktur entstehen. Nicht aus instabilen ‚Fäden'", er setzte das Wort in Anführungszeichen, „sondern aus richtig festen und stabilen Elementen. An denen auch Androiden mitwirken können. Davon werden alle profitieren. Wir müssen nur noch die Spinner loswerden, dann kann es losgehen. Ich denke, mit dir fange ich an."

De musterte ihn erneut und wagte es nicht, sich zu bewegen. „Willst du jetzt ernsthaft unter Anwendung von roher physischer Gewalt mich... töten oder so? Ich werde mich nicht wehren, ich weiß genau, dass es sinnlos wäre. Du hast sicherlich auch mitbekommen, wie erschöpft ich vom Leben bin, es ist also nicht so, dass es mir nicht gelegen käme. Ich frage nur, um vorbereitet zu sein, um zu wissen, was gleich passiert. Ich mag Kontrolle."

Jonas Gesichtsausdruck änderte sich etwas und De konnte ihn nicht mehr so gut lesen. Was ging in seinem Kopf vor? Seine Augen blickten mal hier mal dort hin, er schürzte seine Lippen und zog die Stirn kraus. Vielleicht fragte er sich gerade, wie er Des Leiche verschwinden lassen könnte und kam zu keinem guten Ergebnis. In der Produktion oder einer anderen dünn besiedelten Gegend gab es bestimmt jede Menge Ideen dafür, aber hier mitten in der Stadt? Er konnte ihn schlecht Huckepack nehmen und heraustragen. Er könnte es natürlich wie einen Unfall aussehen lassen. Oder, noch besser, so, als wäre De stehen geblieben. Aber Würgemale und sowas waren dafür dann eher hinderlich.

„An dir mache ich mir nicht die Finger schmutzig, du stinkst ja schon vom Weitem wie ein ranziger Putzlappen", raunte Jonas und stürmte durch die Tür heraus.

De blickte ihm hinterher und wartete, bis er unten die Haustür ins Schloss fallen hörte. Dann atmete er aus. Was war das? Die Anspannung fiel augenblicklich von ihm ab. Herrgott, das war krass. Er lief in seine Wohnung, schloss alle Türen hinter sich. Legte sich in sein Bett und starrte an die stockfinstere Decke. An Schlafen war nicht zu denken. Er atmete immer noch schwer und versuchte die Frequenz zu senken. Der letzte Satz war auch nicht ohne. Es tat weh das so ins Gesicht gesagt zu bekommen. Und auch bedroht zu werden wie eine kleine wehrlose Ameise war ein demütigendes Gefühl. Kein Wunder dass Karl-Gustav einen ganzen Tag gebraucht hatte, um wieder zu sich zu kommen.

Dann fiel ihm wieder ein, dass Jonas gefragt hatte, wo Asger sei. Was hatte er von ihm gewollt? Anscheinend war er nur wegen ihm hierhergekommen. Gleichzeitig war

Jonas sich im Gespräch so sicher gewesen, dass Asger abgehauen war, also warum hatte er ihn gesucht? Es ergab keinen Sinn. De schloss die Augen und fragte sich, ob er morgen auf die Arbeit gehen sollte. In seinem Kopf schwirrte alles.

×××

Am nächsten Morgen fühlte sich sein Körper taub und leblos an. An seinen Füßen schien Blei zu kleben. Schwerfällig stand er auf und schlurfte in der Wohnung herum, verließ schließlich das Haus, weil er den kleinen Raum nicht ertrug. In der Straßenbahn dachte er an Mira, die oft auf dem Arbeitsweg zu ihm gerannt war und ihn aufgeheitert hatte. Sie war weg. Asger war weg. Er war allein. Er war irgendwie nicht mehr daran gewöhnt allein zu sein. Immer wieder dachte er an Asgers Rucksack und hoffte, dass er zurückkehren würde, wenigstens, um sich zu verabschieden. Und dann dämmerte ihm, dass er sich noch nie irgendwo verabschiedet hatte und wie abscheulich das gewesen war. Er schloss die Augen und versuchte ein Brennen ebendieser zu unterdrücken.

In der Mittagspause, die er allein in seinem kleinen Technikraum verbrachte, kam ihm der Gedanke, dass er wenigstens Naj mitteilen sollte, was Jonas ihm über seine Pläne erzählt hatte. Auch wenn er kaum Energie verspürte, um irgendwie aktiv zu werden bestand die kleine Chance, dass irgendwas dadurch verhindert werden konnte. Da er sehr damit haderte wieder bei ihr zu Hause aufzukreuzen, beschloss er sie in ihrem Büro aufzusuchen, auch wenn dieser Ort ebenfalls mit vielen unangenehmen

Erinnerungen verknüpft war. Er wollte es schnell hinter sich bringen.

Dafür musste er nur ein paar Haltestellen zurückfahren, eine große Kreuzung überqueren und schon stand er vor dem Hochhaus, welches opulent herausragte und nicht zu übersehen war. Er wusste nicht mehr ganz genau, wo sich Najs Büro befand, aber es würde ihm beim Hereinlaufen sicher wieder einfallen. Hoffentlich hatte sie kein Meeting oder einen Außeneinsatz.

Den Kopf gesenkt lief er rein und ging gleich durch zu den Aufzügen. In den Fluren schwirrte es nur so von Leuten und alle waren am Reden und Lachen. De hoffte niemandem zu begegnen, den er kannte, insbesondere nicht Schmidt, einem alten Verwaltungs-Geist, der immer genauer als genau gewesen war und dessen Worte, dass er, De, nicht gut genug war, immer noch in seinem Kopf nachhallten.

Er fuhr in den dritten Stock und schaute sich kurz um. Er wusste nicht, welchen Eingang er jetzt nehmen sollte. Vereinzelt liefen Mitarbeiter herum und trugen Akten in den Händen, standen in den Türen und unterhielten sich, musterten ihn und befanden wohl ziemlich schnell, dass er nicht hierher gehörte. De kam ins Schwitzen und verfluchte sich und seine Ideen. Er hatte das Gefühl mitten in einem Ameisenbau zu stecken und egal in welche Richtung er lief, er verstrickte sich nur noch tiefer in den Gängen. Hektisch las er die Namen auf den Schildern, an denen er vorbeirauschte und plötzlich stand er, wie durch ein Wunder, vor ihrem Büro.

Die Tür war halb angelehnt und De warf einen Blick hinein. Naj saß dort, ihm den Rücken zugewandt und tippte auf einer Tastatur, gleichzeitig starrte sie auf den

Bildschirm und hielt ihren Zeigefinger auf eine Stelle in der Akte, blätterte um und tippte weiter. Ihr Büro war sehr aufgeräumt, mit hohen Aktenschränken und einem schönen großen Fenster zum Innenhof. Außer dem Rascheln beim Umblättern war kein Laut zu hören, diese Ruhe beeindruckte ihn.

Er musste wohl ein Geräusch gemacht haben, denn Naj drehte sich um und schaute ihn an.

„Du hast mir einen Schrecken eingejagt", sie lächelte und stand auf. „Komm doch rein."

De bewegte sich ein bisschen nach vorne, wollte aber nicht zu sehr in Najs Raum eindringen.

„Was ist passiert?", fragte sie und ihr Gesichtsausdruck änderte sich. Sie musste wohl gemerkt haben, dass etwas nicht stimmte.

De konnte kein Wort herausbringen, sondern winkte nur ab. Bereute es augenblicklich, hierhergekommen zu sein und Naj bei ihrer Arbeit zu stören wie so ein streunender Hund, der keine andere Anlaufstelle hatte.

Sie brachte ihm dankenswerterweise einen Stuhl, in den er sich sinken ließ und setzte sich ihm gegenüber in ihren Bürostuhl. Fürs Wegrennen war es jetzt wohl zu spät. Er hasste es vor anderen noch mehr Schwäche zu zeigen als sie sowieso schon sahen.

Er bewegte die Hände und versuchte einen Ton herauszubekommen, wusste jedoch nicht, wie er anfangen sollte. Gleichzeitig musste er alle Kraft aufbringen, um die Kontenance zu wahren und nicht alle Gefühle auf einmal herausbrechen zu lassen.

Naj schenkte ihm ein Glas Wasser ein und reichte es ihm. Er nahm ein paar Schlucke, das lenkte ihn etwas ab.

„Jonas war gestern da", brachte er schließlich hervor und war froh, das Gespräch beginnen zu können.

„Was?", Najs Gesichtsausdruck verdunkelte sich. „Was um Himmels Willen wollte er?"

De schüttelte wortlos den Kopf und senkte wieder den Blick. Wer konnte das sagen.

„Er...", setzte er wieder an, „er hat was geredet davon, dass... dass er die Tagträumer sowieso alle vernichten möchte und andere Gerüste aufbauen, lauter so einen Kram", De sprang auf und lief zu dem großen Fenster. Der Innenhof war komplett zubetoniert und leer. „Ich wollte dich wirklich nicht stören, es tut mir leid. Ich dachte einfach, du solltest es wissen."

„Natürlich", sie stellte sich neben ihn und verschränkte die Arme. „Hat er dich bedroht?"

„Ich denke schon."

„Hat Asger eingegriffen?"

De atmete tief ein und aus. „Er war nicht da", sagte er mit dünner Stimme. „Er ist irgendwie weg."

„Wie, weg?"

„Ich weiß es nicht."

„Lass dir doch nicht alles aus der Nase ziehen. Seit wann? Wie?"

„Als wir zusammen in der Bahn waren, da habe ich ihn das letzte Mal gesehen", er hielt die Luft an, „ich denke, er ist abgereist."

„Aber ihr wart ja schon...", sie druckste herum.

„Ich weiß es nicht...", murmelte De und drehte sich vom Fenster weg. „Ich muss jetzt los, meine Mittagspause ist gleich rum", er setzte sich in Bewegung.

„Warte", Naj kam hinterher. „Wäre es nicht möglich, dass er aufgebrochen ist, um sich reparieren zu lassen und… nicht mehr zurückfindet oder ihm etwas zugestoßen ist? Hat er keine Nachricht geschickt?"

„Ich lese meine Nachrichten nicht und das weiß Asger auch", De stand schon in der Tür.

Naj murmelte etwas Unverständliches. „Schau doch mal rein, vielleicht ja doch", setzte sie nach.

„Das Ding ist ein Massengrab von verpassten Chancen", rief De lauter als geplant. „Da geh ich nicht rein."

„Okay, okay", beschwichtigte Naj ihn.

„Also, mach's gut", De versuchte ein Lächeln aufzusetzen und lief heraus.

Irgendwie taumelte er durch den Flur und lief erstmal in die falsche Richtung. Hatte die Orientierung verloren. Schließlich fand er den Aufzug und drückte auf den Knopf. Es dauerte eine Weile, dann öffneten sich die Türen. Er trat ein. In diesem Moment kam Naj angerannt und hielt ihm etwas hin.

„Hier, ich habe dir Adressen von Reparatur-Anlaufstellen für Androiden aufgeschrieben, es gibt drei in der Stadt", sie war ganz außer Atem. „Vielleicht findest du da was heraus, versuch es wenigstens", sie drückte ihm einen zusammengefalteten Zettel in die Hand und die Türen schlossen sich wieder.

De steckte ihn ein. Darauf hätte er vielleicht selbst kommen können. Keine Ahnung, vielleicht war es auch aussichtslos. Was sollte er schon machen, dort auftauchen und eine Personenbeschreibung abgeben? Drei Stellen, die konnte er unmöglich alle abklappern, wahrscheinlich alle in unterschiedlichen Ecken der Stadt und vielleicht gab es noch mehr. De wollte beim Verlassen des Gebäudes den Zettel zerknüllen und wegwerfen, um diesen Ballast los zu sein, aber er hielt sich gerade noch so zurück.

×××

Nach der Arbeit war er unsicher, was er machen sollte. Er wollte sich die Enttäuschung ersparen und nach Hause fahren. Diese leere Wohnung war ein absoluter Abturner. Andererseits kam es nicht in Frage, dass er in so einen Laden spazieren würde. Er konnte sich nur blamieren, alles andere war ausgeschlossen. Im besten Fall wurde er ausgelacht, im schlechtesten beschimpft.

Lustlos steuerte er den ersten Laden an. Er kannte sich nicht sonderlich gut in der Stadt aus und brauchte eine Weile, um die richtige Straßenbahn zu erwischen. Als er dort endlich ankam musste er feststellen, dass der Reparaturservice dicht gemacht hatte. Außer ein paar verbarrikadierten Scheiben und einem zerschlissenen Ladenschild gab es hier nichts mehr.

Er wusste nicht, woher er die Motivation aufbrachte, aber er machte sich gleich auf zur zweiten Adresse. Es war eine unscheinbare Praxis im zweiten Stock eines Hochhauses, außer einem kleinen Schild an der Außenfassade wies nichts darauf hin, dass hier Androiden verarztet wurden. Er stieg die Stufen hoch und blieb vor der weißen Holztür stehen. Formulierte Sätze in seinem Kopf, die er sagen konnte. Überlegte umzukehren. Aber da wartete ja nur seine leere Wohnung auf ihn. Bevor er zu einem Entschluss kommen konnte, ging die Tür auf und eine Frau stieß fast mit ihm zusammen.

„Kann ich dir helfen?", fragte sie in einem kühlen Tonfall. Sie trug eine beige Bluse und eine schwarze Anzugshose. Ihre dunklen Haare waren zu einem strengen Pferdeschwanz zusammengebunden. „Wir machen gleich zu." Sie räumte ein paar Kartons, die wohl von einer Lieferung stammten, nach drinnen.

„Ich habe eine Frage", nuschelte De und folgte ihr. Der Eingangsbereich erstrahlte in einem Weiß, die Frau lief hinter den Schalter, an dem ein paar Prospekte lagen. Neue Haare und bessere Kniegelenke wurden dort angepriesen. Irgendwie hatte er sich sowas ganz anders vorgestellt, mehr wie so einen Gemischtwarenladen. Die letzte Adresse hatte von außen auch eher so ausgesehen. „Ich suche meinen Freund und wollte fragen, ob er in den letzten Tagen hier war. Er heißt Asger und…", er wollte sagen dass Asger ein Android ist, aber das wäre irgendwie dumm gewesen, also ließ er es bleiben.

„Und?", hakte die Frau nach.

„Und er ist groß, schmal gebaut, hat blondes Haar zu Zöpfen geflochten. Hast du ihn zufällig gesehen?"

Die Frau schaute ihn gar nicht richtig an, sondern sortierte irgendwelche Papiere und tippte auf ihrem Computer. De konnte förmlich spüren, dass sie ihn nicht als richtiges Gegenüber wahrnahm, genau dieselben Vibes, die von Jonas ausgegangen waren und die er den ganzen Tag aushalten musste. Natürlich, er strahlte das auch bewusst aus mit seiner Art zu sprechen und seinem Erscheinungsbild. Weil er keine andere Person zu bieten hatte.

Mit einem Mal hasste er diese verdammte Stadt so sehr und wusste genau, warum er das letzte Mal geflohen war. Damals wenigstens mit der Verheißung, sich defragmentieren lassen zu können. Und jetzt? Warum war er zurückgekehrt? Er konnte die Gründe nicht mehr nachvollziehen, die letzten Monate waren wie in einem Nebel.

„Dieser Arzt?", fragte die Frau, immer noch den Blick auf ihrem Bildschirm.

„Ja, genau", Des Miene hellte sich auf. „Wo ist er hin?"

„Er sagte, er ist im Kriegsgebiet im Einsatz und müsste so schnell es ging dorthin zurück, das wars."

„Wann war das?"

„Hm", sie überlegte, „müsste gestern vormittags gewesen sein."

„Hatte er sonst etwas gesagt?"

Sie schüttelte den Kopf.

De stürzte nach draußen. Er lief in irgendeine Richtung. Es fing an, dunkel zu werden. Das ergab verdammt nochmal keinen Sinn. Diese verfluchte Stadt drehte die Menschen um und verwandelte sie in Karikaturen ihrer selbst. Jonas. Asger. Ihn. Nur wenn man die Zügel selbst in die Hand nahm und die Stadt verdrehte hatte man anscheinend eine Chance, so wie Naj. Sie war wohl glücklich hier.

Ein leichter Regen setzte ein. De rannte ohne Ziel. War es schon wieder so weit, hatte er alles verloren und musste sich etwas Neues suchen? Er konnte zurück in die Produktion fahren und danach wieder hierher, bis zum Rest seines Lebens hin und her pendeln, immer zwischen zwei Orten, die er nicht aushalten konnte.

Irgendwann setzte er sich in eine Nische zwischen zwei Häusern und stützte seinen Kopf auf den Knien ab. Es waren kaum noch Leute unterwegs. Manchmal war ein Schreien, dann wieder ein Hundebellen zu hören. Laute Musik. Zerbrechen von Glas. Er war wohl in einem der weniger feinen Stadtteilen gelandet. Als eine kleine Gruppe von lärmenden Leuten an ihm vorbeizog stand er wieder auf und wollte zurück. Die Straßenbahn fuhr bestimmt nicht mehr. Aber irgendwo musste er hin. Als er um die Ecke bog lief er auf einmal in eine Menschenmenge rein, die sich vor einem Lokal versammelt hatte.

„Das können die nicht machen", rief eine Frau. „Wir müssen etwas dagegen unternehmen." Sie sah nicht betrunken oder verrückt aus, eher wie eine ältere Dame, die sich nach dem Abendessen ihr Jäckchen nochmal übergezogen hatte, um rauszugehen.

„Ich glaube nicht, dass das durchgeht", bemerkte ein nach Verwaltung aussehender Mann mit Anzug und Brille im nüchternen Tonfall.

„Und warum nicht?", fragte irgendjemand.

„Weil die Leute auf die Barrikaden gehen und wir die Schreiber hinter uns haben."

„Die sind weit weg und Karl-Gustav wird die Sache nicht allein reißen."

„Sie müssen nicht vor Ort sein, um gegen die Forscher vorzugehen."

„Hey, du siehst aus wie ein Tagträumer", sprach ihn eine Frau mit Gehstock an. Sie war etwas kleiner als er, hatte ihre weißen Haare kunstvoll hochgesteckt und trug einen blauen Blazer.

„Wie bitte?", fragte er verdutzt.

„Na, du bist kein Chaot, aber wanderst trotzdem nachts durch die Straßen und deine ganze Erscheinung…", sie lächelte milde, „wir haben gerade davon erfahren, dass die instabilen Realitätsstrukturen, die uns schon seit Monaten das Leben schwer machen, durch andere Verbindungen ersetzt werden sollen", ihr faltiges Gesicht verfinsterte sich. „Das ist das vorläufige Endergebnis von der Forschergruppe. Die momentan existierenden Strukturen ließen sich nicht mehr retten, das hieße für uns angeschlagene Tagträumer… das wars."

„Ich verstehe nicht…", stammelte De und schaute verwirrt umher.

Der Pulk verzog sich langsam in eine Art Kneipe und die Leute verteilten sich an den Tischen und vor der Theke in der Mitte des Lokals. De kam hinterher.

„Ich habe mir das schon lange genug angeschaut", sagte der Verwaltungstyp neben ihm und nahm seine Brille ab, um sie mit einem Tuch zu putzen. „Leute sterben um mich herum, ich kann meine Arbeit kaum noch erledigen, liege nachts stundenlang wach vor lauter Angst und nicht verarbeiteter Gedanken. So geht das nicht mehr weiter, und von diesen Forschern ist für unsere Belange keine Unterstützung zu erwarten."

Der Wirt stellte ihnen ein paar Getränke hin und der Mann nahm einen Schluck.

„Jetzt kam gerade die Pressemitteilung, dass es eine neue Strategie zur Bewältigung der Krise gibt", ein jüngerer Typ stellte sich hinter sie. „Alle Tagträumer werden angewiesen sich einen von der Forschergruppe geprüften Text zu unterziehen, sonst werden sie in Gewahrsam genommen."

„Wo wollen sie uns hinbringen, es gibt keine Gefängnisse", lachte die ältere Frau auf, die jetzt auf der anderen Seite von De saß.

Ein lautes Gemurmel schwoll an, es wurde geschimpft, sich empört, gemutmaßt, geflüstert, geweint und gegrübelt. Zwischendurch kamen ein paar neue Leute rein und drängten sich in den kleinen Laden, es wurde richtig voll. De hatte Mühe den einzelnen Gesprächen zu folgen, die oft auch abdrifteten und sich um völlig unterschiedliche Themen drehten. Und doch konnte er sich nicht losreißen von dem Summen wie in einem

Bienenstock, es war auch eine willkommene Abwechslung in seinem momentan eher solitären Leben.

„Jemand muss sie aufhalten, wir müssen uns wehren", sagte einer der Gäste, der sichtlich angetrunken war.

„Wir leben in einer Selbstverwaltung", grölte ein anderer und zog das letzte Wort so sehr in die Länge, dass alle anderen laut auflachten. Auch De musste schmunzeln, es klang so dramatisch.

„Ich hasse die verdammte Selbstorganisation", sagte jemand hinter ihm, „diese Forscher haben null Legitimation und drängen sich in unser Leben. Was bilden sich diese angeblichen Kosmopoliten von den Weltraumfahrern eigentlich ein, die wissen doch immer alles besser. Als hätten sie die Weisheit mit Löffeln gefressen."

„Fast alle technischen Innovationen kommen von ihnen, sie importieren Wissen und sind sehr dem Wohl der Menschen und des Planeten verpflichtet, vergiss das nicht."

„Bist du jetzt etwa dafür, dass die Tagträumer ausgemerzt werden?"

„Nein… ich wollte nur darauf hinweisen, dass die Leute dort nicht prinzipiell schlecht sind. Es ist anscheinend nur die Forschungsgruppe, die außer Kontrolle geraten ist."

„Jonas", sagte De und drehte sich um. Es war die adrette ältere Frau und ein junger Typ, die da sprachen. „Es ist Jonas. Ich weiß nicht, was bei ihm schief gelaufen ist bei der Herstellung, aber er ist manipulativ, größenwahnsinnig und übergeschnappt. Ich habe leider persönlich dazu beigetragen, dass es so weit kommen konnte."

De senkte den Kopf.

„Was?", sagte die Frau. „Du machst Witze, oder?"

In den Raum wurde es etwas ruhiger. Ein paar Gespräche verstummten.

„Unabsichtlich, er hat mich getäuscht. Ich wollte helfen. Er hätte Karl-Gustav beinahe defenstriert", führte De weiter aus.

„Aber... wie bist du dazu gekommen?", der Frau stand der Mund offen und sie hatten jetzt auch ein paar mehr Zuhörer.

„Ich war in der Produktion als er ganz frisch aus seinem Ei geschlüpft ist, da nahm alles seinen Lauf und erst gestern hatte er schon angekündigt mir den Gar aus zu machen", De zuckte mit den Schultern.

„Produktion?", sagte die Frau, die anscheinend noch nie in ihrem Leben ein Werkzeug angefasst hatte. Auch andere wandten sich etwas angewidert um. Ja, die Städter waren sehr feine Leute, das wusste er schon.

„Aber Moment mal", sagte der junge Mann, mit dem sie gesprochen hatte. „Woher kennst du Karl-Gustav?"

„Ich kenne ihn nicht, nein, eigentlich nicht, aber er hat einen Text für mich geschrieben, der jetzt die Zerstörung der Welt, wie wir sie kennen, einleiten soll", De lachte spöttisch. „Immerhin kann ich jetzt wieder herumspinnen", er machte eine Geste mit seinen Fingern, als hätte er nach unsichtbaren Fäden gegriffen.

„Hä?", sagte der Mann und riss seine Augen auf. Erst jetzt ging De auf, wie absurd das alles eigentlich war.

Plötzlich kam eine Frau von draußen reingerannt. „Es gibt neue Entwicklungen", rief sie aufgeregt und die Leute begannen zu murmeln und ihre Kommunikatoren herauszuholen.

„Die drei Weisen des Schreiberkontinents haben ein Statement abgegeben", die Frau war ganz außer Atem und strich sich die Haare aus dem Gesicht.

„Was besagt es?", fragte jemand.

„Sie schlagen sich auf unsere Seite", brachte sie hervor und ein ohrenbetäubender Krach brach los. De wusste gar nicht, was los war. Es wurde gejubelt, geschrien, lautstark diskutiert.

„Alle Aufträge werden boykottiert, gleichzeitig werden die Schreiber für jeden Tagträumer einen individuellen Text verfassen, der sie wieder in die Ausgangsposition versetzen soll", hörte er noch von irgendwo.

„Das kann ewig dauern, das ist total unrealistisch und nur Augenwischerei."

„Das schaffen sie zahlenmäßig nicht, so viele Schreiber gibt es gar nicht."

„Nur Karl-Gustav kann diese Art von Text verfassen, die anderen haben doch ganz andere Schwerpunkte."

„Wenn du mich fragst bahnt sich ein neuer globaler Konflikt an, das wird noch übel ausgehen…"

De bahnte sich einen Weg durch die Menge und trat nach draußen in die kühle Luft. Zog den Reißverschluss seiner Jacke nach oben und versteckte sein Gesicht in dem Kragen. Die Stille wurde plötzlich von weit entfernten Knallgeräuschen durchbrochen. De fragte sich was da los war. Längere Zeit war nichts zu hören, dann ging es wieder los.

Die Frau von vorhin trat ebenfalls nach draußen.

„Sind das schon die Vorboten oder was", murmelte De in seine Jacke.

Sie lachte. „Du bist wirklich nicht von hier," sie zog ihre Jacke enger. „Das ist doch aus dem Stadtteil mit den kriegerischen Auseinandersetzungen. Es geht schon seit Jahren so. Wir haben uns daran gewöhnt", sie zuckte mit den Achseln.

„Um was geht es?"

„Ach, das ist nicht ganz klar. Es sind rivalisierte Banden, es geht um die Vorherrschaft im Viertel, Drogenhandel, autoritäre Strukturen und jetzt mischen die Vogelmenschen auch noch mit. Die Grauen werden schon seit Wochen immer wieder dort gesehen, haben sich wohl sogar ganz dort angesiedelt."

„Ich hab diesen Stadtteil irgendwie vergessen, er ist aus meiner Wahrnehmung gerückt. Aber jetzt, ja ich erinnere mich an diese neuen Entwicklungen", De nickte und versuchte gedanklich die vielen Puzzleteile zusammenzubringen. Es passierte mal wieder mehr als sein Kopf verarbeiten konnte. Und dann dachte er wieder an Asger. Es war, als wäre mit einem Mal etwas Schweres auf seinen Kopf gefallen.

„Dann bis bald, würde mich freuen, dich hier nochmal zu sehen", sagte die Frau und schlenderte davon.

„Ja, mach's gut", murmelte De abwesend und starrte immer noch in den schwarzen Himmel.

Irgendwas sagte ihm, dass Asger vielleicht dort wäre. Er hatte von Psychologie keine Ahnung, aber wenn er durch den Streit und die handgreifliche Auseinandersetzung mit Jonas retraumatisiert wurde, dann war er vielleicht dorthin gegangen, um seiner Tätigkeit als Arzt nachzugehen. Oder Gott weiß was zu machen. Zu kämpfen oder zu sterben. Es war ein abwegiger, geradezu lächerlicher Gedanke, versicherte De sich. Er hatte ihn aufgetan, um sich an irgendwas festzuhalten, an irgendeiner vagen Hoffnung. Und Hoffnung hatte ihn bisher immer enttäuscht. Nein, vielleicht suchte er nicht Hoffnung, sondern Gewissheit. Gewissheit über Asgers Verbleib. Ja, das war eine passable Motivation, um auf eine sinnlose Suche zu gehen.

Der Stadtteil konnte nicht weit weg sein. Wenn er sich richtig orientiert hatte, lag er noch weiter vom Stadtinneren entfernt, noch weiter weg von seiner Wohnung. Ob er diese heute oder morgen, es war bestimmt schon Mitternacht, noch sehen würde? Er wusste es nicht. Fröstelnd marschierte er los in Richtung des Lärms. Vielleicht würde ihm sein Instinkt, was das auch immer sein mochte, den richtigen Weg zu Asger zeigen. Eine Ironie des Schicksals war es, dachte er bedrückt, dass Asger wochenlang irgendwelchen vagen Aussagen folgen musste, um De zu finden. Und jetzt ereilte ihn wie zur Strafe dieselbe Bürde.

War die Wohngegend vorher relativ durchschnittlich mit Wohnhäusern und Geschäften, Lokalen ausgestattet, so merkte er, dass die Häuser mit der Zeit immer mehr zerbrochene Fensterscheiben und abgewetzte Fassaden aufwiesen, die Straßen waren vermüllt, ungepflegt und teilweise aufgerissen. Immer wenn er Menschen sah, wich er ihnen aus und nahm einen Umweg. Er wollte auf keinen Fall jemandem begegnen.

Als die Schüsse schon sehr nah waren verlangsamte De seinen Schritt und versuchte mit einem Plan aufzukommen, außer sich abknallen zu lassen. Viele der Häuser waren mittlerweile nicht mehr bewohnt und standen leer. Und dann kam er an das erste Gebäude, welches halb zerstört vor sich hingammelte. Immer mehr davon folgten. Die Straßen waren häufiger einfach nur Schotterpisten oder Steinansammlungen. Eine Straßenbahn fuhr hier schon lange nicht mehr.

Er quetschte sich zwischen zwei Häusertrümmern, setzte sich und durchsuchte sein Gehirn noch einmal nach einem Plan. Bis auf die sporadische Knallerei war es ruhig um ihn herum, keine Spur von einer Menschenseele, das war unheimlich. War er schon in der Gefechtszone? Er wollte eigentlich nicht einfach so bei einem Schusswechsel sterben, das war doch würdelos. Und dann würde Asger noch seine Leiche finden, De schüttelte sich bei diesem Gedanken. Nein, das war nicht hilfreich.

Er blieb erstmal sitzen, schloss die Augen und spitzte die Ohren. Jemand lief herum, ganz in der Nähe. Ein unmerkliches Klappern und Schlurfen war zu hören. De hielt die Luft an. Plötzlich schneller ohrenbetäubender Schusswechsel direkt in seiner Nähe. Ein Flüstern, ein Aufschreien, ein Wegbewegen. De klingelten noch die Ohren und er war wie betäubt. Raffte sich wie ferngesteuert auf, irgendwie war sein Körper so weit weg und folgte den anderen Schatten, eine Person schleifte jemanden weg. Sie schimpfte und schluchzte dabei kaum wahrnehmbar. De folgte ihnen. Sie kamen an einem großen halbzerstörten Gebäude an, De schlüpfte hinter ihnen hinein und setzte sich wieder in eine Ecke. Von dort aus konnte er in den Schemen beobachten, wie der Verletzte hochgebracht wurde. Dann wurde es wieder still.

Nach kurzer Zeit waren von oben wieder Geräusche zu hören, dumpfe Stimmen. Des Herz klopfte wie wild und er fragte sich, was er sich hier eingebrockt hatte. Wahrscheinlich war Asger weit und breit nicht hier, aber De schlich herum, wegen einer Schnapsidee. Wie verzweifelt musste man sein, um eine solche Aktion zu schieben? Wieder kam De der Gedanke, dass es Asger damals ähnlich ergangen war. Dass er Des Spuren, Mutmaßungen,

Andeutungen gefolgt war, in fremde Städte und Gegenden gereist war, unglücklich war. Und dann ankam und von De alles andere als freundliche empfangen wurde. De kniff die Augen bei diesem Gedanken zusammen und atmete schwer. Wie wahnsinnig die Welt sich jeden Tag wandelte, das war doch nicht zum Aushalten. Aber er brauchte die Antworten. Er musste wissen, ob Asger zurückkam oder nicht. Mehr nicht. Die Hoffnung musste im Keim erstickt werden, immer wieder. Versicherte er sich zumindest.

Von oben war ein Schrei zu hören. Noch einer. Es war ein schrecklicher Ton und De musste sich seine Ohren zuhalten. Dabei hörte er immer noch das Dröhnen von der Schießerei. Er presste die Hände auf seinen Kopf und verharrte unbeweglich. Als er die Augen wieder öffnete meinte er den ersten Anflug von Morgengrauen draußen zu entdecken. Sein Kopf war schwer und voller Blei. Er stand auf und schlich in der Dunkelheit die Stufen in den ersten Stock. Die Treppen waren voller Schutt, Türen gab es keine.

Er bog um eine Ecke, noch eine und kam in einen größeren Saal. Von der Decke hing eine nackte und grelle Glühbirne, die einen unheimlichen Platz erleuchtete. Es war alles voller Blut. Altem, getrocknetem und frischem, rotem Blut. Sofort musste De an seine Geschwüre denken und an das ganze Verbandszeug, was er immer verbraucht hatte. Zum ersten Mal fiel ihm auf, dass er diese Krankheit seit mindestens mehreren Tagen nicht wahrgenommen hatte.

Auf den bloßen und billig aussehenden Plastiktischen fand sich alle möglichen Utensilien wie Skalpell, Säge, Zangen, Pinzetten, Scheren. Teilweise wild durcheinandergeworfen. Der Boden wild übersät mit blutgetränkten Verbänden, Tupfern, Ampullen, Fleischresten. De musste ein Würgen und eine Ohnmacht unterdrücken. Was für ein schrecklicher Ort.

Und mittendrin, ihm den Rücken zugewandt, stand Asger. Er erkannte ihn sofort an seinen Haaren und seinem Körperbau. Das konnte nur er sein. Auch wenn er jetzt einen schmutzigen weißen Kittel anhatte. Er hantierte an einer Art Waschbecken und bewegte sich kaum. Des Herz schlug ihm bis zum Hals, er konnte sich nicht rühren. Am liebsten wäre er hingerannt und hätte ihn umarmt, ihn einfach mit nach Hause genommen. Aber er war nun mal nicht der Typ für solche Aktionen.

Vorsichtig setzte er einen Fuß vor den anderen, Schutt knirschte unter seinen Schuhen. Asger drehte sich behutsam um, so wie er es immer tat. Seine Bewegungen waren nie kantig oder abrupt. Er zog gerade seine blutverschmierten Handschuhe aus und schaute De in die Augen. De ging noch ein paar Schritte weiter auf ihn zu und war nur noch ein paar Meter von ihm entfernt. Asger hatte dieselben Augen, aber er lächelte nicht, er wirkte müde und kraftlos. So wie bei ihrer letzten Verabschiedung in der Straßenbahn.

De wollte etwas sagen, aber eigentlich wusste er schon, dass es aussichtslos war. Wenn Asger ihn erkannt hätte, hätte er es gezeigt.

„Kann ich dir helfen?", fragte Asger und wandte den Blick nicht ab. „Bist du verletzt?"

De schüttelte den Kopf und senkte den Blick, Tränen schossen ihm in die Augen. Er fragte sich, was er machen könnte, um die alten Erinnerungen in Asger zu reaktivieren. Ein Wort, eine Geste, eine Handlung. Aber es war wie eine Mauer zwischen ihnen, unüberwindbar. Vielleicht Milchglasscheiben. Hoffnung zerschellte an ihnen. Es schmerzte wie ein Messer in seinen Eingeweiden. Sie standen bloß da und De konnte sich nicht von ihm losreißen. Asger fing an das Besteck zu säubern.

„Asger", sagte eine Stimme hinter ihnen und De zuckte zusammen als wäre dort eine Bombe eingeschlagen. Er wusste schon, wer da stand und der Schmerz, den er sowieso schon kaum aushalten konnte wurde augenblicklich verdoppelt.

Er drehte sich um.

„Es gibt ein neues Einsatzgebiet für dich, wir müssen dich zum nächsten Standort bringen", sagte Jonas im ruhigen Tonfall.

„Natürlich", erwiderte Asger mit einer Selbstverständlichkeit und zog seinen Kittel aus. „Wo immer ich gebraucht werde."

„Was machst du mit ihm", zischte De und ging auf Jonas zu. Er wäre ihm gerne an die Gurgel gegangen und bedauerte es sehr, dass es nicht ging.

„Er kann mir gute Dienste leisten", Jonas zuckte gleichgültig mit den Achseln. „Er ist obrigkeitshörig, resilient, erfahren, weltgewandt, ich kann das alles sehr gut gebrauchen. Und seine medizinischen Kenntnisse sind auch nicht zu unterschätzen. Ich brauche ihn in meinem Team. Er wird ab jetzt für uns kämpfen."

„Was?", krächzte De, er hatte kaum noch eine Stimme, sie war wohl von seiner Wut verschluckt worden.

„Es kommt mir gerade gelegen, dass er in alte Gewohnheiten zurückgefallen ist, umso besser. Ich bin noch neu und habe Schwierigkeiten mich zurecht zu finden, er wird mir helfen."

Asger kam rüber, mit einer Art Arztkoffer in der Hand.

„Wunderbar", Jonas legte die Hand um ihn, „auf dich ist immer Verlass."

„Wohin bringst du ihn?", rief De.

„Geht dich das was an? Wir sind auf allen Kontinenten unterwegs, gerade dort, wo meine Kompetenzen gebraucht werden. Und jetzt fängt die heiße Phase an, ich hoffe, du hast dich schon warm angezogen, es könnte ungemütlich werden", Jonas schob Asger vor sich her und sie liefen zur Treppe.

De ballte seine Fäuste und wollte etwas machen, sagen, aber er wusste nicht was. Er war nicht wortgewandt wie Karl-Gustav, nicht so stark wie ein Android, nicht so wahnsinnig wie Naj. Er kannte ja eigentlich nur Blei und Selbstmitleid. Und so blieb er da stehen und sah beide verschwinden.

xxx

Die nächsten Wochen verbrachte De damit, alles dafür zu tun sich damit abzufinden, dass Asger weg war. Er hatte ja nun seine Antwort, die er unbedingt haben wollte. Jetzt musste er sie nur noch akzeptieren. Dafür schob er Asgers Tasche, die immer noch in seiner Wohnung herumlag, unter das Bett, damit er sie nicht ständig sehen musste. Er konnte sich nicht dazu bringen, sie wegzuwerfen oder wegzugeben, also musste das fürs erste reichen.

Außer arbeiten zu gehen unternahm er zunächst nichts, denn er hatte genug Aktivitäten gehabt und wollte keine anderen Menschen sehen. Wenigstens die Arbeit war ganz gut, sie lenkte ihn ab und gab ihm einen Tagesablauf vor, den er gerne annahm. Von den ganzen Problemen mit der Realität hielt er sich absolut fern und vermied alles, was damit zu tun hatte. Vielleicht war das Thema auch schon längst abgeflaut und spielte keine Rolle mehr. Seine Realitätswahrnehmung war sowieso in Ordnung und das reichte ihm.

Mit Erleichterung stellte er fest, dass sein Magen sehr gut funktionierte, solange er ihn regelmäßig mit Essen versorgte und er machte drei Kreuze, dass künstliche Ernährung so gar keine Rolle mehr spielte. Er gewöhnte sich eine feste Struktur für die Mahlzeiten an und befolgte diese sehr strikt, weil er ja sonst keinen anderen Sinn im Leben mehr sah. Morgens vor der Arbeit ein Frühstück mit Brötchen und Tee, Mittags einen Happen aus den umliegenden Geschäften oder Cafés und abends einen Salat. Sein Appetit war immer noch mickrig und er wusste nicht, ob er für immer weg war oder doch mal wiederkommen würde. Doch das war okay, denn er fühlte sich den Tag über körperlich fit und gut versorgt.

Auch zeigten sich keine neuen Geschwüre, was De kaum glauben konnte. Ab und zu spürte er noch einen leichten Juckreiz an verschiedenen Stellen, aber es passierte sonst nichts weiter. Jedes Mal atmete De erleichtert auf und hoffte, dass das so blieb.

Der Frühling war nun im vollen Gange und es war angenehm, sich draußen aufzuhalten. Manchmal fuhr De nach der Arbeit zu einem abgelegenen Park und beobachtete die Familien mit Kindern, die Vogelmenschen, die sich verstärkt dort aufhielten und später die jungen Leute, die zusammensaßen, sich unterhielten, lachten, Musik machten. Es waren aber auch immer wieder Demonstranten zu sehen, die in größeren Gruppen durch die Stadt zogen und für oder gegen etwas Stimmung machten. De hielt sich von ihnen fern.

An einem anderen Tag hatte er einen Fluss entdeckt, der wiederum an einem anderen Ende der Stadt lag und wenig besucht war. Er setzte sich nach Feierabend ans Ufer, beobachtete das Wasser und ließ sich den Wind durch die Haare wehen. Wenn es windig war wurden auch immer wieder Zettel durch die gesamte Stadt getragen, vor ein paar Tagen hatte es damit begonnen. Er sah sie aus der Straßenbahn, auf den Bürgersteigen, in den Grünanlagen und auch hier am Fluss. De hatte eine Ahnung, um was es sich dabei handelte. Versuche, die Tagträumer auszuschalten. Jetzt war es soweit, Jonas war auf seiner Mission und niemand konnte ihn aufhalten. Am Ende waren die anderen immer stärker als man selbst, so war es halt.

Auf dem Nachhauseweg konnte De es sich nicht abgewöhnen, stets Ausschau nach Asger zu halten. Immer wieder meinte er einen schlanken großgewachsenen Mann in der Menge entdeckt zu haben und sein Herz machte einen Satz. Aber niemand von ihnen hatte seine Haare oder sein Gesicht. Das enttäuschte ihn jedes Mal und er fragte sich, ob er jemals aufhören würde ihn erspähen zu wollen. Das waren auch die Momente, in denen seine Gedanken zurückgingen zu ihren letzten Gesprächen und Begegnungen. De machte dabei eine Inventur der Situationen, in denen er etwas Falsches gesagt und sich fehlerhaft verhalten hatte. Dachte in endlosen Schleifen darüber nach, wie er hätte verhindern können, dass es zu dem kam, wie es jetzt war. Er hätte Asger mitnehmen können, bevor Jonas aufgetaucht war. Aber was hätte er mit ihm gemacht, wenn er ihn noch nicht einmal erkannt hatte. Das wäre sinnlos gewesen. Nach dem Treppensturz hätte er Asger nicht allein lassen dürfen. Vielleicht hätten sie beide gar nicht hierher kommen sollen und wären einfach im Recycling geblieben. Da wären sie sicher glücklich geworden und so einiges wäre ihnen beiden erspart worden. Und so weiter. Dieses Gedankenkreisen war eine ziemlich sinnlose Beschäftigung, die ihn auszehrte.

Zwischendurch hatte De versucht seine Haare in Ordnung zu bringen. Es störte ihn immer wieder, dass die Leute so komisch guckten. Asger hatte seine Bürste und einen Kamm im Bad liegen gelassen. Mit beidem hatte er versucht seine Haare zu bändigen, hatte sie schließlich etwas gekürzt, sodass sie nur noch knapp über die Schultern gingen und sich vorgenommen das Kämmen in seine morgendliche Routine einzubauen. Zwischendurch probierte er es aus seine Haare mit Asgers Bändern hinten zusammenzubinden. Er fühlte sich unangenehm nackt dabei und konnte es sich als Dauerzustand nicht vorstellen.

Es war Freitag, als er etwas früher von der Arbeit nach Hause kam und Naj unten vor seinem Haus stehen sah. Er freute sie zu sehen, aber er fürchtete sich auch vor dem, was auf ihn zukam. Also alles wie immer.

„Hey", sagte sie und musterte ihn. „Hab dich schon lange nicht mehr gesehen. Dachte, du wärst wieder ausgewandert."

„Hey", er lächelte sie an und sie gingen zusammen hoch.

„Warum lässt du dich nicht mal blicken?", fragte sie als sie sich zusammen an den Tisch setzten.

De zuckte mit den Schultern.

„Karl-Gustav hat nach dir gefragt. Du hast wohl einen Eindruck bei ihm hinterlassen", sie lächelte ihn an und De dachte, dass er sich so langsam an ihre merkwürdigen Augen gewöhnt hatte.

„Wie geht es euch so?", fragte er und holte ein Glas Wasser, welches er vor Naj abstellte.

„Es ist viel los, du hast sicher davon gehört."

De verdrehte innerlich die Augen. Er wollte nicht schon wieder in diese ganzen Probleme hineingezogen werden. Es hatte ihn viel Mühe gekostet sich von diesen Themenkomplexen zu distanzieren und er wollte das eigentlich dabei belassen. Deswegen nickte er bloß vage und schaute aus dem Fenster.

„Tagträumer sterben momentan wie die Fliegen, überall, auf der ganzen Welt", fuhr Naj fort. „Wir konnten bisher nur wenige retten. Karl-Gustav ist an seiner Belastungsgrenze. Die Forscher haben ein Upgrade für Androiden erarbeitet, sie können ab sofort die Funktion der Realitätsherstellung übernehmen. Die, die noch vertraglich gebunden sind, müssen es installieren lassen. Bei den anderen sind viele skeptisch. Neue Androiden werden von Anfang an mit dem Feature ausgestattet. Es droht eine Spaltung, aber es ist ja nicht die erste. Und frag bloß nicht nach den grauen Vogelmenschen, sie fuhr sich mit beiden Händen über das Gesicht. „Sie haben sich im kaputten Stadtteil angesiedelt und weiten ihre Auseinandersetzungen immer mehr aus. Ich weiß leider aus erster Hand, wie gerne sie kämpfen", sie seufzte schwer. „Deswegen bin ich auch gekommen. Bringe dich rechtzeitig in Sicherheit. Tagträumer werden momentan gejagt, sie sind schwach und haben niemanden auf ihrer Seite. Ich habe die Kinder schon woanders untergebracht, außerhalb der Stadt. Es ist nur noch eine Frage von Tagen, bis es hier knallt und was danach kommt weiß niemand", sie nahm einen Schluck und hielt kurz inne. Eine kurze Pause entstand.

„Ich habe von Asger gehört", fügte sie schließlich an.

De presste die Lippen aufeinander und senkte den Blick. Das kam unerwartet. Sein Körper zog sich zusammen und schrumpfte um mindestens eine Kleidergröße.

„Karl-Gustav meinte, es handelt sich bei ihm um Depersonalisation", Naj begann mit ihren Fingern Kreise auf der Tischplatte zu malen. „Er weiß wahrscheinlich gar nicht, was mit ihm passiert. Jonas macht sich das zu Nutze."

Er wusste das alles, es änderte nichts an den Tatsachen, egal, wie man die Sache drehte.

„Wenn man in diesem Fall überhaupt von ihm, Asger, sprechen kann", führte sie weiter aus. „Es sind wohl eher mindestens zwei Personen und sie haben nicht den besten Kontakt zueinander. De, das tut mir so furchtbar leid."

Sie hob die Hand, um sie auf seine zu legen, zog sie aber zurück und verschränkte die Finger. De konnte nichts darauf erwidern. Mit einem Mal schienen seine ganzen albernen Versuche seitdem ein normales Leben zu führen, in sich zusammenzubrechen wie sinnlose Hilfskonstruktionen. Haare schneiden, spazieren gehen, Leute beobachten. Er hatte sich vorgemacht, dass er damit über die Situation hinwegkam. Wenn er sich Asger doch nur abschneiden könnte wie seine Geschwüre, er würde es liebend gerne machen.

„Wir könnten versuchen…", Naj rang sichtlich mit den Worten und gestikulierte, als würde in der Luft das liegen, was sie suchte, „ihn… da rauszuholen."

„Er ist kein Gefangener und auch kein Kind, er wurde nicht entführt oder gezwungen", erwiderte er und spürte wie seine Stimme so kalt war, als würden sich gleich Atemwolken beim Sprechen bilden. „Es gibt nichts zu tun. Er ist aufgrund seiner Entscheidung dort und es geht ihm gut, das ist die Sachlage. Ich muss mich damit abfinden. Oder nicht. Schleppe ich halt einen weiteren Ballast mit mir rum, das ist nichts Neues für mich."

„Das klingt sehr verbittert."

„Es kann halt nicht jeder sein Traum-Leben führen, mit einer perfekten Familie, mit mehreren Partnern und Kindern, die sich alle super verstehen", platzte es aus ihm heraus, lauter als geplant. „Ich brauche dein Mitleid und deine klugen Ratschläge nicht", er sprang auf und stellte sich ans Fenster, stützte sich an dem Sims ab.

So musste er sie nicht mehr ansehen. Es tat ihm sofort leid, was er gesagt hatte, aber er konnte auch nicht anders. Wut kochte in seinen Adern. Bestimmt war es nicht einfach als Halbvogelmensch durch die Welt zu gehen und seinen Platz zu finden. Er wusste, dass Naj an Entfremdungserscheinungen und sozialen Phobien litt, dass die große Narbe am Haaransatz nicht davon stammte, dass sie gegen eine Tür gelaufen war. Dass es sie Überwindung gekostet haben musste hierher zu kommen und mit ihm zu sprechen. Trotzdem hasste er sie in diesem Moment. Weil sie trotz allem das Leben besser hinbekam. Das war unfair. Karl-Gustav machte sich auf die Reise und kam bei ihr an wie auf einem Präsentierteller. Jiri kam schon vorher angeflogen.

Und die Leute, die De mochte starben oder verschwanden wegen merkwürdiger psychischer Erkrankungen. Das lag daran, dass er ein Fehler war, menschlicher Abfall, pochte es in seinem Kopf. Wenn er schon keinen fand, der schuld war an der ganzen Misere, dann wollte er sich wenigstens selbst dafür verantwortlich machen, das war besser als völlig die Kontrolle über dieses Narrativ zu verlieren. Und immer, wenn er an diesem Punkt ankam, war es wie Erbrochenes zu essen. Er konnte nicht mehr. Nicht immer wieder dasselbe.

Naj stand auf und ging. De legte sich in sein Bett und ertrank in Wut und Trauer.

×××

Wenn er als Kind am Strand gesessen hatte und mit der Hand über die weiche Oberfläche des Sandes fuhr, die Hand eintauchen ließ in das feinkörnige Element, dann wusste er, dass alles um ihn herum aus Stein war. Er lebte auf einem Gesteinsbrocken, atmete Sauerstoff und sein Auftrag war es, dafür zu sorgen, dass genug Elektronen in die richtige Richtung flossen. Stromversorgung. Der Stein war sichtbar, greifbar, die anderen Dinge nicht. Stein war das einzige, was er hatte.

Er wünschte sich aus Stein zu bestehen, in ihm aufzugehen. Dann hätte er all diese Gefühle nicht: Wut auf seine Eltern, Ablehnung der anderen, Scham für seinen Körper, unbeantwortete Fragen, Fluchtreflexe und ein unstillbares Verlangen nach einem Zuhause. Für keine dieser Herausforderungen hatte er eine Antwort oder eine Strategie.

Irgendwann hatte er von dem Produktionskontinent gehört. Er bestand fast nur aus leblosem Stein. Es gab dort ein altes Bergwerk. Dorthin zu reisen war der einzige Traum, den er jemals hatte. Immer, wenn er traurig war, erlaubte er sich von Kindheitstagen an, davon zu träumen, in diesen Berg hinabzusteigen und sich in dem Stein zu verlieren. Er hatte auch Angst davor. Doch noch mehr fürchtete er sich vor allem Lebenden. Anderen Menschen, der Natur, dem Wasser und Wind. Vor Berührungen, Gesprächen, Beziehungen. Vor Schmerzen, Trauer, Leid und Sorgen. Vor Kontrollverlust, Ohnmacht, Zwang und Übergriffigkeit. Wenigstens seiner Selbstbestimmung wollte er sich niemals berauben lassen.

Auf dem Weg zur Defragmentierung ließ er sich auf eine Zwischenstation ein, in der Hauptstadt. Es gab auch einen kleinen verkümmerten Teil in ihm, der einfach nur ein normales Leben führen wollte. Dieser Teil hatte noch nie viel zu sagen gehabt. Erst recht nicht, nachdem dieses Experiment gescheitert war. Und kurz darauf zerbrach sein Lebenstraum, im Bergwerk seine Erlösung zu finden. Das war der Stand der Dinge.

Leer fühlte er sich in den Tagen nach Najs Besuch. Alles an ihm schien mit Blei gefüllt. Mühsam kroch er durch sein Leben. Das einzige, worin ihn das Leben immer wieder überraschte, waren die immer neuen Arten von Enttäuschungen, die es parat hatte.

Jetzt spürte er auch den Sand zwischen seinen Fingern rieseln. Sand, der von der Sonne erhitzt worden war. Er war warm und er machte keine Probleme. Man konnte sich darin eingraben und die Welt vergessen. Nein, es kam nicht plötzlich irgendwo ein Hoffnungsschimmer her, wenn es ihm ganz schlecht ging, wenn er ganz unten und von der Welt begraben worden war. Das waren Märchen, Erzählungen für Kinder, damit sie die Schwere der Welt nicht sahen.

Es wurde nicht plötzlich hell, nachdem die Nacht am dunkelsten war. Es gab keine ausgleichende Gerechtigkeit, wenn etwas Schreckliches passiert war. Alles Schöne, was ihm natürlich auch widerfuhr, war fragil wie ein

Flügelschlag, flüchtig wie ein Sonnenstrahl, manchmal unwirklich wie eine Luftspiegelung. Er konnte es nie festhalten. Es entschlüpfte seiner Sicht, seinen Händen, seiner Erinnerung wie eine Melodie, ein Funkeln, ein Zirpen.

Ein Gedanke keimte in ihm. Es war so einfach und unkompliziert gewesen zu sterben, als er stehen geblieben war. Er müsste einfach nur noch einmal den schädlichen Text von Karl-Gustav, der, der die ganze Krise ausgelöst hatte, lesen und dann länger abwarten, bis alle Fäden, die ihn in der Realität hielten, zerschlissen waren, sich fürchterlich aufregen und dann würde sein Leben aufhören zu existieren. Eigentlich ziemlich einfach. So, wie es momentan so vielen Tagträumern wohl erging, wenn es das war, was Naj gemeint hatte. Einer nach dem anderen kippte um. Der Kontakt zwischen seinem Geist und den Fäden müsste wieder gekappt werden. Der Gedanke war ganz gut, aber diese Sache würde dauern. Und wenn dann wieder jemand neben ihm stand, der meinte eine barmherzige Tat vollbringen zu müssen, dann war alles umsonst.

Dann war noch die Frage nach den Folgeschäden, wenn sein Plan nur teilweise aufging. Würde er geistig eingeschränkt auf ewig weiterleben müssen? Wieder mit gerissenen Strängen? Dann vielleicht doch lieber mit klarem Verstand wie jetzt. Und, ein großes Hindernis war, dass er erstmal an den schädlichen Text kommen musste, der jetzt bestimmt überall beseitigt worden war. Ersetzt mit dem anderen, wenn er es richtig verstanden hatte.

Der Plan hatte viele Lücken und das gefiel ihm nicht. Bisher waren alle seine Pläne an solchen Ungenauigkeiten gescheitert. Doch er merkte, dass das Tüfteln an diesen Überlegungen ihm Auftrieb verlieh. Und er Asger dabei wenigstens etwas vergaß.

Das Stadtbild hatte sich in der Zwischenzeit ganz schön verändert. Egal, wo er hinging, es gab immer wieder dramatische Szenen, wenn jemand tot umfiel. Androiden wurden gehasst und fortgejagt. Leute legten ihre Arbeit nieder, jeden Tag gab es Proteste. Selbst an seinem Arbeitsplatz konnte er nicht mehr in den Routinen versinken, die er sich so mühsam aufgebaut hatte. Immer wieder gab es lautstarkes Geschrei, weil irgendein Android verdächtigt wurde, die Strukturen der Menschen zerstören zu wollen, weil der Strom ausfiel, weil jemand reanimiert werden musste. Er versuchte mittlerweile nur noch zwischen Arbeit und Wohnung zu pendeln und beim Umsteigen Essen zu besorgen, alles andere war ihm zu riskant.

×××

An einem Nachmittag, er war mal wieder viel zu abwesend durch die Welt geistert, geriet er beim Warten auf eine Straßenbahn in eine Menschenmenge, die plötzlich um ihn herum war. Die Leute waren sehr aufgebracht, sie schrien, weinten, hatten vor Wut rot angelaufene Köpfe und stritten sich auch gegenseitig. De versucht einen Ausgang aus der Menge zu finden, aber egal, wo er sich durchquetschte, es kamen immer mehr Leute aus allen Richtungen.

„Hackt den Androiden die Köpfe ab!", schrien manche.

„Tod den Tagträumern!", skandierten andere.

„Forscher entmachten!", kam aus einer Richtung.

„Ende der Selbstorganisation!"

De erfasste eine Panik, er hatte die Kontrolle verloren. Es wurde geschubst, er stolperte, bekam Ellbogen und

Knie ab, fiel hin und rappelte sich wieder auf. Dann wurde geschossen, Steine flogen, Fäuste und Stöcke wirbelten um ihn herum. Er versuchte verzweifelt in irgendeine Richtung zu entkommen, aber er war eingeschlossen wie in einem Kessel, es gab keinen Ausgang. Die Leute um ihn herum, er nahm sie kaum noch wahr, kreischten und schlugen um sich, manch einer fiel einfach um und blieb liegen, sie trampelten ihn nieder. Er versuchte oben zu bleiben, auf seinen Beinen zu bleiben.

Er wusste dann gar nicht, wie ihm geschah, er wurde gepackt, es wurden Handschellen angelegt, er wurde mit vielen anderen in eine Art Militärhubschrauber verfrachtet und sie hoben ab. De war so perplex, er kam kaum noch hinterher zu begreifen, was passierte. Die Luft war wie elektrisiert. Alle um ihn herum hatten denselben geschockten Gesichtsausdruck. Der Pilot und sein Nebenmann hatten dunkelblaue Helme und eine robuste dunkle Schutzausrüstung an. Zumindest dachte er, es wären zwei Männer, man konnte ihre Gesichter nicht erkennen.

So etwas hatte er noch nie gesehen. Er wusste noch nicht einmal, dass so etwas möglich wäre. Hubschrauber, Handschellen, Ingewahrsamnahme. De wollte unbedingt jemandem erklären, dass er mit den ganzen Ausschreitungen nichts zu tun hatte, dass das ein furchtbares Missverständnis war, aber es gab niemandem, den das interessierte. In dem Hubschrauber saßen mit ihm noch etwa ein Dutzend Männer und Frauen, Jüngere und Ältere, querbeet gemischt.

Sie landeten und wurden einer nach dem anderen in eine alte Lagerhalle geführt und auf den Boden gesetzt, in Abstand zueinander. Überall liefen komplett maskierte Leute in dunkelblauen Uniformen herum. Sie hatten

Schusswaffen am Gürtel, aber auch Schlagstöcke in den Händen. Hunderte von Leuten kauerten mittlerweile in der Halle auf dem Boden, keiner von ihnen sagte etwas, es war gespenstisch still. De hatte immer wieder einen Gedanken, dass das alles nicht wahr sein konnte, dass das nicht gerade passierte. Er dachte schon an eine Invasion von Aliens, denn Menschen konnten das nicht sein, es gab doch keine Polizei, kein Gericht, keine Gefängnisse. Es gab Ersatzhandlungen, ja, aber nicht das hier. Das konnte einfach nicht sein. Diese Gedanken hämmerten immer und immer wieder in seinem Schädel und verdrängten alles andere.

Er beobachtete, dass einer von den Uniformierten durch die Reihen ging und ein paar Sätze mit den Leuten sprach, sich etwas notierte. De schluckte, als er merkte, dass auch er bald an der Reihe war. Rechts von ihm saß eine junge Frau, die einfach nur bitterlich weinte und links von ihm ein älterer Mann, der eine Platzwunde am Kopf hatte und einen leeren Blick. Überall, wohin er auch blickte, verstörte Gesichter, zitternde Menschen wie er.

Die Person mit dem Notizblock kam näher. Sie hatte eine Hose mit vielen Taschen aus robustem Stoff, einen Gürtel mit besagter Schusswaffe, aber sehr unauffällig platziert, eine Jacke aus demselben Stoff, ebenfalls mit mehreren Taschen, feste Handschuhe, die jegliche Haut verdeckten und auf dem Kopf einen sehr schmalen Helm, der aus einem matten dunkelblauen Metall gefertigt war und bis unter das Kinn reichte. Das war sehr unheimlich. An der Stelle, wo Augen, Nase und Mund waren hatte der Helm Aussparungen, die mit einem dunklem Stoff unterlegt waren.

De hatte einfach nur die schiere Angst vor dieser Erscheinung, er war sich sicher, sie würden auf der Stelle alle exekutiert. Da war dann doch die Angst vor dem Tod. Denn er war fremdbestimmt und Kontrollverlust war nicht gut.

Als die Person bei ihm ankam, versuchte er das Klappern seiner Zähe möglichst zu unterdrücken. Alles an ihm zitterte und bebte, er konnte nichts dagegen machen. Sie holte einen kleinen Scanner aus einer der vielen Taschen und scannte wortlos den Chip, der in seiner linken Hand implantiert war und alle wichtigen Informationen über ihn enthielt.

„Tagträumer?", fragte sie schließlich in einer menschlichen, weiblichen Stimme. Sie klang leicht gelangweilt und genervt.

De wollte den Kopf schütteln, denn er hatte das Gefühl, dass ein Tagträumer zu sein ein Todesurteil wäre, aber er schaffte es nicht, die Frage zu bejahen oder zu verneinen, so sehr er sich auch zusammenriss. Die Frau zog weiter. Ungefähr zwei Stunden später, die Nacht war schon angebrochen, wurde er zu einem Güterzug gebracht, ähnlich dem aus dem Produktionskontinent, und dort in ein Abteil geladen. Weitere Leute kamen dazu, sie waren am Ende ungefähr fünfzig Personen und saßen dicht an dicht. Die Türen wurden geschlossen und es war stockdunkel. Der Zug setzte sich in Bewegung.

„Was passiert mit uns?", flüsterte jemand leise.

„Wir haben Pech gehabt", wimmerte jemand anderes. „Wir werden weiter festgehalten, bis unser weiteres Schicksal entschieden ist."

„Was für ein Schicksal? Das können die doch nicht machen, das hat es noch nie gegeben und ich lebe schon seit fünfzig Jahren in der Hauptstadt. Was geht hier vor?", fragte eine Frauenstimme.

„Die Ausschreitungen, Leute, es wurde ein Notstand ausgerufen", seufzte jemand.

„Wir sind eine selbstverwaltete Stadt…"

„Träum weiter. Die Weltraumfahrer haben die Aufgabe den weltweiten Frieden zu überwachen. Habt ihr die Schüsse gehört? Und das war heute nicht das erste Mal. Sie werden jetzt alle festnehmen, die daran beteiligt sind und aussortieren, wer weiter in Haft bleibt und wer freigelassen wird. Wir sind also die Bösen…"

De hob die Augenbrauen. Seit wann gehörte er einer militanten Widerstandsgruppe an, was hatte er verpasst? Er war eindeutig im falschen Film. Und die Leute im Waggon hörten sich auch nicht so an, als wollten sie alles in die Luft sprengen.

„Die Androiden sind schuld daran", schimpfte einer abfällig.

„Halt die Klappe. Die Tagträumer sind doch durchgedreht, mit denen hat es angefangengen", entgegnete ein anderer.

„Vorsicht, wir sind hier und wir können euch hören", sagte eine kühle Stimme.

„Pff, ich habe keine Angst vor euch Freaks. Ich hoffe ihr krepiert bald alle."

„Das ist genau das, was gerade passiert. Es ist im vollem Gange und kann nicht mehr aufgehalten werden", eine älter klingende Stimme erzählte und alle anderen verstummten. „Die Forscher haben ihren vergifteten Text über den ganzen Planeten verteilt. Ich habe ihn nicht gelesen, aber man sagt, dass er so hochkonzentrierten Schwermut enthält, dass das Herz des Tagträumers sofort stehen bleibt. Natürlich sind die Schreiber immun dagegen. Aber die anderen… Die meisten von uns sind schon tot, der Kampf ist verloren. Jetzt werden nur noch die Scherben aufgekehrt und die, die den Text noch nicht zu sich genommen haben anders entsorgt."

De musste schlucken. Das gefiel ihm gar nicht.

„Ich habe zwei kleine Kinder zu Hause, was soll jetzt aus ihnen werden", schluchzte ein Mann und Des Brustkorb zog sich zusammen. Es wurde still.

„Was erwartet uns? Gibt es ein Gerichtsverfahren?", durchbrach jemand die Stille.

„Es existieren seit über hundert Jahren keine Gerichte auf dem Planeten", lachte jemand verbittert auf. „Es wird nach Aktenlage entschieden, geht einfacher und schneller. Wer sich des Aufruhrs schuldig gemacht hat kommt in die Produktion, die anderen dürfen nach Hause gehen."

Gar nicht mal so schlecht, dachte De. Also änderte sich für ihn gar nicht so viel. Den Entwicklungen konnte er also entspannt entgegensehen.

„In der Produktion gibt es nur Essensreste und kein Wochenende", murmelte eine Frau ängstlich. „Wie soll man das aushalten? Nur Arbeiten und Schlafen."

De lachte auf. Das schien jedoch keiner zu registrieren. Diese Städter waren wahrlich wie Hundewelpen, die das erste Mal allein unterwegs waren.

Die Gespräche gingen noch eine Weile weiter, verstummten dann aber immer mehr. De kauerte sich zusammen. Überall um ihn herum waren Arme und Beine, alle versuchten sich zu arrangieren. Sein Kopf lag wahrscheinlich auf einem Knie, an ihm dran war ein großer und breiter Rücken, auf seinen Füßen lagen andere Beine. Wenigstens schien seine Körperphobie durch den Stress ausgeschaltet worden zu sein. Mit dem Schaukeln des Zuges versank er für ein paar Stunden in einem Schlaf.

Er wurde erst wieder wach, als ein gleißendes Licht hineinknallte und die Leute in Bewegung gerieten. Mühsam wurde einer nach dem anderen ausgeladen. Sie hatten immer noch alle ihre Handschellen. Dieselben vermummten Schutzkräfte geleiteten sie nach draußen. Die kalte Luft schlug ihm ins Gesicht. Er konnte nicht erkennen, wo sie sich befanden, es war immer noch dunkel und das Licht eines riesigen Scheinwerfers am Bahnsteig blendete ihn. Im Gänsemarsch liefen sie einen Weg entlang zu einem großen mehrstöckigem Gebäude, das im Nirgendwo zu stehen schien. Drinnen angekommen nahm man ihm die Handschellen endlich ab und steckte ihn in eine winzige Zelle, die Tür wurde abgeschlossen. Alles wortlos.

De wollte sich über die schreiende Ungerechtigkeit beschweren, wenigstens irgendwas sagen, aber es kam kein Ton raus. Er hatte auch das Gefühl kein Gegenüber zu haben, diese Leute mit ihren Helmen waren absolut unnahbar. Kein Augenkontakt, keine menschliche Regung, ob da überhaupt ein Lebewesen drin steckte konnte er gar nicht sagen. Von den anderen benachbarten Zellen waren lautstarke Diskussionen, Schreie und Handgreiflichkeiten zu hören. Und irgendwann waren sie alle verwahrt und es gingen überall die Lichter aus. Das wars. De kapierte immer noch nicht, was los war.

xxx

Am nächsten Tag bekamen sie etwas zu essen und zu trinken, aber sonst passierte gar nichts. Der Tag brach an und ging zu Ende und sie saßen alle einfach nur in ihren Zellen. Es gab Gespräche und Geschrei über die Flure hinweg, er konnte von seinem Platz aus die Leute gegenüber sehen. Die Zellen waren ungefähr zwei Meter mal zwei Meter groß mit einem Bett, einer Toilette und sonst nichts. Des Gedanken drehten sich immer wieder im selben Kreis. Er fragte sich, was er hier machte und was als nächstes passieren würde. Er kam dabei immer zu unterschiedlichen Ergebnissen, aber nicht zu guten. Es wäre schon angenehm gewesen zu wissen, auf welchem Kontinent und in welcher Gegend sie sich befanden, die fehlende Verortung in Raum und Zeit verursachte ein sehr unangenehmes Kribbeln in seinem Kopf.

Nach zwei Nächten kamen schließlich wieder zwei von den Dunklen, wie man sie wohl nannte. Sie gingen von Zelle zu Zelle. Er konnte die Gespräche nicht hören, sie wurden sehr leise geführt. Nach einiger Zeit war wohl klar, dass einige der Gefangenen unter Auflagen zurück durften, andere in die Produktion abgeschoben und bei ein paar Leuten die Entscheidung noch nicht gefällt wurde.

Die zwei Dunklen, wohl ein Mann und eine Frau, kamen zu ihm. De richtete sich vom Bett auf, blieb aber dort sitzen, da er Angst hatte im Stehen umzukippen. So war es sicherer.

Die Frau hatte ein Klemmbrett mit Papieren drauf und blätterte herum. Sie nannte seinen Namen, sein Geburtsdatum, seine Adresse, seine Registrierungsnummer. De nickte, es war alles korrekt.

„Du wurdest als Tagträumer eingestuft", fuhr sie mit nüchternem Tonfall fort. „Im Moment werden diese Personen mit besonderer Vorsicht behandelt, da nicht klar ist, welche Gefahr von ihnen ausgeht. Wir können dich nicht in die Produktion schicken, da es dort zu vermehrten Todesfällen kommen könnte und wir können dich nicht zurück in die Hauptstadt lassen, weil es immer noch Unruhen gibt."

„Die Aktenlage besagt", übernahm jetzt der Mann und redete mit einer ähnlich trägen Stimme, „dass du keiner essentiellen beruflichen Tätigkeit nachgehst, keine minderjährigen Kinder betreust und keine schwerwiegenden Erkrankungen aufweist. Gibt es noch Aspekte, die für unsere Ermessungsentscheidung wichtig wären, die ich nicht aufgeführt habe?"

De hielt die Luft an und riss die Augen auf. „Ich bin von Karl-Gustav Wolkebarth repariert worden, von mir geht keine Gefahr mehr aus", stürzte es aus ihm heraus und er wurde sich bewusst, wie verzweifelt größenwahnsinnig und unglaubwürdig das klingen musste. „Außerdem bin ich ein hochspezialisierter Techniker im Bereich Stromversorgung, meine Referenzen sind hinterlegt. Das macht mich zu einem besonders nützlichen Bürger, ich sollte in diesen unruhigen Zeiten auf keinen Fall festsitzen, sondern die Weltgemeinschaft unterstützen."

Der Mann und die Frau schauten sich an und schienen zu überlegen.

„Deine Arbeitsbiographie ist hochgradig unregelmäßig", übernahm jetzt die Frau, „es gibt viele unplausible Sprünge und Wechsel, dazwischen Lücken, in denen du über Monate keine Unterkunft hattest und kein Essen gekauft hast, sozusagen untergetaucht bist. Keinerlei Spuren im Abrechnungssystem. Das ist höchst ungewöhnlich und verdächtigt. Darüber hinaus wurde dein Name in deiner Akte mit einem besonderen Hinweis versehen."

„Was für einem Hinweis?", fragte er mit dünner Stimme und wusste bereits, dass er hier nicht so schnell rauskam.

„Das Forscherteam hat evaluiert, dass du instabil bist. Wir schließen uns dieser Empfehlung an und lassen dich vorerst hier, bis etwas anderes angeordnet wurde", schloss der Mann und sie beide marschierten ab.

De sank in sich zusammen. Er konnte nicht glauben, dass er immer und immer wieder den Kürzeren zog, egal was anstand. Das konnte einfach nicht wahr sein. Er wurde wütend, er sprang auf, er wollte etwas zerstören, weglaufen, sich vor einen Zug werfen. Irgendwas. Er lief auf und ab, die Wut verzehrte ihn. Er konnte nicht glauben, dass andere freigelassen wurden, wenigstens in die Produktion gebracht wurden, irgendetwas tun durften und er nicht. Hatte Jonas seine Hände im Spiel? Wer hatte das angeordnet? Gerade er, die passivste und depressivste Person auf der Welt sollte eine Gefahr für irgendwas oder irgendwen sein, das war an Absurdität nicht zu überbieten.

Er klammerte sich an den Gittern, die in den großen Flur zeigten, fest und hämmerte seinen Kopf dagegen. Und dann sah er es. Wie angewurzelt mit Schmerzen an der Stirn hielt er inne. Ein Arzt lief von Zelle zu Zelle und versorgte diejenigen Gefangenen, die hier bleiben mussten und verletzt waren. Entweder träumte er oder dieser Arzt war wirklich Asger. Eine Welt brach in De zusammen bei diesem Anblick. Die ganze Erinnerung kam zurück, alles, was er in den letzten Tagen komplett vergessen hatte. Und jetzt kam alles mit einem Schlag wieder. Die Nähe zwischen ihnen beiden, die Suche, die Enttäuschung, die Hoffnungslosigkeit, die Leere.

Asger kam gerade aus einer der Zellen und schloss sie wieder ab. Zog sich die Handschuhe ab und steckte sie in den Kittel. De presste seinen Kopf zwischen die Gitter, um alles genau sehen zu können. Asgers Haare hatten sich verändert, er hatte keine Zöpfe an den Seiten mehr. Sie waren bloß hinten zusammengebunden und etwas verstrubbelt, das passte nicht zu ihm. Vielleicht fehlten ihm seine Kämme und Bürsten. Ansonsten war sein Gesicht, die Augen, der Mund, genauso wie er sie in Erinnerung hatte. Bevor er in die nächste Zelle ging, umspielte ein kleines Lächeln seine Lippen und er sagte etwas, das De aus der Entfernung nicht hören konnte. Sein Herz schlug ihm bis zum Hals, er konnte keinen klaren Gedanken fassen. Was machte Asger hier, wie ging es ihm, was sollte er zu ihm sagen. De konnte keinen einzigen Satz zu Ende denken.

Aber irgendwie war er so glücklich ihn überhaupt anschauen zu dürfen. Im selben Gebäude mit ihm zu sein. Zu wissen, dass es ihm wohl gut ging. Mit ihm vielleicht sprechen zu dürfen. Ein Kribbeln durchlief seinen Körper, sodass seine Beine fast wegsackten. Und für einen kurzen Moment fragte er sich, ob diese ganze wahnsinnige Aktion, in die er unfreiwillig hineingeraten war, vielleicht doch einen Sinn hatte und er es nur noch nicht gesehen hatte.

Asger bewegte sich immer mehr in seine Richtung und war jetzt schon in der Nachbarzelle. De bemühte sich, normal zu atmen und nicht den Verstand zu verlieren. Die Anspannung war extrem. Die Person neben ihm schien keinen Bedarf an ärztlicher Unterstützung zu haben und Asger trat gleich vor Des Tür. Er war nur einen Meter von ihm entfernt. Asger wirkte ruhig und besonnen, so wie er ihn oft erlebt hatte. Seine Augen wach und aufmerksam.

Sie blickten sich gegenseitig an und De konnte den Blick kaum halten, es war zu intensiv, zu viel für ihn.

„Benötigst du Hilfe?", fragte Asger und lächelte.

Ja, hätte De am liebsten geantwortet, ich brauche Hilfe dabei meinen Freund wiederzufinden und mit ihm nach Hause zu gehen, ich brauche Hilfe dabei die Dinge in die richtige Reihenfolge zu sortieren, meinen Lebenswillen wiederzufinden, zwischenmenschliche Beziehungen zu pflegen und noch so einiges mehr.

„Wir kennen uns von früher", sagte De und schluckte schwer, lächelte unsicher.

Asger schaute De noch genauer an, hob die Augenbraue und schien nachzudenken. Sein Gesicht war schwer zu lesen.

„Wirklich? Es kann sein. Ich habe kein gutes Gedächtnis", er kratzte sich verlegen die Schläfe und schaute nach unten.

De streckte seine rechte Hand durch das Gitter und hielt sie mit der Handfläche nach oben. „Diese Schnittwunde", er zeigte auf die große Narbe, die von rechts nach links verlief, „hast du versorgt."

Asger trat näher. Nahm Des Hand zu sich und betrachtete sie genauer. Fuhr mit dem Zeigefinger die Narbe entlang. So, wie er es schon einmal gemacht hatte. De hielt wieder die Luft an und wünschte sich der Moment würde für mindestens zwei Stunden anhalten. Asgers Haut war kühl und weich, wie er sie kannte. Natürlich hoffte er, Asger würde sich plötzlich an alles erinnern, aber so funktionierte die Welt nicht.

„Das ist im Recycling passiert", sagte Asger langsam und bedacht, „eine tiefe Wunde, die nicht genäht wurde. Ich habe sie verbunden."

De vergaß immer noch zu atmen und fühlte sich plötzlich am ganzen Körper warm an.

„Tut mir leid, mehr weiß ich leider nicht", er schüttelte den Kopf und ließ Des Hand los, lächelte entschuldigend. „Ich muss weiter. Wenn es sonst nichts ist."

Sie schauten sich noch einmal kurz an, dann ging er.

De versuchte noch so lange wie möglich zu beobachten, was Asger machte. Er lauschte jedem Gespräch, jedem Geräusch, ließ ihn nicht aus den Augen. Doch irgendwann war sein Rundgang beendet und er verließ das Gebäude. De setzte sich auf sein Bett und fühlte sich das erste Mal seit langem nicht voller Blei. Vielleicht nur zu achtzig Prozent.

×××

In den nächsten zwei Tagen passierte wieder gar nichts. Die Essensportion des Tages wurde ihnen im Morgengrauen, wenn alle schliefen, vor die Zellen gestellt, wo sie mit der Hand hindurchgreifen konnten. Sie sahen sonst niemanden. De versuchte zu eruieren, wie viele Leute sie noch waren, er kam auf acht. Sie unterhielten sich nicht, wechselten höchstens mal Blicke. Es waren Männer und Frauen, junge und alte. Sie wirkten scheu und zurückgezogengen, machten fast keinen Laut.

In der nächsten Nacht schreckte De hoch, weil er von jemandem festgehalten wurde. Er schlug um sich, konnte nichts sehen. Ein schwarzes Tuch war über seinem Gesicht. Und Hände an ihm dran. Er wollte schreien und wegrennen, beides war nicht möglich. Jemand hatte seine Arme nach hinten gedreht und hielt seinen Oberkörper im Klammergriff. De röchelte und versuchte verzweifelt, sich zu orientieren, irgendein Geräusch zu fassen zu bekommen. Schließlich wurde er auf die Beine gestellt und weggeführt. Um ihn herum nur Schritte und Körper und Atmen, sonst nichts. Das waren keine Androiden, dafür waren sie nicht stark genug. Aber wer war das? Die Dunklen? Wurde er jetzt doch heimlich exekutiert und in einen Graben geworfen, damit es keine Spuren gab? Damit seine schwierige Akte endlich abgeschlossen werden konnte?

Als nächstes spürte er wie andere Körper an seinen gedrückt wurden, sie wurden zusammengedrängt, wortlos, nur das Rascheln von Stoffen und Kleidung war zu hören. Eine Tür wurde zugeschlagen und das Gefährt setzte sich in Bewegung, was es auch immer war.

Es war kein Zug. Kein Hubschrauber. Mit etwas anderem war er noch nie unterwegs gewesen. Es rumpelte immer wieder und sie wurden gegeneinander gedrückt.

„Was passiert mit uns?", fragte schließlich eine Frauenstimme in der Dunkelheit, in der nicht ein Schatten, nicht ein Lichtschein zu sehen war.

„Ich weiß es nicht", antwortete jemand und die anderen murmelten zustimmend.

„Das können nicht die Leute von den Weltraumfahrern und Forschern sein, die uns festgenommen haben, aber wer dann?"

„Vielleicht eine Geheimorganisation, die entweder Tagträumer vernichten oder befreien will."

„Es gibt keine Geheimorganisationen, woher auch? Wer soll da drin sein? Woher sollen sie die Mittel haben?"

„Die grauen Vogelmenschen. Oder Leute, die Androiden hassen, es gibt so viele Möglichkeiten."

„Mir gefällt das nicht", grummelte ein Mann hinter De.

„Sind wir alles Tagträumer?"

Breite Zustimmung.

„Vielleicht wollen sie unsere Seelen extrahieren", mutmaßte jemand.

„Das funktioniert bei uns nicht", meinte De, „habe ich schon ausprobiert. Das wird es nicht sein."

Keiner sagte mehr etwas. Es war nur noch das Rumpeln unter ihrem Fahrzeug zu hören.

„Das ist sehr traurig", flüsterte schließlich eine Frauenstimme neben ihm.

Es wurde wieder für längere Zeit still. De dachte an Asger und ein warmes Gefühl durchströmte seinen Körper. Er hatte ihn wiedergesehen. Auch wenn dieses Ereignis mal wieder sehr weit weg zu sein schien und absolut unklar war, ob er den nächsten Morgen überhaupt überleben würde, geschweige denn noch einmal in die Nähe von Asger kommen könnte. Er dachte an ihr gemeinsames Gespräch kurz vor Des Abfahrt zum Bergwerk und versuchte sich Asgers Stimme in Erinnerung zu rufen. Das war so etwas Tröstliches in den ganzen Turbulenzen, die ihn mittlerweile ereilten.

„Fäden spinnen ist etwas sehr Einsames", murmelte jemand.

„Aber es ist das einzige, woran man sich festhalten kann, oder?", erwiderte De und spürte, wie sich ein anderer Rücken an seinen anlehnte. Das war angenehm.

„Kennt ihr diese permanente Reizüberflutung? Ich weiß nicht, wie lange ich das aushalte", sagte ein jünger klingender Mann.

Zustimmendes Gemurmel. De dachte an Naj, die sehr damit zu kämpfen hatte, wenn er das richtig interpretierte.

„Zu viele Emotionen gleichzeitig und dann noch in ständiger Interaktion mit der Umwelt."

„Und trotzdem irgendwie mit niemandem verbunden, immer allein, immer nur auf sich gestellt."

„Mein Thema ist Todessehsucht", warf jemand anderes ein. „Gerade und besonders auch seitdem sie uns aus der Hauptstadt abtransportiert haben. Immer und immer wieder dieses Thema und ich hab's einfach nur leid."

„Sich seiner überdrüssig sein, seiner Gedanken, seiner Emotionen, der Handlungsmuster, des Selbstmitleids, der immer gleichen Soße."

„So glamourös ist das Leben der Realitäts-Herstellung", seufzte jemand und De konnte in der Schwärze spüren, dass sie das alle absolut nachempfinden konnten. Vielleicht war das der einzige Moment, in dem er jemals wahrnehmen werden würde, wie es anderen ging, die so waren wie er. Zumindest in einem Aspekt so waren wie er. Sie saßen alle im Dunkeln.

Irgendwann hielt das Fahrzeug an und sie schreckten auf. De merkte, dass er etwas eingenickt war. Er war sofort hellwach, die Sinne in alle Richtungen ausgestreckt. Er spürte die anderen neben sich. Er roch die abgestandene Luft in dem engen Raum. Er sah nichts, aber seine Augen suchten erratisch nach einem Lichtschein.

Sie wurden einer nach dem anderen herausgezerrt, wieder wurden ihnen Stoffsäcke über den Kopf gestülpt und sie wurden irgendwo hingeführt. Keiner sagte ein Wort. Es ging dann in ein Gebäude rein, das merkte er an der Akustik. Mehrere Treppen nach oben. Es war nur eine Hand, die ihn am Oberarm festhielt und führte, er hätte versuchen können, sich loszureißen und wegzurennen, das alberne Tuch von seinem Kopf ziehen, aber er spürte, dass viele Leute um sie herum waren und er im Nahkampf nicht nur nicht erfahren, sondern absolut unfähig war. Auch im Rennen. Eigentlich allem, was mit dem Körper zu tun hatte. Er war sogar daran gescheitert zu sterben, mehrmals.

Endlich wurde er losgelassen und der Stoff von seinem Kopf gelüftet. Er schnappte nach Luft. Es war angenehm, wieder zu atmen. Er sah etwas, was er nicht erwartet hatte. Einen großen Raum, vielleicht ein Wohnzimmer. Mit Sofas, einem Tisch, Stühlen, Sitzkissen, Schränken, Regalen. Etwas war merkwürdig. Die Dinge waren wild zusammengewürfelt, in der Wand gab es Einschusslöcher, die Tapete manchmal abgerissen, aber nicht verwahrlost. Der Boden sauber und mit einem Kunststoff bedeckt, aber es gab auch dunkle Flecken, die wohl nicht ganz rausgegangen waren. Auf einem Beistelltisch lag eine kleine Handfeuerwaffe, als wäre es eine Teetasse.

De hatte noch nie irgendwo eine Waffe aus nächster Nähe gesehen. Es gab auf diesem Planeten keine Waffen, das wusste er ganz sicher. Außer bei den Weltraumfahrern, die die einzigen waren, die die Sicherheit der Erde bewachten, sie hatten das Monopol. Ein weiterer Gedanke drängte sich in seinen Kopf. Der Krieg in dem Bezirk der Hauptstadt. Da wurde ebenfalls scharf geschossen. Eine Anomalie, irgendwie wurde es akzeptiert, weil es wohl nicht anders ging. Dieses ganze Gebiet war merkwürdigerweise außerhalb der Wahrnehmung von allen, niemand wollte etwas damit zu tun haben und ignorierte die Situation. Das hieß, sie waren wohl wieder zurück in der Hauptstadt. Das war eigentlich gut, besser als in diesen Zellen zu hocken.

Die anderen standen ebenfalls um ihn herum und endlich konnte er sie aus nächster Nähe sehen. Die meisten Gesichter hatte er schon wenigstens flüchtig gesehen, aber jetzt war es anders. Sie standen eng beieinander und ließen ihre Blicke vorsichtig über sich streifen. Unmerklich waren sie zusammengerückt, weil sie im Moment nicht viel mehr hatten als die anderen in dieser fremden Umgebung.

De sah eine junge Frau mit einem unordentlichen Pferdeschwanz und einem zu großen Pullover. Einen älteren Mann mit dünnem Haar, Brille und einem verblichenem bunten Hemd. Einen sehr jungen Mann, jünger als er, mit einem löchrigen T-Shirt und großen Füßen. Eine etwa vierzigjährige Frau mit einer großen Nase und schiefer Körperhaltung. Ein kleinerer Mann mit rotem Bart und Mütze.

„Macht es euch bequem", ein Mann lief um sie herum und klatschte in die Hände, „ihr bleibt jetzt erstmal hier. Ihr dürft das Gebäude nicht verlassen, zu eurer eigenen Sicherheit. Es sind Wachleute postiert, also versucht es nicht."

De hatte so viele Fragen. Aber bevor er auch nur eine davon stellen konnte, kam eine Frau zur Tür herein. Es war nicht irgendeine Frau. Sie war groß, übermächtig groß. Etwa die Größe von Jiri, aber sehr viel einschüchternder. Und er hatte ja Jiri schon als kühl und überheblich empfunden. Überirdisch. Das hier war nochmal eine andere Liga. Ihre Kopffedern waren anthrazit, auf ihrem Gesicht silbergraue Schuppen. Die Augen selbstredend schwarz wie Obsidian.

Sie sprach mit dem anderen Mann. De war nicht in der Lage wahrzunehmen, worum es ging, er war irgendwie perplex. Dabei verschränkte sie die Arme und drehte De den Rücken zu. Da kamen ihre imposanten Flügel zum Vorschein, die immer wieder sachte raschelten. Die Kleidung war enganliegend und aus Leder oder sowas. Die schwarzen Stiefel robust und schwer. De konnte die Augen von ihr nur schwer abwenden. Er dachte an Naj, aber sie hatte trotz ihrer gesprenkelten Augen noch sehr viel mehr Menschliches an sich. Die Vogelfrau ging wieder.

De trat ans Fenster, um rauszuschauen. Der Morgen war angebrochen. Die Sonne war noch hinter dem Horizont, würde aber bald herauskommen. Von hier oben sah er Trümmer, zerstörte Häuser, aufgerissene Straßen, Müll, vertrocknete Blutlachen, dazwischen vereinzelte Menschen und auch Vogelmenschen und schließlich eine Art Lastwagen, mit dem sie wohl hierher gebracht worden waren. Er war verbeult und verrostet, aber wohl noch funktionsfähig. Es war schon lange her, dass er ein Personenfahrzeug gesehen hatte. Meistens wurde sie auf Baustellen eingesetzt, wenn die Reichweite der Schienen nicht genügte.

De brauchte eine Weile, um das alles zu verstehen. Und dann verstand er es immer noch nicht. Sie waren zurück in der Hauptstadt, aber diesmal im umkämpften Stadtteil und die grauen Vogelmenschen waren wohl auch hier. Er trat wieder vom Fenster zurück und mit einem Schlag traf ihn die Erinnerung an Asger, den er hier mitten in der Nacht aufgesucht hatte. Nicht im selben Gebäude, oder doch? Er wusste es nicht, es war alles verschwommen. Aber Asgers Blick würde er nie vergessen können und er brauchte diese Erinnerung jetzt nicht, sie belastete ihn zu sehr. Er musste sich auf das konzentrieren, was gerade passierte und das alles hatte nun ganz sicher nichts mit Asger zu tun, der wahrscheinlich ganz weit weg auf einem anderen Kontinent, in einem anderen Kriegsgebiet war und vor allem im Dienste von Jonas stand, dieser falschen Schlange.

Zu viel Welt, dachte De und kniff die Augen zusammen, griff sich an das Nasenbein dazwischen und zog die Stirn in Falten. Zu viele Informationen und Eindrücke, die sich zu einer unguten Mischung vermengten und ihm überhaupt nicht halfen, zurecht zu kommen. Was hatte er nur mit seiner Fixierung auf diesen Androiden. Es war nichts zwischen ihnen gewesen, er brauchte ihm gedanklich nicht ständig hinterherzurennen als hänge sein ganzes Schicksal davon ab.

Überhaupt, das Zusammensein mit einer Person, die an einer solch hochgradigen psychischen Erkrankung litt wie Asger in Kombination mit Des Macken war ganz sicher die richtige Mischung für eine zwischenmenschliche Katastrophe und davon brauchte er nicht noch mehr in seinem Leben. Asger hatte jetzt immerhin einen Platz in seinem Leben und den sollte De ihm auch nicht nehmen.

Er schüttelte sich kurz, riss die Augen wieder auf und ging zu der Gruppe zurück.

„Was geht hier vor?", fragte er in die Runde. Sie waren unter sich, der andere Mann war in der Zwischenzeit gegangen.

Die anderen schauten ratlos. Sie ließen sich erstmal auf dem Sofa und den anderen Sitzgelegenheiten nieder und sanken in sich zusammen. Alle waren sehr erschöpft, das den Gesichtern deutlich anzusehen.

„Hat irgendjemand herausgefunden, warum wir hier sind?", fragte De noch einmal. „Wollen sie uns schützen oder töten?"

Das war wohl die wichtigste Frage.

„Keine Ahnung", erwiderte der ältere Mann. „Aber die graue Vogelfrau...", er zog die Lippen zu einer schmalen Linie zusammen, „...das verheißt nichts Gutes. Die Grauen sind wohl bitterböse mit den anderen verstritten, haben die Umsiedlung nie angenommen. Lange Zeit war es ruhig um sie. Sie waren nicht in der Stadt. Und niemand wollte sie dort haben."

„Die Leute fürchten sich vor ihnen", ergänzte die junge Frau. „Sie sollen gewalttätig, sadistisch, unbarmherzig und leicht zu provozieren zu sein. Kleine Kampfmaschinen, denen es Spaß macht den anderen den Kopf abzureißen."

De musste schlucken, er dachte an die Kopfnarbe von Naj. Plötzlich hatte er Angst um sie. Hoffentlich ging es ihr gut. Sie waren alle so verletzlich. Naj, Karl-Gustav, die Kinder.

„Scheiße", murmelte De und senkte den Kopf. „Was ist mit diesem Krieg hier, warum...", er gestikulierte mit den Händen. „Ich komme nicht von hier. Kann mir einer erklären, was es damit auf sich hat?"

Er hatte diese Frage schon oft gestellt, aber bisher irgendwie keine befriedigende Antwort erhalten.

Viele schüttelten den Kopf. Was war das bloß für ein Mysterium?

„Rivalisierende Gangs, das geht schon seit Jahren, wenn nicht sogar seit Jahrzehnten so", zuckte der junge Mann mit den Schultern. „Merkwürdig ist nur, wo sie das ganze Zeug für die bewaffneten Auseinandersetzungen herbekommen. Das wird ja nicht gerade an jeder Ecke verkauft."

„Das ist alles nicht gut", fügte die dürre Frau hinzu und senkte die Stimme, „wir sollten versuchen zu fliehen. Vielleicht ist das unsere einzige Chance. Wir sind jetzt in der Hauptstadt, nur ein paar Straßen weiter und wir sind in Sicherheit, wieder zu Hause."

„Und was ist mit unserer Akte? Wir werden immer noch als Gefahr für die Allgemeinheit geführt, das geht nicht einfach weg. Die Forscher können uns immer wieder aufgreifen", der junge Mann zeigte auf den Chip im Handrücken, „sobald wir etwas zu essen kaufen können sie uns orten. Und dann geht das Ganze von vorne los. Die lassen uns in diesen kleinen Zellen verrotten."

„Nein, sie wollten uns eliminieren", sagte der ältere Mann. „Ich weiß das von anderen, es ging schon seit ein paar Tagen das Gerücht um, dass die Forscher die übrig gebliebenen Tagträumer, die nicht von dem neuen Text tot umgefallen sind, einfangen und sie vernichten. Genau das wäre mit uns passiert. Ich habe Angst, denn ohne meine Fäden verliere ich den Kontakt zur Wirklichkeit, wir sind dem nackten Wahnsinn ausgeliefert in diesem Zustand."

„Scheiße", sagte De, er wünschte er hätte helfen können. In welch privilegierter Position er doch war, dass Karl-Gustav semantische erste Hilfe bei ihm geleistet hatte. Er schämte sich dafür, durch Kontakte an diese Behandlung gekommen zu sein.

„Sie wollen uns auf ihre Seite ziehen", sagte die Frau mit der großen Nase. „Jeder weiß, dass die Grauen Androiden nicht ausstehen können, sie sind verkappt Naturalisten und Puristen, Spezieszisten. Alles aus Fleisch und Blut geht noch, aber mit Metall und Plastik können sie sich nicht anfreunden, das sind bloß Maschinen. Mit den Tagträumern auf ihrer Seite sind sie stärker."

„Niemand mit mir an seiner Seite ist stärker", De lachte trocken.

„Vielleicht sind wir auch die letzten unserer Art, wer weiß das schon", seufzte der alte Mann. „Vielleicht wollen sie uns ausstellen. Aber dass wir auf ihrer Seite kämpfen, das erübrigt sich wohl von selbst. Schaut uns doch an."

Die anderen nickten müde.

„Wisst ihr was", sagte De und nahm all seinen Mut zusammen, „wenn wir das hier heil überstehen, dann treffen wir uns wieder. Ich wohne in der Nähe eines alten Cafés", er nannte die Straße, „lasst uns dort noch einmal zusammen kommen, ich würde mir das wünschen."

Zuerst sagte niemand etwas und De verzog seinen Mund zu einer schmerzhaften Grimasse.

„Das ist eine schöne Idee", flüsterte die Frau.

„Ja, das wäre was. Ein Treffen ohne Todesangst", sagte ein anderer.

Zustimmendes Gemurmel. De atmete erleichtert aus.

Keiner rührte sich daraufhin mehr. Jeder verkroch sich in seiner Ecke, manche schlossen die Augen, andere zogen sich Kapuzen über den Kopf, verschwanden in ihren übergroßen Jacken oder Pullovern.

Kurze Zeit später kam der Mann von vorhin und brachte ihnen zwei Papiertaschen mit Lebensmitteln. Zögernd machten sie sie auf und aßen ein paar Kleinigkeiten. Keine weiteren Erklärungen. De war zu müde, um zu fragen und ahnte irgendwie schon, dass er keine Antworten bekommen würde.

Schon an Abend ging es los mit den Schießereien, immer wieder knallte es und manchmal leuchtete der

Himmel hell auf. In der Nacht wurde es schlimmer. Er und die anderen rückten näher zusammen, keiner bekam ein Auge zu. De dämmerte immer wieder weg und schreckte auf, wenn in der Nähe ein Maschinengewehr oder sowas zu hören war. Keiner sagte ein Wort. Es gab irgendwie nichts zu sagen, außer dass sie Angst hatten und um ihr Leben fürchteten. So wie schon die ganze Zeit, nur in immer wieder unterschiedlichen Settings. De dachte an seine Wohnung und stellte sich vor, dass er für den Rest seines Lebens dort glücklich wäre, wenn er nur *sowas* nie wieder miterleben müsste. Natürlich war das Quatsch, aber er dachte es trotzdem.

Am nächsten Tag kam der Typ wieder und verteilte an alle ein paar Texte als wären es Grundnahrungsmittel.

„Die haben wir durch eine Kooperation mit den Schreibern bekommen. Sie sind zum Glück auf unserer Seite. Es ist ein Versuch, euch wieder zum Laufen zu bringen. Jeder Tagträumer muss gerettet werden, sonst machen uns die Androiden endgültig platt", skandierte er und stemmte die Hände in die Hüften. „Und falls ihr es noch nicht wisst: Die Forscher wollen die Oberhand über den Kontinent, sie sind kurz davor die Hauptstadt einzunehmen. Dem stellen wir uns entgegen, dafür brauchen wir jeden, auch euch."

Die anderen nahmen die Blätter entgegen und schauten irritiert. De legte den ihm zugeteilten Zettel gleich zur Seite. Es interessierte ihn schon, was da stand, aber andererseits hatte er keine Lust auf Experimente.

„Habe ich das richtig verstanden", fragte De, „ihr seid generell gegen Androiden, also egal was sie machen, ob sie eure Möbel herstellen oder nicht, eure Lebensmittel anbauen, einfach nur so neben euch leben und so weiter?"

Der Mann verzog das Gesicht, als hätte De ihn mit der Frage beleidigt. „In Krisensituationen muss man sich entscheiden, da ist keine Zeit für langes Aushandeln. Kannst du dich noch erinnern wie es war in Handschellen abgeführt und in diese Zelle gesteckt zu werden? Das ist das, was mit uns allen passieren wird, wenn wir uns nicht wehren. Die Vorherrschaft der Forscher wurde schon viel zu lange toleriert. Sie nehmen sich alles heraus. Sie versklaven Leute, murksen sie ab, sie sind größenwahnsinnig."

„Die Leute auf dem anderen Kontinent sind teilweise Wissenschaftler…", setzte De an. Er konnte diese einseitige Sicht auf die Welt nicht akzeptieren.

„Du kannst gerne heute noch zu ihnen zurückkehren", fuhr er ihn an. „Wir haben jetzt einen Helikopter. Ich bringe dich dorthin, wenn es dir so gut bei ihnen gefallen hat. Na?"

De schüttelte den Kopf und sagte nichts mehr.

×××

Es war in der zweiten Nacht, dass es einen Einschlag gab und das ganze Haus wackelte. De und die anderen schreckten auf, sprangen auf ihre Beine. Der Mann, der sie immer wieder aufgesucht hatte, kam hereingestürmt.

„Los, los, los", schrie er, „sie greifen an, wir müssen verschwinden, alle Mann raus hier."

De und die anderen standen wie angewurzelt da, zitterten.

„Verdammt nochmal", donnerte er und wedelte mit seinem Arm.

Zögernd folgten sie ihm. Ein schrecklicher Schüttelfrost erfasste De. Irgendwo schlug wieder etwas ein und alles bebte erneut. Er nahm die anderen schon nicht mehr wahr, stürzte eine Treppe runter, nach draußen. Ein Streifschuss an seinem Oberarm. Er registrierte den Schmerz nicht, spürte nur die Kugel vorbeirauschen. Er war sofort taub und nahm nur noch einen hohen Summton wahr. Er rannte. Wohin oder über was wusste er nicht. Er rannte und rannte. Stolperte, raffte sich wieder auf. Sein Gehirn verweigerte mittlerweile die Aufnahme von Eindrücken oder Informationen. Irgendwo brach er zusammen.

×××

Als er wieder zu sich kam, hustete er Staub und Steinchen aus, rappelte sich auf. Er blutete, jetzt spürte er den Schmerz in der linken Schulter. Seine Ohren dröhnten unterschwellig. Er lag in einer Ruine, seine Kleidung komplett mit einer feinen Schicht Staub bedeckt. Es war sonst niemand zu sehen, nichts zu hören. Zuerst riss er sich ein Stück Stoff von seinem Hosenbein ab und presste es gegen die Stelle an der Schulter. Ein scharfer Schmerz durchfuhr ihn und er sank wieder auf seine Knie. Er hatte nichts zum Verbinden und er könnte das auch nicht mit einer Hand schaffen. Hoffentlich konnte er die Blutung trotzdem stoppen. Die zähe Fragilität war heute hoffentlich besonders zäh.

„Nicht bewegen", hörte er plötzlich hinter sich.

Er drehte unmerklich den Kopf und erspähte hinter sich einen der Dunklen, mit einer Schusswaffe auf ihn gerichtet. Merkwürdigerweise hatte er in diesem Moment keine Angst. Er war müde und erschöpft, keine Frage.

Wütend. Sein Körper schmerzte. Sein Kopf brummte. Aber für Angst war kein Platz.

Der Typ, oder die Frau, die Person hatte natürlich einen Helm an, kam ein paar Schritte näher. De drehte sich sehr vorsichtig um.

„Du kommst mit mir mit", sagte der andere und war in Kampfposition.

Doch hinter dem Kämpfer tauchte eine graue Vogelfrau auf und versetzte dem Typen von hinten einen gezielten Tritt mit dem Fuß gegen seinen Kopf. Schlug ihm die Waffe aus der Hand. Ein Handgemenge entstand und De nahm seine Beine in die Hand und rannte.

Hinter einer Hausmauer verschnaufte er und hielt sich die Schulter. Das Blut tropfte durch seine Finger. Er musste irgendwie aus der Kampfzone raus. Wenn das überhaupt ging. Straßen, Himmelsrichtungen, es war nichts zu erkennen. Seine ganze Umgebung schien nur noch aus Trümmern und Angreifern zu bestehen. Irgendwie kämpften alle gegen alle, er verstand die Welt nicht mehr.

Er dachte darüber nach zu warten, bis es dunkel wurde und er nicht gesehen wurde. Aber der Nachteil war, dass er bis dahin jede Menge Blut verlieren würde und immer noch keine Orientierung hätte. Hoffentlich würde der nächste Angreifer ihm einfach endgültig den Gar ausmachen, er konnte diese ganzen Verletzungen keinen weiteren Tag mehr ertragen.

Mit letzter Kraft hechtete er in eine Richtung, versuchte einfach den Kurs zu halten, irgendwann musste er doch diesen Kessel verlassen und in ein ruhigeres Gebiet kommen. Mehrere Leichen lagen auf seinem Weg. Männer, Frauen, graue Vogelmenschen. Erschossen. Er blickte nicht in ihre Gesichter und hoffte, dass er nicht in sein Unglück rannte, sondern weg davon.

Ein Schluck Wasser wäre so wundervoll gewesen. Er lechzte danach wie schon lange nicht mehr. Endlich kam er in einen normalen Stadtteil, angrenzend an den kriegerischen Bezirk. Wo die Grenzen heutzutage auch immer verliefen. Die Trümmer wurden weniger. Er verlangsamte seinen Schritt und dachte an die Zeit, als er in seiner Zelle gesessen hatte. Das war friedlich und ungefährlich gewesen, er vermisste es fast.

Wieder machte er eine Pause, obwohl er bei jedem Anhalten Angst hatte, dass er sich nicht mehr aufraffen würde und in seinem üblichen Morast versackte. Als er sich wieder aufrichten wollte, trat jemand vor ihn. Er sah die Schuhe, er kannte sie. Er war nur ein paar Meter von ihm entfernt. De schaute auf und erblickte Jonas. Verdammt, was war es mit diesem Androiden, dass er ständig vor ihm auftauchte.

„Guten Tag", sagte Jonas und lächelte.

De verdrehte die Augen und schaute weg. Er konnte wetten, dass er sich jetzt wieder irgendwelche Vorträge anhören durfte, die ihn null interessierten. Er wollte doch nur etwas trinken, seine Wunde versorgen und im Schlaf versinken.

„Da haben wir dich", fuhr Jonas fort und holte etwas aus seinem Gürtel hervor. De sah aus den Augenwinkeln, dass es eine kleine Handfeuerwaffe war. „Alle Welt sucht euch, ihr süßen Tagträumer. Die einen wollen euch retten wie die letzten Exemplare einer aussterbenden Art, die anderen wollen euch einfach abknallen."

„Warum", krächzte De, seine Stimme war irgendwie weg. „Warum beides?"

Das interessierte ihn jetzt doch noch, bevor er von seiner armseligen Existenz erlöst wurde.

„Du bist so dumm, ich kann es kaum fassen."

„Komm zum Punkt."

„Ihr habt euch noch nie für diese Welt interessiert, ihr Eigenbrötler. Dreht permanent euer eigenes Ding. Wir sind eine Gemeinschaft, eine Weltgemeinschaft, für euch ist leider kein Platz mehr. Ihr macht die Realität kaputt. Gut, dass eure Zeit vorbei ist und die Leute übernehmen, die sich für die Strukturen einsetzen. Sie verbessern."

„So wie du."

„So wie ich."

Jonas lachte. Er war anscheinend sehr zufrieden damit, dass De seine Meinung in diesem Punkt teilte.

„Hä, und warum muss dann jeder einzelne von uns sterben, der überwiegende Teil der Tagträumer ist doch eh schon tot", wunderte sich De.

„Ich liebe einfach Gründlichkeit. Vollständigkeit. Und in den allgemeinen Turbulenzen momentan merkt sowieso keiner, dass ihr auf einmal alle weg seid. Erst dann kann eine neue Weltordnung entstehen und die haben wir uns nach alldem reichlich verdient."

„Mit dir als Oberhaupt."

„Ach Quatsch. Das können andere machen. Wir ziehen noch die Grauen auf unsere Seite, die können dann die Leitung der Stadt übernehmen. Und ich versorge sie mit Spezialwissen."

„Sie hassen Androiden", De verdrehte die Augen. Herrgott, diese Diskussion war so öde geworden.

„Noch. Aber das lässt sich vielleicht ändern, wenn sie Macht versprochen bekommen", Jonas ging ein paar

Schritte auf ihn zu, die Waffe immer noch auf ihn gerichtet.

De richtete sich auf. Er wollte plötzlich nicht mehr wie ein streunender Hund in der Hausecke abgeknallt werden. Schloss kurz die Augen und ergriff die Fäden um ihn herum. Die immer da waren. Er zog sie zu sich heran. Sie waren stark und lagen perfekt in seinen Händen. Das fühlte sich verdammt gut an. Er zwirbelte sie um seine Finger, seine Hände, ließ sie wieder locker, spielte mit ihnen. Oh, das war Kontrolle, das war Kraft, das war gut. Er hatte sie schon länger nicht mehr so gefühlt.

Er öffnete die Augen wieder und tastete mit der blutverschmierten Hand nach dem Anhänger von Asger. Er dachte seine Seele darin spüren zu können. Irgendeine Seele. Eine Gemeinschaft, die an ihm, in ihm war. Sein Blick ging wieder zu Jonas, der ihn so sehr langweilte mit seiner Agenda.

Jonas schaute etwas erschrocken oder angewidert, das war nicht genau zu sagen.

„Du weißt, dass du mir mit deinen Tricks nichts anhaben kannst", sagte Jonas und wirkte unsicher.

De lachte innerlich auf. Tricks? Was war mit dem Mann bloß los? Es gab keine Tricks, keine Magie, keine Telepathie.

„Okay", sagte De bloß und zuckte mit einer Schulter. Irgendwie konnte ihn heute nichts mehr beeindrucken.

Plötzlich sah De einen Schatten über ihnen und im nächsten Moment kippte Jonas vorne über, knallte neben De gegen die Hauswand.

„Arschloch", sagte eine Stimme und De sah sich einer der grauen Vogelfrauen gegenüber. Sie hatte ihn aus der Luft mit einem Tritt umgeworfen und war dann neben ihnen gelandet. Schien wohl so ein Standard-Move bei denen zu sein. Blitzschnell war sie über Jonas und trat auf ihn ein. Sie war wesentlich größer als er, aber er war aus Stahl. Größtenteils.

Er rappelte sich auf, aber sie war schneller, schnappte sich eine Eisenstange und rammte sie ihm zwischen die Schulterblätter, immer wieder. Es krachte und quietschte, die Frau schien eine enorme Kraft zu haben. Irgendwann hatte sie ihn durch, die Stange ging mitten durch Jonas hindurch und er rührte sich nicht mehr.

„Du musst die Feder treffen, die Stelle, wo die Feder sitzt", erklärte sie ihm außer Atem. „Das ist das einzige, was funktioniert. Selbst wenn du ihm den Kopf abreißt, kann er wieder befestigt werden. Aber wenn die Feder durch ist, ist er auch durch", sie warf mit einem Scheppern die Stange beiseite.

De starrte schockiert auf den toten Jonas neben sich. Heute würde er ihn wohl nicht mehr erschießen. Es war vorbei. De konnte es nicht kapieren. Blitzschnell rasten seine Gedanken zu dem Moment, in dem er der Initiation von Jonas beigewohnt hatte. Als er der Welt vorgestellt wurde. Tränen schossen in seine Augen, trotz allem. Sein Körper bebte. Sein Kopf bebte. Die ganze Anspannung der letzten Tage fiel von ihm ab, aber nicht auf eine gute Weise.

Er hatte sich gewünscht, dass er immer noch so furchtlos war, aber beim Anblick der Vogelfrau war dem nicht so. Die Ängste kehrten merkwürdigerweise zurück, wahrscheinlich, weil er die Frau überhaupt nicht einschätzen konnte. Bei Jonas wusste er, was los war, bei ihr nicht. Sie schaute ihn regungslos und kühl an, eine Art von Blick, den er von Jiri kannte. Sie war so groß. Sie strahlte so eine enorme Energie aus, als wäre sie ein Kraftwerk. Was war bloß mit diesen Leuten los.

„Du blutest", sagte sie schließlich und bewegte dabei kaum ihren Mund. „Und du kannst hier nicht einfach so rumlaufen, für alle sichtbar. Willst du mit mir mitkommen?"

De schüttelte den Kopf.

„Ist wahrscheinlich auch besser so. Wir sind hier auf einem Pfad der Zerstörung. Ich muss weiter. Es gibt noch viel zu tun, bis wir die Stadt verteidigen können. Sobald ich Čërnaja in meine Hände bekomme, ist es geschafft, das erste Etappenziel erreicht. Tu mir einen Gefallen, bleib am Leben. Wir brauchen jeden Tagträumer, sonst kommen wir gegen die Forscher nicht an."

„Čërnaja?", fragte De und hob die Augenbrauen.

„Dieses Biest, kennst du sie? Wir haben noch eine Rechnung mit ihr offen. Wir lassen uns nicht umsiedeln, das kapiert die einfach nicht", und mit diesem Satz entfaltete sie ihre Flügel, schwang sie ein paar Mal und sprang mit einem Satz in die Luft, verschwand.

De blieb fassungslos zurück. Sie hatte Jonas einfach mit einem Handgriff umgebracht. Irgendwie konnte das nicht sein. Für ihn war Jonas immer unbezwingbar gewesen, er hatte das gar nicht hinterfragt. Und wenn, dann hätte er in einem sich über Stunden hinziehenden Kampf untergehen müssen und nicht hinterrücks niedergestochen, würdelos auseinandergebrochen wie ein nicht mehr funktionierendes Gerät. De trauerte ihm nicht nach, er spürte nur diese Dissonanz, dass etwas nicht richtig war, dass die Welt sich so entwickelt wie er es nie für möglich gehalten hatte. Und nicht zum Schlechteren, ausnahmsweise mal nicht zum Schlechteren. Er atmete tief durch.

Er musste Naj warnen, dachte er schließlich. Sie waren hinter ihr her, auch wenn sie sie unter einem anderen Namen kannten. Doch bevor er sich rühren konnte, hörte er ein lautes Geräusch hinter sich. Ein Hubschrauber landete hinter dem Haus. Wer konnte denn noch bei diesen vielen Ereignissen den Überblick behalten, waren denn alle verrückt geworden? Krieg war ja okay, aber er wusste weder wer gegen wen, warum, seit wann und so weiter. Es war der nackte Wahnsinn. Natürlich ging es gerade so weiter.

Ein Blick um die Hausecke offenbarte ihm, dass drei Dunkle rausstürmten und zu ihm rasten. Es ging so schnell, dass er gar nicht verschwinden konnte.

„Wir haben ihn", rief eine Frauenstimme, „wir haben ihn geortet."

Sie kniete zu Jonas nieder und drehte ihn um. Die beiden anderen standen um ihn herum. Einen Moment lang sagte niemand etwas und De hielt die Luft an. Er traute sich kaum, hinzuschauen, aber dann wandte er seinen Blick in Zeitlupe dorthin und starrte auf das Loch in Jonas' Brustkorb. Es war irgendwie abartig, diese Drähte, Schläuche und Plastikteile herausstechen zu sehen, dazwischen eine merkwürdige Flüssigkeit, die er nicht identifizieren konnte. An der Stelle, an der er gelegen hatte lag seine Feder, verbogen und schief. Sie war herausgefallen, beziehungsweise mit roher Gewalt herausgebrochen worden. De fragte sich, was mit Jonas' Seele passiert war. Er stellte sich vor, dass sie wie ein Lufthauch in den Himmel geflogen war, unsichtbar und unbemerkt.

„Warst du das?", fragte die Frau, die bei ihm kniete mit zitternder Stimme. Das konnte er hören trotz des Helms.

De schüttelte den Kopf. Er schüttelte in letzter Zeit oft den Kopf.

„Ist das die Wahrheit?", sie sprang mit einem Satz auf ihn zu, riss ihn am Jackenkragen hoch und pinnte ihn an die Hauswand. Er bekam keine Luft. Seine Beine baumelten über dem Boden. Sie war kein Android, das merkte er, aber sie war stark. Irgendwie liefen hier in letzter Zeit nur übermächtig starke Frauen auf Kamikaze-Tour herum. Und sie waren immer um ihn herum. Liebten wohl seine Gesellschaft.

„Du kannst es nicht wagen einen von uns anzufassen", brüllte sie ihn an und verstärkte ihren Griff an seinem Hals, sodass er kaum noch röcheln konnte.

„Skai, lass ihn", sagte einer ihrer Kollegen beiläufig. Wahrscheinlich machte diese Skai sowas jeden Tag. Was war das überhaupt für ein Name, Skai? Hießen die Leute so bei den Weltraumfahrern, bescheuerter Name. „Du siehst doch, dass er… also dass er…", der andere Typ wedelte mit der Hand.

„Dass er ein Schwächling ist", spuckte Skai aus und ließ ihn mit einem Rumpeln auf den Boden fallen.

De griff sich sofort an den Hals und schnappte nach Luft. Meine Güte, alle Leute schienen es sich zur Aufgabe gemacht zu haben sein Ableben so qualvoll wie möglich zu gestalten. Er hatte sich einen schnellen Tod gewünscht, aber es war jetzt schon klar, dass er ihn nicht bekommen würde. Also alles wie immer. Manche Sachen änderten sich einfach nie. Konstanten in seinem Leben. Zähe Fragilität – er lebte sie. Er konnte Werbung dafür machen. Er könnte ein wandelndes Synonym für diesen Ausdruck sein.

„Bringt Jonas in den Hubschrauber, ich will ihn persönlich im Recycling abliefern", seufzte Skai.

So schloss sich der Kreis, dachte De wehmütig. Im Recycling hatte alles begonnen und dort endete alles.

Die beiden anderen Männer packten den durchlöcherten Jonas an Schultern und Beinen und trugen ihn weg. Aus dem Hubschrauber hörte De, dass jemand sehr schrill aufschrie. Es folgte ein „Scheiße, nein, das kann nicht sein!"

„Ja, so haben wir auch geguckt", sagte einer, der Jonas getragen hatte. „Ich weiß, ihr standet euch nah, tut mir echt leid, Mann."

„War ja klar, dass der wieder so emotional reagiert, typisch", sagte Skai zu sich selbst und ließ De nicht aus den Augen.

Es folgte ein längeres gedämpftes Gespräch beim Helikopter, welches De nicht mehr Wort für Wort verstehen konnte. Dann kamen die beiden Leute wieder.

„Was ist mit ihm?", fragte einer gelangweilt und zeigten auf De. Er wollte heute wohl früher Feierabend machen.

„Wir könnten es kurz und schmerzlos machen", erwiderte Skai und Des Gesicht hellte sich auf. Ja, bitte, flehte er sie mit seinen Augen an. „Ich habe keine Lust auf den Papierkram. Wir haben ihn hier tot vorgefunden, oder?"

Der andere nickte. „Er sieht aus wie wertloser Bio-Schrott – aka ‚Tagträumer'", das letzte Wort setzte er mit den Fingern in Anführungszeichen. „Wir haben sie lang genug toleriert."

Plötzlich kam jemand anderes angerannt und De fragte sich, ob Jonas doch wieder zum Leben erwacht war.

„Wir haben einen wichtigen Einsatz, schnell, eben kam die Durchsage", jemand bog in einem Affentempo um die Ecke und blieb vor ihnen stehen. De hörte nur die Stimme, sein Blick war immer noch auf Skais Gestalt geheftet, da sein Leben von ihr abhing. „Unsere Leute wurden bei den Blauen angegriffen, es gab viele Verletzte. Wir werden dort gebraucht."

„Shit", entfuhr es Skai und sie warf ihren Kollegen einen Blick zu, der besagte, dass sie De jetzt doch nicht töten konnte. Interpretierte De zumindest so durch die ganzen Helme. Hoffte er zumindest. Er hoffte doch immer, entweder in die eine oder andere Richtung.

„Also los, ihr habt's gehört", die drei Kämpfer zogen widerwillig weiter.

De schloss die Augen und sackte noch mehr in sich zusammen. Darin war er echt gut, er konnte immer mehr und weiter in sich zusammensacken, immer neue Ebenen davon erreichen.

„Wir können ihn nicht hier lassen, er ist verletzt", sagte der andere.

„Dieser verdammte Samariter", hörte De Skai um die Ecke brüllen. „Er ist von der anderen Seite, lass ihn liegen und komm sofort, *unsere* Leute brauchen Hilfe."

De spürte, wie jemand sich vor ihn kniete.

„Ich werde mir ganz kurz deine Schulter anschauen, okay?", flüsterte er und De durchfuhr ein Schauer. Jetzt erkannte er die Stimme, diese beruhigende Art zu sprechen. Er schaute auf und sah sich Asger gegenüber. Schnappte gleich wieder nach Luft. Eine regelmäßige Atmung war ihm heute ebenfalls vergönnt.

„Keine Panik, alles gut", Asger legte eine Hand auf Des Hinterkopf und umschloss seinen Nacken. De bekam die merkwürdigsten Gefühle dabei. Mit der anderen Hand riss er den Jackenstoff, an der ihn die Kugel gestreift hatte, auf und entblößte Des Schulter. Die Wunde war nicht groß, aber sie leckte immer noch. Asger berührte sie nicht.

„Du brauchst einen Verband, sonst wird das nichts", murmelte Asger. Mit einer Handbewegung griff er De unter den anderen Arm und zog ihn hoch, zusammen liefen sie zum Hubschrauber.

„Oh nein", entfuhr es Skai, „bitte nicht. Wir sind kein Krankentransporter!"

„Ihr habt mich mitgenommen, damit ich mich um die Verletzten kümmern kann, also", erklärte Asger.

„Um *unsere* Verletzten", pampte Skai ihn an.

Sie und einer der Kämpfer saßen vorne. Hinten waren der andere, Asger und er gegenüber voneinander. Jonas lag zwischen ihnen im Fußraum.

Der Hubschrauber hob mit Karacho ab und De durchsuchte das Gesicht von Asger nach Spuren des Erkennens. Asger musste doch wenigstens wissen, dass sie sich erst vor ein paar Tagen in dem Knast gesehen hatten, oder hatte er auch kein Kurzzeitgedächtnis mehr? Stattdessen wanderte Asgers Blick immer wieder zu Jonas und er verzog sein Gesicht, als hätte er Schmerzen. Undeutlich murmelte er dabei irgendwelche Beschwörungsformeln.

Des Blick wich er aus. Oder auch nicht. Was wusste er schon. Der Flug war nur kurz, ein paar Minuten und viel zu laut, um sich zu unterhalten. Sie landeten in der Nähe von Najs Stadtteil, er konnte schon die Siedlungen der Vogelmenschen sehen. Noch bevor die Rotorblätter sich aufgehört hatten zu drehen sprang Skai mit ihren beiden

Kollegen raus und es war Geschrei zu hören. Endlich waren sie unter sich.

Asger schnallte sich hektisch ab und holte einen kleinen Koffer unter dem Sitz heraus.

„Asger, kannst du dich noch an mich erinnern?", fragte De ungeduldig.

„Du warst vor ein paar Tagen in der Zelle, ich weiß. Mit der Narbe an der Hand", erwiderte Asger und holte ein Fläschchen mit einer Flüssigkeit, kippte etwas davon auf Des Schulter. „Du lebst ein ganz schön gefährliches Leben. Wieso bringst du dich in Schwierigkeiten? Du bist offensichtlich kein Kämpfer oder Aufrührer."

„Ich… mich…", stotterte De ungläubig. Diese Unterstellung war eine Unverschämtheit.

„Wir müssen uns beeilen, gleich werden die nächsten Verletzten gebracht, oder was weiß ich was", rief Asger und stieg dabei immer wieder über Jonas, der kurioserweise zwischen ihnen lag.

„Asger", versuchte es De erneut, „hör mir zu. Wir kennen uns von früher, du musst dich erinnern, es ist wichtig."

Er schien ihn nicht zu hören, sondern packte einen schneeweißen Verband aus.

„Wieso musste Jonas sterben? Er war ein guter Mensch, er hat für die richtige Sache gekämpft", sprach Asger mit sich selbst, „immer müssen alle gehen. Früher oder später enden alle als Leichen, über die ich nur noch das Tuch ziehen kann. Egal wie sehr ich mich anstrenge, ich kann sowieso niemanden retten, es ist sinnlos, alles so sinnlos."

De runzelte die Stirn. Asger wirkte verwirrt, aufgebracht, hektisch.

„Mach mal den Arm frei", wies Asger ihn im nächsten Moment an.

De fing an sich aus der Jacke zu schälen. Schmerz jagte immer wieder durch seinen Oberkörper. Asger half ihm und streifte die Jacke ab. Mit seinem gesunden Arm griff er nach Asgers Hand und hielt sie fest. Er dachte nicht nach, er machte einfach.

„Hier, diese Narbe, kannst du dich erinnern?", De legte Asgers Hand an seinen Hals.

Asger hielt kurz inne und verengte die Augen. De ließ ihn los.

„Eine Rasierklinge, selbst zugefügt, aber die Halsschlagader wurde verschont", murmelte Asger und strich mit dem Zeigefinger über die Stelle. „Du hast dich ganz schön gewehrt, ich musste dich fixieren. Ist das immer so bei dir?"

„Nein", empörte De sich. „Also du erinnerst dich?"

„Da ist etwas, sehr vage nur. Ich habe viele Menschen behandelt, mit allen möglichen Symptomen…", Asger kratzte sich am Kopf und ein paar Strähnen fielen in sein Gesicht. „Konnte nur die wenigsten retten, die meisten schafften es nicht oder blieben versehrt. Schmerzen, Leid, Trauma, Suizid, es ist immer dasselbe."

Mit einem Schwung zog De sein T-Shirt über den Kopf. Kurz schrie er auf wegen des Schmerzes. Herrgott, diese Verletzung war absolut nervtötend. Er wusste, dass sie nur noch ein paar Minuten hatten, höchstens.

„Das ist dein Anhänger", er zeigte auf die Metallfeder. „Eine Replika deiner Feder, verdammt", keuchte De.

Asgers Blick war schwer einzuordnen. Entweder dachte er, was geht hier vor oder er hatte eine vage Ahnung bekommen von seinem anderen Leben.

„Und hier, an dieser Stelle", De redete schnell weiter und versuchte damit das unangenehme Gefühl halbnackt vor jemandem zu sitzen, wegzubekommen, „hier hast du mich wiederbelebt", er nahm die Hand des Androiden und legte sie auf sein Brustbein.

„Diese Narben…", murmelte Asger, als er Des Oberkörper betrachtete.

Draußen hörte er schon von Weitem Skais Stimme schimpfen und sich aufregen. Er schnappte sich T-Shirt, Jacke, Verband und sprang aus dem Hubschrauber.

„Du weißt, wo du mich findest", rief er Asger hinterher, der wie angewurzelt sitzen blieb.

Zuerst wäre er Skai fast in die Arme gerannt. Wer weiß, was sie mit ihm gemacht hätte. Die Frau war ja völlig unberechenbar. Er drehte schnell um und bog in eine Seitenstraße ein, in der nichts los zu sein schien. Ein kleiner Strom von Blut floss seinen Arm runter. So gut er ging wickelte er mit einer Hand den zum Glück sehr festen Verband um die Wunde. Ob das ausreichte? Es schmerzte, schmerzte, schmerzte. Gleichzeitig war da dieses wohlige Gefühl von Freude. Beides vermischt fühlte sich verrückt an. Surreal. Und dann dämmerte ihm, dass Ager sich an absolut gar nichts erinnerte, egal wie viele sensorische Hilfestellungen er ihm bot. Immerhin hatte De sich ordentlich blamiert, wenigstens etwas Neues. Nicht.

Schnell verscheuchte De diese ganzen Gedanken und konzentrierte sich auf die Gegenwart. Er hätte alles für Schmerzmittel gegeben. Hätte er sich doch nur welche von Asger besorgt, statt ihn mit alten Geschichten vollzuquatschen. Jetzt saß er da. Der Hubschrauber hob ab und verschwand.

De war mit dem Verband fertig und zog seine Kleidung wieder an. Seine Beine waren lahm, aber er musste zu Naj. Langsam schlich er durch die Straßen und versuchte niemandem in die Quere zu kommen. Plötzlich war ein Schreien von oben zu hören und De duckte sich instinktiv. Ein halbes Dutzend blauer Vogelmenschen stieg auf und flog davon. Gleich darauf das Rattern eines entfernten Maschinengewehrs. De lief weiter. Eine kleine Gruppe von Städtern bog plötzlich um die Ecke. Sie verstummten beim Anblick von De, musterten ihn und gingen weiter. Endlich mal normale Leute, die ihn in Ruhe ließen, dachte De erleichtert. Dann ein Hubschrauber am Himmel, aber natürlich konnte er nicht sagen, ob Skai und Asger drin saßen, er war zu weit weg. De war schon vor der Vogelsiedlung und steuerte den Eingang an. Einer dieser kleinen und halb geschrotteten Lastwagen kam angefahren. De klopfte hektisch an Najs Tür. Der Lastwagen kam näher. Jemand öffnete die blaue Tür und De stolperte herein.

„Du bist es?", hörte er Najs Stimme.

De konnte nicht antworten, er musste sich irgendwo festhalten, stützte sich an einem Schrank im Eingang ab.

„Sie sind hinter mir her, glaube ich", hechelte er atemlos und taumelte etwas. Jemand griff unter seinen Arm und führte ihn zum Sofa.

„Wir dachten du wärst…", Naj war neben ihm. De blickte sich um und sah, dass Jiri und Karl-Gustav um sie herum standen. Alle schauten sehr finster.

„Sie sind unterwegs", De war immer noch atemlos und sehr aufgeregt. „Die Grauen, sie wollen zu dir, Naj. Ich weiß ja gar nicht, was hier los ist. Aber sie wollen dich wahrscheinlich umbringen, wegen der Umsiedlung."

Niemand sagte mehr etwas. Aber De sah, dass Najs Gesicht immer dunkler wurde. Sie hatte teilweise dieselben silbernen Schuppen wie die Vogelfrau, die ihn vor Jonas bewahrt hatte, aber sehr viel weniger dicht. Die Haut dazwischen verfärbte sich, die Narbe am Haaransatz kam viel stärker hervor, ihre Augen sahen aus als würden sie von innen heraus brennen. In Zeitlupe stand Naj auf und trat einen Schritt zurück.

„Was ist mit euren Kindern, wo sind sie?", durchbrach De die Stille. Er verstand nicht, warum nicht irgendjemand etwas machte, wo die Bedrohung so nah war.

„Wir haben sie schon vor ein paar Tagen mit Najs Schwester weggeschickt, sie sind in Sicherheit", sagte Jiri tonlos.

„Gut", sagte De und blickte zwischen den dreien hin und her. „Dann sollten wir jetzt auch gehen."

„Sie sollen kommen", quetschte Naj zwischen den Zähnen hervor, „ich habe noch eine Rechnung mit ihnen offen."

Jiri und Karl-Gustav schauten sich gegenseitig an, als ob sie das geahnt hätten.

„Was sie mir angetan haben werde ich nicht vergessen", fuhr Naj fort und sie wirkte ganz und gar nicht wie sie selbst. Was war es eigentlich mit den Menschen in seiner Umgebung, die ständig ihre Gesichter wechselten. „Ich habe jeden Tag daran gedacht, bin immer wieder daran zerbrochen, an diesem unmenschlichen Missbrauch, jetzt ist genug."

Ihre Stimme klang gespenstisch.

„Nein", sagte Jiri bloß. „Das ist zu gefährlich. Du würdest dabei sterben und das lasse ich nicht zu. Ich habe dich schon einmal gerettet und zusammengeflickt, das kannst du mir nicht noch einmal antun."

Das war der längste Satz, den er ihn je hatte sprechen hören.

„Du verstehst das nicht, weil dich nie jemand…", sie wandte ihr Gesicht wütend ab. „Ich werde jetzt nicht feige davonfliegen. Sie kommen zu mir in mein Haus? Dann werde ich mich ihnen stellen."

Karl-Gustav kam zu De und beugte sich über die Sofalehne. „Die Vogelmenschen spinnen manchmal", flüsterte Karl-Gustav De ins Ohr, „sie wollen ständig kämpfen. Wahrscheinlich können wir da gar nichts machen."

De nickte abwesend.

„*Ich* werde kämpfen. Du und Karl-Gustav…", setzte Jiri an, aber Naj schnitt ihm gleich das Wort ab.

„Hör auf. Das nimmst du mir nicht. Du hast mir nichts zu sagen. Ich treffe meine eigenen Entscheidungen."

„Jetzt streiten sie sich darum, wer sein Leben opfern darf", flüsterte Karl-Gustav wieder wie so ein Kommentator eines Schauspiels. „Außerdem sind sie im Herzen ihres Seins Einzelgänger, das kommt immer wieder durch, wie du siehst, trotz der familienähnlichen Konstrukte in denen wir leben."

„Kannst du mir ein Glas Wasser geben, bevor ich weiterrennen muss?", fragte De.

Im Hintergrund diskutierten Jiri und Naj weiter.

„Natürlich", Karl-Gustav zog los und kam umgehend mit einem belegten Brot und etwas zum Trinken zurück. „Es tut mir leid. Du siehst aus als hätte man dich durch den Fleischwolf gedreht. Wir haben dich gesucht. Was ist passiert?"

„Wir haben keine Zeit dafür", De stürzte das Glas runter und steckte sich das Brot in die Jackentasche. „Bring dich in Sicherheit, Karl-Gustav, bitte."

In diesem Moment waren draußen undefinierbare Geräusche zu hören. Ein Lärm schwoll an. Es wurde geschrien, dumpfe Schläge. Sie schauten sich erschrocken an und im nächsten Moment brach die Tür auf. De hatte Mühe die nachfolgenden Ereignisse richtig einzuordnen, es passierte so viel gleichzeitig. Es ging wieder so viel Welt durch ihn hindurch. Alle seine Sinne waren überlastet. Naj kämpfte mit einer Vogelfrau. Jiri wurde angeschossen und schrie laut auf. Dutzende von Dunklen in voller Montur marschierten in das Wohnzimmer, er und die anderen wurden nach draußen auf die Straße gespült. Etwas schlug neben ihnen ein und De war wieder taub, Splitter flogen in sein Gesicht. Männer und Frauen mit Schusswaffen verschanzten sich hinter Barrikaden und Hausmauern. Ein Nebel zog auf und brannte in seinen Augen, er hustete und rannte wie ein blindes Huhn in irgendeine Richtung. Ein Hubschrauber wurde abgeschossen und stürzte ab. Es roch nach Blut. Schreie hörte er keine mehr. Spürte keine Schmerzen im Oberarm. Er rannte und rannte, blind und taub, gefühllos.

Die Ausschreitungen gingen noch die ganze Nacht. Die Straßenbahnen fuhren schon lange nicht mehr. De kauerte immer wieder in verschiedenen Ecken und wusste nicht wohin mit sich. Schlief zwischendurch vor Erschöpfung ein. Am nächsten Morgen war es sonderbar ruhig. Rauchwolken hingen über der Stadt. Er überlegte zurückzugehen. Vielleicht brauchte jemand seine Hilfe. Vereinzelt kamen Leute aus ihren Häusern und taumelten wie er herum, ohne Ziel. Seine Füße waren nicht mehr aus Blei, sie fühlten sich an, als würden sie gleich auseinanderfallen. Immerhin hatte er seine robusten Arbeitsschuhe an, sie hielten seine ganze Existenz zusammen.

„Es gibt einen Waffenstillstand", rief ein Mann ihm zu, der ein paar Meter entfernt neben ihm humpelte. De nickte abwesend.

Je heller es wurde desto mehr beschleunigte er seinen Gang. Hoffentlich war die Dreierkonstellation noch am Leben. Die Straßen füllten sich mit Leuten. Sie flüsterten, schleppten ihre müden Füße durch die Straßen, weinten, suchten in den Trümmern, lagen sich in den Armen. Eine defekte Straßenbahn stand regungslos auf ihren Gleisen, De fragte sich, ob der Strom ausgefallen war.

„Es gibt Verhandlungen mit ersten Ergebnissen", sagte jemand zu seinem Gegenüber, als sie an De vorbeiliefen. De blieb stehen und schaute ihnen fragend hinterher.

„Die Rebellen aus dem Kriegsstadtteil sind niedergestreckt", fuhr der Mann mit krächzender Stimme fort. „Die grauen Vogelmenschen konnten nicht bezwungen werden. Mit ihnen wurde ausgehandelt, dass sie in den bewaffneten Zweig der Forscher aufgenommen werden. Sie ziehen auf den anderen Kontinent", er lächelte unsicher.

De runzelte die Stirn. Hä, wollten die Grauen nicht die Kontrolle über die Stadt? Aber wenn sie jetzt auf dem anderen Kontinent unterwegs waren, dann konnten sie vielleicht die Kontrolle über die ganze Welt erlangen? Ob das gut war? Vielleicht war es ein notwendiger Kompromiss gewesen. Die Grauen wären in dieser Stadt nie integriert worden, soviel war jetzt klar. Aber ob sie an der neuralgischen Stelle des Militärs besser aufgehoben waren?

Das konnte nur neues Unheil bedeuten. Denn dort mussten sie eng mit Androiden zusammenarbeiten, das würde ihnen nicht schmecken.

„Hast du meinen Mann gesehen?", fragte eine Frau, die ihm entgegenlief. „Er war Tagträumer, er wurde festgenommen, wo ist er?", schluchzte sie in ihrer zerrissenen Kleidung.

„Fast alle Tagträumer sind getötet worden", schrie jemand aus einem der Fenster. „Sie sind verdammt nochmal tot", es war wie der Laut von einem verwundenen Tier.

Etwas zog sich in De noch fester zusammen. Er wollte nicht realisieren, dass das die Wahrheit war. Doch wenn die Rebellen endgültig ausgemerzt wurden, dann machte es Sinn. Sie waren noch die einzigen, die für die Fädenspinner gekämpft hatten. Und die Grauen. Des Kopf drehte sich.

„Die Dunklen haben nur darauf gewartet, dass die Unruhen ausbrechen, um den Kriegsstadtteil, der ihnen seit jeher ein Dorn im Auge war, in Schutt und Asche zu legen", erklärte ihm ein Junge, der ohne Schuhe aus einem Eingang gekommen war und Brandwunden im Gesicht hatte.

„Verschwörungstheorien!", rief ein Mädchen hinter ihm her. Sie liefen davon.

De stapfte weiter. Die Straßenzüge, die zu Najs Haus führten, waren sehr mitgenommen. Der abgestürzte Helikopter, drei endgültig geschrottete Lastwagen, ein paar brennende Haufen von irgendwas, ein eingestürztes Hochhaus. De arbeitete sich durch und stand schließlich vor der blauen Siedlung. Diese ganze blinde Zerstörung. Und es gab auf der Welt anscheinend keinen Platz, um davon wegzukommen. Das waren jetzt seine Trümmer.

Er lief durch die Eingangstür und suchte nach Überlebenden. Es war überall still. Er fühlte sich, als wäre er der letzte Mensch auf der Welt. Er suchte das ganze Haus ab, so gut es ging. Er konnte nicht in jedes Zimmer rein, weil überall Möbel und herausgebrochene Wandteile herumlagen. Tote und Verletzte wurden wohl schon abtransportiert. Aus einem Fenster im Treppenhaus sah er, dass im Innenhof Leute waren. Schnell lief er wieder nach unten und suchte sich seinen Weg dorthin.

Karl-Gustav kam ihm gleich entgegen, er hatte Schnittwunden im Gesicht und ein zerrissenes Hemd.

„Was für ein Glück, du lebst", rief er De zu. „Du siehst irgendwie aus wie immer."

Sie fielen sich in die Arme und drückten sich so fest, wie De jemanden noch nie umarmt hatte. Es ging ihm durch Mark und Bein und er wollte nicht mehr loslassen, wollte sich an Karl-Gustav für immer festhalten.

„Bleib bitte hier, De, geh nicht weg. Versprichst du es?", flüsterte Karl-Gustav in seinen Nacken. „Wir brauchen dich. Naj braucht dich. Asger braucht dich. Wir haben sonst niemanden, der die Zerstörung aufnehmen kann. Die anderen haben ja keine Ahnung. Versprichst du es mir?"

De konnte nur nicken, er hatte einen Kloß im Hals.

„Was ist mit Jiri und Naj?", sie lösten sich und De wischte sich über die Augen.

„Verletzt. Sie werden gerade behandelt. Wie so viele. Es war wohl ein krasses Inferno gestern. Wer hätte das gedacht? Aber sie sind am Leben."

„Hat Naj die Rache bekommen, die sie haben wollte?", fragte De und er wusste gar nicht, warum das so wichtig war.

Karl-Gustav schüttelte den Kopf. „Die bekommt man ja selten. Sie hatte gegen die Grauen keine Chance, Jiri konnte sie vor dem Schlimmsten bewahren. Das wird sie ihm noch monatelang übel nehmen, es kommen schwere Zeiten auf uns zu", seufzte er.

„Okay, okay", murmelte De. „Sag ihr, dass ich da war."

„Sie wird mit niemandem sprechen wollen."

„Hmm, also falls du mit ihr sprichst… Wird es wieder Kämpfe geben? Die Leute erzählen sich alles Mögliche, weißt du was Konkretes?"

„Nein, die Lage ist absolut unübersichtlich. Es gibt Vermutungen. Der militärische Arm der Weltraumfahrer hat sich zurückgezogen, sie sind alle weg. Spricht dafür, dass die Lage hier so stabil ist dass ihre Anwesenheit nicht mehr essentiell ist. Sie kämpfen ja auf allen Fronten, müssen vielleicht an einer anderen Stelle die Welt verteidigen, was weiß ich."

„Und die Tagträumer?", fragte De und trat von einem Fuß auf den anderen.

Karl-Gustav verzog das Gesicht und schüttelte den Kopf. „Wir konnten nur wenige retten, zu wenige", er atmete hörbar aus und senkte den Blick.

„Verdammt", murmelte De, „das hat ein böses Ende genommen."

„Und ich bin schuld daran, ich habe das ins Rollen gebracht."

„Du wusstes es nicht…"

„Ich muss gehen", Karl-Gustav nickte mit Blick nach unten.

„Okay."

„Wir sehen uns. Du kommst wieder, ja?"

„Na klar."

Sie umarmten sich noch einmal fest und keiner wollte loslassen. Karl-Gustav war warm, weich und roch nach Leben. Schließlich lösten sie sich und De lief los.

Es war das letzte, was er wollte: rennen. Wenn das hier vorbei war, so schwor er sich, dann legte er sich für zwei Wochen ins Bett und rührte sich nicht von der Stelle. Füße hoch und fertig. Er hatte sowieso noch Urlaub, den er nicht genommen hatte. Sowas hatte man hier, Urlaubsanspruch. Danach würde ein neues Leben anfangen. Hoffentlich ohne Krieg.

Er hatte einen langen Weg vor sich. Diese verdammte Stadt war viel zu groß. Vielleicht sollte er aufhören sie und ihre Bewohner zu verfluchen, wenn er sich hier heimisch machen wollte. Vielleicht. Es war noch ein weiter Weg bis dahin.

Je näher er seinem Stadtteil kam, desto unsicherer wurde er. Er setzte sich auf eine Bank in einem Park und holte sein Brot heraus. Er hatte nicht wirklich Hunger, aber es war wohl besser es zu essen. Er hatte gar keine Ahnung, welche Tageszeit sie hatten, überhaupt, wie viel Zeit vergangen war, seit er in Gewahrsam genommen wurde. Er wollte sehr dringend seine Kleidung und den Verband wechseln, alles klebte an ihm.

In seinem Bauch kribbelte es beim Gedanken, zurück zu gehen. Oder vielleicht war es nur die Schlange, die sich regte. Auf jeden Fall musste er sich mental darauf vorbereiten, dass dort Enttäuschungen auf ihn warteten. Es war wahrscheinlich besser so, denn zwei kaputte Menschen machten zusammen immer noch jede Menge Komplikationen, sonst nichts. Und Asgers Situation war sehr kompliziert. Seine auch, er musste ab jetzt alle seine Energien darauf verwenden in der Stadt zu bleiben und nicht abzuhauen. Das war fast schon schmerzhaft. Es gab jetzt keinen Ort mehr, zu dem er gehen konnte, um sterben zu können, das musste er akzeptieren. Irgendwie.

Langsam setzte er seinen Weg fort. Einen Fuß vor den anderen. Die Sonne fing an sich zu senken. Endlich kam sein Viertel in Sicht. Er kroch voran und kam schließlich an dem alten, verlassenen Café an. Natürlich war hier niemand, wieso auch. Er kletterte über den verrosteten Metallzaun. Lehnte sich dort an und konnte sich nicht mehr bewegen. Sein Herz schlug ihm bis zum Hals, was seine Erschöpfung noch zusätzlich verstärkte. Vorsichtig schlängelte er sich durch die alten Tische und Stühle hindurch und bog um die Ecke.

Er erschreckte sich etwas, als er Asger dort sitzen sah. Aber etwas in ihm machte auch einen Sprung, einen schnellen Satz nach vorne. Etwas in ihm reagierte schneller und direkter, ließ sich nicht von Ängsten und Unsicherheiten bremsen.

Asger hatte nicht mehr seinen weißen Arbeitskittel an, sondern Kleidung, die er nicht kannte, ein Hemd und eine Hose, beides etwas zerschlissen und abgerissen. Er musste auch einen anstrengenden Weg hierher gehabt haben. De konnte ihm nicht in die Augen sehen, vor allem wegen der Nähe, die auf einmal zwischen ihnen herrschte und er war nicht gut darin, Nähe zu managen. Besonders wenn sie plötzlich und mit so geballter Kraft auf ihn traf. Sich nicht langsam aufbaute.

Auch wenn De überwältigt von Asgers Anwesenheit war, musste er sich doch überwinden, noch ein paar Schritte auf ihn zuzugehen und sich möglichst unverkrampft neben ihn fallen zu lassen. Als wäre nichts gewesen. Das war sein ganz persönliches Paradox von dem Wunsch angenommen zu werden. Dass er es nicht problemlos zulassen konnte. Schweigend saßen sie eine Weile dort und berührten sich an den Schultern.

„Frederick", sagte Asger und nahm vorsichtig Des Hand in seine. Die Art, wie er seinen Namen aussprach ließ in De etwas kollabieren, sodass er die Augen schloss und schwer atmete. Asger nahm sich so viel Zeit, seinen gesamten Namen zu formulieren, nicht bloß die eine Silbe, auf die sich De selbst reduziert hatte. „Ich kann mich nicht an alles erinnern", fuhr Asger fort. „Aber ich weiß, dass du gerne Umwege gehst, dass du die Einsamkeit liebst, dass du meistens wenig sprichst und wenn doch, dann die unwahrscheinlichsten Dinge sagst, dass du mir vertraut bist wie sonst nichts in meinem Leben. Ich weiß wie dein Mund schmeckt, wie dein Atem klingt, wie deine Haare riechen."

„Vor allem nach Müll", entgegnete De.

Asger musste lachen. Dann beugte er sich zu ihm rüber, legte seine Hand an Des Hinterkopf und zog ihn zu sich heran, küsste ihn sehr vorsichtig. De wurde von einem Kribbeln, einem Ohrenrauschen, einer Leichtigkeit, von flüssiger Hitze erfasst. Die Barrieren schmolzen dahin. Asger zog ihn noch mehr auf sich, sodass sie sich gegenübersaßen. Es war ein völlig neues Lebensgefühl, so gewollt zu werden. Sie versanken ineinander, verschränkten sich. Erst als Asger ihn an der Schulter packte, um ihn noch mehr zu vereinnahmen, zuckte De vor Schmerz zusammen und wurde unsanft aus diesem fiebrigen Traum herausgeschleudert.

„Sorry", murmelte Asger verlegen und sie hielten beide kurz inne.

„Nicht schlimm", hauchte De.

Er wurde wieder seiner tausend Gedanken bewusst. Er wollte etwas davon sagen. Formulierte Sätze in seinem Kopf. Sie hielten sich immer noch fest und berührten sich an der Stirn. De wollte am liebsten nicht mehr loslassen.

„Auf dem Weg hierher habe ich mir viele Gedanken darüber gemacht, ob unsere Macken nicht eine schlechte Mischung sind", setzte er an und schloss die Augen. So ließ sich besser denken. „Ich bin unkommunikativ und sprunghaft, du verlierst Teile deiner Persönlichkeit und ich weiß nicht was ich damit machen soll. Im schlechtesten Fall werde ich getriggert und laufe weg und du wirst getriggert und erkennst mich nicht mehr wieder. Ganz ehrlich – und du bist doch so hochintelligent – du musst doch zugeben, dass das nicht gut ist. Es wäre besser wenn jeder von uns eine normale Person finden würde, die uns erden könnte. Das könnte funktionieren. Selbst Naj braucht zwei halbwegs normale Personen, um sie aufzufangen. Du weißt, was ich meine. Ich kann niemanden auffangen, ich kann noch nicht einmal ansatzweise mich auffangen."

„Okay", sagte Asger und strich De durch die Haare, was nicht dazu beitrug, dass er sich besonders gut auf seine Gedanken konzentrieren konnte. „Ich bin gerade noch in der Orientierungsphase, es sind nur ein paar Erinnerungen zurückgekehrt. Meine andere Persönlichkeit verschwimmt immer mehr. Ich weiß nicht mehr genau, was ich da gemacht oder gefühlt habe… Das alles ist nicht sehr angenehm, so verloren zu sein. Ich versuche mich an irgendwas festzuhalten, aber die Sachen lösen sich in Luft auf… Ich rede wirres Zeug."

„Siehst du, meine Theorie wird gleich bestätigt."

Asger lächelte und zog ihn noch näher zu sich heran, vergrub seinen Kopf in ihm. „Erzähl mir mehr darüber, es ist so angenehm dir zuzuhören. Ich meine es ernst, erzähl mir alles darüber, deine Theorien und Gedanken... Ja, ich halte mich ein bisschen an dir fest, ich gebe es zu. Du hast mich hierher geführt, es muss irgendeinen Grund dafür gegeben haben, oder?"

De nickte. Es war wieder so viel auf einmal. Schmerzen, Erschöpfung, Sehnsucht, Angst, Geborgenheit.

„Also werde ich bleiben. Wir werden bleiben", flüsterte Asger in sein Ohr.

De atmete erleichtert aus. Im nächsten Moment spannte er sich wieder an, weil er der Erleichterung nicht trauen wollte. Ja, er wollte bleiben, endlich hier bleiben.

„Hast du mich vermisst?", fragte Asger mit einem leichtem Zittern in der Stimme. De liebte dieses Holpern, das hieß, dass sie zusammen im Fluss, dass ihre Körper zusammen am Schwanken waren.

„Ja", sagte De und es war mehr ein Ausatmen.

„Erzähl mir, wie sehr."

„Ich...", stotterte De und suchte nach Worten. „ich weiß nicht, was du dir unter ‚Vermissen' vorstellst. Bei mir materialisierte es sich derart, dass ich zuerst, auf dem Produktionskontinent, alle Energie darauf verwendet habe, dich aus meiner Erinnerung und aus meinem Bewusstsein zu eliminieren. Übrig blieben nur ein paar Reste, die sich einfach nicht zusammenkehren ließen. Undeutliche Schemen deiner Hände, deiner Stimme, deiner Augen. Sie schienen immer da aufzutauchen, wo ich sie nicht brauchte. Entzogen sich tragischerweise meiner Kontrolle. Bildeten ein Amalgam mit den übrig gebliebenen Erinnerungen an andere Menschen. Mira, Naj, Sina. Abschneiden war oft die Lösung... bis sie es nicht mehr war. Und dann warst du schon wieder weg und ich der Sehnsucht nach deiner Nähe hilflos ausgeliefert. Ohne Kompensationsmöglichkeiten. Nur noch das hilflose Verlangen nach deiner Zuneigung."

×××

Später, in der Wohnung, setzte De sich auf das Bett, zog seine Jacke aus und zerriss den Ärmel seines T-Shirts endgültig, damit Asger den Verband an der Schulter erneuerte konnte. Er wirkte dabei so konzentriert und in sich gekehrt, wie in seiner eigenen Welt. Es war absolut beruhigend, ihm dabei zuzuschauen, aber auch etwas gespenstisch. Seine Finger arbeiteten routiniert, als hätte er das schon tausend Mal gemacht. Ob er, De, jemals die ganze Geschichte hören würde, was Asger in seiner Zeit als Militärarzt widerfahren war? Er hoffte es.

„Benötigst du Schmerzmittel?", fragte Asger, als er fertig war.

„Nein, ich denke nicht. Es ist noch ein dumpfes Pochen, aber ich denke, ich halte das aus."

„Okay, ich glaube ich habe auch keins."

Sie schauten sich länger an.

„Dieses T-Shirt", fuhr Asger fort und zeigte auf den zerrissenen Stofffetzen an seinem Oberkörper.

De hob fragend die Augenbrauen.

„Darf ich es dir ausziehen?", Asgers Stimme hatte ein wieder das Zittern an sich, war an manchen Buchstaben ungenau.

De spürte, wie ihm warm wurde. „Du hast mich jetzt schon ein paar mal entkleidet. Ich finde das langsam etwas auffällig."

Asger grinste und verkniff sich wohl eine Antwort. Rückte etwas näher und zog ihm den T-Shirt-Rest über den Kopf. Kam noch etwas näher. Seine Hände bebten leicht, als er ihm seinen Anhänger abnahm und ihn auf den Tisch neben ihnen legte. Dann platzierte er seine Hände zögerlich auf Des Taille, um ihn sachte festzuhalten. Beugte sich nach vorne und küsste Des Schlüsselbein. De schnappte nach Luft und legte seinen gesunden Arm vorsichtig um Asgers Nacken, ließ ihn von dort aus über sein Rückgrat wandern, das sich unter dem T-Shirt bewegte.

Asger deutete ihm, sich hinzulegen, was sehr angenehm war. De streckte seinen Kopf nach hinten und spürte, wie so vieles sich augenblicklich entfernte. Ängste, Sorgen, rationales Denken, Analysen, Pläne, Vergangenheit und Zukunft. Kontrolle. Mit jedem tiefen Atemzug geriet das immer mehr in den Hintergrund. Ein angenehmes Zerfallen hielt stattdessen Einzug. Nur der dumpfe Schmerz des Streifschusses war noch als Dissonanz wahrzunehmen.

Asger küsste jede einzelne seiner Narben mit einer Aufmerksamkeit, als müsste er sie katalogisieren. Entkleidete sich und löste sein Haarband. De vermutete das, er konnte nichts sehen, war in eine Art Traumwelt übergewechselt. Sie tasteten sich millimetergenau aneinander an. Asgers seidige Haare waren überall und stellten eine deutliche sensorische Überforderung dar. Ebenso seine Lippen, seine Zunge, seine Hände, die über die weißen Flecken seiner Körperlandkarte wanderten und dort Spuren hinterließen. Nichts an Asger war mehr präzise und kontrolliert, sondern erratisch, schwankend, bebend, an der Schwelle zum Kontrollverlust. Mit einem Mal spürte De seinen schweren Oberkörper auf sich.

„Du wirst mich nicht zerquetschen, oder?", murmelte De und seine eigene Stimme schien von weit weg zu kommen.

„Nein", flüsterte Asger belustigt, „ich denke nicht." Seine Worte brachen weg, als würden sie von einem Wind weggetragen.

Er fuhr fort ihn zu entkleiden und De wusste nicht, ob er gleich endgültig in seine Einzelteile zerfallen würde. Seine Nervenbahnen waren deutlich überfordert wie die Stromleitungen bei der Androidenproduktion. Asger fing ihn auf, er schien sich in die komplexen Handlungsabläufe einzufühlen und De musste nur in diesen Strom steigen und sich mitreißen lassen. Das tat er. Er hatte nicht gefühlt zehn Jahre jeden Tag an diese Person gedacht, um jetzt wegzulaufen und sich zu verstecken. Und es war so einfach, sich in ihren gegenseitigen Bewegungen zu verlieren.

„Du siehst wunderschön aus, alles an dir", flüsterte Asger in sein Ohr und seine Stimme war wieder so gebrochen, fragil. De wollte reflexhaft protestieren, doch Asger küsste ihn stattdessen und ließ ihn nicht mehr los.

×××

„Wie fühlt es sich an mit dieser Software zur Realitätsherstellung?", fragte De an einem Morgen, als Asger ihm gerade einen frisch aufgebrühten Tee hinstellte.

„Ach, wir haben ja viele Programme, die im Hintergrund laufen", Asger setzte sich ebenfalls an den Tisch und stützte seinen Kopf auf die Hand. „Das hier war am Anfang schon etwas gewöhnungsbedürftig. Ich nehme es nicht immer bewusst war, aber wenn doch, dann…", er schloss die Augen, „… ist es so als würde ich feine Drähte in den Händen halten, Nylonfäden, raues Metall, Plastikschläuche, weiche Kabel. Es ist sehr haptisch." Er öffnete die Augen wieder. „Muss irgendeine Verknüpfung mit meinen Sensoren sein."

„Es ist erstaunlich, wie gut das funktioniert", sagte De und nahm einen Schluck aus seiner Tasse. „Jetzt, wo es fast keine Bio-Tagträumer mehr gibt, geht es ohne euch nicht mehr. Etwas beängstigend."

„Der Kampf wurde leider verloren. Das ist schmerzhaft", Asger verzog das Gesicht. „Man kann nur froh sein, dass die Hauptstadt ihre Unabhängigkeit bewahren konnte. Ein schwacher Trost, ja. Durch die Verhandlungen sind die Grauen endgültig raus und die Rebellen waren schon vorher vernichtet. Die Selbstorganisation besteht weiter, immerhin. Auch wenn die Welt seitdem immer mehr zu einem merkwürdigen Geflecht von Dependenzen und Kodependenzen wird… Und es werden jeden Tag neue Tagträumer geboren, niemand kann das ändern."

„Stimmt", Des Blick schweifte aus dem Fenster zur Morgensonne. „Für sie und für die übrig gebliebenen und für alle, die sich immer wieder in der Welt verwickeln möchte ich dieses Café auf Vordermann bringen. Als Aufenthaltsort. Weißt du noch, die Treffen in der Produktion?"

„Ich konnte mich letztens daran erinnern."

„Ich wusste es damals nicht, aber es war wunderbar. Ungezwungen. Man konnte schweigen und zuhören soviel man wollte. Sich fallen lassen. Die Welt und seine

Mitmenschen hassen. Sich in sie verlieben. In Selbstmitleid versinken. Wütend und verzweifelt sein. Pläne schmieden. Einfach existieren. Kannst du mir dabei helfen, ich meine, damals hast du vieles davon organisiert."

„Ich hab tatsächlich fast nichts dafür gemacht, es ist einfach so passiert", erwiderte Asger und auch sein Blick verlor sich in der Ferne. „Naj, Jiri und Karl-Gustav wären bestimmt auch dabei, oder was denkst du?"

„Ja, klar, warum nicht", De lächelte bei dem Gedanken.

Sie standen sich mittlerweile alle sehr nahe. Er wollte nicht mehr auf diese Menschen um ihn herum verzichten, auch wenn manches noch nicht so einfach war.

„Ja, es wird Zeit das wiederzubeleben, du hast recht", nickte Asger. „Lass uns loslegen."